Fille de militaire, **K.A. Linde** a décroché un diplôme en sciences politiques à l'université de Géorgie avant de se consacrer à l'écriture à plein temps. Aujourd'hui autrice d'une vingtaine de romans, elle aime la danse, les films Disney, et peut passer toute une soirée à enchaîner les épisodes de *Star Wars*, *Buffy* ou *Supernatural*. Installée à Lubbock, au Texas, elle y coule des jours heureux avec son mari et deux adorables toutous.

De la même autrice :

Blood Type :
1. *Compagne de sang*
2. *Sang pour sang*
3. *Jusqu'au sang*

K.A. Linde

Sang pour sang

Blood Type – 2

Traduit de l'anglais (États-Unis) par Tristan Lathière

Milady

Milady est un label des éditions Bragelonne

Titre original : *Blood Match*

ISBN : 978-2-8112-3492-8

Bragelonne – Milady
60-62, rue d'Hauteville – 75010 Paris

E-mail : info@milady.fr
Site Internet : www.milady.fr

À Buffy contre les vampires, *la série grâce à laquelle*
j'ai appris à aimer les vampires.

Chapitre premier

— Tous ces jours, je n'ai cessé de t'attendre et de penser à toi, battement de cœur après battement de cœur, murmura Reyna contre sa peau.

Sa peau parfaite. Ce torse dur et musclé, froid au toucher et brûlant à l'intérieur, pressé contre elle. Ce moment-là, elle l'avait espéré longtemps. Très longtemps.

— Beck.

La jeune femme lui caressa la joue et l'obligea à baisser les yeux vers elle. Un océan d'onyx la happa.

— Dis quelque chose.

— Je t'aime, répondit-il sur le ton de la prière.

Reyna en eut le souffle coupé. Que de temps elle avait attendu cet instant ! Quand son moral était au plus bas, elle s'était persuadée que Beckham ne lui avait jamais rien dit de tel. Que, peut-être, il n'avait même jamais avoué appartenir à *Elle*, le groupe de résistants. Que Beckham n'avait pas pu lui accorder toute sa confiance juste avant que la terreur et l'hébétude la poussent à s'enfuir en foutant tout en l'air.

Et pourtant. Elle lui avait bel et bien dit des choses affreuses. Alors qu'elle fuyait l'appartement-terrasse après qu'il l'eut mordue. Pour, ensuite, se faire kidnapper par Visage Incorporated.

Telle était sa dure réalité.

À laquelle elle avait survécu tout ce temps.

Reyna avait tout gâché.

Mais c'était du passé, il était là, à lui déclarer sa flamme. Deux mots tout simples qu'elle fut ravie d'entendre enfin.

— Moi aussi, je t'aime.

Elle se pendit à son cou. Quel bonheur c'était de l'avoir rien qu'à elle ! Massif. Inamovible. De savoir qu'aucune force au monde ne pourrait de nouveau les séparer.

Une larme lui échappa et roula sur sa joue. Il la chassa du bout du pouce.

— Ne pleure pas, petite chose.

— Je n'arrive pas à croire que tu sois là.

— Tu n'as aucune raison de douter de moi.

Le pouce du beau ténébreux glissa sur ses lèvres ; un désir ardent couvait dans ses yeux. Cela faisait si longtemps qu'il n'avait plus posé les mains sur elle. Qu'elle l'avait vu excité. Reyna eut chaud partout et se sentit rougir. Elle prononça les mots qu'elle brûlait de lui dire :

— Ce soir-là, je n'aurais jamais dû partir.

— Je sais, mais l'essentiel est qu'on soit ensemble.

La suite se déroula sans paroles.

Beckham la fit basculer sur le lit qui grinça sous la pression de son petit gabarit. Elle songea que le sommier risquait de se briser avec leurs poids conjugués, mais n'en eut cure.

Le cœur sur le point d'exploser, elle tendit les mains vers lui.

Il l'ignora, empoigna à deux mains sa robe élimée et déchira le devant. Reyna ne portait rien dessous hormis une pauvre culotte en coton, mais son bel étalon la dévora des yeux comme si elle était vêtue de lingerie affriolante. Ce qui lui était arrivé en une occasion. Quand était-ce, déjà ? Un million d'années plus tôt ?

Un grognement de bête échappa à Beckham qui jeta au sol sa chemise noire puis retira son pantalon. Il bandait comme un cerf dans son caleçon. Elle fut prise d'un désir ardent de le toucher. De le sentir une fois encore en elle.

Mais c'était Beck qui commandait. Ayant naguère craqué pour son regard ténébreux et sa taille immense, elle tremblait à cet instant pour des raisons très différentes.

Ses lèvres se refermèrent sur un téton qu'il se mit à sucer goulûment. Reyna se cambra tandis qu'il lui malaxait l'autre sein et jouait des hanches pour l'empêcher de trop remuer. Elle crut défaillir en sentant ses crocs lui érafler le mamelon.

C'en était fini de leur séparation ; elle était de nouveau sa chose.

— Beck, gémit-elle alors qu'il faisait de même à l'autre téton.

Sa petite culotte en coton était déjà détrempée. Elle éprouva le besoin de l'enlever. Là. Sans attendre.

Comme s'il lisait dans ses pensées, il glissa la main sous l'étoffe et la découvrit ruisselante de désir. Beckham poussa un grondement bestial, empoigna la fine étoffe et l'en dévêtit.

— Je t'en supplie, dit-elle, prête à toutes les bassesses. Ça fait si longtemps.

— Je ne vais pas te mordre. (Son visage entre ses jambes, il lui érafla la peau au niveau de l'artère si sensible, nichée à l'intérieur de la cuisse.) Bien que j'en aie foutrement envie.

Se souciait-elle d'être mordue par lui ? Quel soulagement ce serait d'éprouver la ferveur de ce lien charnel après tous ces jours d'angoisse… Mais il n'était pas question de l'y inciter. Reyna gardait en mémoire le chaos consécutif à leur première expérience. Il l'avait mordue trop profondément, bu trop de sang, manquant de la tuer. Mieux valait y aller en douceur.

Rapport au sang, bien sûr. Pas au sexe. Surtout pas.

Il lui glissa un doigt dans la vulve et entreprit de lui malaxer le clitoris. La sensation était divine. Se retiendrait-elle de jouir jusqu'à ce qu'il la pénètre ? Pas sûr…

Puis leurs regards se recroisèrent. Il avait retiré son caleçon et avait sa bite à la main. Beck s'astiqua lentement tout en observant sa partenaire toute proche de l'orgasme. D'une seconde à l'autre, Reyna allait décoller pour le septième ciel. Rien ni personne, avant Beckham, ne l'avait fait jouir si fort. Mieux: vivre tout court.

— C'est… c'est tout près, gémit-elle.

Un coup de reins lui suffit à la pénétrer profondément. Elle cria en sentant son vagin se dilater à l'extrême. Sans préavis ni préambule, il la comblait. Absolument.

Reyna contracta ses parois tant qu'elle put. Sur le point de jouir, elle sut d'instinct qu'il n'allait pas l'autoriser à prendre son plaisir sans qu'il éjacule lui aussi.

Beckham commença à bouger en elle. Un retrait tout en douceur, aussitôt suivi d'une poussée violente. Une fois, deux fois, trois fois.

— Pas tout de suite, ordonna-t-il, le regard implacable.

Elle s'y efforça. C'était jouable. Oh oui, seigneur, que c'était bon d'attendre!

Il reprit sur un tempo soutenu. À son rythme, pour la posséder corps et âme. Pour revendiquer tout ce qu'il avait perdu quand sa Reyna avait paniqué et mal réagi. Lors de cet unique moment de faiblesse.

La jeune femme lut dans ses yeux d'ébène combien ces quelques secondes d'égarement lui avaient coûté. En laissant libre cours à ses pulsions de prédateur, en baissant sa garde. Jamais il ne recommencerait. C'était gravé au fer rouge dans son regard.

— Beck, jouis avec moi, gémit-elle en serrant les poings sur le drap.

Il l'empoigna par les hanches et se donna à fond tout en refusant de prendre son sang. En acceptant l'offrande du corps de Reyna, mais pas ce qu'il désirait ardemment. Ce qu'ils étaient deux à désirer.

L'orgasme arrivait. Elle sut qu'ils allaient jouir ensemble.

Reyna s'éveilla en hurlant.

Dressée comme un ressort, assise sur ce matelas immense trop fastueux, pas assez ferme, garni de trop nombreux oreillers. Les mèches collées au visage. En nage des pieds à la tête, la fine étoffe du tee-shirt qu'elle portait pour dormir était trempée.

Ses yeux s'accommodèrent à la pénombre ; elle détailla la petite chambre. Tout était en place. Rien n'avait changé. Rien de rien. Hélas…

Beckham n'était pas là.

Elle émergeait d'un rêve. D'un rêve tordu. D'un rêve atroce dans son état de désespoir.

Vérification manuelle : sa culotte était trempée, elle aussi. Par les fluides corporels. Réveillée juste avant l'orgasme onirique, elle en ressentait le manque dans ses entrailles. Quel rêve, miséricorde ! Si réel. Presque palpable.

Reyna l'avait senti aller et venir en elle. Avait perçu l'amour dans ses yeux. Le remords qui l'habitait.

Mais rien de tout cela n'était réel.

C'était le fruit de son imagination. Elle avait convoqué son beau visage, histoire de souffrir de son absence. Avait ressuscité le grain de sa peau, son odeur, l'amour dans ses yeux noirs… Tout ça pour découvrir, au réveil, qu'il ne l'avait pas délivrée. Cruel constat.

Cinquante-cinq jours, déjà, que Reyna n'avait pas revu Beckham.

La jeune femme traça un trait supplémentaire dans le carnet posé sur sa table de nuit.

Cinquante-six.

Chapitre 2

Comme si ce n'était pas assez de sortir d'un rêve pareil, il fallait qu'en plus elle découvre que l'on était jeudi. Une saloperie de jeudi.

Le jeudi, elle donnait son sang. Horreur!

Reyna tira les couvertures et se rendit dans la salle de bains attenante à ce qu'elle ne considérait toujours pas comme « sa » chambre. En priant pour que ça ne lui arrive jamais. Dotée d'une baignoire-jacuzzi, d'une douche-cascade, d'un lit gigantesque et d'une bibliothèque à rendre jalouse n'importe quelle lectrice avide, sa piaule n'en était pas moins une cellule de prison.

Elle disposait de beaucoup de choses… mais de rien de ce qui lui tenait vraiment à cœur. Pas d'accès au monde extérieur. Pas de nouvelles de Beckham, pas davantage de ses frères. Reyna n'avait pas osé en demander de peur d'attirer l'attention sur Brian et Drew.

Et, bien sûr, elle était privée de liberté.

Beckham la lui avait offerte sous la forme d'un chèque de dix millions de dollars rangé dans une pochette en cuir marron qu'elle n'avait bien entendu pas encaissé. Croyant à un piège qu'il lui aurait tendu pour en faire sa débitrice à vie. Funeste erreur!

Reyna savait ce qu'était être vraiment libre. Ça n'avait rien à voir avec l'argent, et encore moins avec une prison dorée. Quoi que puisse en penser le sac à merde qui l'y avait enfermée.

Elle actionna la douche et se défit de ses fringues imprégnées de sueur tout en attendant que l'eau chauffe. Balança son linge sale au panier, se munit d'un autre tee-shirt blanc et d'un short en coton ample, posa ses affaires propres sur un tabouret et se glissa sous le jet fumant.

Le dressing n'était rien par rapport à ce qu'elle avait connu chez Beckham. L'ironie, c'était que Reyna avait détesté toutes ces fanfreluches en soie, en satin et en dentelles. Les talons vertigineux qui lui avaient coûté plusieurs semaines d'apprentissage. Tout ça pour finir en poupée que plus personne ne se souciait d'habiller.

En vulgaire poche de sang.

Une foutue perfusion sur pieds qui sustentait le vampire le plus puissant du monde : William Harrington.

Fondateur et P.-D.G. de Visage Incorporated, patron de Beckham. Le tyran sans merci qui avait arraché les vampires aux ténèbres. Quand la récession économique avait frappé, Visage avait fait figure d'organisation caritative vouée au bien-être des vivants en instaurant le système de compatibilité sanguine. Il ne s'agissait pas d'éradiquer les vampires, plutôt de masquer les vrais problèmes. Un vampire buvant le sang d'un mortel compatible, soit du même groupe sanguin, devenait moins bestial et plus cérébral. Les monstres assoiffés de sang s'étaient ainsi mués en maîtres du monde sanglés dans des costumes sur mesure.

Dans les livres d'histoire, en revanche, on pouvait lire que Visage avait sauvé le monde du chaos. La société avait immatriculé les vampires qui payaient les humains – leurs *compagnons de sang* – pour que ceux-ci les autorisent à boire le précieux fluide. D'une pierre deux coups, en quelque sorte.

Sauf que Reyna savait qu'Harrington ne comptait pas en rester là. Il ne connaîtrait pas le repos avant d'exercer le pouvoir absolu.

Mais pour cela, il lui fallait déjà un sujet compatible, et c'était là qu'elle intervenait.

Presque deux mois plus tôt, Harrington avait fait enlever Reyna qui possédait un groupe sanguin rarissime, le Rh_{null}. Elle ne fabriquait aucun des antigènes que l'on trouvait chez 99,9 % des gens. Une vraie donneuse universelle. Ce qui, malheureusement, était aussi le cas d'Harrington.

Et, pour comble de malheur, c'était son seul ami en ville, Everett, qui l'avait trahie. Reyna ne savait même pas s'il avait d'abord été sincèrement amical ou s'il l'avait dupée depuis le début. Quelle naïveté d'avoir songé un instant qu'on puisse l'apprécier si vite ! Et il y avait pire encore : Everett l'avait soustraite à Beckham sans que celui-ci se doute de quelque chose.

La jeune femme frappa le mur carrelé sous le coup de la frustration. Elle détestait penser à tout ça. De toute son âme ! Mais la douche était le seul refuge à l'abri des caméras. L'unique endroit où elle s'autorisait à craquer.

Même se réveiller en hurlant l'exaspérait : cela nuisait au masque d'impassibilité qu'elle s'était façonné au fil de ces huit longues semaines.

Il fallait qu'elle se ressaisisse. Ce rêve l'avait mise à genoux.

Ce n'était pas le premier.

Ce ne serait pas le dernier.

Mais celui-là avait été le plus saisissant. Ainsi que le plus… proche du dénouement. Elle le désirait fort, très fort, sauf qu'il n'en était pas question ici. Beckham était rangé dans un compartiment mental où il l'aidait à rester forte sans interférer avec le rôle qu'elle était condamnée à jouer.

Armée d'une résolution nouvelle, Reyna sortit de la douche, s'habilla et noua ses cheveux mouillés en queue-de-cheval. L'heure était venue d'affronter ce jeudi de merde.

Quand elle regagna sa cellule, l'infirmière humaine l'y attendait déjà.

— Bonjour, mademoiselle Reyna.

La femme portait la tenue immaculée des infirmières Visage qui lui avait donné froid dans le dos lors de son premier jour en tant que compagne de sang, quelques mois plus tôt. L'unique élément de couleur était le logo V… rouge sang. Le revoir continuait à la rendre malade.

— Je suis prête.

— Vous devriez manger d'abord. Ça vous donne des vertiges, si vous n'avez pas pris votre petit déjeuner avant, la sermonna l'infirmière.

Reyna eut envie de lui aboyer qu'elle n'était pas sa mère. Celle-ci était morte depuis belle lurette, l'année de ses huit ans. C'était leur crétin d'oncle qui les avait pris en charge, elle et ses deux frères, pendant trois ans – jusqu'à l'effondrement de l'économie mondiale. La fratrie avait ensuite dû survivre seule une décennie entière. Le désespoir avait fini par pousser Reyna à postuler chez Visage. Droit dans cet enfer.

Mais elle garda ses pensées pour elle et une expression neutre.

— Entendu.

La jeune femme s'assit et absorba la nourriture choisie avec soin dans le cadre du programme nutritionnel parfaitement équilibré auquel elle était astreinte. Elle devait aussi faire de l'exercice, et dans ce registre, personne ne se souciait de la quantité de fonte qu'elle soulevait : devenir plus forte qu'un vampire était exclu.

— Fini, dit-elle en repoussant son plateau.

— N'oubliez pas de boire.

Sa bouteille d'eau en main, Reyna se dirigea vers la porte.

— Finissons-en.

— Bien sûr, répondit l'infirmière avec un sourire torve.

C'était toujours la même. Deux fois par semaine depuis huit semaines. Reyna ne savait rien d'elle. Elles passaient une heure ensemble chaque lundi et chaque jeudi, quand Reyna vivait l'une des pires expériences de sa vie sans même connaître le nom de son bourreau.

La porte de la chambre s'ouvrit sans bruit. Reyna retint son souffle : chaque fois, elle s'imaginait filant à l'insu de ses geôliers. Un doux rêve. Auquel elle s'accrochait de toutes ses forces.

Elle suivit l'infirmière à droite dans le couloir. La première fois, elle avait tenté de fuir… et fait trois pas avant de subir dans le bras une décharge électrique si violente qu'elle l'avait projetée face contre terre. Un vampire tout en muscle l'avait alors ramassée puis reconduite en cellule.

Avant de refermer, le suceur de sang baraqué lui avait ri au nez et confié que le dispositif qu'on lui avait greffé était là pour l'empêcher de fuir. C'était le comble. En plus d'être surveillée par des vampires, elle avait cette… saleté… dans le bras.

Inutile de songer à filer, donc.

Les deux femmes débouchèrent dans une pièce blanche et stérile. À sa vue, Reyna trembla de peur. Des aiguilles. Cette pièce était synonyme d'aiguilles.

Son instinct lui criait qu'il était idiot, à ce stade, d'avoir encore la trouille des piqûres. Deux perfusions deux fois par semaine pendant huit semaines, cela faisait déjà trente-deux aiguilles plantées dans le bras. Elle frissonna néanmoins en prenant place dans le fauteuil rembourré qui avait remplacé le lit d'hôpital dans lequel elle s'était réveillée. Trente-deux piqûres et cinquante-six jours plus tard, elle rêvait toujours de se réfugier sous la table. Paradoxe : alors qu'elle avait supplié Beckham de la mordre, les aiguilles lui donnaient toujours envie de vomir.

L'infirmière lui fit signe de ne pas bouger, mais Reyna préféra se relever pour aller scruter l'échiquier qui trônait près du mur. William Harrington aimait les échecs ; leur partie entamée lundi, lors de sa dernière prise de sang, n'avait pas bougé. Elle détestait qu'il l'oblige à jouer avec lui, mais c'était toujours mieux que l'entendre pérorer. Aussi jouait-elle. Et perdait… régulièrement.

Cavalier en C6. Elle croqua un pion. Sombre ironie…

— Prête ? demanda la femme en blanc.

— Plus que jamais, soupira Reyna en retournant s'asseoir.

— Je m'y prends très bien, vous le savez. N'ayez pas peur.

Reyna faillit en rire, mais, comme l'infirmière tenait l'aiguille de la perfusion, ouvrir la bouche risquait de se solder par un vrai renvoi. Aussi se détourna-t-elle. Garrot, tampon de désinfectant, piqûre. Elle ferma les yeux et attendit que la sensation s'estompe.

Et zou ! Première aiguille terminée.

La seconde, hélas, était toujours la pire.

Harrington ne s'abreuvait jamais directement. Reyna s'était gardée de demander pourquoi de peur qu'il change d'avis. Donner son sang, après tout, était préférable à se faire mordre. 150 % préférable. Même par rapport à ces maudites aiguilles.

Mais puisqu'il ne la mordait pas, elle devait être raccordée à une autre poche qui, cette fois, lui injectait une sorte de salive vampirique qu'elle avait baptisée « venin de suceur ». Un terme technique existait, mais elle l'avait oublié.

Pourquoi cette perfusion ? Elle n'avait pas eu à poser la question : Harrington, qui adorait s'écouter parler et lui faisait parfois grâce de sa présence, avait exposé comment le venin activait la régénération des globules rouges, bla-bla-bla. Un être humain normalement constitué met cinq ou six jours à reconstituer un demi-litre de sang perdu. De ce fait, ce jeudi aurait dû être le premier jour où elle aurait pu donner son sang après ce que Beckham lui avait prélevé huit semaines plus tôt. Mais, grâce à la salive vampirique, d'ordinaire injectée par morsure, il lui fallait deux fois moins de temps pour refaire son stock.

Au diable l'arithmétique, songea-t-elle, les dents serrées.

La seconde aiguille pénétra sans douleur. Reyna s'accrocha. Dans dix minutes, la salive allait se mélanger à son sang et la faire planer. Pas aussi délicieusement que lorsque Beckham l'avait mordue, certes, mais aussi fort que si elle avait pris un autobus en pleine tronche.

— Respirez lentement, c'est bientôt fini, annonça l'infirmière.

Puis la serrure cliqueta. Reyna tourna la tête au moment où la porte s'ouvrait. Entra alors son cauchemar personnel, Harrington.

— Ah ! ma petite reine, minauda le vampire.

L'intéressée resta de marbre. Quel surnom débile ! Reine, Reyna. Vachement original.

Les jours où Harrington se montrait étaient les pires. De très, très loin.

— On a encore fait un vilain cauchemar, dit-il en prenant place près de l'échiquier.

Les yeux rivés sur le plateau, il continua à lui parler en bêtifiant.

— On souhaite en discuter ?

Ah, la thérapie ! Conforme aux vœux du toubib. Évidemment, elle rêvait d'ouvrir son cœur à un tyran sanguinaire doublé d'un psychopathe !

— J'ai oublié où j'étais, répondit-elle en reprenant son bobard habituel.

Il rit tout en déplaçant une pièce sur l'échiquier.

— Il est grand temps que tu saches où tu te trouves ! Quelle tête de linotte tu fais !

Sa voix était enjouée, mais ses yeux sombres trahissaient une malignité sous-jacente. Sa position dominante, Harrington la devait à un grand sens des affaires et à une brutalité sans limites. Qu'il était impossible d'oublier quand il vous regardait dans les yeux.

Ce qui n'arrangeait rien, c'était l'effet du sang de Reyna sur son aspect physique. Le vieillard souffreteux, pâle comme la mort et voûté, avait laissé place à un type solide qui se tenait bien droit. Et qui n'avait plus besoin de la canne qu'il continuait à trimbaler avec lui.

— Revenons à la raison de ma présence, reprit Harrington. Je venais m'enquérir de ma résidente préférée.

Prisonnière, plutôt, corrigea mentalement Reyna.

— Pour voir comment tu vas, et si tu supportes bien le nouveau régime. La diététique, petite reine, telle est la clé.

— Ça va, répondit-elle, aussi laconique que possible.

Harrington se mit à pérorer sur les articles consacrés à la nutrition récemment parus dans les revues scientifiques et sur la façon dont l'alimentation influait sur la production sanguine. Reyna, qui n'avait plus que quelques minutes avant que le venin fasse effet, n'entendrait bientôt plus rien. C'était dans ces moments-là qu'elle regrettait le plus de ne pas pouvoir se suicider.

Sans ce besoin viscéral de vivre qui l'habitait, elle aurait trouvé le moyen de mettre fin à ses jours. Ce qui aurait eu du sens : priver de sang Harrington, c'était le mettre en danger. Et donc faire du tort à Visage. Mais, quand l'occasion s'était présentée, elle n'en avait pas eu le courage. Cela étant, s'il dégoisait encore sur les bienfaits des foutues baies d'açaï, Reyna songerait sérieusement à se fracasser le crâne à coups d'haltère.

— Qu'as-tu, Reyna ? Tu parais absente, nota Harrington, ce qui l'alerta.

— C'est l'effet du venin, mentit-elle.

— Il reste une minute avant qu'il fasse effet, sauf erreur de ma part, dit-il en se tournant vers l'infirmière.

— Soixante-quatorze secondes, confirma-t-elle.

Reyna lui lança un regard noir qui signifiait « dans quel camp êtes-vous ? » Question idiote : la femme en blanc travaillait pour Visage Incorporated. À savoir pour l'ennemi.

— Tu as donc une minute pour m'expliquer ce qui te passe par la tête.

— Pas mon régime, en tout cas, cracha-t-elle.

À deux doigts de basculer. Trop bête…

— Et pourquoi cela ? C'est très important, que tu…

— Stop, l'interrompit Reyna. Ça suffit.

Il arqua un sourcil. En forme de menace ? Possible, sauf qu'elle s'en fichait. Entre le rêve, l'isolement et les aiguilles, elle commençait sérieusement à perdre les pédales. Mieux valait se lâcher qu'écouter ce barjo criminel lui faire la leçon sur la diététique. Lui qui, à coup sûr, n'avait rien mangé de solide depuis plus de deux siècles !

— Qu'est-ce ? demanda-t-il en la désignant comme il aurait pointé le doigt sur un spécimen de quelque espèce inconnue.

— *Ceci*, c'est un être humain. Un vrai. Ni un objet d'étude ni une poche de sang. Je suis vivante. Je respire, je ressens, et là, tout de suite, j'en ai ma claque. La minute qui me reste avant de planer, j'aimerais qu'elle se passe dans le calme, plutôt que vous entendre débiter vos salades à la mords-moi-le-nœud.

— Reyna, gronda-t-il en sourdine.

Sauf qu'elle n'avait pas terminé. Quand elle était partie, elle ne savait pas s'arrêter.

— Et vous savez quoi ? Je me fous de tout. De vous, de ce régime à la con ! De cet endroit de merde, de ma cellule. Survivre, voilà tout ce qui m'intéresse. Survivre à ces putains de perfusions. Sans penser trop souvent à vous les planter dans la gueule.

— Coupez tout, ordonna Harrington à l'infirmière.

Au ton cassant et à l'éclat de meurtre dans son regard, Reyna comprit qu'elle était allée trop loin.

Le bourdonnement des machines cessa. Le venin, censé lui affluer dans les veines dans quelques secondes et lui faire tout oublier, ne fût-ce qu'une minute, ne vint pas. Elle haïssait ces minutes-là. Tout en adorant le répit qu'elles procuraient.

Harrington se leva, immense. Elle se tassa dans son siège, vaincue par cette soudaine promiscuité avec un prédateur. Il en avait l'apparence physique… mais c'était surtout le psychisme de ce taré qui la liquéfiait de trouille. Au point d'être victime de spasmes.

Il se pencha sur elle et, sans crier gare, lui arracha ses deux perfusions.

Chapitre 3

Reyna hurla.

Sous l'effet conjugué de la douleur, du choc… et de la vue du sang. Elle en eut un haut-le-cœur.

Harrington l'empoigna par le cou et la poussa rudement contre le dossier. Plongée dans ses yeux de tueur implacable, la jeune femme se rappela avec acuité qui il était. Et sut combien elle venait de merder.

— Ici, tu n'es pas invincible, Reyna. Tu n'es pas reine en ce domaine, mais à ma merci. Soit tu coopères gentiment, soit ta vie va devenir infiniment plus désagréable. Je me fais bien comprendre ?

— Oui, répondit-elle.

Il cessa aussitôt de l'étrangler. Reyna toussa en sentant l'air s'engouffrer dans ses poumons. Elle allait en garder un bleu, c'était sûr.

Harrington passa l'index sur l'une de ses plaies et porta celui-ci à sa bouche, se délectant ouvertement. Le scientifique pur jus, habitué à porter un regard clinique sur toute chose, considérant d'ordinaire Reyna comme sa précieuse petite créature, se montrait sous un jour plus… bestial. Il n'y avait pas d'autre mot. Face à une Reyna hystérique, les premiers jours de sa captivité, le P.-D.G. avait gardé une attitude impassible, comme s'il s'était trouvé devant un mélo télévisé.

Le masque venait de tomber. La vraie nature du monstre éclatait au grand jour. Celle d'un vampire.

— Tu as beau être rarissime, Reyna, ça ne fait pas de toi un sujet irremplaçable. En ce moment même, le recensement sanguin a lieu à l'échelle nationale. La ville entière est déjà fichée. Bientôt, le monde entier suivra, annonça-t-il sur un ton de menace. Et j'aurai d'autres donneurs.

Le monstre ricana en observant les dégâts qu'il venait de faire.

— Arrangez-moi ça.

L'infirmière s'empressa de nettoyer et de panser les plaies de Reyna. Elle voulut lui faire lever les bras pour favoriser la cicatrisation, mais celle-ci n'en eut cure et jeta un regard noir à Harrington. Parvenu devant le lavabo, il se stérilisa les mains, comme s'il craignait qu'une goutte de sang puisse le contaminer. Il était très à cheval sur l'hygiène. Maniaque, même.

Ses bras l'élançaient douloureusement. Elle n'en revenait pas d'avoir perdu ses nerfs. De ce fait, elle aurait sûrement droit à une autre perf, pour que le venin l'aide à se régénérer. Cette perspective l'obligea à fermer les yeux. Comment supporter une énième séance ? Une journée supplémentaire d'enfermement ? Survivre devenait plus pesant de jour en jour ; elle commençait à craquer.

— Allons-y, lança Harrington.

— Aller où ? rétorqua Reyna en rouvrant les paupières.

— Tu verras. Tout de suite. J'ai quelque chose à te montrer.

La jeune femme se leva, les jambes flageolantes. Elle s'en voulut d'avoir peur et de le montrer à Harrington, mais comment faire autrement ? L'odeur de sa trouille sourdait de ses pores et emplissait la salle.

Elle redressa la tête et s'obligea à marcher vers lui. Le craindre était une chose, mais il n'était pas question de se recroqueviller. Face à ce monstre résolu à lui faire peur, la seule arme qui restait à Reyna était l'attitude de défi.

— Je suis prête, dit-elle en piochant dans ses réserves de force mentale.

Harrington hocha la tête et ouvrit la porte coulissante. Elle eut un dernier regard pour l'infirmière. Sous le masque d'impassibilité, Reyna vit qu'elle aussi était terrorisée. Ce qui, bizarrement, la rassura : cette femme n'était pas inébranlable, après tout. Peut-être travaillait-elle pour Visage à son corps défendant. Comme Reyna et tant d'autres.

C'était la misère qui avait décidé Reyna à postuler. Ses frères s'échinaient dans une usine du quartier des Entrepôts, à une heure de route de la ville. Elle n'avait trouvé aucun job en l'absence de diplôme universitaire et la fratrie n'avait pas les moyens de l'inscrire à la fac. Ce qui faisait d'elle une bouche à nourrir. Au désespoir, elle s'était tournée vers Visage afin d'aider Brian et Drew.

Au commencement, elle s'était attendue à ce que son emploi ressemble… à ça, en fait. À la prison. Un boulot dégradant, humiliant, honteux. Au lieu de quoi elle avait eu droit à Beckham.

Le simple fait d'évoquer son nom l'obligea à fermer les yeux une seconde tant cela lui fendait le cœur. Non, surtout ne pas penser à lui.

Il fallait qu'elle se concentre. Harrington venait de lui tendre une perche… à son insu.

La tête haute, Reyna quitta la pièce stérile sur les talons du P.-D.G. Et nota mentalement tous les virages qu'ils prirent dans ce dédale de couloirs. Où allaient-ils ? Mystère. N'ayant vu jusqu'ici que deux salles du complexe, elle n'avait pas la moindre idée de son étendue. En marchant ainsi, elle prit vite conscience que le bâtiment équivalait à plusieurs entrepôts de grande taille. Qu'est-ce qu'il pouvait garder dans un tel espace ?

Hormis elle-même, bien sûr.

Harrington s'arrêta sans un mot devant une porte gigantesque en acier massif. Une main dans le dos, il décrivit un moulinet avec sa maudite canne. Son costume était nickel. Le monstre avait pris soin de son apparence. En raison d'un événement mondain quelconque ? Qu'est-ce qui pouvait se passer dans le monde extérieur qui soit susceptible de retenir son attention ? Sans être négligé par nature, il n'était pas non plus du type dandy.

— Nous y voilà, déclara-t-il en faisant tinter sa canne sur la paroi métallique. Appelons cela mon bunker. J'aime y garder mes projets intéressants.

Ses « projets intéressants ». Miséricorde. Ça n'annonçait rien de bon.

— Tu souhaites voir mon projet ?

Reyna resta bloquée. Elle n'en avait évidemment pas envie du tout, mais il s'attendait à l'entendre dire non. C'était donc impossible.

Son indécision le fit éclater de rire.

— Pas de panique, ma petite reine, il ne s'agit pas d'une question piège.

Encore ce surnom débile !

— Allons voir, veux-tu ?

Harrington saisit un code à quinze chiffres à la vitesse de l'éclair, se soumit à un scan de la rétine et à un autre de son empreinte digitale, puis dut subir une identification faciale avant que la porte daigne s'ouvrir. Quatre mesures de sécurité, rien que ça !

Un long couloir apparut ; des rampes halogènes s'allumèrent une à une. Reyna y suivit le P.-D.G. La porte se referma derrière eux. Arrivé sur le seuil de la première salle à droite, il saisit un nouveau code. Le mur du fond passa subitement d'opaque à vitré. La jeune femme hoqueta malgré elle.

— Vitre sans tain, expliqua Harrington. On la voit, mais elle ne nous voit pas.

— « Elle » ? murmura Reyna.

— Je te présente B.

Reyna leva les yeux et découvrit la femme derrière la vitre. Grande. Très grande, même. Les cheveux noirs coupés court et à la diable. Vêtue d'une combinaison noire qui soulignait sa sveltesse. Debout dans un coin de la pièce, l'inconnue regardait le plafond. Avec insistance. Les bras le long du corps, elle paraissait parler toute seule.

— Elle a un problème ?

— Si nous allions nous en rendre compte ? répondit le P.-D.G., un sourire cruel aux lèvres.

— Non, je ne…

Trop tard, il s'approchait déjà de la vitre sans tain.

— Bonjour B.

La femme tourna la tête vers lui. Ses yeux noirs étaient… étranges. Ils ne criaient pas « crains-moi » comme ceux de Harrington. Juste « je suis imprévisible et cinglée ».

B fit trois pas mesurés et se retrouva devant la vitre. Elle découvrit des crocs saillants. Puis répondit.

— Le ciel est vert, aujourd'hui.

— Tu ne peux pas voir le ciel, B, rétorqua Harrington.

— L'œuvre va brûler et toi avec. Les roses sont rouges, les violettes saignent. Mort et destruction ont le goût de tes murmures.

Reyna fronça les sourcils. Qu'avait fait Harrington à cette femme ?

— Je te présente une amie, annonça le P.-D.G.

— Savoureuse créature. Miam miam. Parfois, la poignée de porte se met à changer. Dis-lui d'arrêter. (Ses yeux se brouillèrent ; elle se boucha les oreilles.) Qu'elle arrête ! Tout de suite !

— Dieu du ciel ! murmura Reyna.

— Dieu n'a rien à voir là-dedans, dit Harrington qui, sans prévenir, ouvrit la porte et traîna Reyna avec lui dans la cellule.

La jeune femme se figea, terrifiée. Il n'allait quand même pas laisser l'autre tarée lui faire du mal ? Il avait besoin d'elle. De son sang. Elle était précieuse.

Il la poussa pourtant jusqu'à ce qu'elle se retrouve nez à nez avec B. La peur lui noua l'estomac. Merdasse ! Harrington était donc fou à lier, lui aussi ?

B renifla Reyna sous toutes les coutures puis tourna autour d'elle. À la façon d'un fauve. D'une lionne chasseresse appréciant la proie sur laquelle elle s'apprêtait à fondre. Reyna ne bougea pas un muscle. Retint son souffle. Seuls ses sourcils, baignés de sueur, fronçaient sous l'effet de l'inquiétude.

— Ton odeur m'est familière, dit B. On se connaît ?

— Non, répondit Reyna en expirant.

Quelle prouesse d'avoir réussi à sortir un mot ! Face à face avec une suceuse de sang démente. Ses crises de panique précédentes n'étaient rien par rapport à ce qu'elle vivait à l'instant, avec cette prédatrice imprévisible qui lui tournait autour.

— Mais si, je t'ai déjà croisée. Sous terre et dans les cieux. Dans les replis de ta peau.

B fut soudain trop près ; son nez erra sur le bras de Reyna qui frissonna de peur.

— Tu sens mauvais.

La jeune femme déglutit avec peine. C'était nouveau : d'ordinaire, les vampires affirmaient qu'elle sentait divinement bon, comme le nectar des dieux. Le fait que cette… chose lui trouve mauvaise odeur n'augurait rien de bon. L'instinct lui commandait de fuir. Avant même d'avoir été mordue.

— Jouet ? demanda B à Harrington.

Reyna, les yeux arrondis par l'horreur, se tourna vers l'intéressé qui se fendit d'un rictus mauvais, comme pour répondre « voilà à quoi ta vie pourrait ressembler ». Elle trembla de tout son être. Pitié, non ! Sans chercher à masquer sa peur, qu'elle laissa échapper par vagues. Cette vie-là, non, ça n'était pas possible. C'était *vraiment* pire. Bien pire que sa prison dorée.

— Tu aimerais devenir son jouet ? s'amusa Harrington.

B saisit Reyna par les poignets et arracha le pansement qui couvrait l'une de ses plaies à la saignée du coude. La jeune femme poussa un cri : le tissu cicatriciel avait cédé. Et merde ! Saigner devant ce monstre, c'était la cata assurée. Son sang mettait les vampires en transe. Quel pouvait être le résultat avec un spécimen déjà cinglé ? Mieux valait ne jamais le découvrir.

B porta un regard clinique sur la plaie.

— Elle est cassée. Tu m'as apporté un jouet cassé.

— B, gronda Harrington.

— Là aussi, elle est cassée, ajouta B en frappant Reyna en plein cœur.

La jeune femme grogna de douleur et voulut s'éloigner.

— Brisée et creuse. Vers et asticots. Pourrie, souillée, déchirée. (Elle pencha la tête de côté puis se mit à ricaner.) Détruite.

Reyna trouva ces propos révoltants et n'eut plus qu'une envie : s'éloigner aussi loin que possible de B. Harrington lui donnait une leçon qu'elle se refusait d'apprendre.

Puis soudain, alors que Reyna se dirigeait vers la porte, on la poussa violemment. Sa tête heurta la paroi vitrée. Les yeux inondés de larmes, elle s'effondra par terre, le crâne en feu. Pas croyable ! B l'avait projetée à travers sa cellule.

Miséricorde, songea-t-elle, hagarde, cette dingue allait la tuer ! Il suffisait d'un regard pour comprendre qu'elle était folle furieuse. Harrington essayait de la retenir. Y parviendrait-il ? Reyna n'était pas d'humeur à attendre. Sourde aux élancements de son crâne et aiguillonnée par la peur, elle se releva.

— Je vais la tuer ! Je vais la tuer ! vociféra B en se démenant pour échapper à Harrington. Elle n'a pas le droit ! Je le lui reprendrai !

Reyna était presque à la porte quand le P.-D.G. perdit prise. B s'élança comme un fauve et retomba devant sa proie, à quatre pattes. Reyna hurla.

— Non ! Non, arrêtez ! s'égosilla-t-elle dans sa rage d'échapper à la folle.

B lui bloqua le passage, découvrit ses crocs et mordit Reyna au bras.

La suite se déroula au ralenti. L'adrénaline coulant à flots ; le venin vampirique dont elle avait été privée, tout à l'heure, irriguant son système sanguin ; l'instinct de conservation ; les larmes lui roulant sur les joues tandis que B buvait son sang. La terreur, l'incrédulité, la douleur.

Un viol de sang. Reyna, contrainte et forcée de se laisser vampiriser. En tant que compagne, elle était prête à donner le sien par *choix*. Quant à Harrington… il lui prenait son sang contre son gré, certes, mais là, c'était… pire encore. Dégradant. Humiliant. À vomir. Elle n'avait pas encore pris conscience à quel point se faire agresser ainsi était le summum de l'horreur.

C'était l'enfer. Au sens propre.

Pile au moment où tout semblait fini, une violente décharge électrique secoua les deux femmes qui hurlèrent.

À pleins poumons.

B s'écroula, le corps agité de spasmes. La tête penchée dans un angle bizarre, les yeux écarquillés, les pupilles dilatées.

Reyna s'éloigna autant qu'elle put en se tenant le bras, prise de tremblements irrépressibles. Ouf, c'était fini. Grâce à lui. Elle s'était vue mourir. Le couperet n'était pas tombé loin. Peu lui importait la façon dont il s'y était pris.

Harrington enjamba B.

— Très déplaisante, cette démonstration…

Reyna se roula en boule pour échapper au regard clinique du P.-D.G. Son corps tremblait toujours, son cœur battait la chamade. L'ombre du grand manitou l'enveloppait tout entière. Elle recula, sa tête douloureuse en appui contre la paroi vitrée. L'urgence commandait de s'éloigner… autant qu'il était permis. Mais Harrington ne la lâcherait pas si aisément. Jamais plus elle n'aurait la paix. Elle était promise à mourir ou, pire encore, à vivre indéfiniment en cage. Comme une bête. Comme B.

Il l'obligea à relever la tête et à croiser son regard acéré, pétillant d'intelligence.

— Tu as vécu dans le confort. En t'imaginant, à tort, que rien de ce que je pouvais te faire subir n'était nouveau pour toi. J'ai besoin de ton sang. Uniquement de ton sang. Ta santé mentale ne m'est d'aucune utilité, pas plus que ton bien-être. Alors le confort, n'en parlons même pas. Voilà quel sera ton quotidien si tu continues à me déplaire.

Chapitre 4

Reyna s'enfonça dans son lit, les genoux ramenés sous le menton. Ses pleurs avaient enfin cessé alors que plusieurs heures s'étaient écoulées depuis son retour en cellule. L'infirmière était restée le temps de refaire ses pansements, même si les morsures de vampire cicatrisaient plus vite que les plaies normales. Une poignée d'heures, un jour ou deux en cas de lésion profonde, et il ne restait plus qu'une fine cicatrice. Qui s'estompait parfois totalement. Ce qui, de l'avis de la jeune femme, ne serait pas son cas : elle en garderait une trace tant physique qu'émotionnelle. B la mordant, la tuant presque… Cette horreur-là, jamais elle ne l'oublierait.

L'effet euphorisant du venin avait cessé, la précipitant dans la déprime. Harrington avait paru navré qu'elle ne soit pas encore tombée accro. De nombreux mortels l'étaient. Dans la population des putes de sang, beaucoup étaient des toxicos pures et dures, en quête de leur énième dose. Le P.-D.G. ne comprenait pas pourquoi elle n'était pas sujette au manque.

Reyna, pour sa part, soupçonnait que c'était à cause de cette première morsure, faite par Beckham. Son beau ténébreux avait affirmé qu'un lien émotionnel fort, entre mordeur et mordue, exacerbait la réaction. Elle ne s'était pas demandé s'il le savait d'expérience. Mais alors qu'elle était assise dans son lit, victime d'un violent mal de crâne, cette sombre pensée la happa.

Tous les possibles affluèrent d'un coup. Beckham était-il satisfait d'être débarrassé d'elle ? Amoureux d'une autre ?

Était-ce en mordant sa chère et tendre Pénélope qu'il avait découvert l'effet secondaire d'un lien étroit ? Songer à Pénélope lui arracha un frisson. Fille du maire, issue d'un milieu ultra-privilégié, elle avait fait mine d'être la petite amie de Beckham afin de couvrir les activités de ce dernier au sein de la rébellion. Pour autant, Reyna souffrit de les imaginer ensemble, et plus encore d'avoir vu Beckham boire le sang de Penny. Peut-être éprouvait-il quelque chose pour elle… alors même qu'il s'en était défendu. Cherchait-il seulement à la retrouver ? Pire : Beck était-il complice de son patron ?

Elle ferma les yeux et se balança d'avant en arrière. Non, il ne fallait pas qu'elle nourrisse de telles pensées. C'était précisément ce que voulait Harrington. La briser moralement. En la plaçant dans une situation aussi inédite qu'épouvantable, il avait surtout cherché à l'ébranler. Pour que Reyna, lessivée, se mue en petite créature docile. Sa petite reine. Quoi que ce fumier puisse envisager sous couvert d'un surnom aussi débile.

Après ce que le grand patron venait de lui faire subir, Reyna ne crânait pas. Elle savait désormais à quoi s'en tenir : au premier écart, Harrington la rendrait folle à lier. Comme il avait dû le faire avec B.

Ce constat la frappa de plein fouet. Si le pire advenait, mourir serait préférable à devenir une sorte de… légume. Tolérer la douleur ? D'accord. Survivre à ce que ce monstre lui ferait subir ? OK. Mais toute forme de déchéance était exclue.

Elle ne deviendrait pas comme B.

Elle ne se laisserait pas briser.

Plutôt crever que de céder à Harrington.

Le lendemain, Reyna s'éveilla avec les idées claires.

Elle prit alors conscience d'avoir touché le fond. Piégée dans cet univers sans réponse ni espoir, elle avait sombré, happée par un océan de doute, sans un regard vers la surface.

Cette phase de déprime était finie. Il fallait qu'elle sorte de ce guêpier. Et que sa vie reprenne un cours normal.

Alors autant s'y mettre tout de suite.

Son tonus retrouvé, Reyna passa les deux jours suivants à esquisser un plan. Elle ne ressortirait pas de sa chambre avant lundi, autre jour de la semaine où l'infirmière passait la chercher. Elle aurait alors le temps du petit déjeuner pour discuter avec la femme en blanc. En dépit des caméras qui épiaient tous ses gestes, peut-être pourrait-elle glaner quelques informations, voire tenter de sympathiser? Quand Reyna avait eu ses perfusions arrachées, l'infirmière avait eu très peur. C'était une piste à explorer sans tarder.

Reyna avait mémorisé son trajet dans le complexe… mais restait l'énigme du machin qu'on lui avait greffé dans le bras. L'objet faisait un centimètre de long et était gros comme un grain de riz: elle le sentait à fleur de peau, au niveau de l'avant-bras gauche.

Si elle avait disposé d'un outil tranchant, peut-être aurait-elle le cran de s'entailler. Pas sûr: l'idée de faire couler son propre sang la faisait frissonner. Et de toute façon, elle n'avait rien de tel à sa disposition, ses geôliers n'étaient pas idiots.

— Et merde! grommela Reyna en jetant son carnet de notes sur le lit.

Combien de temps lui faudrait-il? Localiser la sortie, dans ce vaste complexe, était en soi un sacré défi. Quant à extraire le mouchard sans objet tranchant, c'était carrément du délire. Mais basta! L'heure n'était plus à l'abattement. Elle se jura de s'évader.

Après avoir poussé un soupir, elle enfila sa tenue d'exercice blanche, passa dans la salle voisine et actionna le tapis de course. Reyna n'avait jamais fait de sport de sa vie, mais l'ennui et le désespoir faisaient parfois des miracles. Quant au cardio, il pourrait lui être utile. Pas dans l'idée de semer un vampire à la course, bien entendu. Juste de mettre toutes les chances de son côté.

Son exercice terminé, elle était en nage et hors d'haleine. Penchée en avant, les mains calées sur les genoux et s'efforçant de ne pas choir, elle entendit le cliquetis caractéristique de sa serrure.

— Il y a quelqu'un ?

Pas de réponse. De retour dans la chambre, elle n'y vit personne. Elle poussait un soupir de soulagement quand elle remarqua la housse à vêtements noire posée à plat sur le lit… et la note manuscrite qui l'accompagnait.

Sois prête dans une heure.

— Sois prête, lut-elle à voix basse. Prête à quoi ?

En huit semaines, elle n'avait rien porté hormis l'uniforme blanc. N'était jamais sortie. N'avait rien fait. À quel jeu Harrington jouait-il ?

La curiosité fut la plus forte. Elle ouvrit la housse qui contenait une robe de bal noire à manches longues. Coup d'œil à l'étiquette : c'était sa taille.

Reyna repoussa la housse. Un *bal*? Harrington voulait qu'elle assiste à un bal ? D'abord les mises en garde, puis la « présentation » à B, et voilà qu'il lui tendait le calumet de la paix ?

Avec un soupir de frustration, elle rendit les armes et se dirigea vers la salle de bains afin de s'y préparer. Sans savoir ce qu'elle faisait ni où elle allait. Elle n'avait pas envie de porter cette robe ridicule, de devenir le jouet de ce monstre, et savait qu'il lui fallait rester sur ses gardes… mais comment résister ?

N'ayant plus que cinq minutes pour s'habiller, Reyna enfila la robe et fit coulisser la fermeture Éclair dans le dos. Les manches en dentelles étaient munies d'un passant où glisser le majeur de chaque main ; le satin noir formait un V prononcé jusqu'au milieu du dos. Le devant, en revanche, était étonnamment peu décolleté. Une boîte contenant des chaussures noires à talons rouges attendait au fond de la housse. L'ensemble lui allait à merveille, comme dans un rêve.

Sauf qu'elle vivait un cauchemar.

Une heure pile après que sa toilette eut été déposée dans sa chambre, le vampire qui l'avait interceptée quand elle avait tenté de fuir apparut sur le seuil, toujours aussi massif. Il lui tendit un bandeau sans dire un mot.

— Merci, grommela-t-elle avant de se bander les yeux.

Harrington n'était pas aussi bête qu'elle l'avait cru, après tout…

— Vous pouvez marcher sur ces talons ?

— Je me débrouille.

Le costaud l'empoigna par le bras et la fit sortir à marche forcée. C'était le terme adéquat : il avait dû être militaire dans une autre vie, car il l'obligea à trottiner tant il allait vite. Et sur une longue distance. S'il prenait de longs détours exprès pour qu'elle soit paumée, cela fonctionna à merveille. Reyna fut vite désorientée.

On l'entraîna enfin dans une volée de marches avant de la pousser dans une pièce. La porte se referma ; la serrure cliqueta. La jeune femme ôta son bandeau et découvrit une petite salle de conférence avec, contre le mur du fond, un buffet d'où émanaient des fumets délicieux. Une télé était accrochée sur la droite, un projecteur sur la gauche. Soit plus de technologie que ce qu'elle avait vu en deux mois. Une table à un couvert était dressée face au téléviseur, une bouteille de champagne attendait dans un seau à glace, à la lueur d'une bougie. Reyna fut surprise de constater qu'elle brûlait vraiment.

À quoi rimait tout ce cirque ?

Elle faisait le tour de la salle en quête d'indices quand la porte s'ouvrit. Elle recula d'un pas et redressa le buste. Cette mise en scène, quelle qu'elle soit, ne changerait rien à l'affaire : c'était un marché de dupes. Forcément.

Harrington fit son entrée. Smoking impeccable, canne sous le bras, œil pétillant. Reyna découvrit alors à quel point ses pupilles étaient bleu glacier. Elle ne remarquait d'ordinaire que son manque total d'humanité, mais, à cet instant, il avait l'air presque humain. Ce qui acheva de l'agacer.

Il sourit alors que la porte se refermait derrière lui. Ce vampire cinglé et puissant… lui souriait. Mauvais signe. *Très* mauvais signe.

— Qu'y a-t-il ?

— Ah ! ma petite reine, j'étais sûr que cette robe t'irait à ravir. Tu as l'air de la reine que tu es appelée à devenir.

Houlà…

— As-tu touché au buffet ? J'ai pris soin d'y inclure tes plats préférés.

Elle se garda de répondre. Comment pouvait-il connaître ses goûts culinaires ? Et depuis quand s'en souciait-il ?

Il sourit de plus belle en constatant qu'elle ne pipait mot et traversa la salle. Elle le suivit des yeux et vit qu'il détaillait l'étiquette de la bouteille.

— Tu apprécies le champagne, n'est-ce pas ?

Toujours pas un mot.

— Ce cru est mon préféré. Un champagne rosé issu d'un petit vignoble français que j'ai fréquenté les premières années après ma transformation.

Miséricorde, voilà qu'il recommençait à s'écouter parler. Était-ce dans ce seul but qu'il avait ordonné qu'elle se déguise ?

— J'ai acheté la propriété quand il a été flagrant que la Révolution française allait faire table rase de toutes les bonnes choses, reprit-il.

Reyna fit les yeux ronds. La Révolution française… Il était né *avant* cette date ?

— La faute aux Américains, bien sûr, ajouta-t-il en débouchant le flacon avant d'emplir deux coupes. S'ils n'avaient pas donné le mauvais exemple en se rebellant, qui peut savoir où en serait la France aujourd'hui ?

— Vous êtes français ? demanda Reyna, incapable de se retenir.

C'était la première fois qu'elle l'entendait pérorer sur lui-même.

— Certainement pas, dit-il sans s'expliquer davantage.

Le P.-D.G. la rejoignit et lui tendit l'une des coupes.

— Goûte donc, très chère.

Reyna ravala la boule d'angoisse qui s'était formée dans sa gorge, pas certaine d'apprécier ce nouveau Harrington plus que le précédent et flippant de ne pas voir clair dans son jeu. Elle obtempéra néanmoins.

Les bulles pétillèrent sur son palais et dans sa gorge. Ce champagne était sec et fruité, pétillant juste ce qu'il fallait. En un mot : parfait.

— Il te plaît, dit-il, un sourire candide aux lèvres.

— Oui, répondit-elle, hésitante.

— Bien. (Il porta la coupe à ses lèvres et but une longue gorgée.) Ah, aussi bon que dans mon souvenir.

Reyna savait les vampires aptes à ingérer des aliments normaux, mais peu enclins à le faire. Ils buvaient plus fréquemment de l'alcool, mais elle n'avait jamais osé leur demander quel goût ils lui trouvaient. Ni si c'était aussi bon que… le sang. Et cette question-là, mieux valait ne pas la poser à ce monstre.

— Tu dois te demander ce que tu fais là, dit-il en se resservant avant de reposer la bouteille dans le seau à glace. Approche.

Elle s'avança à peine. Harrington posa la main sur une petite console qu'elle n'avait pas remarquée. Une vitre, opaque jusqu'ici, offrit soudain une vue plongeante sur une salle de bal bondée aux proportions gigantesques.

Pleine à craquer.

De gens.

Sans y penser, elle s'approcha de la vitre et y plaqua les mains.

— Qu'est-ce que… ?

— C'est une vitre sans tain, et la pièce où nous sommes est parfaitement insonorisée. Tous ces gens ne peuvent ni nous voir ni nous entendre. Ils ignorent qu'on les espionne.

Elle se décrispa un peu.

— Qu'est-ce que je fais ici alors ? C'est quoi tout ça ? dit-elle en désignant la salle de conférence avec buffet, bougie, champagne, puis sa robe et ses escarpins. Pourquoi me montrer un bal auquel je ne suis pas conviée ?

— Parce que j'ai pris conscience, répondit-il en s'appuyant sans manière contre la vitre, que je ne t'avais montré qu'une face de la pièce.

— Quelle pièce ?

— Ta vie n'a pas forcément à ressembler à celle de B, Reyna. Elle pourrait être celle-ci. De l'autre côté du miroir.

— Je suis prise au piège dans les deux cas.

— Tu peux l'être et devenir folle à petit feu ou choisir de mener l'autre existence. Le choix t'appartient. Sache-le. C'est à toi de décider.

Reyna le dévisagea en tentant de masquer sa propre incrédulité. Ce type était dingue. Fou à lier. Songeait-il sérieusement qu'il suffisait de lui offrir une jolie robe et un repas fin pour qu'elle éprouve une reconnaissance éperdue d'avoir été enlevée ?

— Est-ce si différent de l'existence que tu menais avec Beckham ?

Entendre ce nom lui fit froid dans le dos. Harrington ne parlait plus jamais de Beckham. Après l'avoir cuisinée une semaine ou deux au sujet de son ancien bras droit, le P.-D.G. paraissait avoir renoncé à lui soutirer la moindre information. Elle supposait qu'ils enquêtaient sur lui après qu'elle eut disparu, mais n'avait rien révélé qui puisse l'incriminer.

Et comme Harrington n'avait plus insisté, elle s'était dit que le sujet était clos.

— Il te nourrissait, t'habillait et t'offrait tout ce qui te passait par la tête, non ?

— J'étais aussi payée et autorisée à sortir, grogna-t-elle.

— Je pourrais te rémunérer, éluda-t-il. Quant à sortir… techniquement, c'est le cas.

— Seule et sans surveillance.

Harrington eut un bref éclat de rire.

— Ne crois pas un instant que Beckham Anderson t'ait laissée sortir sans surveillance.

Cette pique ne fit pas fléchir Reyna. C'était, hélas, la triste vérité : quand avait-elle été réellement seule ?

— Je le connais depuis beaucoup plus longtemps que toi. Tu peux me croire quand j'affirme que le Beckham auquel tu as cru n'existe pas. Personne n'est plus implacable que lui, plus enclin à tailler en pièces le monde entier pour faire avancer ses pions. Il t'a simplement offert le traitement réservé aux créatures dociles. Tu as vécu dans un semblant de liberté illusoire. Tandis que, moi, je joue franc-jeu avec toi.

Lui, jouer franc-jeu ? C'était risible. Chaque mot sortant de sa bouche était une entourloupe. À commencer, bien sûr, par ce qu'il disait à propos de Beck. Harrington frayait peut-être avec lui depuis des lustres, mais Reyna, elle, le connaissait mieux. Plus intimement. Il l'avait rendue folle, parfois, et elle avait douté de lui dans ses moments d'abattement. Mais ce que Beck éprouvait pour elle était établi. Les propos fielleux de ce fumier ne faisaient que renforcer ses propres convictions.

— Réfléchis bien, ma petite reine. Tu pourrais devenir mon invitée au lieu d'être ma prisonnière. Ta situation s'en trouverait grandement meilleure. Regarde les convives, comme ils s'amusent.

— Cette fête a lieu en quel honneur ? demanda Reyna presque malgré elle.

— La nomination d'un nouveau maire.

— Un nouveau maire ? s'étonna-t-elle en tournant la tête vers lui.

Sa volte-face sitôt effectuée, elle sut qu'elle venait d'entrer dans son jeu.

— Le maire Sky vient de décéder.

« De décéder ». En clair : d'être assassiné.

— Qui le remplace ?

Il se fendit de son sourire carnassier.

— Sa fille à laquelle tu as été présentée, je crois. Pénélope Sky.

Chapitre 5

Penny. Maire.

Reyna n'en revenait pas. Pénélope Sky, fille du défunt maire et belle comme un cœur, étudiante en dernière année, élue à la tête du conseil municipal ? La petite humaine amoureuse de Beckham, qui couvrait depuis plus d'un an les activités occultes du beau ténébreux au sein de la rébellion, qui était tout ce que Reyna n'était pas… Pénélope, grièvement brûlée lors de l'incendie du Caveau, le club libertin des vampires, deux mois plus tôt, avait réussi à devenir maire.

Par quel tour de passe-passe ?

Harrington éclusait son deuxième verre de champagne en rongeant son frein. Il la savait avide d'infos complémentaires et s'attendait à subir un assaut en règle : le peu qu'il venait d'annoncer appelait une avalanche de questions supplémentaires.

Sauf que son petit rictus suffisant en disait long sur ses intentions. Si elle cédait un pouce de terrain, il se ferait un malin plaisir d'en profiter.

— Intéressant, se refréna-t-elle avant de reporter son attention sur la fête en contrebas.

— Il faut que j'aille serrer des mains et féliciter la nouvelle élue. Dans l'intervalle, n'hésite pas à manger et à boire. S'il te manque quoi que ce soit, adresse-toi au micro situé près de la porte. Le type que j'ai posté à l'extérieur t'apportera ce qu'il te faut.

Sur ces entrefaites, Harrington prit congé.

Reyna poussa un long soupir de soulagement.

Que devait-elle penser de la proposition de ce monstre ? D'un point de vue rationnel, mieux valait vivre dans une prison ressemblant au paradis qu'à un asile d'aliénés. Pour autant… ce choix-là était certainement aussi lourd de conséquences que l'autre. Primo : tirer un trait sur ses chances d'évasion. Secundo : se plier implicitement aux conditions d'existence dictées par Harrington. Et, de ce fait, devenir une captive consentante. Alors qu'elle ne se sentait foutrement pas consentante.

Elle épia la fête en contrebas tout en continuant à gamberger. Malgré la conversation qu'elle venait d'avoir avec Harrington et les conséquences attendues de sa décision en suspens, le spectacle du bal la fascinait. Elle n'avait pas vu autant de gens à la fois depuis deux mois. Toutes ces robes chatoyantes, ces costumes impeccables… Les toasts, les éclats de rire, la fête battant son plein. C'était trop. À donner le tournis après huit semaines de calvaire aseptisé.

Quel délire de songer que c'était la vie qu'elle avait menée auprès de Beckham, avant son enlèvement ! Ils avaient assisté à un bal très similaire à celui-ci, pour célébrer l'adoption du recensement sanguin par le Congrès.

Elle soupira. Une éternité semblait s'être écoulée depuis lors.

L'attention de la foule se tourna vers le podium, proche de son poste d'observation, où Harrington était en train de monter. Il s'appuyait plus lourdement sur sa canne que ce que Reyna avait pu voir ces dernières semaines. Encore une de ses entourloupes. La jeune femme s'interrogea : combien de ses semblables savaient-ils qu'il avait trouvé un sujet compatible ? Très peu, selon elle, qui trouva inquiétant de commencer à le cerner. Et certainement encore moins à être au courant que ledit sujet était Reyna.

Si Harrington faisait mine d'être aussi diminué qu'il l'avait été lors de leur première entrevue, c'était dans un but précis : ce serpent-là n'agissait jamais sans raison.

Le P.-D.G. arriva enfin devant le micro. Si Reyna n'entendit rien à cause de cette foutue insonorisation, son annonce fit un effet bœuf à l'audience. Quelques minutes de discours plus tard, la foule applaudit à tout rompre tandis que le faux vieillard tendait la main vers les coulisses.

D'où émergea Pénélope Sky en personne.

Elle portait une robe de bal bleu ciel très chic et discrète à la fois. Sa crinière sombre était ramenée en chignon haut. Connue pour posséder un visage à l'ovale parfait, un charmant petit nez retroussé et des fossettes délicieuses, Penny était une humaine très séduisante. Même à distance, Reyna vit qu'elle était très belle. Bien que… différente.

Quelque chose, dans ses traits, avait changé. Les brûlures l'avaient marquée de façon irrémédiable. Les greffes de peau les plus sophistiquées n'avaient pas permis à Pénélope de retrouver sa physionomie d'avant l'incendie.

Qu'elle ait été un peu amochée importait peu. Penny était pleine aux as et éduquée, deux choses devenues presque inaccessibles aux humains en ces temps difficiles. Un gouffre sans précédent s'était creusé entre riches et pauvres. Avoir du fric *et* une cervelle bien faite ouvrait toutes les portes. Cela étant, posséder sa beauté était un plus indéniable. Reyna ne put s'empêcher de plaindre sa rivale. C'était moche qu'elle ait été la proie des flammes. Beckham était allé la secourir au péril de sa propre vie… et l'avait découverte vivante, mais meurtrie.

Pénélope n'était même pas censée être présente au Caveau cette nuit-là. Quoi qu'il ait pu se passer par ailleurs, Penny n'avait pas mérité ça. Ni elle ni personne.

Alors que la nouvelle élue faisait son discours, Reyna en profita pour épier la foule en quête de visages familiers. Il ne lui fallut qu'une minute pour trouver l'âme damnée du P.-D.G.,

Roland Batiste. Elle frémit en le découvrant. Ce fumier avait tenté de la violer, prêt à tout pour l'avoir, quoi que Beckham puisse penser. Il avait failli arriver à ses fins : sans l'intervention in extremis de son mécène, Reyna y serait certainement passée. Tout court, pas uniquement à la casserole.

La « petite fiancée du monstre », Sophie, se tenait à côté de Roland, vêtue de blanc virginal comme à son habitude. Cette nana était l'image même de ce que le système compagne-mécène avait de plus pervers. Elle était ce que beaucoup de gens nommaient une pute de sang, accro aux morsures, victime volontaire des vampires. Mais Reyna n'arrivait pas à la haïr. Chaque mortel ayant choisi de travailler pour Visage avait ses raisons propres. Son vécu personnel.

Près de Batiste et de Sophie se tenait la rousse incendiaire, Cassandra. Membre du trio de chouchous du P.-D.G. avec Roland et Beckham, folle et imprévisible, elle considérait les humains comme de la bouffe. Son compagnon, Félix, avait péri lors de l'incendie du Caveau, mais, apparemment, elle avait déjà un nouveau joujou.

Reyna continua à scruter la foule.

Encore, encore et encore.

Sans oser s'avouer qui elle cherchait avec tant d'ardeur. Mettre un nom sur celui qu'elle espérait trouver était trop douloureux, tout comme s'imaginer ce que pourrait signifier son absence. Son cœur ne supporterait pas de voir cet espoir douché. L'espérance était la mort des opprimés. Elle aiguisait l'appétit et finissait trop souvent écrasée sous la botte de l'oppresseur.

En voyant les applaudissements reprendre, Reyna reporta son attention sur Pénélope. Ce qu'elle vit alors la laissa médusée. Elle porta la main à sa bouche.

Il était là.

Beckham.

Beau comme un dieu dans son costume noir. Cheveux assortis, yeux d'ébène, barbe de trois jours assombrissant un maxillaire saillant. Était-ce en esprit qu'elle croyait noter chaque détail infime ? Seule certitude : il était bien là, tout près d'elle. Seuls quelques mètres et un vitrage sans tain insonorisé les séparaient… mais un kilomètre de distance aurait eu le même effet.

Et pourtant, elle restait comme hypnotisée. Le dévorait des yeux telle une morte de faim qui, victime d'hallucinations, mange une poignée de terre en croyant satisfaire un appétit inextinguible.

Beckham était encore plus sexy que dans ses souvenirs. Ses rêves, pour érotiques qu'ils aient été, ne lui avaient pas rendu justice.

Il prenait toute la place, occultait la salle de bal entière. Apparaissait menaçant et terrifiant à la fois. Puis, au coup d'œil suivant, à se damner. Ce diable-là pouvait briser une nuque en une fraction de seconde puis vous tenir dans ses bras avec une infinie douceur. Reyna était consciente qu'il pouvait se montrer implacable, qu'il avait probablement commis des atrocités avant de la connaître, avant d'entrer en rébellion, mais elle avait appris à voir le vrai Beckham derrière le masque de monstre. L'âme torturée qui se cachait derrière.

Comme elle aurait voulu pouvoir tendre la main, mettre un terme à son calvaire ! Mais il ne pouvait pas la voir. Pas davantage l'entendre ni sentir sa présence. Comment l'aurait-il su ?

Il enlaça Pénélope. Beckham était présent, certes… mais avec *elle*.

Reyna eut soudain envie de vomir. Ce n'était pas possible. Il n'avait quand même pas paradé avec Pénélope pendant qu'elle en bavait toutes ces semaines ? Chacun dans leur rôle aux yeux du public, lui le Saint, elle la Martyre, conformes aux surnoms que leur avaient attribués les médias, quand Beckham l'avait tirée des flammes… Il était là, debout à côté d'elle. Pas possible.

Reyna ferma les yeux à cette image devenue floue. C'était un tour. Une mise en scène, un jeu de dupes.

Un coup monté par Harrington.

Il savait.

Ce fumier savait.

La jeune femme avait caché beaucoup de choses à Harrington. La vraie raison pour laquelle Beck n'avait jamais bu son sang, ne s'abreuvant qu'au cou de Penny. La nature exacte de leur relation. Tout ce que Beckham lui avait confié à propos de la rébellion, dont il était membre. Elle ne l'avait jamais trahi. Pour autant, elle n'avait pas su occulter tout ce qu'elle éprouvait pour lui.

Le plan ourdi par Harrington était clair : il avait tenu à ce que Reyna découvre un Beckham heureux, épanoui, ayant tourné la page. Afin qu'elle doute. Qu'elle gamberge. Autant de failles qu'il pourrait ensuite exploiter. Pour faire comprendre à sa « petite reine » qu'elle gagnait au change. À quoi bon se morfondre en vain, alors qu'une existence fastueuse s'offrait à elle ?

Reyna s'obligea à contempler la scène. À voir Beckham là, sous ses yeux, avec cette morue de Pénélope Sky. À accepter de le voir heureux. À faire sienne cette vérité.

C'était un faux-semblant. Le même qu'il lui avait présenté, encore et encore, pendant toute leur vie commune. Qu'il présentait à Visage, à ses collègues, à toute la ville. Pour affirmer qu'il n'avait pas changé. Pour leur montrer à tous ce qu'ils désiraient voir.

Que fallait-il en retenir ? Un élément crucial : la couverture de Beckham était intacte.

Personne ne savait qu'il appartenait secrètement à *Elle*, le mouvement rebelle opposé à Visage Incorporated. Pas davantage que c'était Pénélope qui l'y avait fait entrer ni qu'il était complice de l'incendie criminel allumé dans le seul but de nuire à la multinationale dont il était officiellement vice-président. Qu'Everett ait livré Reyna à Harrington n'avait pas mis un terme aux activités souterraines de Beckham. Et ce, bien qu'il l'ait perdue, elle.

Reyna savait tout cela d'un point de vue purement logique. Elle n'était pas dupe. Sa confiance envers Beckham s'affranchissait du raisonnement et faisait fi de sa propre existence. Ce qui ne l'empêchait pas de souffrir en le voyant.

Quand bien même, par miracle, son plan d'évasion fonctionnait, jamais elle ne pourrait s'afficher avec lui comme Pénélope le faisait.

Beck et Penny donnaient l'image du couple idéal. De la toute-puissance. De l'union sacrée entre Visage et les pouvoirs publics.

Comment Reyna pouvait-elle soutenir la comparaison ? Une paumée du quartier des Entrepôts, tombée par hasard de l'autre côté du miroir... Qui n'était rien ni personne. Et ce, depuis sa naissance. Elle avait beau chérir le cocon tissé avec ses frères et Beckham, sa place n'était pas dans ce monde. Contrairement à Penny. Et à Beck.

Elle en eut le cœur brisé. Tout en sachant qu'il s'agissait d'une mise en scène, d'un sale tour orchestré par Harrington, son cœur saignait.

Puis, pile au moment où, ayant renoncé, elle s'apprêtait à se détourner de cette scène idyllique, le miracle se produisit : Beckham tourna la tête et la regarda du coin de l'œil.

Impossible.

Absolument impossible.

Il tourna encore la tête. Leva les yeux. Se tendit. Son maxillaire tressaillit. Aucun doute, il la regardait. Droit dans les yeux.

Comment ? Il ne pouvait pas la voir ! Ne disposait d'aucun moyen de la savoir là, derrière cette vitre sans tain ! Ça n'avait aucun sens… Et pourtant.

Reyna se sentit perdue. Complètement. Comme chaque fois qu'elle sentait peser son regard sur elle. Un court instant, plus rien d'autre n'exista. La vitre qui les séparait, la salle comble, Roland, Harrington, Pénélope. Ils étaient seuls au monde.

Elle resta pétrifiée. Assaillie par les souvenirs de leurs moments d'intimité. Sa terreur, la première fois qu'elle l'avait vu à l'hôpital Visage. La soirée où il l'avait arrachée aux griffes d'un vampire renégat avant de la ramener chez lui, en lieu sûr. Leur premier baiser quand, enfin, le beau ténébreux avait renoncé à son masque de froideur. Où le vrai Beckham lui était apparu. Probablement éprise de lui dès la première seconde, elle avait tout à fait craqué à cet instant-là. Au point de n'avoir plus qu'une envie : revivre chaque baiser, chaque étreinte, chaque sourire. À en crever.

Elle tendit la main vers lui, désireuse de croire à la vérité de cet instant. De croire qu'il pouvait la voir. Qu'il ne s'agissait pas d'une illusion créée par sa propre imagination. Tout, tout ! Sauf s'éveiller en nage, avec son beau visage viril imprimé sur la rétine. Et pourtant… Ce moment fugace, elle sut qu'elle allait le revivre en rêve. Encore et encore. Jusqu'à en avoir le cœur net.

En proie à des palpitations, la gorge nouée et le souffle court, Reyna craignit de voir se refermer trop tôt cette parenthèse enchantée. Qui dura, pourtant. Une minute ? Une heure ? Peu importait : pour insensé qu'il puisse être, cet instant lui parut bigrement réel.

Puis Penny lui tira sur la manche. Sa concentration rompue, Beckham appartint de nouveau à Pénélope Sky.

Reyna sentit quelque chose se briser en elle. Un court instant, ils s'étaient retrouvés. Parviendrait-elle à digérer l'horrible possibilité qu'il se soit agi de leur dernière entrevue ?

Chapitre 6

Après que le garde l'eut reconduite dans sa cellule, Reyna passa une nuit blanche agitée. Le sommeil lui vint tout aussi difficilement la nuit suivante. Pire encore, alors qu'elle ouvrait les yeux, la jeune femme prit conscience que c'était lundi. Jour de don du sang. Une épreuve qu'elle redoutait comme chaque fois.

Avec, ce matin-là, une angoisse supplémentaire à l'idée de revoir Harrington. Qui n'allait pas manquer d'user de son charme, tel le gentleman qu'il n'était pas. Et qui exigerait une réponse : enfer ou paradis ? Folie ou grande vie ?

Elle se leva en sursaut, abrutie par le manque de sommeil et plus en rogne que jamais. Ce nouveau lundi promettait d'être le pire de tous.

Reyna luttait pour garder les yeux ouverts quand l'infirmière entra en poussant le chariot du petit déjeuner. Sauf que… ce n'était pas la même.

— Bonjour, lança la femme, souriante.

Vêtue du même uniforme que son homologue, celle-ci était sensiblement plus jeune, moins de trente ans à vue de nez, et… presque amicale. Qu'était-il arrivé à l'autre ?

— Qui vous êtes ? demanda Reyna. Vous n'êtes pas l'infirmière habituelle.

— En effet. Nancy est malade, je la remplace.

Nancy. Tel était donc le prénom de la femme-dragon.

— Moi c'est Meghan, avec un h. Votre infirmière pour aujourd'hui. Nancy a chopé le microbe qu'on s'efforce de contenir depuis quelque temps. Histoire de ne pas contaminer nos résidents spéciaux.

« Résidents spéciaux », ben voyons. Prisonniers précieux, plutôt…

— Vous vous sentez d'attaque ?

— Carrément pas, avoua Reyna.

— Il faut quand même qu'on y aille, déclara Meghan avec un coup d'œil à sa montre pour indiquer que l'heure tournait.

— Vous ne m'obligez pas à manger ?

— Avez-vous faim ?

Reyna la regarda avec étonnement. Nancy, de toute évidence, n'avait pas briefé la nouvelle.

— La tête me tourne, quand j'ai l'estomac vide au moment de la prise de sang…

— Prenez une banane et mangez-la en route, trancha Meghan.

OK, la nouvelle. Comme tu voudras.

Reyna empoigna une banane et commença à la manger tout en suivant Meghan dans le couloir. Au lieu de passer devant, comme Nancy le faisait toujours, la nouvelle marchait à ses côtés. D'un pas allongé et plein d'assurance, en accord avec sa physionomie : buste bien droit, tête haute, cheveux d'un roux éclatant ramenés en queue-de-cheval sévère, aucun maquillage pour souligner le vert émeraude de ses iris, sourire en coin qui disait tout et rien à la fois.

Elles débouchèrent dans la chambre d'hôpital austère quelques minutes plus tard. Meghan lui fit signe de prendre place dans le fauteuil. Reyna fit la grimace. Tout ce cérémonial lui faisait horreur.

Au moins disposait-elle d'une minute pour contempler l'échiquier avant de s'asseoir. Elle resta les yeux rivés dessus plus longtemps qu'à l'habitude ; après B et le bal, n'existait-il pas une ouverture ? Il fallait absolument parvenir à le battre. Hélas, elle eut beau observer la disposition des pièces sous toutes les coutures, rien ne lui vint. Aussi se résolut-elle à faire avancer un pion.

— Prête ? demanda Meghan.

— Jamais de la vie.

— J'avais la phobie des aiguilles, autrefois, reprit l'infirmière en désinfectant la saignée du coude de Reyna.

— Ah bon ?

— Eh oui. Rien qu'à l'idée qu'on m'en enfonce une dans le corps, j'en avais des suées. Je vomissais avant chaque prise de sang. C'était affreux. Le pire du pire.

Reyna se tourna vers la rouquine et vit qu'elle s'animait beaucoup en parlant.

— Et puis un beau jour, je me suis dit, pourquoi avoir peur de ce truc minuscule qui vient en aide à des millions de gens, prévient les maladies… et permet même à certains de planer ?

Reyna s'esclaffa malgré elle puis grimaça : la nouvelle lui avait planté une aiguille dans le bras à l'improviste. Tellement occupée à écouter Meghan, elle n'avait presque rien senti.

— Vous voyez, ça n'est pas si terrible.

— Pour tout dire, rétorqua Reyna, c'est la seconde injection qui me fait planer. Vous avez une autre histoire en réserve ?

— Et si c'était votre tour, plutôt ? Allez-y, je suis tout ouïe.

Reyna se ferma comme une huître tandis que Meghan passait à l'autre bras. Que diable lui raconter ? Rien à propos de Beckham ni sur sa vie d'avant. Rien que Visage puisse utiliser contre elle. Ni qui puisse l'incriminer. C'était très limitant…

— Pas d'histoire, désolée, fit-elle en haussant les épaules.

— Tant pis, faisons ça à l'ancienne.

L'infirmière rousse commença à compter jusqu'à trois… mais lui planta l'aiguille arrivée à deux. Reyna tiqua. Cela étant, c'était moins pénible que d'habitude.

Elles en avaient presque terminé avec la prise de sang quand la serrure cliqueta. La jeune femme frissonna, mais en voyant Meghan arquer un sourcil, elle se redressa et se prépara à ce qui promettait de suivre.

Harrington fit son entrée. La canne sous le bras, il porta sur Reyna le même regard que celui qu'il avait eu pour la foule, depuis la scène. La nouvelle se crispa elle aussi. C'était vaguement rassurant : elle non plus n'était pas insensible à la présence de ce monstre. Pourvu, songea Reyna, qu'elle ne se discrédite pas en sortant une bêtise…

— Ma petite reine, lança Harrington avec un sourire carnassier, comment allons-nous, ce matin ?

— Comme quelqu'un bardé d'aiguilles, répondit Reyna en évitant de le fusiller du regard.

— Tels sont les risques du métier, que veux-tu…, éluda-t-il en s'installant sans effort devant l'échiquier.

Les jambes croisées, il joignit les mains devant lui. Observa les forces en présence. Puis :

— Tss-tss. Tu as exposé ta reine.

— J'ai… j'ai quoi ?

Pour toute réponse, Harrington déplaça une pièce et croqua sa reine. Nouveau sourire féroce.

— Ne jamais laisser sa reine sans défense, énonça-t-il. Échec.

Reyna grinça des dents et préféra se concentrer sur ce que faisait Meghan. Tout, sauf assister – encore – au triomphe de ce salopard.

— Et sinon, qu'as-tu pensé du bal ? demanda Harrington en changeant de sujet. Je regrette de ne pas avoir pu te revoir après…

Lui, regretter quoi que ce soit ? Bien sûr !

— Quand on en a vu un, on les a tous vus, rétorqua Reyna, dédaigneuse.

Harrington afficha un air amusé et sourit en coin.

— C'est assez vrai, ma foi. Et ma proposition, as-tu eu le temps d'y penser ?

Reyna déglutit péniblement.

—J'y ai… réfléchi, oui.

—Et?

—Je ne sais pas.

Mensonge. Elle savait pertinemment. Qu'elle ne pouvait pas rester ici, que fuir était son unique priorité. Que virer dingo était tout aussi exclu, qu'il valait mieux mourir à retomber aux mains d'une psychopathe comme B. Mais aussi… qu'elle ne supporterait pas davantage de vivre dans le luxe. Cela ressemblerait trop à un renoncement et tout espoir n'était pas mort en elle. Pas après avoir vu Beckham de si près. Pas alors qu'il pouvait tenter de la délivrer.

—Ma petite souris indécise, railla-t-il.

Elle tenta d'ignorer le mordant dans sa voix. Meghan, de son côté, faisait celle qui n'entendait rien. En bonne professionnelle.

—Il me faut p… plus de temps, bafouilla-t-elle.

—N'ai-je pas été assez convaincant? dit Harrington, le menton en appui sur ses mains jointes.

Une lueur dangereuse s'alluma dans ses yeux; les mots qui suivirent tranchaient comme des rasoirs.

—Peut-être est-ce parce qu'il manque quelque chose, par rapport à ce que t'offrait Beckham…

Reyna fit de son mieux pour rester de marbre. Refusa de penser à ce que Beck lui avait offert. Son absence, en cet instant, creusait un gouffre insondable.

—Je pourrais probablement, moi aussi, t'apporter la satisfaction sexuelle.

Il avait lâché ça de façon si laconique qu'elle faillit s'étouffer. *Miséricorde.* Le dégoût lui retourna l'estomac. Ça y était, elle touchait le fond…

—Euh… non merci.

— Pas personnellement, bien sûr. Les rares fois où il m'arrive de me retrouver au lit avec une femme, c'est quand l'amant du moment y trouve son plaisir.

Reyna eut soudain envie de voir un trou noir s'ouvrir sous ses pieds et l'engloutir. Ce type de conversation ? Avec quelqu'un comme Harrington ? Tout bonnement impensable.

— C'est… très généreux à vous, s'obligea-t-elle à répondre.

Il lui faisait trop peur pour qu'elle provoque un nouvel incident.

— Mais pas assez pour te décider ?

— Il me faut plus de temps.

— Ma patience a des limites, gronda-t-il.

Non. Reyna n'avait plus qu'une envie : hurler. Se mettre en rage. Lutter jusqu'à son dernier souffle. Mais qui pourrait lui en vouloir d'avoir la vie chevillée au corps ? Personne. Cela étant, la simple idée de dire oui à ce monstre lui faisait l'effet d'une trahison. Sa vie en cellule était ennuyeuse, certes, mais confortable. Pourquoi fallait-il qu'elle opte pour pire ou plus luxueux ? La seule véritable option, c'était sortir. Vivre libre.

Harrington dut déceler l'indécision sur ses traits.

— C'est ça ou B, petite reine. À toi de choisir. Je veux t'entendre dire oui ou non.

Reyna ouvrit la bouche. En vain : aucun son ne sortit. C'était au-dessus de ses forces.

— Maintenant, Reyna, aboya-t-il.

— C'est non, éructa-t-elle.

Il la dévisagea, médusé. Cette réponse-là, de toute évidence, le prenait de court. Surtout après ce qu'il avait fait subir à Reyna.

— Tu préfères donc la folie au luxe ?

— Non, répéta-t-elle, le timbre strident. C'est la liberté que je préfère.

— Cesse de te bercer d'illusions, contra-t-il en se levant avec brusquerie. Tu ne sortiras jamais d'ici. Ta sentence, c'est toi-même qui viens de la signer. J'étais disposé à collaborer. À t'offrir une existence merveilleuse. Souviens-toi avec quelle légèreté tu as décliné ma proposition, car tu as laissé passer une occasion qui ne se représentera pas.

Reyna releva la tête dans une posture de défi. Sa décision était prise. Au plus grand mépris des répercussions possibles.

Harrington la gifla d'un revers de main si violent qu'elle vacilla. Elle vit trouble et eut des bourdonnements d'oreilles tant le choc avait été fort.

— Tu es une fille très bête, tu sais… et je te *briserai*.

Reyna refoula ses larmes. Elle détesta cette peur viscérale qui la prenait aux tripes, comme lors de la rencontre avec B. Elle s'était crue déjà brisée, réduite en cendres par les événements successifs. Et pourtant, Reyna avait puisé en elle la ressource de refuser tout net ce que ce monstre attendait.

Harrington sortit en trombe. Elle le vit s'en aller en sentant un brusque flot de larmes lui rouler sur les joues. Sa menace était une promesse ; elle pria pour y survivre.

— C'était incroyablement stupide de votre part, murmura Meghan dans un souffle.

— Qu'en savez-vous ? aboya Reyna, piquée au vif. Je refuse d'être sa chose ! Ça m'achèverait. Plutôt mourir que vivre cette vie-là.

L'infirmière rousse esquissa un sourire.

— Il est temps de retourner dans votre chambre.

— Je n'ai pas eu mon injection de venin…

— La machine ne marche pas. Il faudra revenir.

— Génial, maugréa Reyna à mi-voix tandis que Meghan lui retirait la perf et lui désinfectait le bras.

Pour couronner le tout, elle était coincée avec une nana bavarde et incompétente. Nancy, au moins, connaissait son affaire.

Meghan la raccompagna jusqu'à sa piaule et entra avec elle.

— Vous n'avez rien à faire ici, bougonna Reyna. Allez plutôt réparer la machine.

Son seul désir : se coucher et dormir tout le jour.

L'infirmière consulta sa montre en marmonnant quelque chose.

— Trois, deux, un, murmura-t-elle.

Puis elle leva les yeux sur Reyna et produisit un petit pistolet en acier chromé.

— C'est quoi ce délire ? piailla Reyna.

— Donnez-moi votre bras.

— Et puis quoi, encore ? Que je me laisse flinguer ?!

— Reyna, dépêchez-vous ! Le temps nous est compté.

— Qui vous êtes ? On vous envoie me tuer, c'est ça ? Pour que ce maudit Harrington tombe en panne de sang frais ? Oubliez ce que j'ai dit tout à l'heure, je ne veux pas mourir, d'accord ? Pitié…

— Je ne suis pas venue vous tuer, nom d'un chien, dit Meghan en agitant son petit pistolet.

— Pourquoi vous me menacez avec ce truc, alors ?

Meghan empoigna fermement sa patiente par le poignet puis, sa douceur professionnelle envolée, plaqua le canon sur l'avant-bras de Reyna et pressa la détente. La jeune femme perçut une légère décharge et hoqueta.

— Vous m'avez fait quoi, bordel ?

— J'ai désactivé le mouchard de votre avant-bras. On a dix minutes, dit la rouquine en jetant un nouveau coup d'œil à sa montre. Très exactement neuf minutes et vingt-sept secondes pour vous sortir de ce merdier.

Chapitre 7

— Vous... vous venez me délivrer ? s'écria Reyna, incrédule.

— C'est l'idée, oui.

Meghan se rua sur le chariot du petit déjeuner d'où elle extirpa un sac, l'ouvrit et lança les fringues qu'il contenait à Reyna.

— Passe ça en vitesse. Les caméras sont HS, mais pas pour longtemps.

— Vous appartenez à *Elle* ? demanda Reyna d'une voix hésitante.

— Oui, grogna la rouquine. Allez, du nerf !

L'urgence qui se lisait dans les yeux de Meghan fit ravaler ses mille et une questions à Reyna. Le temps pressait.

Aussi se déshabilla-t-elle sans faire d'histoire avant d'enfiler une tenue d'infirmière. Meghan lui arrangea les cheveux afin que ceux-ci lui couvrent la figure au maximum, accrocha le sac à son épaule puis hocha la tête. Elles sortirent d'un même pas. Meghan vérifia que le couloir était désert.

— Les caméras sont HS jusqu'à la sortie, murmura-t-elle. Les mêmes images tournent en boucle, personne ne devrait avoir le temps de s'en rendre compte. Si tout va bien, on sera dehors avant que quiconque ait remarqué ton absence. Tu es prête ?

Reyna se fendit d'un bref hochement de tête. Sortir d'ici ? Et comment !

La rouquine ne perdit pas un instant. Elles s'élancèrent au pas de course. Reyna forma le vœu qu'elles ne tombent sur personne et pria pour que Meghan sache ce qu'elle faisait. S'il s'agissait d'un nouveau tour cruel orchestré par Harrington, y survivrait-elle ?

Elles progressèrent dans le dédale de couloirs. Au bout du premier, un coude, un nouveau couloir, puis à gauche, à droite, à gauche, à droite. Reyna avait cru qu'Harrington avait fait exprès de faire des détours quand il l'avait conduite à B, ou quand son horrible cerbère vampire l'avait emmenée au bal. Mais la réalité était bien pire : jamais elle n'aurait pu s'extraire d'ici sans aide. C'était un vrai labyrinthe.

Au moins s'était-elle préparée d'une autre manière. Quel bonheur de s'être mise à la course à pied ! Ses muscles la tiraillaient, mais sa respiration, elle, restait régulière. C'était agréable. Galvanisant, même.

C'était très certainement dû à l'afflux d'adrénaline. Peu importait : tout avantage, si minime soit-il, était bon à prendre.

Nouveau virage, nouveau couloir. Toujours personne. Ce qui concordait avec ses sorties précédentes. Harrington devait préférer qu'il en soit ainsi. Dans le cas contraire, quelles auraient été leurs chances de parcourir tous ces longs couloirs blancs sans voir autre chose que des portes closes et des plafonniers ? Reyna aperçut une caméra de surveillance dans un angle. Elle ne clignotait pas en rouge, contrairement à celles de sa chambre. Meghan paraissait avoir dit vrai : les caméras étaient HS. Elles allaient pouvoir sortir de cet enfer.

Alors qu'elles arrivaient à un énième angle droit, Meghan leva la main. Les deux femmes s'arrêtèrent. Reyna fit les yeux ronds et attendit que son rythme cardiaque ralentisse.

— Il faut bientôt qu'on emprunte un escalier. On y sera dans deux galeries. Le problème, c'est que la zone est plus peuplée que le secteur des cellules. Tâche d'avoir l'air d'une infirmière. Si jamais on nous adresse la parole, laisse-moi parler.

Reyna fit signe qu'elle avait compris. Ce rôle subalterne lui allait très bien.

Après avoir pris une profonde inspiration, Meghan les conduisit vers le nouveau secteur. Le couloir qu'elles empruntèrent était bordé de salles vitrées. La plupart d'entre elles inoccupées, mais, dans quelques-unes, elles virent des médecins, scientifiques et infirmiers en tenue de laboratoire. Beaucoup arboraient la vareuse blanche impeccable que Reyna avait associée au personnel de Visage. De rares personnes portaient costume et cravate sous la blouse. Des lunettes spéciales leur pendaient autour du cou ; d'autres s'en servaient pour observer des choses au microscope ou dans des boîtes de Petri. Des poches de sang étaient suspendues en rang derrière les laborantins.

Des expériences.

Ces gens-là faisaient des expériences ayant trait au sang. Elle frissonna en se demandant si le sien était mis à contribution.

Une colère irrationnelle s'empara de Reyna. Quoi qu'ils puissent découvrir, rien ne pourrait jamais justifier les horreurs qu'elle avait subies. Elle pria pour que tous, hommes et femmes, pourrissent sur pied.

— Souris, lui glissa Meghan entre ses mâchoires serrées.

Reyna s'efforça de ravaler sa hargne au plus profond d'elle-même. Puis elle sourit. Au prix d'un gros effort, elle évita de montrer les dents et de lancer des regards haineux à ces gens. À rester placide. Sans expression. Entrer dans la peau de l'infirmière Nancy : telle était la clé pour s'en sortir.

Elles étaient presque au bout de leurs peines quand un toubib sortit de l'une de salles.

— Pas si vite, dit-il en claquant des doigts pour attirer leur attention, vous devez être les personnes qu'on m'envoie.

Les deux femmes échangèrent un regard inquiet.

— Oui monsieur, déclara Meghan en hochant la tête.

Reyna prit conscience avec effroi que ce type devait être un vampire. Un spécimen lambda, sans magnétisme particulier ni regard de tueur. Mais, quand il leur sourit en montrant les crocs, elle sut qu'elle aurait *dû* avoir peur. Serait-elle devenue habituée aux suceurs de sang au point de ne plus les voir comme des monstres ? À moins, bien sûr, que celui-ci fasse pâle figure par rapport à Beckham ou Harrington.

— Formidable. Allez chercher la patiente X13276 dans sa chambre, voulez-vous ? dit-il en tendant une tablette à Meghan.

— Bien monsieur, répondit l'intéressée.

— C'est la fin pour elle, hélas, déclara le vampire, pris d'un remords sincère.

— La fin, monsieur ? réagit Reyna, ce qui lui valut un regard acéré de la part de Meghan.

— X13276 est la première à répondre aux tests. Nous allons devoir en passer par le stade ultime, afin de déterminer si nous pouvons dupliquer son sang pour obtenir le précieux antidote.

Le toubib rayonna comme s'il venait de leur faire part d'une grande nouvelle.

— Ça veut dire… que les vampires pourront se passer de la compatibilité sanguine ? demanda Reyna, horrifiée.

Au regard noir que lui lança Meghan, elle sut qu'elle avait mal masqué son effroi.

— Précisément ! Un pas de géant pour la vampirité, s'esclaffa-t-il, ravi de son piteux trait d'esprit.

— Excellente nouvelle, docteur. Nous vous l'amenons sans délai.

Sitôt sa tirade achevée, Meghan se vit quasiment contrainte de tirer Reyna loin du médecin. Dès qu'elles furent hors de portée d'oreille, elle lui décocha un coup de coude rageur.

— Qu'est-ce qui t'a pris ? Comme si on avait le temps de nous attarder sur les bienfaits ou les conséquences d'un antidote sanguin !

Reyna se mordit la lèvre inférieure tandis qu'un plan prenait corps dans son esprit. Ses yeux passèrent du docteur qui disparaissait à la tablette que tenait la rouquine.

— Il faut qu'on trouve cette nana.

— Tu as perdu la boule ?

— Absolument pas. Réfléchis une seconde. On peut la délivrer. La conduire hors de cet enfer. Tu as vu à quoi ressemblait ma vie ; imagine ce que peut être celle d'un cobaye. Je t'en prie, tentons le coup. Dès l'instant où ça sent le moisi, on renonce, d'accord ?

Meghan dut déceler la détermination dans ses yeux et hocha la tête.

— OK, on tente. (Coup d'œil à la tablette.) Par ici.

Elles poursuivirent dans le long couloir jusqu'à ce que Meghan pile devant une porte anonyme. Elle saisit un code sur un boîtier mural et le battant coulissa. Reyna eut un haut-le-cœur : cette pièce était une cellule de prison. Une vraie. Rien à voir avec le cadre luxueux dans lequel elle avait vécu ces dernières semaines. La jeune femme comprit sa chance.

Un réduit de trois mètres sur trois avec lit métallique dans un angle, matelas ridiculement fin et drap grisâtre. Seau à déchets dans le coin opposé. Trou d'évacuation au beau milieu. Murs naguère blancs, constellés d'inscriptions. Pas de fenêtre. Une ampoule nue, pendue à un fil électrique. Rien qu'un foutu réduit bien atroce.

Il fallut un moment à Reyna pour prendre la mesure du triste état de la cellule avant de remarquer la femme noire qui avait sauté du lit à leur approche. Pas plus âgée que Reyna, elle portait la version minimaliste de l'uniforme blanc auquel la jeune femme était habituée. La prisonnière, grande et maigre comme un clou, était dotée d'une masse désordonnée de cheveux crépus au volume ahurissant. Elle expira bruyamment après avoir jeté un coup d'œil aux deux arrivantes restées sur le seuil.

— On est ici pour vous tirer de là. Suivez-nous.

X13276 fit les yeux ronds sous l'effet du choc.

— J'ignore qui vous êtes, mais…

— Et merde, bougonna Meghan en lui coupant la parole. On n'a pas le temps pour ces conneries. C'est oui ou c'est non ?

La femme noire les observa tour à tour, l'air hésitant.

— Pour ça oui, se décida-t-elle, j'ai foutrement envie de me barrer d'ici.

— Bien, répondit la rouquine en dégainant son petit pistolet.

X13276 sursauta, effrayée.

— Ce truc va désactiver le mouchard que vous avez dans l'avant-bras, intervint Reyna. Laissez-la faire et on file. Promis.

La femme plissa les yeux et contempla les deux « infirmières » avant de consentir à tendre le bras. Meghan plaça le pistolet contre l'appareil et pressa la détente. Le mouchard bourdonna. Fini. La prisonnière passa la main sur le petit bourrelet de chair.

— On y va, pressa Meghan. Il nous reste moins de cinq minutes pour sortir du bâtiment pendant que les caméras sont HS. Je n'ai pas de tenue pour toi, désolée. Tu vas devoir te faire passer pour notre patiente. Aie l'air docile. Mieux : joue celle qui est shootée après une morsure de vampire.

— C'est sérieux, votre numéro ? lança la femme, une lueur méfiante dans ses yeux noirs.

— Personne ne mérite de croupir ici, répondit Reyna en lui tendant la main pour l'inciter à sortir de sa cellule.

X13276, toujours sous le choc, secoua la tête.

— OK, OK… je vous suis.

— Pas trop tôt ! Taillons la route, pressa la rouquine.

Les trois femmes s'élancèrent dans le dédale jusqu'à ce que, enfin, une cage d'escalier se présente à elles. Elles gravirent les marches. Un étage, un autre, encore un. Reyna perdit rapidement le fil. L'autre prisonnière les talonnait, mais, à sa respiration heurtée, il était manifeste qu'elle ne s'était pas entraînée comme Reyna. Même cette dernière avait le souffle court à force de gravir des marches par dizaines.

— Où est-ce… qu'on est ? haleta-t-elle.

— Chez Visage. J'expliquerai plus tard, promit Meghan.

Visage Incorporated.

Tout ce temps, elle était restée enfermée dans l'immeuble où travaillait Beckham. Deux mois à vivre, respirer, manger, dormir et mourir à petit feu. Dans les entrailles mêmes de ce foutu gratte-ciel ! Au vu et au su de tous… ou presque. Comment Harrington avait-il fait ? Comment était-ce seulement possible ?

— Je le tuerai, marmonna-t-elle.

— Excellente idée, mais, pour l'heure, on garde la tête froide.

Reyna hocha la tête et continua à avaler les étages.

— Plus que deux, indiqua Meghan.

Presque rien.

Alors qu'elles atteignaient le palier de l'étage suivant, une alarme retentit avec force. Reyna s'immobilisa ; l'autre prisonnière lui rentra dedans. Les deux femmes, paniquées, levèrent les yeux vers la rouquine.

— C'est quoi ce merdier ? s'écria la femme noire.

— Meghan ? abonda Reyna.

L'intéressée braqua sur elle des yeux tout aussi apeurés.

— Et merde…

— Quoi, merde ? voulut savoir Reyna.

— Reprenez votre souffle. Contrôlez votre respiration. Toutes les deux, ordonna Meghan.

Elle entreprit d'arranger les mèches de Reyna afin qu'elles lui cachent une partie du visage. S'il était manifeste qu'elle tentait d'avoir l'air sûre d'elle, ses mains tremblaient.

— Meghan, qu'est-ce qui se passe ? Réponds ! aboya Reyna.

— Quelqu'un a pigé que tu étais en fuite, murmura l'envoyée. Notre fenêtre de tir vient de se refermer.

Chapitre 8

— Qu'est-ce qu'on fait ? demanda Reyna. C'est quoi, le plan B ?

Meghan secoua la tête.

— Il n'y a pas de plan B.

— Tout ça pour ça ? s'emporta X13276.

— On se calme, d'accord ? De toute évidence, quelqu'un a remarqué l'absence de Reyna. Ou la tienne, ajouta-t-elle en désignant la femme noire. Il se peut aussi qu'on ait trouvé notre comportement bizarre ou qu'on ait remarqué que les caméras étaient HS. Quoi qu'il en soit, il nous reste du temps pour rallier le point d'extraction. Plus que deux étages et une porte de sortie à négocier. C'est jouable. On n'a pas le droit d'échouer.

— Allons-y alors, pressa Reyna.

— Je refuse de retourner en cabane, abonda l'autre femme.

Une porte palière s'ouvrit à la volée en contrebas. Meghan prit la prisonnière par l'avant-bras, Reyna fit de même de l'autre côté et les trois femmes s'élancèrent. Reyna fit profil bas : ignorant combien de gens la savaient captive dans les sous-sols de Visage, elle craignait qu'on la reconnaisse. De ce fait, mieux valait redoubler de prudence.

Une foule envahit la cage d'escalier tandis qu'elles continuaient à gravir les marches. Comme si l'alarme incendie avait retenti, poussant tout le monde à évacuer.

— Ce que je peux détester ces exercices, bougonna une femme dans le dos de Reyna.

— Tu l'as dit, renchérit son voisin.

— Quelqu'un a précisé qu'il ne s'agit pas d'un exercice, fit valoir un troisième. (Reyna se crispa, craignant que leur couverture saute.) Paraît que le boss en personne va nous annoncer qu'on a tous droit à un sujet permanent.

Reyna souffla ; d'évidence, ceux-là ignoraient les vraies raisons de l'alerte. Ils croyaient qu'à la place du système de rotation mensuelle des compagnons de sang ils allaient tous bénéficier du nouveau programme de cohabitation permanente mécène-compagnon, dont elle avait été l'une des pionnières en allant vivre chez Beckham.

— J'avais cru comprendre que c'était réservé aux cadres supérieurs, s'étonna la femme vampire.

— Le recensement de la ville est terminé. Ils vont pouvoir refiler un humain à chacun.

— J'ai pas envie qu'un mortel vienne squatter chez moi, maugréa le premier type. Bonjour l'invasion…

— Tu regrettes à ce point le bon vieux temps ? taquina la femme.

Reyna se mordit la lèvre inférieure et se ferma à la suite de leur conversation.

Deux étages plus haut, Meghan s'efforça de fendre la foule en direction de la sortie. Quelques personnes grommelèrent. Elles réussirent néanmoins à passer. Arrivées devant la porte, hélas, elles la découvrirent gardée par un vigile.

— On ne sort pas, les filles.

Le vampire sourit, loucha sur la poitrine de Meghan puis la regarda dans les yeux. Le coup d'œil, pour bref qu'il fût, n'avait pas échappé à la rousse incendiaire qui minauda un peu.

— C'est que… ça m'embête, de trimbaler cette nana au milieu de tous ces gens. Elle est porteuse du sale truc, vous savez. Ce serait plus sûr de passer par l'extérieur, vous trouvez pas ?

— Le patron l'a interdit. Désolé. Tout le monde doit monter. Contrôle général.

— Je sais, je sais, rétorqua Meghan en battant des cils. Mais vous tenez vraiment à ce que je la fasse aller là-haut ? Elle n'est pas de la boîte et elle est *malade*.

Le mot le fit tiquer ; il observa X13276.

— Malade comment ?

— Vous tenez vraiment à le savoir ? Ça craint un max de la promener au milieu de vampires... On m'avait assuré que les couloirs seraient déserts pendant son transfert.

Le vigile vampire plissa les yeux.

— C'est le truc du sang ? dit-il, mal à l'aise.

Meghan prit la balle au bond.

— Oui. Et un cas sévère, encore.

Il fit un pas en arrière.

— Mais... c'est contagieux, ce truc. Qu'est-ce qu'elle fout dans la cage d'escalier ?

— Je vous l'ai dit, la voie était censée être dégagée. Le mal a fait des ravages, regardez-la. (Meghan désigna les bras osseux de la prisonnière, sa taille de guêpe.) Ce virus est vraiment terrible... Le plus simple, ce serait de passer par l'extérieur. Pour éviter la foule.

— Il faudrait que je passe un appel radio...

Le vampire ne finit pas sa phrase en voyant Meghan approcher.

— En plus... plus tôt j'aurai terminé, plus tôt je serai libre pour déjeuner.

— Déjeuner ? répéta-t-il en haussant les sourcils.

Toute honte bue, Meghan pencha la tête de côté et présenta son cou laiteux.

— Je connais un petit resto très sympa.

Il éclata de rire.

— OK beauté, vas-y. Et fais vite. On se retrouve à l'entrée principale.

— Il me tarde !

Meghan poussa un gloussement de fille délurée tout en pressant ses deux compagnes à franchir le seuil. Puis elle s'autorisa un gros soupir tandis qu'elles prenaient le large aussi vite que possible.

— Ça a pris un temps fou, s'inquiéta Reyna.

— On est à la bourre. Désolée, il ne m'est rien venu d'autre.

La suite du trajet fut tendue au possible : les trois femmes ignoraient si les caméras avaient repris du service, si on leur donnait déjà la chasse. Elles redoutaient à chaque instant de voir apparaître des séides lancés à leurs trousses. Qui les ramèneraient de force au sous-sol… en enfer.

Aucune des trois n'osait parler. Reyna se rendit compte qu'elle retenait sa respiration, comme si souffler risquait de ruiner tous leurs efforts. Une peur panique lui nouait l'estomac. Elle continua cependant d'espérer s'en sortir, sans oser réfléchir à la suite. C'était trop dur. Les secondes s'égrenaient, toutes semblables. Toutes plus interminables. Mettre un pied devant l'autre. Affronter ce boyau obscur.

— Nous y voilà, murmura la rouquine alors qu'elles arrivaient en vue d'une immense porte noire.

Une prière muette aux lèvres, elle saisit un code. Lumière rouge.

— Non, non, non…

Nouvel essai. Rouge.

— Meghan, siffla Reyna.

— Ça ne veut pas s'ouvrir.

Elle scruta les alentours, l'air éperdu, comme redoutant l'arrivée imminente de quelque armée des ténèbres.

— Réessaie.

Meghan déglutit péniblement et saisit le code une troisième fois. Rouge. Une quatrième. Toujours rouge.

— Il faut qu'on dégage, pressa l'autre prisonnière. Tous ces essais ratés, ça va forcément donner l'alerte. Cette issue est condamnée. Trouvons-en une autre.

— Il n'y en a pas d'autre, grinça la rouquine.

— Cherche mieux, bordel !

— Ho ! s'exclama Reyna, réduisant ses deux compagnes d'infortune au silence.

Le temps était compté, il n'était pas question d'imaginer ce qui pourrait suivre si elles restaient coincées devant cette porte. Elles n'étaient quand même pas arrivées jusqu'ici pour rien !

— S'engueuler ne nous mènera à rien. Réessayons une dernière fois, et si ça ne s'ouvre toujours pas, tâchons de trouver une autre issue.

— À toi de jouer, décréta Meghan en poussant Reyna vers le clavier.

Celle-ci hocha la tête, l'index brandi.

— Le code est 07 15 01 10 92 15 217.

Reyna s'apprêtait à appuyer sur les touches en priant pour qu'on la tire de ce mauvais pas... quand la porte s'ouvrit toute seule. Les trois jeunes femmes reculèrent, sur leurs gardes. Un humain de type asiatique passa la tête dans l'embrasure.

— Tye ! s'exclama Meghan en se jetant dans ses bras. Ce que je suis contente de te voir !

— Tu ne revenais pas et Xavier n'était pas chaud pour que je parte te chercher.

— Le salopard, cracha-t-elle avant de se ressaisir. C'est pas le tout. Allons-y.

La rouquine pressa ses deux compagnes de franchir le seuil. Tye vit alors qu'elles étaient trois au lieu de deux.

— Supplément de bagage ?

— Ça pose un problème ? demanda l'intéressée.

— Pas du tout, répondit-il, un large sourire aux lèvres.

Elle lui montra les dents à la manière d'un animal sauvage. Il éclata de rire.

Le quatuor déboucha sur un quai de chargement immense où n'était garé qu'un seul camion, de gabarit imposant.

— Grimpez, ordonna Tye en ouvrant le hayon arrière. Xavier est au volant. Il faut qu'on file.

Les trois nanas montèrent dans ce qui s'avéra être un camion frigorifique… rempli de sang.

— C'est quoi ce…, murmura Reyna.

— Allez au fond, leur ordonna Meghan sans autre explication.

La cargaison dépassée, les deux prisonnières et leur guide se retrouvèrent tout au fond du camion où deux tenues de travail en tissu foncé les attendaient. Meghan et Reyna se changèrent rapidement. Cette dernière songea qu'elles étaient plus crédibles en infirmières, mais se garda de protester.

— Et moi ? demanda la troisième passagère.

Meghan fronça les sourcils puis empoigna un sac mortuaire.

— Désolée, dit-elle.

— Tu veux que je me glisse là-dedans ?!

— Ça ne durera pas, promis. (Elle se tourna vers Reyna.) Ce serait plus prudent que toi aussi, tu fasses la morte. Navrée.

Les deux rescapées la dévisagèrent, l'air horrifié, jusqu'à ce que les ténèbres se fassent quand Tye referma les portes du camion. Reyna inspira à fond et trouva à tâtons un sac mortuaire. Elle s'y glissa comme elle put puis s'allongea par terre. Un foutu sac mortuaire. Voilà dans quoi on l'exfiltrait. Logique et terrifiant à la fois.

La jeune femme entendit sa compagne d'infortune grogner avant de se couler dans un sac à côté d'elle. Reyna l'entendit qui respirait fort puis, soudain, le démarrage du moteur noya tout le reste. Elle perçut ensuite le grincement d'une porte de communication avec la cabine avant : Meghan les laissait seules dans le noir.

Reyna sentit son pouls grimper en flèche. Elle n'était certes ni phobique du noir total ni claustrophobe, mais la situation d'ensemble restait terrifiante. C'était à peine croyable qu'elles soient arrivées à ce stade.

— Salut, murmura X13276.

— Salut.

— Moi c'est Jodie, au fait.

— Reyna.

— Un grand merci de faire tout ça.

— Ne me remercie pas encore, souffla Reyna. On n'est pas encore sorties de l'auberge.

— N'empêche… merci quand même.

Reyna esquissa un sourire.

— Pas de quoi.

Le lourd véhicule s'ébranla. Reyna serra les poings et s'appliqua à respirer superficiellement. Ce calvaire allait bientôt s'achever ; c'était en tout cas ce qu'elle se répétait.

Sauf que le camion s'immobilisa trop tôt à son goût.

— Pourquoi on s'arrête ? demanda Jodie.

Reyna lui intima de garder le silence. Elle n'en savait pas plus et tendit l'oreille.

— On est pile dans les temps, lança une voix masculine dans la cabine.

Sûrement Xavier, l'homme au volant. Celui qui avait voulu les laisser en plan.

Quelqu'un d'autre avait dû répondre et Meghan intervint en reprenant la voix enjôleuse qu'elle avait utilisée avec le garde.

— Tout est en ordre, les garçons. Les échantillons sont au frais.

Une troisième voix se fit entendre.

— Va falloir nous ouvrir l'arrière. On est en alerte maximale.

— Oh non ! s'exclama la rouquine, décidément bonne actrice. Qu'est-ce qu'on a à voir là-dedans, nous autres ? On est à l'heure, non ?

Une voix de basse indistincte, puis un grognement qui pouvait passer pour un oui.

— Ouvrez l'arrière.

Reyna sentit la tension monter d'un cran. Il était exclu de ne pas obtempérer, cela n'aurait fait qu'éveiller les soupçons. Restait la question cruciale : iraient-ils jusqu'à ouvrir les sacs mortuaires ?

Une portière grinça ; quelqu'un descendait de la cabine. Reyna retint son souffle. Jodie, à côté d'elle, ne faisait plus un bruit.

C'était l'instant décisif entre vie et mort. Entre liberté et retour en cage.

L'heure de vérité.

Les portes s'ouvrirent.

Des voix retentirent, à demi étouffées par la cargaison.

Un pied botté prit appui sur le pare-chocs.

Un corps se hissa à l'arrière.

Le camion tangua un peu.

Reyna dut serrer les poings pour s'empêcher de trembler.

— Y a quoi là-dedans ? lança une voix rauque.

— À votre avis ? répondit Tye sur le ton de la plaisanterie, comme s'il n'était pas terrifié lui aussi.

— J'ai pas vu de corps sur le manifeste de la cargaison…

— Ils figuraient sur nos papelards.

— Maladie du sang, intervint Meghan. Très contagieuse. On sort ces macchabées par mesure de sécurité. C'est trop dangereux de les conserver sur site.

Un pied botté se posa juste à côté de la tête de Reyna.

Le sac crissa ; l'individu se baissait pour l'inspecter.

La fermeture Éclair coulissa. Reyna demeura parfaitement immobile. Les paupières fermées, elle sentait la lumière qui lui parvenait depuis l'ouverture à l'arrière et s'efforça d'avoir l'air d'un cadavre. Elle resta sourde à la brûlure qui commençait à monter dans ses poumons. Le dénouement était trop proche pour qu'elle flanche.

— Vous m'avez entendue ? insista Meghan. (L'ouverture du sac cessa au niveau des épaules de la « morte ».) C'est une maladie du sang. Vous risquez de la choper en ouvrant un sac. Les vampires n'y sont pas immunisés. Eux aussi, ça les tue.

— D'accord, d'accord, cracha le type.

Le sac eut beau se refermer, Reyna n'osa pas encore bouger.

— Faut quand même que je vérifie les documents. Tout le reste a l'air en ordre.

— Bien sûr, déclara Tye.

Un froissement de papier, puis les portes à l'arrière se refermèrent enfin. Reyna reprit son souffle en même temps que Jodie. Aucune des deux ne pipa mot, mais la jeune femme fut quand même heureuse de se savoir accompagnée dans cette galère.

Quelques instants plus tard, le moteur du camion rugit de nouveau.

— Vous pouvez y aller, déclara quelqu'un.

Xavier passa une vitesse. Le camion n'avait avancé que de deux ou trois mètres que le vampire de mauvais poil leur intimait l'ordre de s'arrêter.

— Un instant !

Reyna se crispa. Non, pas si près du but !

— Vous avez oublié de signer…

— Ah merde ! désolé, réagit Xavier.

Une signature griffonnée à la hâte plus tard, le véhicule s'ébranla pour de bon. Une porte de garage s'ouvrit à grand fracas et ce fut le monde extérieur. Reyna le sut dans ses tripes.

Les soupirs d'aise qui émanaient de la cabine, et l'exclamation enthousiaste de Meghan, le lui confirmèrent.

Elles étaient libres. Enfin.

Chapitre 9

Pour autant, ni Reyna ni Jodie ne bougèrent une oreille. Dix longues minutes. Le temps que la situation se décante.

Les portes arrière s'ouvrirent brusquement. Un rai de lumière tomba sur les sacs mortuaires et Meghan donna de la voix.

— La voie est libre, les filles. Sortez de là.

Elles firent toutes deux coulisser les fermetures Éclair et écartèrent les pans de leur sac, en proie à un émoi soudain. Ça y était, le calvaire touchait à sa fin !

— Nous voilà libres, murmura Reyna. (Ses yeux noirs trouvèrent ceux de Jodie, tout aussi sombres.) Pour de vrai.

— C'est à peine croyable, souffla Jodie. Quand je vous ai entendues dire que vous alliez me sortir de là, j'ai cru à un coup fourré. Mais ça a marché, on s'en est sorties.

— Ce que j'ai pu en rêver ! Je faisais même des plans d'évasion. Sans y croire vraiment.

— Moi, je n'en rêvais même plus, murmura Jodie.

Cet aveu fit gamberger Reyna. Combien de temps Jodie avait-elle été incarcérée dans les geôles de Visage ? Au bout de quel délai perdait-on tout espoir d'être secouru ou de s'évader ?

Sur ces entrefaites, Meghan se présenta… un couteau à cran d'arrêt brandi.

— Ça va faire un peu mal, désolée.

— Hein ?

Meghan saisit Reyna par le poignet sans préavis et lui entailla l'avant-bras. Reyna hurla et tenta de se dégager. Sans succès : la rouquine la tenait fermement. Elle était forte malgré son gabarit réduit, l'étau était impossible à briser. Meghan plongea la lame dans la plaie qu'elle venait d'ouvrir et en extirpa un petit bout de métal.

— Désolée, répéta-t-elle en présentant le mouchard dans sa paume tendue. On ne peut prendre aucun risque.

— Tu aurais pu me prévenir !

— Avec ta phobie des aiguilles et du sang ? C'était un coup à ce que tu fasses ta chochotte, rétorqua Meghan qui bandait déjà la plaie avec l'efficacité d'une véritable infirmière.

Reyna s'interrogea. Comment faire la part du vrai et du faux chez sa sauveuse ?

— Je ne suis pas douillette, déclara Jodie. Enlève-moi cette saloperie.

Meghan s'exécuta promptement. Sitôt le mouchard de Jodie retiré, elle plaça les deux appareils dans un sac plastique qu'elle referma avec soin.

— Qu'est-ce que tu comptes en faire ? demanda Reyna tout en faisant pression sur son avant-bras comme le lui avait montré Nancy.

Ponctionnée à maintes reprises, elle était devenue une pro de la perte de sang. Qui l'eût cru quelques mois plus tôt…

— Leurrer nos ennemis. Ils savent déjà que tu t'es évadée. (Elle regarda tour à tour les deux fugitives.) Ou toi, voire vous deux. Il faut qu'on se débarrasse de ces trucs avant qu'ils s'en servent pour nous localiser.

— Et… c'est qui au juste, « nous » ? demanda Jodie.

— *Elle*, répondit Reyna à la place de Meghan.

— L majuscule ? C'est une blague ou quoi ?

La rouquine soupira.

— Plutôt une longue histoire. *Elle*, comme le prénom, est un mouvement clandestin opposé à Visage. Elle était une humaine, cheffe de file des protestataires qui refusaient que la société devienne toute-puissante. À sa mort, il y a dix ans environ, la rébellion organisée a pris son nom. Notre objectif est simple : autonomie et égalité entre vampires et mortels.

— Bon courage, ricana Jodie.

— On vient de te sortir du trou, ma grande, rétorqua Meghan sur un ton cassant. Commence par dire merci et par changer d'attitude quand on te fera entrer dans notre QG.

— Soyons réalistes. C'est très cool de m'avoir tirée d'affaire, mais personne ne fera tomber Visage.

La rouquine poussa un soupir irrité.

— Libre à toi de croire ou non à notre lutte, Jodie. Sache seulement qu'on est pas mal à risquer notre peau pour que ce rêve devienne réalité.

— Bien reçu.

Reyna vit clair dans la posture de Meghan : sa sauveuse avait la frousse. Jouer les dures à cuire, c'était son blindage contre la cruauté du monde extérieur. Reyna savait ce que c'était, les circonstances l'avaient poussée à endosser ce type d'armure. Un rempart nécessaire et dont, une fois érigé, il était difficile de se défaire.

— Laisse tomber, glissa-t-elle à Meghan.

— OK. Mais tenez-vous prêtes à bouger : c'est Tye qui nous donnera le feu vert. Il faudra faire vite, la fenêtre de largage est étroite. J'espère qu'on ne l'a pas déjà loupée…

Le silence se fit. Tant qu'ils ne seraient pas au QG, tout pouvait encore partir en vrille. Le camion filait bon train. Les trois femmes rongèrent leur frein, debout à l'arrière.

Le lourd véhicule consentit enfin à ralentir puis s'immobilisa sur une aire de stationnement gravillonnée. Toute la cargaison tangua. Alors que Reyna cherchait à s'accrocher à quelque chose, Meghan s'élançait déjà vers les portes arrière.

— Vous venez, oui ou non ? leur lança-t-elle.

Les deux fugitives s'ébranlèrent aussitôt et, dès qu'elles se retrouvèrent dehors, une rafale d'air froid les transit sur pieds. Reyna fit le calcul : son kidnapping remontait à septembre. Alors que le feuillage, dans le parc situé au pied de l'immeuble où vivait Beckham, n'avait pas encore roussi. Et que les soirées fraîchissaient à peine.

On était donc en novembre… après Thanksgiving. Le froid était mordant, d'épais nuages répandaient un crachin glacé. Il ne gelait pas. C'était juste un froid humide pénible à souhait. Après huit semaines de température constante, l'organisme de Reyna encaissait le coup. Méchamment.

Elle partit néanmoins au pas de gymnastique dans la foulée de Meghan, sous la pluie, en direction d'un pick-up d'aspect quelconque. La rouquine confia les mouchards à Xavier, un grand type au regard lourd de menace. Vampire. C'était flagrant. Reyna avait beau savoir que des vampires travaillaient pour *Elle*, à commencer par Beckham, c'était surprenant d'en voir un à la tête de l'évasion. Le colosse grimpa dans une bagnole rongée par la rouille et démarra sur les chapeaux de roue. Le leurre était lancé.

Tye s'installa au volant du pick-up. Reyna et Jodie montèrent à l'arrière, derrière Meghan. Sitôt la portière claquée, Tye tailla la route à fond de train.

La chevauchée fut intense et silencieuse. À un moment, des sirènes retentirent au loin. Meghan se mordit la lèvre, les yeux rivés sur le rétroviseur. Elle ne se détendit qu'une fois l'alarme passée. Reyna fut soulagée de voir la rouquine retrouver sa confiance en elle.

— Désolée, dit-elle à Reyna en lui tendant un masque noir.

Fouillant dans son sac en quête d'un autre masque, elle se résolut à passer à Jodie une pièce d'étoffe noire avec laquelle faire un bandeau de fortune.

— C'est plus sûr, au cas où il arriverait quoi que ce soit, que vous ignoriez où est l'entrée du QG. Procédure standard pour les nouveaux.

Jodie grommela un juron bien senti avant de consentir à se bander les yeux.

— Voilà, j'y vois que dalle.

Meghan éclata de rire puis attendit que Reyna fasse de même. La jeune femme contempla son masque : un truc pour dormir. En soie, tout à fait chic. Les mains tremblantes, elle songea aux fois précédentes qui l'avaient vue contrainte de se bander les yeux. Beckham la conduisant au Caveau, avant que le club ne soit la proie des flammes ; le kidnapping chez Everett ; enfin le bal, où Harrington s'était arrangé pour qu'elle découvre Beckham et Penny. Autant de drames que d'occasions.

— Reyna, murmura Meghan de sa douce voix d'infirmière. Tout va bien ?

— Oui, répondit-elle sans conviction.

Rien n'allait bien. Tout en enfilant le masque, elle se demanda, le cœur serré, si les choses allaient s'arranger un jour.

Le pick-up s'arrêta.

Reyna se découvrit les yeux dès qu'elle put. Son cœur battait trop vite, ses mains avaient tremblé pendant tout le reste du trajet. Il lui en avait beaucoup coûté de ne pas ôter ce fichu masque plus tôt.

— Chérie, on est à la maison, fredonna Tye avec un large sourire aux lèvres.

Cela faisait bien longtemps que Reyna n'avait pas vu quelqu'un si pleinement épanoui. Elle n'avait pas souvenir d'un sourire aussi radieux. Tye aurait-il eu une vie plus heureuse ? La joie n'était pas un sentiment qui venait aisément à la jeune femme. Y compris avant son enlèvement.

Et désormais… le verre était davantage à moitié vide qu'à moitié plein.

Jodie fit la moue devant cette manifestation d'enthousiasme, ce qui mit un peu de baume au cœur à Reyna. Meghan et Tye descendirent de voiture puis incitèrent les deux passagères à les imiter.

Reyna n'en menait pas large. À quoi pouvait ressembler *Elle* ? Qu'est-ce qui l'attendait, derrière cette porte close ? Qu'allait-on exiger d'elle ? Venait-elle de quitter une prison pour une autre ?

Une pensée l'incita à aller de l'avant : Beckham appartenait au mouvement.

S'il leur faisait confiance, le moins qu'elle puisse faire était de se montrer positive.

Son cœur rata un battement.

Beckham.

Toutes ces semaines, elle l'avait tenu à l'écart, aussi loin que possible. Le conjurer l'avait certes aidée aux pires moments… mais penser à lui, c'était craquer à coup sûr. Aussi s'était-elle astreinte à compartimenter ses émotions. Le découvrir cette fameuse soirée, au bal, avait fait à Reyna l'effet d'un coup de poignard en plein cœur. Et chaud partout en même temps. Ce visage, ce corps, ces mains, ces yeux, ces lèvres. Tout lui était revenu. À en crever.

Pendant ses deux mois de calvaire, elle ne s'était jamais autorisée à croire qu'elle puisse un jour le revoir. Se retrouver dans la même pièce que lui. L'enlacer, le toucher, l'aimer de nouveau. Ces images-là ne revenaient la hanter qu'en rêve. Des rêves délicieux… et hautement toxiques.

Sauf qu'elle était au pied du mur.

À la porte de son repaire.

Sur le point de le revoir.

Ils allaient enfin se retrouver.

Son cœur se nourrit de cet espoir.

Beck était là, tout proche.

Meghan la prit par le bras et franchit le seuil, dans le sillage de Tye et de l'intrépide Jodie.

La porte donnait sur une pièce bleu ciel. Sol en parquet, tableaux accrochés aux murs. Un espace clair, lumineux… réconfortant. Tout l'opposé de Visage. Ni parois blanchies à la chaux ni carrelage immaculé. Pas davantage de relents d'antiseptique. Pas de néon aveuglant. Rien qu'une pièce ordinaire, en somme. Accueillante, mais vide.

À quoi s'était-elle attendue ? À une fête en son honneur ? Beckham debout, les bras ouverts ? Tout aurait été préférable à ce… ce rien.

— Bienvenue chez *Elle*, lui murmura Meghan. Tu es ici chez toi.

Chez moi.

Souvenir diffus. Ses parents, quand ils étaient encore de ce monde. Ses deux frères se chamaillant dans le jardin. La maison familiale, avec sa porte rouge et sa clôture aux piquets blancs. Des feuilles mortes de toutes les couleurs, un gazon tondu de frais, des éclats de rire. L'odeur des tartes à la citrouille cuisant au four avec, en fond sonore, une vieille série télé. Le soleil bas des jours d'automne ou de printemps. La rosée matinale. Les gros câlins.

C'était tout ça, « chez moi », pour Reyna. Un passé disparu à jamais. Révolu.

Brian et Drew étaient devenus son unique repère. Elle s'était sentie chez elle tant qu'ils étaient là.

Jusqu'à Beckham.

Il avait tout changé.

Mais chez elle, ce n'était certainement pas cette pièce.

Pas sans les hommes de sa vie.

Chapitre 10

— Où est-il ? demanda Reyna.

La salle était déserte. Beckham n'était pas là alors qu'il aurait dû. Huit longues semaines, elle avait attendu ce moment. Son cœur lui fit mal.

Il devait pourtant savoir. Ses liens avec *Elle* n'étaient pas totalement rompus. Pas s'il existait une chance, si infime soit-elle, que Reyna soit délivrée. C'était… inconcevable.

— Pas ici, répondit la rouquine.

Reyna fit volte-face.

— Comment ça, pas ici ?

— On parle bien de Beckham ? voulut savoir Meghan, l'air soucieux.

— Bien sûr, qui d'autre ?

Sa sauveuse déglutit péniblement.

— Ça fait… des semaines qu'il n'est pas venu.

— Quoi ? questionna Reyna.

— Que je ne l'ai pas croisé, en tout cas. Tye et moi sommes un échelon en dessous du haut commandement. J'ai cru comprendre qu'il faisait profil bas. Il a fait l'objet d'une enquête à la suite de ta disparition. D'après ce que j'ai entendu, il serait allé voir Harrington pour l'informer que tu t'étais enfuie dès qu'il a su ce qui t'était arrivé.

— Comment… comment vous m'avez retrouvée ?

— On a pigé tout de suite que tu avais été enlevée, mais découvrir où Harrington te gardait prisonnière nous a pris plusieurs semaines. C'était un coup dur pour l'organisation, de se passer de Beckham et des infos qu'il nous fournit, mais à ce que je sais, il a fallu qu'il fasse comme si rien ne s'était passé.

Reyna tiqua. « Comme si rien ne s'était passé. » Il avait dû jouer à celui qui se fichait qu'elle ait disparu pendant huit longues semaines. Pour convaincre Harrington de le conserver à son poste de vice-président de Visage Incorporated. C'était forcément ça, l'alternative était trop dure à imaginer. Beck ne pouvait *pas* s'être moqué de sa disparition.

— Et… quand doit-il revenir ?

Meghan haussa les épaules, l'air triste.

— Je n'en sais rien. Désolée. Tu veux que je te fasse visiter ?

— D'accord, répondit Reyna d'une voix blanche.

Elle suivit la rouquine et Jodie dans le couloir qui menait au QG proprement dit. En se disant que, peut-être, cela allait l'inciter à prendre part à la rébellion contre Visage. Everett lui avait parlé de cette fameuse Elle, la meneuse du mouvement d'opposition à la multinationale naissante. Qui avait péri lors d'une émeute visant à protéger les droits des mortels. Le but avait été d'instaurer l'équité entre vampires et humains, ainsi que tout ce qui en découlait, au vu des terribles réalités qui n'échappaient à personne. Reyna se sentit découragée : le mouvement avait beau exister depuis des années, cela n'avait pas freiné Visage dans sa course à la toute-puissance. Cet incendie tragique et ridicule, par exemple, n'avait pas empêché la firme de prendre les rênes du gouvernement. Harrington était impossible à arrêter.

Elle n'en revenait toujours pas d'être parvenue à lui passer sous le nez. Il devait fulminer, c'était sûr ! Cette pensée la fit sourire.

Un peu plus loin dans le couloir, la jeune femme fut surprise de croiser beaucoup de gens. Certains s'arrêtaient pour saluer Meghan. D'autres pour en taper cinq à Tye. Tous paraissaient débordants d'activité… et de bonne humeur.

Reyna et Jodie s'attirèrent bien quelques regards étonnés, mais, pour l'essentiel, on leur sourit ou on les ignora. Les gens d'ici avaient l'habitude de ne pas connaître tout le monde et ne s'en émouvaient nullement.

La petite troupe tourna… et Reyna se figea.

— Surprise ! clama Meghan, les bras tendus.

— Reyna, murmura Brian, sous le choc.

L'intéressée resta muette sous l'effet de la stupeur tandis que son aîné bafouillait. Puis elle s'élança, sourde et aveugle à tout le reste, et sauta au cou des deux frangins qui la serrèrent dans leurs bras.

Ses frères. Dieu du ciel ! Brian et Drew étaient sains et saufs ! Mieux : ils ne trimaient plus jour et nuit aux Entrepôts, mais vivaient ici, au QG du mouvement. À l'abri.

Les larmes lui roulèrent sur les joues. Elle n'en eut cure, quitte à tremper le tee-shirt de Brian contre lequel sa tête était enfouie.

— C'est incroyable de te retrouver ici, hoqueta Brian en lui caressant les cheveux.

— On était morts d'inquiétude, petite sœur, ajouta Drew.

— Tu es vivante ! Tous les jours, on a insisté pour que l'évasion soit lancée.

— Qu'est-ce qui s'est passé ? voulut savoir Reyna. Comment vous vous êtes retrouvés ici ?

— Le lendemain de ton enlèvement, des agents appartenant à *Elle* se sont pointés chez nous, répondit Drew. Ils nous ont appris ce qui t'était arrivé et dit qu'il fallait les suivre. Leur plus grande trouille, c'était que Harrington nous fasse enlever et torturer pour faire pression sur toi. On n'y a pas cru… jusqu'à ce que des types de chez Visage se pointent. Du coup, on a décidé de faire confiance au mouvement et de tout mettre en œuvre pour te faire évader.

— Quel bonheur de te voir ! s'exclama Drew.

Reyna s'essuya les joues d'un revers de main.

— C'est si bon de vous voir, les garçons. Si bon.

— Qu'est-ce qu'ils t'ont..., lança Drew sans finir sa phrase.

Elle secoua la tête. Il était trop tôt pour qu'elle parle de ce qui s'était passé dans les sous-sols de Visage.

— Salut les gars ! lança la rouquine en s'immisçant dans la conversation.

— Salut Meghan, répondit Brian, un large sourire aux lèvres.

Elle lui adressa un signe de tête.

— Comment va Laura ?

— Laura est ici ?!

La petite amie de Brian aussi avait été mise à l'abri ? songea Reyna, abasourdie. Quelle efficacité...

— Oui. Ça faisait partie de mes exigences pour qu'on déménage. Elle vivait au même endroit depuis la mort de ses parents, et, euh...

Brian se gratta l'arrière du crâne comme chaque fois qu'il était gêné.

— Et ils sont fiancés, compléta Drew.

Reyna sentit son maxillaire s'affaisser. Son grand frère, fiancé ! Pendant qu'elle était au trou ! Ils s'étaient tous les trois déracinés pour elle. Ce qui ne l'empêchait pas d'être ravie de les savoir au QG. Ils y étaient en sécurité, elle n'aurait pas à s'inquiéter de ce qui risquait de leur arriver dans le monde extérieur. *Elle* avait bien fait de les faire venir, surtout si les affreux de Visage étaient lancés à leurs trousses. Reyna était sûre d'une chose : jamais elle n'aurait supporté de voir ses frères souffrir par sa faute.

— Eh oui, déclara Brian. On s'est fiancés. Allons dans nos piaules, tu pourras la voir le temps que le mouvement te trouve un logement.

— Reyna en a déjà un qui l'attend, indiqua Meghan.

Puis, désignant Jodie :

— C'est à celle-ci qu'il va falloir qu'on déniche une piaule.

— Ça peut attendre, dit l'intéressée. Et puis c'est très chouette, vos retrouvailles, mais je suis la seule à crever la dalle ?

Le ventre de Reyna émit un gargouillis fort à propos. Elle se rappela qu'elle n'avait mangé qu'une malheureuse banane de toute la journée, et que c'était la première fois en huit semaines qu'elle avait sauté un repas. Que de changements en quelques heures…

— OK, répondit la rouquine. Direction la cafète.

Reyna présenta Jodie à ses frères tout en suivant Meghan et Tye jusqu'à la cafétéria. Comme il n'était pas l'heure, l'endroit était désert, ce qui soulagea Reyna, désireuse de savoir comment Brian et Drew s'étaient acclimatés.

Quand Jodie suivit Meghan et Tye en direction des cuisines, elle se tourna vers ses frères.

— Je suis vraiment très heureuse de vous savoir en sécurité, les garçons. Tout ce temps, j'ai essayé de ne pas penser à ce qui risquait de vous arriver après ma capture.

— Tu t'es inquiétée pour *nous* ? s'étrangla Drew. Enfin, Reyna, c'est toi qui as été victime d'un enlèvement !

— Il t'est… arrivé quoi, au juste ? s'enquit Brian en cherchant ses mots.

Reyna se mordit la lèvre. C'était limpide, son grand frère voulait savoir si elle avait subi des atrocités, et lesquelles.

— Je suis en un seul morceau, c'est tout ce qui compte pour l'instant, d'accord ?

— Ce n'est pas…, commença Drew, aussitôt coupé par Brian.

— Tu nous raconteras quand tu te sentiras prête.

Elle hocha la tête et leur adressa un sourire empli de gratitude.

— Si vous me parliez plutôt de ce qui s'est passé en mon absence ? J'ai l'impression d'avoir raté un paquet de trucs…

— Eh bien déjà, on est au QG d'*Elle*, exposa Brian. L'enjeu est énorme. On en doutait en arrivant ici, mais le mouvement travaille vraiment à l'égalité entre vampires et humains. C'est pas du pipeau. Chaque membre contribue à sa manière. Les chefs du premier cercle donnent les grandes lignes et la hiérarchie distribue les missions. Drew et moi, on bosse à la sécurité.

— À la sécurité ? s'écria Reyna, bouche bée.

— Tout juste, dit Brian comme si de rien n'était. Ça ne grouille pas tant que ça de mecs qui savent se battre.

— C'est un boulot dangereux, non ? reprit-elle d'une voix stridente. (Ses frères échangèrent un regard qu'elle ne connaissait que trop.) Ne me racontez pas de craques !

— Ça n'est pas de tout repos, concéda Drew. L'entraînement est très dur : arts martiaux, stratégie, maniement des armes…

— J'ai passé deux mois au trou, et vous deux, vous n'avez rien trouvé de mieux qu'apprendre à vous faire tuer, murmura-t-elle, horrifiée.

— Tu exagères, petite sœur, réagit Drew en tendant le bras vers elle.

Brian, quant à lui, se cabra.

— Il fallait bien qu'on fasse quelque chose. Après ton enlèvement, on n'avait pas la moindre idée de ce qui allait advenir. Plutôt que passer nos journées à nous ronger les sangs, on a opté pour le seul truc disponible : l'entraînement. On a pris fait et cause, et on se battra jusqu'au bout si c'est le prix à payer pour ta sécurité, déclara Brian avec passion. *Elle* est dirigée par Sydney, une ancienne militaire. On ne l'a jamais rencontrée et on ne sait même pas à quoi elle ressemble, mais ça nous est égal, c'est elle la patronne et elle fait un super boulot. On est ravis de bosser sous ses ordres. Et d'avoir un but.

Reyna commença par soupirer puis hocha la tête. Pas très chaude d'apprendre que ses frangins avaient opté pour un métier à risques, elle comprenait leur besoin de poursuivre un idéal. Elle-même l'avait ressenti douloureusement quand elle vivait chez Beckham. Un type comme Harrington ne lui en aurait jamais donné l'occasion. Son cœur se serra : il lui était très pénible de penser à l'affreux P.-D.G. de Visage… et plus encore de ressusciter l'image de Beck.

—Nous revoilà ! claironna Meghan de sa voix enjouée en sortant des cuisines. Tiens, dit-elle en tendant à Reyna un sandwich et un sachet de chips. C'est le mieux que j'ai trouvé entre deux services. (La rouquine observa la fratrie.) Je te conduis à ta chambre ? Tu m'as l'air à plat…

—Entendu.

Claquée, Reyna l'était, mais aussi tendue comme un arc après toutes ces émotions contradictoires.

—Super ! Jodie nous accompagne. Tes frères doivent repartir au boulot avec Tye.

Reyna ouvrit la bouche pour protester. La rouquine ne lui en donna pas le temps.

—Ils reviendront te voir sitôt leur service terminé, t'inquiète. Tu m'as l'air d'avoir besoin de repos.

—Ça ira, abonda Brian en l'embrassant sur le front. Tout roule. Tu es entre de bonnes mains, petite sœur. Et en lieu sûr. À plus tard.

—Je t'aime très fort, renchérit Drew en l'enlaçant une dernière fois avant que les deux frères s'éclipsent.

Jodie sortit à son tour des cuisines, les joues gonflées par une énorme bouchée de sandwich.

—È-o-on.

Reyna arqua un sourcil.

—Pardon ?

Jodie mâcha, déglutit puis répéta.

—C'est trop bon.

— Beurre de cacahuète et confiture, précisa Meghan.

— Hmm, c'est ça qui m'a le plus manqué, le beurre de cacahuète, gémit Jodie avant de remordre dans son en-cas.

— Allons-y, les filles. La visite complète attendra demain, d'accord ? La priorité, c'est de manger, de dormir et de commencer à vous acclimater.

Sans attendre, Meghan sortit en trombe de la cafétéria.

Reyna et Jodie échangèrent un regard qui résumait tout ce qu'elles ne pouvaient pas dire à haute voix. S'acclimater ? Difficile… voire impossible.

Elles suivirent cependant la rouquine. Un ascenseur les mena deux étages plus haut, au niveau des appartements.

Meghan pencha la tête de côté.

— Ça n'est pas l'espace qui nous manque. Cette grande pièce, c'est le dortoir des filles, et tout autour, il y a des appartements privés, les plus rares, ou partagés. (Elle afficha un sourire machiavélique.) Mais celui-ci est rien qu'à toi.

Reyna s'arrêta devant une porte close et découvrit avec stupeur que son nom y figurait.

— C'était prévu que je m'installe ici ? murmura-t-elle, pleine d'espoir.

— Quelque chose comme ça.

Reyna actionna la poignée, poussa la porte et resta bouche bée en découvrant sa chambre.

— Ça alors…

— Tranquille, apprécia Jodie. Et assez grand pour deux, tu ne crois pas ?

— Faut voir avec Reyna, dit la rouquine. Il y a aussi de la place chez moi, si tu veux te poser quelque part le temps qu'on te trouve autre chose.

Meghan et Jodie se mirent à en discuter, mais Reyna avait la tête ailleurs. Cette chambre était presque identique à celle qui avait été la sienne dans l'appartement-terrasse de Beckham. Un lit énorme, très haut, avec la même couette.

Des photos accrochées aux murs. Auparavant toutes signées Beckham… sauf qu'ici, à sa plus grande surprise, c'étaient les siennes ! Imprimées sur toile et encadrées. Des clichés noir et blanc tirés du site *Perspective*, sur lequel elle archivait ses œuvres. Visage avait eu ce blog dans le collimateur : aux yeux des vampires, c'était le fait d'un sympathisant du mouvement *Elle*. Ils avaient vu juste.

Elle avança comme dans un rêve jusqu'au placard, l'ouvrit – et éclata de rire. Pas d'habit de poupée en étoffes précieuses, mais des jeans basiques, des tee-shirts ajustés et tout un assortiment de Converse. Sans oublier une parka vert olive, deux casquettes de baseball et son sac à dos. Elle tira le premier tiroir et sourit jusqu'aux oreilles. Toute la panoplie sexy n'avait pas disparu : il restait les dessous ! Soutien-gorge en dentelle, petites culottes en soie ou en satin, corsets, bas, porte-jarretelles… tout le kit. Les tiroirs en étaient remplis.

— C'est lui qui a fait ça, dit-elle en refermant le placard, le feu aux joues.

— Oui. Il s'est mis à aménager cette chambre quand il a su que tu allais peut-être nous rejoindre.

— Un grand merci, Meghan, dit Reyna à mi-voix. Pour tout.

— Je t'en prie. C'est pas le tout… (Elle désigna la porte par laquelle Jodie était déjà ressortie.) Si tu as besoin de quoi que ce soit, descends deux étages par l'ascenseur. Quelqu'un me trouvera.

Reyna hocha la tête et prêta l'oreille au cliquetis de la serrure. Presque aussitôt rattrapée par la fatigue de cette journée de dingue, elle se laissa choir sur l'épais matelas. L'adrénaline cessa de faire effet. L'épuisement lui tomba dessus. Puis, sans crier gare, les larmes affluèrent. Elle était libre. Enfin. C'était à peine croyable.

Mais Beckham n'était pas là. Après tout ce qu'elle avait enduré, elle s'était dit qu'il devait l'attendre. La jeune femme observa la chambre qu'il avait recréée à son intention. Un échantillon de la parenthèse enchantée qu'elle avait vécue chez lui. C'était pour elle que Beckham avait fait ça. Il avait tenu à ce qu'elle se sente bien en débarquant ici. Ce qui signifiait qu'il avait bel et bien cru à son arrivée.

Si tel était le cas, où était-il ?

Chapitre 11

Les trois jours suivants s'écoulèrent dans le flou. Reyna dormit tout le temps, ne se levant que pour manger. Et même alors, elle restait parfois indifférente à tout. Ses frères lui rendirent plusieurs fois visite, parfois accompagnés de Meghan, voire de Tye. Ils devaient tous s'inquiéter de la voir dormir autant. Il fallait qu'elle se lève, qu'elle se comporte en être humain. Mais elle était épuisée comme jamais.

Le quatrième jour, Meghan décréta que cela suffisait et parla de lui faire subir un examen.

— Il va falloir qu'on t'injecte de la salive de vampire.

— Quoi ? maugréa Reyna, à moitié groggy.

— L'un d'eux peut te mordre, si tu préfères.

— Ça va pas la tête ?

— Si. Mais j'en ai ma claque de te voir avachie.

— Tu préfères que je plane ? dit Reyna en s'asseyant sur le lit avant de chasser les mèches qui lui barraient la figure.

— On t'a prélevé beaucoup de sang. Il te ponctionnait plus que la quantité recommandée. Chaque fois. Harrington t'a vidée, Reyna. Puis il te refilait des doses massives de salive pour compenser. Sauf que, l'autre jour, tu n'y as pas eu droit. Pour la première fois en *huit semaines*, insista la rouquine en fronçant les sourcils. J'ai cru à un simple coup de fatigue et je t'ai laissée dormir. J'aurais dû m'en douter. Ton organisme est en train d'accuser le coup de la perte de sang et, en plus, je soupçonne un effet de manque.

— Je ne suis pas une toxico, se défendit Reyna.

— Je ne t'accuse de rien. Tu viens seulement de vivre un traumatisme. C'est normal que tu dormes beaucoup, mais j'aimerais vérifier deux ou trois trucs avant de te laisser passer ta vie entière au lit.

— D'accord, consentit Reyna. Comment va Jodie ?

— Incroyablement coriace. Elle refuse que je l'examine, mais au moins, elle ne dort pas tout le temps.

— Et Beckham ? murmura-t-elle.

Meghan, l'air grave, fit « non » de la tête.

— OK, dit Reyna en s'extirpant des couvertures. On va où ?

— Au centre médical.

— Un hôpital ? se récria Reyna, prise d'un frisson glacé.

— Rien à craindre, je t'assure. Et je serai avec toi tout le temps.

Reyna s'extirpa du lit sans un mot et se dirigea vers la douche. Des salles d'hôpital. Encore et encore. Comme si ce n'était pas assez moche qu'il faille de nouveau la shooter et que Meghan la prenne pour une pute de sang en manque, son organisme semblait donner raison à la rouquine. Elle pria pour en finir au plus vite.

Meghan insista pour que Reyna mange un morceau avant qu'elles se rendent au centre médical. La jeune femme obtempéra malgré son manque d'appétit. Jodie apparut à la cafétéria alors qu'elle terminait et accepta de se joindre à elles à condition de ne pas subir d'examen.

Reyna, qui aurait aimé opposer le même refus à Meghan, n'en fit rien. Elle détestait l'idée de se faire injecter du venin, mais, si cela l'aidait à se remettre, autant s'y résoudre. Subir une prise de sang, en revanche, était une autre affaire.

Les deux jeunes femmes suivirent la rouquine jusqu'au couloir principal.

— Le temps nous manque pour un vrai tour d'horizon, mais voilà la salle de cardio, dit-elle en désignant une pièce. Et là, c'est la salle de muscu.

Elle poursuivit son exposé le long du couloir et s'arrêta à l'entrée d'une salle immense.

— Et voilà celle que tout le monde préfère. La salle de loisirs.

Reyna jeta un coup d'œil dans l'embrasure et découvrit un vaste espace récréatif avec tables de ping-pong et d'air hockey, jeux de société, jeux de cartes… Sur un même mur, six écrans diffusaient des chaînes différentes. Quelqu'un plaidait sa cause pour que l'on diffuse le son correspondant à l'un des six ; d'autres spectateurs avaient opté pour l'écoute au casque. Toutes les personnes présentes paraissaient heureuses et insouciantes.

— Ouah, murmura Jodie.

— Bien résumé, abonda Reyna. C'est… quelque chose.

— Trop d'un coup, peut-être ?

— Bruyant.

— Délire, ajouta Meghan.

Ses protégées la regardèrent et haussèrent les épaules.

— Ça me fout un peu la trouille, confessa Jodie.

La télécommande avait dû changer de mains. Elles entendirent subitement les infos, diffusées sur un écran de gauche.

— Le journal télé, murmura Reyna.

— Ne regardez pas ça, grommela Meghan. C'est un tissu de bobards.

— Voilà au moins un truc qui n'a pas changé, alors, railla Jodie.

— J'aimerais quand même savoir ce que j'ai raté…

— Tu ne l'apprendras pas par ce biais-là. Harrington a acheté presque toutes les chaînes d'info. Pour écouter la vérité, il faut se brancher sur les fréquences radio underground. Les médias officiels déversent leur merde non-stop. Un ramassis de potins sur les gens célèbres alors que le monde entier court à sa perte. Tout est bon, pour qu'on regarde ailleurs.

— Je m'en doute, répondit Reyna.

Elle s'apprêtait à tourner les talons quand son regard fut accroché par l'écran des infos. Et n'en crut pas ses yeux.

— Qu'est-ce qu'il y a ? demanda Meghan, qui devint blême en découvrant les images.

— J'ai loupé un truc ? s'inquiéta Jodie.

Reyna fit quelques pas en avant, indifférente aux regards appuyés des occupants de la salle. Deux visages souriants occupaient l'écran : Beckham et Pénélope. Avec, en titre, « des fiançailles tant attendues ».

La jeune femme porta la main à sa bouche.

Fiançailles.

Fiancés.

Beckham et Pénélope s'étaient fiancés.

Prise d'un haut-le-cœur, elle craignit de régurgiter l'en-cas qu'elle venait d'avaler. Ses yeux se brouillèrent. Elle ne comprit pas un mot de ce que débitait le commentateur. Seule restait l'image floue de Beckham et Penny. C'était quoi ce merdier ?

— Reyna, ne regarde pas ça, plaida Meghan.

— Ils sont fiancés, murmura-t-elle.

— Sortons d'ici, d'accord ? glissa la rouquine en usant de sa douce voix d'infirmière.

— Il… il est fiancé.

— Allez, sucre d'orge. On y va.

Reyna ne voyait plus, n'entendait plus. La tête lui tournait. Son univers vacillait.

Meghan la prit par le bras et l'attira vers le couloir. Reyna eut un dernier aperçu des faciès lumineux figés sur le téléviseur avant de s'obliger à détourner les yeux. Elle ne savait plus ce qu'elle ressentait. Un profond malaise, de l'incrédulité… et de la colère. Beckham et Pénélope, fiancés ? Inimaginable. Elle lui avait fait confiance, avait cru en lui. Cru au caractère factice de l'image de couple parfait qu'ils avaient donnée au bal. Se serait-elle fourvoyée ? Telle une cruche ? Ou s'agissait-il, là encore, d'une mise en scène ? Reyna était-elle encore apte à faire la part des choses entre réalité et fiction ?

Les dents serrées, elle suivit Meghan en direction du centre médical.

— C'est une chaîne de merde, fit valoir la rouquine. Je te l'ai dit d'emblée, tout ce qu'ils annoncent est un tissu de mensonges.

— Tu ne les crois pas ensemble ? lança Reyna avec insistance.

— Va savoir. Il m'est difficile de répondre, mais ça m'a tout l'air d'une arnaque.

Jodie ricana à ses côtés alors que le trio s'immobilisait.

— C'est quoi ton problème ? maugréa Meghan.

— Je dis juste que j'ai pris le temps de la mater, cette nana. Aucun mec n'aurait besoin qu'on lui force la main pour sortir avec.

— Tu as raison, répondit Reyna. Rien n'oblige Beckham à être avec Pénélope.

Personne ne *pouvait* l'obliger à quoi que ce soit. S'ils étaient fiancés, c'était qu'il l'avait voulu.

— On change de sujet ? Je n'ai plus envie de parler de lui.

— Pas de souci, fit Jodie. À ton service.

Meghan adressa un regard noir à Jodie qui haussa les épaules.

Reyna s'obligea à se ressaisir. Après tout ce qu'elle avait vécu et subi, il n'était pas question qu'elle coule à pic à cause d'un mec. Qu'il s'agisse ou non de Beckham Anderson. Elle était libre, merde ! Enfin, aussi libre qu'il était permis à ce stade. La vérité concernant cette affaire de fiançailles devrait attendre jusqu'à ce que le beau ténébreux daigne se montrer. L'urgence commandait de se concentrer sur son propre rétablissement, puis de suivre le conseil de Meghan et tenter de s'acclimater.

— À ce propos, confia la rouquine alors qu'elles reprenaient leur marche, on a un psychologue à demeure. (Reyna crispa le maxillaire ; Jodie s'agita.) Ça vous ferait du bien de parler à quelqu'un de ce qui vous est arrivé.

— On n'en a pas envie, trancha Jodie.

— Je comprends, répondit aussitôt Meghan. C'était une simple proposition. Pour que vous sachiez que c'est possible.

Reyna n'était pas près de se confier à un psy. Que ce soit à propos de Beckham, de Harrington, de Roland, des aiguilles, du venin, de sa cellule… ou de B. Elle frissonna. Non, pas question. Révéler ce qui s'était passé dans les sous-sols de Visage, ce serait tout revivre. Elle n'y était pas préparée du tout.

Mieux valait aller de l'avant. Trouver sa place au sein du mouvement. Ses frères l'avaient déjà fait. Elle réprouvait leur choix, mais, au moins, ils avaient un but, désormais. Elle-même s'était morfondue, réduite à un rôle de potiche dans l'appartement-terrasse de Beckham. Reyna fit le vœu de tout faire pour être utile à la cause. Après les épreuves qu'elle avait traversées, ce serait chouette de renouer avec la vie active.

Reyna était assise sur un siège atrocement familier, dans le centre médical blanc et stérile. Jodie faisait les cent pas à la manière d'un fauve en cage. Alors que ce décor aurait dû la faire flipper, Reyna ne ressentait rien.

Elle connaissait les lieux. Pas ici, bien sûr, mais la pièce ressemblait trait pour trait à celle de chez Visage. Seule la chaise était moins confortable avec son dossier droit. Harrington n'allait pas faire irruption. L'équipement, quant à lui, était le même. Le « bip » des machines ; l'ambiance sonore ; la physionomie d'ensemble ; l'odeur même était identique.

Meghan trottinait dans la salle comme si ses deux patientes n'étaient pas en transe pour l'une et au bord du coma pour l'autre.

— Le temps de récupérer la salive et on se lance.

— Le venin, corrigea Reyna.

— Pardon ?

— J'appelle ça du venin de vampire.

— Logique, apprécia Jodie.

La femme noire ramassait divers ustensiles – scalpels et seringues – puis les reposait. Encore et encore.

Meghan rit et gifla gentiment la main de Jodie qui s'apprêtait à reprendre une seringue.

— OK pour « venin », dit-elle avant de disparaître dans une immense pièce réfrigérée.

— Cette pièce te rappelle des trucs, hein ? demanda Jodie.

Reyna hocha la tête.

— Même constructeur et même équipementier, j'imagine.

— Probable. (Jodie tapota un moniteur de rythme cardiaque.) Ça va, sinon, rapport à ton petit ami ?

« Petit ami ». Reyna faillit éclater de rire. Le terme collait mal à Beckham qui n'était pas petit et n'avait rien d'amical. Un vampire immense, menaçant, féroce, qui n'avait pas usurpé sa réputation de brute sans états d'âme… et d'assassin. Tout sauf un enfant de chœur, en somme.

— Je ne savais pas trop à quoi m'attendre, confessa-t-elle.

— Pas à ce qu'il se fiance à une pétasse dans ton dos, en tout cas.

Reyna, cette fois, ne put s'empêcher de rire.

— Tout juste ! Sauf que… je n'ai été absente que huit semaines.

— Huit semaines là-dedans, c'est une éternité, déclara Jodie, les yeux écarquillés.

En effet.

— Et toi, tu y es restée combien de temps ?

Le visage de Jodie se ferma. Elle tourna le dos à Reyna.

— Il est beau comme tout, OK, mais, la prochaine fois, essaie plutôt un humain. Qui n'aura pas envie de te vider de ton sang au petit déjeuner.

Reyna se garda de la contredire, elle avait certainement raison. Sa vie serait plus simple si elle en désirait un autre que Beckham. Seul hic : elle était accro comme jamais. De ce fait, couper le cordon promettait d'être douloureux en diable.

Meghan ressortit du frigo, installa la perfusion de venin et désinfecta le bras de Reyna. Celle-ci se raidit dans l'attente de l'inévitable aiguille. Jodie, blême, sortit de la pièce.

— Je suis ravie d'avoir été de service le jour où tu es venue faire le test, déclara la rouquine, s'attirant l'attention de Reyna. C'est moi qui ai procédé à ton analyse sanguine et découvert combien tu es spéciale. J'ai inscrit O négatif dans ton dossier au lieu de Rh_{null}. Ça faisait si longtemps qu'on t'attendait ! En plus, c'est super bien tombé : Beckham devait prendre un sujet permanent et remettait sans cesse. C'est ce jour-là que j'ai appris qu'il appartenait à *Elle*, lui aussi.

Ce nouvel afflux d'informations mit le cerveau de Reyna en émoi, qui reprit brutalement pied dans le réel.

— Brr, saleté d'aiguille, grogna-t-elle.

— Ne t'en fais pas, le plus dur est passé. Je ne connais pas tous les détails, dans ce qui s'est passé entre Beckham et toi. Seulement que le mouvement t'a placée avec lui pour te protéger.

Le regard de Reyna se fixa sur les yeux verts de l'infirmière.

— Ça veut dire que c'était un coup monté depuis le début ? Que Beckham savait, pour mon groupe sanguin ?

— Oui, c'est ça. Sans quoi tu te serais tout de suite retrouvée avec Harrington. On t'aurait bien conduite direct au QG, mais tu n'avais pas encore été approuvée. L'idée, c'était que Beckham te jauge avant qu'on te fasse venir. Le parcours sans faute.

Reyna se cala dans son siège tandis que Meghan lançait la perfusion de venin. Dire que, tout ce temps, elle s'était demandé pourquoi Beckham rechignait à boire son sang ! Elle s'était imaginé que Penny, elle aussi, était du bon groupe sanguin. Qu'il désapprouvait cette affaire de sujet permanent et que c'était sa façon à lui de se rebeller. En buvant celui de Pénélope. Quand il avait enfin craqué, la situation avait viré au cauchemar… parce qu'ils n'étaient pas compatibles.

Beck l'avait su depuis le premier jour. Il l'avait gardée chez lui pour veiller sur elle avec, en ligne de mire, l'éventualité de la livrer à *Elle*. Reyna le savait bon acteur. Que ce qu'elle avait vu, quand il était avec Pénélope, était une possible mise en scène. Mais comment avoir la certitude qu'elle aussi n'était pas victime d'un jeu de dupes ? Si elle était précieuse au point que le mouvement risque gros pour la sauver, à *deux* reprises, Beckham avait pu faire semblant de vouloir la garder auprès de lui…

Ses idées commencèrent à se brouiller sous l'effet du venin. Elle refusait d'y croire. Il n'était pas doué au point de l'avoir abusée dans les grandes largeurs… Ce n'était pas parce qu'elle était précieuse qu'il avait tenu si fort à elle…

Toute leur histoire, un subterfuge ? Non.

Son cœur battit la chamade.

Son estomac se serra.

Ses paupières s'affaissèrent.

Puis elle se mit à dériver.

Des voix lui parvinrent. Trop diffuses pour qu'elle comprenne qui parlait, ou de quoi il était question. Elle gloussa bêtement.

Comment elle va ?

D'après toi ?

C'est si moche ?

Pire. Elle a vu les infos.

Si tôt ?

Hélas.

Une main se posa sur son front et chassa ses mèches folles. D'où sortait-elle ? Pourquoi la touchait-on ? Fallait-il seulement s'en inquiéter ?

Il va falloir la ménager.

Je ne sais plus quoi faire pour l'aider.

Un soupir.

J'ai dit à Beckham d'être gentil avec elle, côté cœur.

Comme s'il écoutait ce qu'on lui dit.

Comme s'il était gentil.

Non, Beckham n'était pas gentil. Et surtout pas côté cœur.

Reyna s'éveilla en sursaut. Elle porta la main à sa poitrine qui se soulevait à cadence rapide. Scruta la pièce où elle était couchée. Le lit, le placard, les photos au mur.

Elle.

Elle était au QG du mouvement.

Pas de retour chez Visage. Pas avec Harrington. Pas livrée à B.

Elle venait de faire un cauchemar. C'était tout. Un simple mauvais rêve.

Ses épaules se décrispèrent. Son calme revint. Elle était bien. En sécurité. Bien que sujette à un mal de crâne spectaculaire : l'effet secondaire du venin. La mémoire lui revint brusquement. On avait dû la ramener dans sa chambre pendant qu'elle était shootée. La migraine frappait toujours, après l'injection. C'était ce qu'elle détestait le plus. Après la piqûre elle-même, bien sûr.

Elle tendit la main vers la table de nuit et alluma sa lampe de chevet, décidée à se lever et à partir en quête d'une aspirine… quand elle perçut quelque chose. Un picotement à l'arrière du crâne. Comme si… comme si on l'observait.

Reyna hoqueta et s'adossa à la tête de lit, en proie à un accès de panique. Quelqu'un était assis dans le recoin le plus sombre.

Tout ce qu'elle distinguait, c'étaient deux mains jointes devant une ombre de visage et des chaussures noires brillantes. Ses yeux dérivèrent jusqu'à l'intrus mystère. Sa peur se mua en révélation.

— Salut à toi, petite chose, déclara enfin Beckham.

Chapitre 12

— Beckham ? murmura Reyna.

Le beau ténébreux se leva du siège où il était assis. Il épousseta le revers de son costume noir et boutonna celui-ci. La jeune femme déglutit tant il était immense. Grand, large d'épaules et inquiétant. Vivante image du monstre menaçant, implacable, patibulaire. Fuir. Fuir au plus vite.

Sa figure était un masque taillé dans le granite. Qui ne révélait rien de ses pensées. Ni la raison de sa présence, ni ce qu'il faisait, ni d'où il arrivait. Il se tenait simplement debout. Splendide et terrifiant. À attendre. N'étant pas de nature patiente, il affichait un flegme qui devait avoir une signification.

— Qu'est-ce que tu fais là ? demanda Reyna.

Elle s'empressa de sortir du lit, mal à l'aise quand il la toisait de haut. Et plus encore en prenant conscience qu'elle n'était vêtue que d'un tee-shirt et d'une culotte en dentelle tirée d'un tiroir. Beckham loucha sur ses jambes nues ; elle vit le désir pétiller autour de ses iris et enfila en toute hâte le pantalon de jogging qui traînait par terre.

— Tu aurais préféré que je ne vienne pas ? répondit-il de sa voix caverneuse sur le mode agressif.

— Je n'ai pas dit ça.

Reyna redressa le buste et soutint son regard couleur ébène. Elle vit se crisper un muscle du maxillaire, comme pour dire « mais tu l'as sous-entendu ». Le colosse s'éloigna d'elle à grandes enjambées et revint aussitôt. Le regard qu'il lui lança alors avait l'intensité d'un soleil noir.

— Ma question, c'était « qu'est-ce que tu fais dans ma chambre en pleine nuit » ?

— Les vampires sont des créatures de la nuit, Reyna. L'aurais-tu oublié ?

Sourire en coin. Masque bien en place. C'était le sale type de leur première rencontre, dans les locaux de Visage. Pas *son* Beckham. Pas l'homme qu'elle avait appris à connaître.

Elle évacua la rancœur suscitée par ce ton… mordant. Leurs retrouvailles prenaient un tour inattendu. Nuit après nuit, Reyna s'était imaginé une scène à base de mots tendres, de passion et d'excuses, ponctuée d'épisodes sexuels frénétiques pour rattraper les semaines perdues. Tout le contraire d'un échange tendu où chacun tournait autour du pot.

— Tu n'as pas répondu à ma question, fit-elle remarquer.

Reyna tenait à ce qu'il joue franc-jeu. Tentée de mettre des mots sur la déception et la colère que lui inspirait l'affaire des fiançailles avec Pénélope, elle choisit d'attendre sa réponse.

— Tu dormais. Je n'ai pas voulu te réveiller, dit-il simplement.

La jeune femme soupçonna qu'il n'en dirait pas plus. Une fois encore, il la laissait dans le flou. Elle qui pensait qu'ils avaient surmonté cet écueil… Mais que savait-elle, au fond ? Neuf semaines avaient filé sans qu'ils se voient. Tout était chamboulé.

— J'ai cru que le jour de ma libération, tu serais là pour m'accueillir.

— Vraiment ?

Était-il sincèrement surpris ou la menait-il en bateau ? Son regard était vide. Deux ardoises vierges au fond de ses orbites. Il restait stoïque, impassible. Parfaitement maître de lui. Cette façade impénétrable, il l'avait peaufinée des années durant…

et en usait désormais contre elle. C'était insupportable de ne rien savoir de ses pensées.

— Tu aurais dû être présent, insista-t-elle.

Il arqua un sourcil et resta debout à l'observer. À quoi diable songeait-il ?

— Je peux savoir ce que tu es venu faire, si tu n'es même pas capable de répondre à une question simple ?

— Je suis tout à fait apte à répondre.

— Très bien, où étais-tu alors ?

— Occupé.

Une réponse. Mais vague, très vague.

Sa frustration enfla. Allait-il cracher le morceau, oui ou non ? Où en était-il avec Pénélope ? Quid de leurs fiançailles ? Qu'est-ce qu'il avait foutu pendant ces deux mois pleins ?

Un gouffre se creusa entre eux à mesure qu'il tardait à répondre. Un pas en avant et Reyna était promise à une chute sans fin.

— Occupé à quoi faire ?

— À travailler.

La moutarde monta au nez de la jeune femme.

— Avec Pénélope, c'est ça ? Vous vous êtes remis ensemble ?

Les narines de Beckham frémirent. Son regard se fit plus dur.

— Je n'ai pas envie de parler de Pénélope.

— Parce qu'il y a plus croustillant encore à évoquer ? rétorqua Reyna, sarcastique.

— Tu es restée absente pendant neuf semaines, gronda-t-il en la désignant, son flegme fissuré, son courroux apparent. Et tu t'attendais à tout retrouver inchangé ?

— À t'entendre, on dirait que j'avais *décidé* de partir, dit-elle en haussant le ton. De m'enfermer chez Visage et de travailler pour Harrington. De mon plein gré.

— Comment savoir si tu dis vrai ou pas ?

— Je ne suis pas suicidaire ! s'exclama Reyna, outrée.

— Il ne t'aurait pas tuée. Il a trop besoin de toi.

— Je suis au courant, merci.

Le souffle court et saccadé, elle passa en revue toutes les menaces proférées par Harrington en cas de désobéissance. Torture morale et physique, notamment, puisqu'il n'avait besoin que de son sang. Sans oublier B… Juste ciel ! Son cauchemar récurrent. Sauf qu'elle ne pouvait pas lui en parler. Elle ne l'avait avoué à personne.

— C'est toi qui es partie, cette nuit-là, rappela-t-il en référence à la soirée où, après qu'il l'eut mordue, elle s'était précipitée dans une vie misérable. Que suis-je censé attendre de ton retour ?

— Autre chose que cette engueulade débile ! Je n'ai pas *décidé* de fuir, ce fameux soir. C'est l'instinct qui m'y a poussée. Il n'était pas question que je parte pour toujours, ajouta-t-elle en secouant la tête sous l'effet de la frustration. Sois franc avec moi. Dis-moi ce qui se passe.

Elle ne souhaitait qu'une chose : la vérité. Quitte à en souffrir. S'il lui annonçait qu'il n'était pas avec Pénélope, mais que cette histoire de fiançailles était une mise en scène, ils pourraient tourner la page. Dans le cas contraire… Reyna s'efforcerait de recoller les morceaux de son cœur brisé.

— Tu te sens prête à parler des neuf dernières semaines ? demanda-t-il prudemment en se fourrant les mains dans les poches.

Elle se referma comme une huître. Non. Pas question.

— Tu es fiancé ? répliqua-t-elle.

— J'ai dit et je répète que je n'ai pas envie de parler de Penny.

— J'en étais sûre ! éclata-t-elle en reculant pas à pas. Tu *es* fiancé. Pour de vrai.

— Reyna…

— N'insiste pas, dit-elle, paume tendue vers lui.

— Reyna, répéta le beau ténébreux d'une voix rauque qui témoignait d'une perte de sang-froid.

Qu'il craque, songea-t-elle. Si c'était sérieux, avec Pénélope, elle n'en avait rien à cirer.

— J'en ai plus que marre de t'entendre esquiver mes questions, fulmina-t-elle, les yeux brûlants de rage et la tête haute.

Il fallait qu'elle soit forte. Inébranlable. D'autant plus puisqu'il faisait tout pour la briser.

— Cesse de prendre des gants. Je veux la vérité. Tu m'as dit que tu n'aurais plus de secrets pour moi.

— C'était il y a neuf semaines.

Elle secoua la tête, désemparée.

— Même Harrington me disait la vérité. Y compris celle que je ne voulais pas entendre.

Cette gifle en pleine figure sembla laisser Beckham de marbre. Elle le vit néanmoins se redresser et crisper les épaules : le coup avait porté. Elle n'avait pas menti. Harrington était un monstre… mais un monstre qui jouait franc-jeu.

— Je t'ai déjà dit et je te répète, Reyna, que je suis un vampire implacable. Pas un humain. La position que j'occupe, je ne l'aurais jamais atteinte sans commettre des actes qui te glaceraient le sang. (Il s'avança. Presque à la toucher.) J'ai le plus grand mal à me contrôler. Continue et je pars en vrille.

— Au moins, comme ça, tu afficheras tes émotions.

Il lui glissa l'index sous le menton et l'obligea à le regarder dans les yeux.

— Tu m'as traité de monstre, énonça-t-il, le timbre caverneux. C'était bien vu. J'en suis un.

— Non, dit-elle dans un souffle.

Elle comprit enfin. Beck avait pris cette affirmation pour argent comptant ! Sauf que ce mot-là était sorti sous le coup d'une peur abjecte conjuguée aux premiers effets délétères de la morsure. Reyna n'en croyait rien.

— Non, tu n'en es pas un.

— Si. Tu as eu raison de me fuir. Je n'ai pas réussi à m'arrêter. Tu me faisais confiance et j'ai échoué.

Le remords faisait briller ses yeux noirs. Sous ces deux orbes d'obsidienne, elle distingua enfin l'homme qu'elle avait connu. Il s'en voulait à mort. S'estimait coupable, se rabaissait au rang de la bête qui était en lui. Le masque était tombé : c'était écrit en toutes lettres sur son beau visage.

— J'ai trahi ta confiance. Je ne la mérite pas plus aujourd'hui qu'hier.

— Je t'en prie, murmura-t-elle.

Sans vraiment savoir si elle le suppliait d'arrêter ou de poursuivre. Si seulement il pouvait céder un peu plus… jusqu'à ce que leurs lèvres se touchent… le fossé serait comblé.

Il lui pencha la tête de côté afin qu'elle lui présente sa nuque. Reyna respira plus fort, assaillie par les souvenirs. Beckham la possédant. Ses crocs effleurant l'artère, sur la face interne de la cuisse. Le plaisir mêlé à la douleur, tandis qu'il lui plantait les crocs dans le cou. L'afflux d'adrénaline au moment de l'orgasme.

Elle était très en rogne après lui. Leur avenir vacillait. Et pourtant… elle était partante. Pour tout ce qu'il avait à offrir en se livrant, ne serait-ce qu'un peu.

— Je ne vois pas trace de morsure, dit-il enfin.

— Non, répondit-elle dans un souffle, la gorge serrée.

— Aucune cicatrice.

— Non, aucune.

— Tout ce temps…

Leurs regards se trouvèrent.

— Il n'a jamais…

Elle sentit son corps vibrer tant il était proche. Peu importait qu'ils se soient pris le bec l'instant d'avant. Qu'elle ignore où ils en étaient. Qu'il n'ait fourni de vraie réponse à aucune de ses questions. Avoir l'attention pleine et entière de Beckham

Anderson était un truc terrifiant. Effet « lapin dans les phares » garanti. Et pourtant… elle sentait son corps la trahir. Ne pensait plus à rien. La culotte en dentelle n'y survivrait pas.

— Ton odeur, grogna-t-il d'une voix gourmande.

Reyna se cambra vers lui, les entrailles nouées.

— Beck, murmura-t-elle.

— Elle a changé, poursuivit-il.

Elle le regarda dans les yeux, interdite.

— Changé comment ?

— S'il ne t'a pas mordue, il a procédé comment ? Par injections ?

La jeune femme hocha la tête sans mot dire. Beckham émit un grondement sourd.

— Ça veut dire que tu lui appartiens.

— Je n'appartiens à personne, rétorqua-t-elle d'un ton de défi.

— Mordre, c'est posséder. La salive qu'il t'a injectée en dit long : tu es sienne, désormais.

Reyna secoua la tête.

— Je n'appartiens à personne, répéta-t-elle. Surtout pas à William Harrington.

Il l'épia avec soin, semblant vouloir percer à jour la sincérité de son propos. Reyna eut l'envie soudaine de tout lui dire. Sans rien omettre. Mais c'était trop tôt, et puis il existait cette barrière entre eux qu'elle avait crue enfin abattue. Sauf que le mur était de retour. Plus haut et solide que jamais. Elle l'avait lézardé autrefois, mais c'était désormais impossible.

Ce qu'il vit ou crut voir dans les yeux de Reyna l'attira vers elle. Il posa les lèvres sur le front de la jeune femme qui frissonna des pieds à la tête. C'était lui qu'elle voulait. Son homme. Quand bien même il ne se considérait pas comme tel. Deux longs mois, il lui avait manqué. Et maintenant qu'il était là, qu'il la touchait, elle se découvrit sans réaction.

Ces retrouvailles n'étaient pas du tout celles qu'elle avait espérées. Il ne se montrait pas franc envers elle. Éludait ses questions. Les remords qu'il éprouvait de l'avoir mordue étaient compréhensibles, tout comme le doute qui l'avait assailli en la voyant fuir. Mais ça ne suffisait pas à justifier son mutisme. Ils faisaient machine arrière au lieu d'aller de l'avant. Quant à Pénélope… elle constituait toujours un obstacle entre eux.

Reyna leva les mains, mais, au lieu de lui empoigner les revers de veste, elle le repoussa. La poussée ne le fit pas bouger d'un pouce. Il fit de lui-même un pas en arrière.

— Arrête, hoqueta-t-elle.

Toute chaleur quitta les yeux d'ébène du vampire.

— Je ne veux pas que ça recommence. Huit semaines, j'ai attendu que tu viennes à mon secours. De te voir débouler dans ma cellule et m'arracher à cet enfer. J'ai rêvé de nos retrouvailles, Beckham, et ça n'avait rien à voir, dit-elle, la voix brisée. Et je… non, je refuse de vivre dans un monde où Pénélope continue à se tenir entre nous.

Le beau ténébreux fit un pas de plus en arrière.

— Elle est… c'est compliqué.

— Alors va-t'en.

— M'en aller, gronda-t-il, furieux d'être ainsi congédié.

— Reviens quand tu seras capable de me parler comme tu le faisais avant. Sans faux-fuyants. Parce que j'en ai marre de ton jeu pervers.

Elle le vit s'éloigner… en direction du placard. Et le suivit en se demandant où il allait. Puis elle la vit. Une poignée de porte. Il était entré par une issue dérobée dans sa penderie. Évidemment. Afin de ne croiser personne.

— Beck, murmura-t-elle.

Il se figea, la main sur la poignée.

— Sydney va vouloir te voir. Tu es… importante pour le mouvement. C'est ici que tu aurais dû être depuis le début. Pas chez moi.

Là-dessus, il se fondit dans le passage secret, tel un spectre.

Reyna resta médusée. Après tous les fantasmes qu'elle avait nourris à propos de leurs retrouvailles, il s'en allait… loin d'elle. Non. Ce n'était pas possible. Elle refusait de le voir partir ainsi. Sans qu'ils aient parlé. Vraiment parlé. En jouant cartes sur table.

Sentant son rythme cardiaque grimper en flèche, elle se rua vers la porte dérobée. Vers Beckham. Tout n'était pas perdu. En échangeant à cœur ouvert, ils parviendraient à se réconcilier.

La main crispée sur la poignée, prête à lui courir après, elle buta sur un objet inamovible. La porte était verrouillée… de l'extérieur. Beckham pouvait entrer, mais Reyna, elle, ne pouvait pas sortir par là.

Ses genoux heurtèrent le sol tendu de moquette tandis que son cœur se déchirait. Qu'avaient-ils fait ? Cette scène n'aurait jamais dû se produire… il fallait revenir en arrière, discuter, œuvrer ensemble à une issue heureuse. Au lieu de quoi le cauchemar recommençait.

Reyna lui avait tenu tête quand il avait esquivé toutes ses questions. Puis lui avait demandé de partir alors qu'en son for intérieur elle ne souhaitait qu'une chose, qu'il reste auprès d'elle.

Et voilà qu'il était parti. Peut-être pour toujours.

Chapitre 13

— OK, je résume, dit Jodie quelques heures plus tard. Le mec vient te voir dans ta piaule et, toi, tu l'envoies bouler ?

— C'est à peu près ça, admit Reyna.

— Tu fantasmes sur lui tout le temps que tu passes au trou. Puis tu en sors enfin. Ton chouchou déboule dans ta chambre… et tu lui dis de se barrer ?

— Ce n'est pas aussi simple.

— Des clous, rétorqua Jodie en s'adossant au lit de Meghan.

Un matelas avait été installé par terre, dans la chambre de la rouquine, le temps qu'on lui déniche une solution de couchage permanente.

— Tu sais ce qu'il fallait faire ?

— Non, quoi ?

— Lui sauter dessus, pardi.

Reyna s'étrangla de rire. Cela lui fit un bien fou. Sortir d'un cauchemar au milieu de la nuit et bousculer Beckham à propos de Pénélope avaient été malavisés. Mais qu'il esquive totalement la question et se comporte en parfait inconnu n'était pas génial non plus.

— Je ne plaisante pas ! insista Jodie en voyant que Reyna ne répondait rien.

— Je sais bien, mais… je vois mal en quoi ça aurait réglé quoi que ce soit.

— Ben, ta frustration sexuelle, déjà.

— Tu marques un point.

— Évidemment.

— Mais franchement, à ma place, tu n'aurais pas souhaité t'expliquer avec un mec apparemment *fiancé* avec une autre avant de coucher avec ?

Jodie se tapota la lèvre du bout de l'index avant de répondre.

— Si une occase pareille se présentait alors que je sors de taule bien en manque, en effet, j'y réfléchirais une seconde avant de foncer tête baissée.

Reyna leva les yeux au plafond.

— Qu'est-ce que je dois faire ?

— Si l'avis d'une sage qui vient de passer plus de temps que toi au trou t'intéresse, tâche de le retrouver et d'arranger les choses. Le temps nous est compté. S'agit d'en profiter au maximum.

Reyna soupçonnait Jodie d'être restée bouclée chez Visage nettement plus longtemps qu'elle, mais n'osait pas la questionner à ce sujet. L'ancienne détenue ne paraissait pas prête à parler de son calvaire.

— Je sais, finit-elle par déclarer. Je veux seulement la vérité.

— Et toi, tu es disposée à la dire ?

— Je n'en sais trop rien.

— C'est donnant-donnant, sœurette, rétorqua Jodie en écartant une mèche qui lui barrait la figure. Si tu veux qu'il joue franc-jeu avec toi, prépare-toi à lui raconter ce qui t'est arrivé.

Reyna savait qu'elle avait raison – et détestait cela. Pourquoi ne pas plutôt tirer un trait sur ces huit semaines ? Oublier ses propres malheurs ?

— Je pourrais tout lui dire… mais je doute que ça lui plaise.

— Parce que ça te ravit, le peu que tu sais de ce qui s'est passé en ton absence ? Non, hein ? Tu sais quoi… c'est simple. Si tu lui balances tout et qu'après ça il reste fermé comme une huître ou t'avoue qu'il te préfère cette pouffiasse, tu le largues. Basta.

Si seulement c'était si simple!

Beckham était l'homme de sa vie.

Pas un instant, elle n'avait pris au sérieux l'idée qu'il puisse partir. Reyna lui avait demandé de prendre le large alors qu'elle souhaitait le contraire: qu'il soit auprès elle. Qu'il exorcise ses démons intérieurs, qu'il n'y ait plus que Reyna et Beckham.

— J'aurais probablement dû m'y prendre autrement.

— Ça crève les yeux.

— Le souci, c'est que j'étais... à cran. Notre évasion, puis découvrir qu'il s'était fiancé, et pour couronner le tout, apprendre qu'il savait pour mon groupe sanguin. Ça faisait beaucoup. Surtout que ça s'est passé en pleine descente de venin, avec un mal de tête carabiné.

— Tu oublies le bon vieux syndrome post-enlèvement, ajouta Jodie avec désinvolture.

Cette dinguerie dont les deux femmes risquaient de ne jamais se remettre...

— Je n'y avais pas pensé, murmura Reyna.

— Meghan m'en a parlé. D'après elle, c'est ça qui nous fait trop dormir ou nous comporter comme des tarées. Elle insiste pour qu'on consulte un psy, déclara Jodie en levant les yeux au ciel. Comme si j'allais tout déballer au premier venu!

— Je viens bien de le faire avec toi...

— Pas faux. Qu'est-ce qui t'y a poussée, au fait?

— Va savoir. J'ai l'impression que tu es la seule à pouvoir me comprendre.

Jodie acquiesça. Le courant passait entre elles. La solidarité des anciennes détenues, sans doute.

Sur ces entrefaites, Meghan fit son entrée. Ses cheveux roux, sans attache, lui tombaient en cascade sur les épaules. Elle leur décocha un sourire radieux.

— Ah, te voilà ! lança-t-elle à Reyna. Je t'ai cherchée partout. Il faut qu'on y aille, Sydney veut te voir.

— Là tout de suite ? s'étonna la jeune femme.

La *big boss* souhaitait la voir ? C'était peut-être l'occasion de faire son chemin au sein du mouvement. Il fallait à tout prix qu'elle s'occupe l'esprit à la suite du clash avec Beckham, et comme elle souhaitait depuis toujours se mettre au service d'une cause, l'idéal était d'en parler à la taulière.

— Oui ! C'est Sydney qui a donné le feu vert pour ton évasion. C'est à elle que tu dois de ne plus être à la merci de Harrington. Je parie que tu as des tas de questions à lui poser.

— En effet, admit Reyna. Et la réciproque doit être vraie aussi.

— Formidable. Allons-y.

— À plus tard, glissa Reyna à Jodie avant de sortir.

Puis elle s'adressa à Meghan sitôt dans le couloir.

— Au fait, à quoi elle ressemble cette fameuse Sydney ?

La rouquine se mordit la lèvre et prit son temps avant de répondre.

— C'est une nana extraordinaire. Ancienne militaire de carrière, brillante stratège, respectée de tous. Jouer au plus fin avec elle n'est pas recommandé.

— Comment il faut lui parler, alors ?

— Avec prudence, répondit Meghan, un bref sourire aux lèvres. Je suis sérieuse. Gaffe à ce que tu dis.

— Pourquoi ai-je le sentiment que je devrais flipper ?

— Pas flipper, non. Te méfier. Sydney n'est pas là où elle est par hasard. Comme tous ceux qui arrivent à la tête d'un truc, quel qu'il soit. Se la mettre à dos est une très mauvaise idée.

— Pigé. Autre chose ?

— Sydney fait un boulot remarquable à la tête du mouvement. C'est uniquement grâce à elle qu'on a survécu tout ce temps. Ne lui montre aucune faiblesse. Sois forte, confiante en toi. Je t'en sais capable.

Reyna se garda de répondre. À entendre Meghan, Sydney avait beaucoup de points communs avec Harrington. Le topo était le même : apparaître de marbre, sans point faiblse, surveiller ses réactions. Ne pas la froisser. Tout pareil. Le malaise s'insinua jusque dans sa moelle.

La rouquine s'arrêta devant une porte en acier massif qui rappelait celle derrière laquelle B était enfermée chez Visage. Jusqu'au système d'ouverture qui était identique.

— Sacrée mise en scène, marmonna Reyna.

— C'est la cellule de crise. Où se prennent toutes les décisions. (Meghan tapa un code puis se plia au test rétinien. La porte s'ouvrit.) À toi de jouer.

— Tu ne m'accompagnes pas ?

Meghan secoua la tête.

— Pas cette fois, mais ne t'en fais pas. Tout va bien se passer. Tête haute !

Reyna suivit son conseil avant de franchir le seuil du saint des saints. La pièce avait la taille d'une salle de conférence. Une table immense en occupait le centre ; un mur d'écrans diffusait les principales chaînes d'informations.

La jeune femme aperçut trois personnes qui se tenaient debout sur une estrade, à l'autre bout de la cellule de crise. Elle reconnut d'emblée les deux hommes issus de mondes très différents. Le premier était vêtu d'une blouse de toubib. Grand, dégingandé, la cinquantaine apparente, c'était un vampire – et, de ce fait, il devait être beaucoup plus vieux que cela. C'était le médecin qui l'avait confiée aux « bons soins » de Beckham, ce terrible premier jour dans les locaux de Visage. L'autre était beaucoup plus petit et humain. Sec, mais en forme. Musclé, même. Une physionomie de bagarreur. De type qui s'était hissé avec ses poings. Un regard tourmenté que démentait un sourire enjoué, presque amical, quand il aperçut Reyna dans l'embrasure. Elle s'en souvint pour l'avoir photographié sur le ring de la Halle Ferrier lors d'un combat clandestin.

La troisième silhouette était sanglée dans un tailleur-pantalon gris anthracite. Probablement Sydney. Elle se tenait droite comme un I, dos à la porte. Reyna vit qu'elle était grande, à peine moins que le médecin, et que ses cheveux noirs étaient coiffés en queue-de-cheval. C'était cette femme qui dirigeait toute l'organisation *Elle*?

— Voilà donc la fameuse Reyna, déclara le boxeur avant de siffler en sourdine. Tout s'explique…

Sydney se tourna lentement vers la jeune femme. Elle en imposait. Tout, chez elle, était affûté. Dur. En contrôle. Une lueur d'arrogance dansait dans ses pupilles.

Reyna eut un léger mouvement de recul. Elle aurait dû s'en douter, se tenir prête. Sauf qu'elle s'était posé les mauvaises questions. Comment aurait-elle pu savoir ?

Deviner qu'une femme vampire dirigeait *Elle*?

— Gabe, vois ça avec Tony. Ce serait bien qu'on puisse surveiller le sujet, dit-elle d'une voix nette et précise.

Le timbre autoritaire véhiculait l'idée qu'obliger la patronne à hausser le ton, c'était courir à sa perte.

— Bien reçu, chef, dit le combattant avec le sourire en coin que Reyna lui avait vu sur le ring.

Il adressa un clin d'œil à Reyna en la croisant.

— À un de ces jours.

Le plus tard possible, songea-t-elle. Ce type était une source d'emmerdements, ça se voyait tout de suite.

Gabe ferma la porte en sortant, laissant Reyna seule avec deux vampires très affûtés, supérieurement intelligents et dominateurs.

— Entrez donc, mademoiselle Carpenter, lança Sydney en lissant sa veste impeccable tout en descendant de l'estrade. C'est un plaisir d'enfin vous rencontrer.

— Bonjour.

Reyna s'obligea à mettre un pied devant l'autre afin de démontrer qu'elle n'avait pas peur. Sydney lui tendit la main. La jeune femme eut un très léger moment d'hésitation avant de la lui serrer. Sydney avait la main froide et de la poigne. Beaucoup de poigne. Avec des cals qui témoignaient d'une longue habitude des efforts prolongés : pour avoir des mains pareilles, il fallait avoir subi des années d'entraînement rigoureux.

— Vous connaissez déjà le docteur Washington, je crois.

Le toubib adressa un signe de tête à Reyna.

— Oui, on s'est vus.

C'était Washington qui l'avait tirée des griffes de Harrington la première fois. Puis Sydney la fois suivante.

— Merci, dit-elle immédiatement. À vous deux. Pour ce que vous avez fait pour moi.

Sydney, aussi sévère soit-elle, s'autorisa une ombre de sourire.

— Nous sommes heureux que la mission ait réussi et que vous soyez ici, saine et sauve. Le coût aurait pu être pire. Nous n'avons perdu que quatre agents dormants pour vous tirer d'affaire.

— « Agents dormants » ? répéta Reyna, perplexe.

— Meghan, Tye et Xavier occupaient des postes-clés chez Visage. Washington, quant à lui, travaille depuis le début dans les hôpitaux de la boîte. Tous ont été grillés. Fort heureusement, nous avons d'autres agents infiltrés. La perte n'est pas totale.

— Pas totale, mais regrettable, compléta le toubib.

— Tu sais très bien que Harrington ne t'aurait pas laissé vivre, lui dit Sydney.

— C'est une histoire tordue, entre William et moi. M'aurait-il tué s'il en avait eu l'occasion ? Pas sûr.

— Vous connaissez Harrington ? s'étonna Reyna.

—Ma chère enfant, dit-il en montrant les crocs, j'étais son meilleur ami. Son seul ami en fait, au fil des longues années passées à chercher un sujet compatible tel que vous.

La jeune femme réfléchit à toute vitesse.

—Mais… mais vous agissez contre lui.

—Pour faire pénitence.

Qu'a-t-il à se faire pardonner ?

Sydney parut lire dans ses pensées.

—C'est au docteur Washington que l'on doit la découverte du système de compatibilité sanguine.

—*Vous ?* interrogea Reyna, abasourdie.

Elle se tenait devant celui qui avait découvert qu'en buvant le sang d'un mortel du même groupe sanguin un vampire était « guéri » de ses instincts de tueur. Cette percée avait permis à Visage Incorporated de devenir une boîte gigantesque, employant quantité de donneurs humains. Et à Harrington, par ricochet, de conquérir le monde.

—Par pur hasard, en vérité. J'étais un scientifique avant ma transformation. Quand j'ai fait la connaissance de William, c'était son mental d'acier qui l'empêchait de donner libre cours aux instincts qui dominent tant des nôtres. Il est depuis toujours, disons… très porté sur l'hygiène. Phobique des microbes avant même que le mot existe. Je l'ai amené à se questionner sur l'origine de cette phobie. Une voie que peu de gens ont la force morale d'explorer. Par la suite, quand nos destins se sont liés, il s'est trouvé avec le moyen d'y remédier.

—Le cours d'histoire a assez duré pour aujourd'hui, Roger, intervint Sydney.

—Alors… tout est votre faute ? ne put s'empêcher de relancer Reyna.

—J'imagine, oui, fit Washington en fronçant les sourcils.

—Mais il œuvre à corriger ses erreurs passées, dit la femme vampire en leur enjoignant de prendre place au bout de la table de conférence. Ce qui nous amène à votre présence ici.

— Comment ça ?

— Parce que vous êtes la clé concernant le sang de Harrington. Il y a quelque chose de spécial en vous.

— Je ne crois pas, non. C'est pur hasard que nos groupes sanguins coïncident.

Sydney resta un long moment à l'observer. Reyna était consciente d'avoir affaire à une nana avec laquelle il ne fallait pas plaisanter. Elle avait beau faire bonne figure, sa nature était tout autre. C'était flagrant.

— Pourquoi ne pas nous laisser juges à ce sujet ? Dans l'intervalle, j'aimerais vous débriefer. Dites-moi tout ce qui vous est arrivé pendant vos huit semaines de disparition. Sans rien omettre, ni détail ni fait marquant.

Reyna déglutit avec peine. Ça promettait d'être désagréable.

— Voilà, c'est tout, conclut-elle quelques heures plus tard.

On lui avait fait répéter l'ensemble de ses péripéties. Encore et encore. Comme si l'on s'attendait à ce qu'elle se contredise, prouvant ainsi qu'elle racontait des craques.

Elle avait passé certaines choses sous silence – l'aperçu de Beckham et Pénélope ensemble au bal, l'incident avec B, ses rêves érotiques. Il aurait pourtant fallu qu'elle leur en parle, surtout de B. Mais le traumatisme était encore très présent… la peur la paralysait. C'était au-dessus de ses forces, il était trop tôt.

— Vous êtes sûre ? demanda Sydney pour ce qui lui parut être la millième fois.

— Sûre et certaine. (Reyna contempla ses mains jointes puis releva la tête.) J'aurais une requête à formuler.

— Ah ?

— Je souhaite participer à la rébellion. Je vous ai transmis tout ce que je savais, le tableau est aussi complet que possible. J'estime que je pourrais être utile au mouvement.

— Pas question, trancha aussitôt Sydney.

— Écoutez, je ne vais pas rester les bras croisés. L'inaction ne me vaut rien. Vous savez d'où je viens, non ? Je vous ai tout dit à ce sujet. Ce kidnapping a failli me rendre folle. Si je tourne en rond ici aussi, je vais péter les plombs. Donnez-moi quelque chose à faire, je vous en prie.

— Je pourrais vous trouver un emploi, proposa Washington, radieux. Venez donc m'assister au labo.

Reyna blêmit. C'était le dernier endroit où elle souhaitait être affectée. Elle adressa un regard implorant à Sydney.

— Tout sauf ça…

Sydney, qui consultait des papiers posés devant elle, se releva.

— Vous voulez du travail ; Roger vous en propose un. C'est à prendre ou à laisser.

— Je comprends et j'apprécie. Mais bosser en laboratoire après ce que j'ai subi… ça ne va pas coller, c'est couru d'avance. Il n'y a pas plutôt moyen que je sois affectée à la sécurité ? Avec mes frères ?

— Vous êtes importante, Reyna. *Vivante*, précisa Sydney sans tourner autour du pot. Vous appartenez à *Elle*, désormais. Il va falloir vous y faire une place. Comme quand vous creviez la dalle aux Entrepôts. Comme quand vous aviez la trouille chez Beckham. Comme quand vous étiez aux bons soins de Harrington. Intégrer mon équipe de sécurité ? N'y comptez pas. C'est clair dans votre petite tête ?

Reyna, vaincue, hocha la tête.

— Parfait. Vous pouvez disposer.

Chapitre 14

Près d'une semaine sans rien faire acheva Reyna. Elle détestait rester oisive. Depuis toujours. Entre l'insistance de Meghan pour qu'elle se repose et celle de Sydney pour qu'elle accepte un boulot honni, il y avait de quoi devenir dingue.

Sans parler du fait qu'elle restait sans nouvelles de Beckham. Une semaine de *vide* absolu. S'agissait-il d'une forme de punition temporaire… ou avait-il renoncé à elle ?

Reyna finit par en avoir tellement marre de ce repos forcé qu'elle enfila sa tenue de sport et se rendit à l'étage inférieur. Elle avait déjà avalé huit kilomètres sur un tapis de course quand ses frères arrivèrent et lui firent les yeux ronds. La jeune femme n'eut pas de mal à les convaincre de la convier à leur séance d'entraînement. Comme elle était déjà échauffée, la fratrie embraya sur une séance endiablée de poids et haltères.

Quatre jours plus tard, en pleine session d'autodéfense, Tye débarqua dans la salle.

— Ce soir, dit-il en adressant un signe à Brian et Drew.

Ils se redressèrent et hochèrent la tête. Puis attendirent qu'il soit reparti pour se détendre.

— De quoi il s'agit ? voulut savoir Reyna.

— Ordre de mission, répondit l'aîné.

— Rien de spécial, s'empressa d'ajouter Drew, tout sourires. Simple routine. Pas de quoi se biler.

— Je peux vous accompagner ? lança-t-elle, pleine d'espoir tout en sachant à quoi s'attendre.

— Non, firent-ils d'une même voix.

— Allez, quoi. Vous m'entraînez. Que ça serve à quelque chose ! Intégrez-moi à l'équipe, j'ai envie de me rendre utile. Laissez-moi cette chance.

— La question n'est pas de te rendre utile, fit valoir Brian. Mais de te garder en vie.

— Je sais, merci. Je n'ai pas du tout envie de me refaire kidnapper ni quoi que ce soit. Faites-moi confiance. Ça va me rendre folle de rester assise à ne rien faire.

— Meghan prétend qu'on t'a proposé de bosser avec elle à l'infirmerie, déclara Drew.

— Pas question. Le sang et les seringues, très peu pour moi.

Elle frissonna. Travailler en milieu hospitalier ? Et puis quoi encore ? C'était pourtant simple à comprendre, non ?

— Je veux contribuer. Participer à la cause. Dégommer les salauds.

Elle fit mine de cogner Drew en plein biceps. Brian secoua la tête et corrigea sa posture afin que le pouce ne couvre pas les autres doigts.

— Frapper comme ça, c'est un coup à se péter le pouce.

— Je peux apprendre ! dit-elle, un sourire confiant aux lèvres.

— Trouve quelqu'un d'autre, répondit l'aîné en poussant un soupir exaspéré.

— Ça roule.

Sauf que ça ne roulait pas du tout. Il existait forcément une autre façon de se rendre utile à *Elle* que de bosser dans un labo de film d'horreur ! Reyna désirait ardemment se trouver un but. Une occupation quelconque qui ne lui rappelle pas le trauma consécutif à ses huit semaines de captivité. Mais tout le monde faisait la sourde oreille.

— Continue comme tu le fais, voulut la rassurer Brian. Je te promets qu'un truc va bientôt se présenter, que tu n'en as plus pour longtemps à ronger ton frein. Que dis-tu de l'idée de se retrouver tous les quatre avec Laura, à notre retour ? Ce serait super.

Reyna sourit jusqu'aux oreilles. Il lui tardait en effet de passer du bon temps avec ses frères et la fiancée de l'aîné.

— Très bonne idée. En attendant, remontrez-moi le dernier mouvement, d'accord ?

Drew éclata de rire et avança vers elle pour lui faire la démonstration de la bascule par-dessus l'épaule.

— Ta meilleure option reste quand même la fuite, petite sœur, affirma Brian en la regardant droit dans les yeux. En courant aussi vite que tu peux.

— Je sais.

Seul hic : ça n'avait pas suffi la dernière fois. Ni contre qui que ce soit, d'ailleurs. La course à pied mettait en forme… mais c'était tout. Elle souhaitait savoir se défendre. Ou mieux encore : apprendre à éviter les ennuis avant qu'ils n'adviennent.

Reyna ôta sa tenue de sport et se plaça sous le jet brûlant afin d'évacuer la sueur. Ses muscles étaient douloureux, mais pour d'excellentes raisons. C'était dans sa tête que le vrai malaise n'arrêtait pas de tourner.

En fermant les yeux, le soir, il lui arrivait de revivre son enlèvement dans le studio d'Everett. Les sbires qui lui avaient sauté dessus. Leurs sales pattes se refermant sur elle ; leurs trognes masquées ; le relent de peur qui avait flotté dans l'air. Le sentiment de catastrophe imminente. Une poigne de fer qui, parfois, la faisait s'enfoncer dans le sol… et les cauchemars reprenaient. Dans ces cas-là, Reyna s'estimait chanceuse quand il s'agissait seulement d'aiguilles. Mais le plus souvent, c'était B la vedette des mauvais rêves.

Elle frémit en se remémorant les images qui défilaient alors. Et ce, malgré la douche brûlante. Ces souvenirs ne la laisseraient jamais en paix. Quand il vous arrivait une horreur pareille, il existait deux issues possibles : se laisser bouffer par la douleur ou s'y accoutumer peu à peu. Cette plaie à l'âme était promise à ne pas cicatriser. Elle était consubstantielle de Reyna.

La jeune femme ferma le jet en poussant un soupir. Se laisser bouffer ? Pas question. Elle saurait dompter la douleur. Reprendre le contrôle de sa vie. Pas à pas.

Elle s'essuya puis enroula la serviette autour de ses longs cheveux noirs avant de sortir de la salle de bains. Et hurla en découvrant quelqu'un dans sa chambre.

— Nom d'un chien, Jodie, tu pourrais prévenir !

— Désolée. J'ai bien cru que tu allais finir noyée, vu le temps que tu as passé sous la douche.

— Tu avais un truc à me dire ? demanda Reyna en allant chercher un jean et un tee-shirt dans son placard.

— Cet endroit me débecte. Moins que chez Visage, d'accord, mais quand même. Comment tu peux supporter de rester enfermée comme ça ? J'en ai marre de respirer de l'air en boîte. J'ai besoin de liberté.

— Nous *sommes* libres.

— Ben voyons, ricana Jodie. Essaie de franchir l'entrée, on verra s'ils te laissent passer.

Jamais de la vie. Reyna le savait pertinemment. Sydney s'était montrée très claire à ce sujet : les deux jeunes femmes étaient trop précieuses pour que la rébellion les laisse filer. Leur sang détenait les réponses à des questions que les deux camps se posaient depuis des lustres. Il n'était pas question qu'on les autorise à se risquer dehors. Reyna le comprenait, certes, mais, après avoir été prisonnière de Harrington, elle rechignait à l'être une seconde fois.

— Si on tentait de se faire la belle ? proposa Jodie.

Reyna ressortit de son dressing.

— Le seul accès est celui par lequel on est entrées. Infranchissable.

La femme noire soupira.

— Il en existe forcément un autre… Prends Sydney, par exemple : un jour elle est là, un jour non. Par où elle entre et elle sort ? Si discrètement ? Et puis il reste des agents dormants, non ? M'est avis qu'eux aussi ils ne veulent pas qu'on les croise. Vu que personne n'est censé savoir qui ils sont… Ça veut donc dire qu'il existe une autre issue.

Reyna resta un instant à dévisager Jodie puis ouvrit grand la bouche.

— Merde alors, mais oui, je sais par où !

Elle retourna dans son placard et s'excita sur la poignée qui, en temps normal, était presque invisible.

— Je rêve ou c'est une porte secrète ? Dis-moi que c'en est une…

— Beckham est passé par là, murmura-t-elle.

Reyna s'était efforcée de ne pas trop penser à lui. Il n'avait plus donné de nouvelles… et cela faisait plus d'une semaine.

— C'est verrouillé de l'extérieur, hélas. Et j'ignore quelles sont les mesures de sécurité.

— Bordel de merde !

Jodie s'empressa de prendre sa place, extirpa une épingle à cheveux de son épaisse tignasse et se pencha sur la serrure. Reyna savait comment s'y prendre mais n'avait jamais essayé sur autre chose que les verrous à deux balles du quartier des Entrepôts. Le mouvement n'était quand même pas constitué de gens assez débiles pour avoir posé des serrures faciles à crocheter ?

Clic.

La porte joua sur ses gonds sans un bruit. Reyna, médusée, loucha sur l'ouverture.

— Ça alors, tu y es arrivée.

— Eh ouais, c'est ma meilleure amie qui m'a appris ça avant que…

Jodie n'en dit pas plus, consciente d'avoir commencé à divulguer des informations la concernant pour la toute première fois. Elle s'ébroua puis tendit la main à Reyna.

— Alors, prête à y aller ? C'est maintenant ou jamais.

Mauvaise idée, songea Reyna. C'était inconsidéré… et potentiellement dangereux. La sagesse commandait de rester tranquille et d'attendre qu'on lui propose un job convenable. D'un autre côté, quelle vie était-ce là ? Patienter gentiment à la niche, aboyer sur commande ? En presque onze semaines depuis son enlèvement, elle n'avait vu le soleil briller qu'une poignée de minutes. C'était trop peu.

— OK, Jodie, mais rien qu'un instant dehors, ça roule ? Si on se fait choper, c'est les emmerdes assurées. Je veux juste voir la lumière du jour.

— Formidable ! Tout ce que tu voudras, applaudit Jodie en se ruant dans le couloir.

Reyna se lança plus prudemment, tous les sens aux aguets, s'attendant à ce qu'on déboule dans sa chambre en leur intimant l'ordre de ne pas sortir. Rien de tel ne se passa.

Elle fit un pas dans le couloir. Puis un autre. Pas d'alarme. Rien à signaler. Rien qu'une coursive proprette.

— Laisse-moi m'occuper de la serrure, dit Jodie.

Elle actionna la poignée à plusieurs reprises. Une minute plus tard, le pêne se retrouva bloqué en position ouverte.

— Du gâteau. (Elle ouvrit et referma pour faire la démonstration.) On va bien se marrer, promis.

Reyna tâcha de se détendre tandis que sa complice prenait les devants dans un couloir anonyme. D'autres portes le jalonnaient. Jodie tenta sa chance sur plusieurs poignées : toutes verrouillées, comme celle du placard de Reyna. Elle haussa les épaules. Les deux jeunes femmes continuèrent. Ce passage secret devint très vite rasoir au possible. Reyna avait espéré y découvrir un avion caché sous terre, ou à tout le moins quelques salles réservées aux huiles du mouvement.

Rien de rien ! Des coursives à périr d'ennui puis, enfin, un escalier. Elles gravirent cinq étages avant d'atteindre un palier.

Jodie poussa la seule porte. Elles tombèrent sur une petite pièce aux allures de coffre-fort : une issue lourdement blindée, en acier massif, avec pléthore de sécurités annexes afin que personne ne puisse entrer… ni sortir.

Reyna soupira.

— C'est le bout de la route, on dirait.

— On n'a même pas vu la lumière du jour, maugréa Jodie. Voyons ce que ces verrous électroniques ont dans le ventre.

— Ça va sûrement donner l'alerte.

— Tu as raison. Fait chier, merde ! Si près du but…

Tout avait été trop facile, songea Reyna. Si personne ne s'était soucié qu'elles puissent sortir de leurs piaules, c'était parce que l'issue du bunker était infranchissable. Elles y étaient piégées.

Piégées. Miséricorde ! La jeune femme se croisa les bras sur le ventre et recula. Son dos heurta la paroi ; elle s'astreignit à inspirer par le nez et à expirer par la bouche. Peine perdue, la crise de panique arrivait. Prise au piège, encore ? Non ! Il fallait qu'elle sorte ! Ne serait-ce qu'un court instant…

Elle en était là de ses sombres pensées quand l'autre porte s'ouvrit derrière les deux jeunes femmes.

Et merde, voilà en plus qu'elles se faisaient pincer ! Au bout d'à peine une minute. Sans même avoir pu mettre le nez dehors. Reyna n'avait pas cru un instant qu'on les surprenne à l'intérieur. C'était possible, d'accord, mais décidément, le sort s'acharnait sur elles !

L'individu qui passa le seuil faillit lui arracher un grognement. Non, pas lui…

— Eh bien eh bien, fit Gabe, goguenard, qu'avons-nous là ?

— Qui c'est, ce mec ? râla Jodie.

Reyna grimaça.

— C'est Gabe. On s'est vus, quand j'ai été convoquée par Sydney.

— Quant à toi, tu es sûrement Jodie, poursuivit Gabe en lui tendant la main.

La femme noire loucha sur sa main tendue puis croisa les bras.

— On ne faisait rien de mal.

— Vraiment ? (Il se tourna vers Reyna et arqua un sourcil.) Marre d'être au trou, j'imagine ?

— Bien résumé, admit Jodie.

Gabe leur adressa un large sourire.

— Et comment vous avez réussi à monter jusqu'ici, au fait ?

En l'absence de réponse, il éclata de rire.

— En crochetant la serrure d'une de vos piaules ? J'ai fait pareil la première fois que je me suis retrouvé ici. Ça m'a valu mon lot d'emmerdes avec les huiles, mais ils m'ont gardé quand même. C'est précieux, les types dans mon genre… (Il les dévisagea tour à tour.) Vous deux aussi, à ce qu'il paraît.

— Je refuse qu'on m'utilise, se récria Reyna.

— C'est la vie, que veux-tu…, fit valoir Jodie. Elle te mâchonne et te recrache. Le tout, c'est de s'habituer.

— Je propose un truc, dit Gabe, une main levée. Il faut que j'aille quelque part. J'en ai pour deux ou trois heures. Pourquoi vous ne viendriez pas avec moi ? Au retour, on pourra discuter de la façon dont vous pourriez être utiles à *Elle* en travaillant ici. Ça vous branche ?

— Tu nous proposes ça sur ordre ? voulut savoir Jodie. Parce que si c'est un piège…

— Pas de piège, non. Je vous fais une fleur.

— Personne ne fait ce genre de fleur sans contrepartie, lui glissa Reyna.

— Je n'ai jamais dit le contraire ! Parlons plutôt d'un marché. Je vous file un coup de main, et en revenant, vous réfléchissez à ce que vous pourriez faire pour la rébellion. Ça roule ?

Reyna se tourna vers Jodie qui haussa les épaules. Elle fronça les sourcils. D'accord, c'était sûrement une mauvaise idée de quitter le QG pendant quelques heures, mais elles seraient avec Gabe. Le boxeur minimisait très certainement les sanctions que cela risquait de leur valoir à tous les trois. Pourquoi diable faisait-il tout ça pour elles ? Tant pis, estima Reyna, décidée à sauter sur une occasion qui n'était pas près de se représenter.

— Marché conclu.

Chapitre 15

Le trio émergea d'un parking souterrain à bord du SUV de Gabe aux vitres très teintées que le boxeur-truand engagea sur une avenue menant au centre-ville. Reyna n'eut d'yeux que pour le paysage alentour. Cela faisait un bail qu'elle n'avait eu à contempler que des murs. Cette brusque immersion lui fit l'effet d'un plongeon dans une piscine glacée.

En se retournant, elle aperçut le gratte-ciel d'où le 4x4 était sorti et faillit s'étrangler. La main plaquée sur la poitrine, elle se déhancha pour mieux voir. Gabe s'en aperçut.

— Un problème ?

— Cet immeuble, hoqueta-t-elle.

— Oui, et alors ? Tu ne l'avais pas vu en arrivant ?

Reyna secoua la tête. Jodie répondit à sa place.

— On avait les yeux bandés.

— C'est vrai, merde ! maugréa-t-il, s'en voulant d'avoir oublié le protocole. Si l'une de vous deux espionne pour le compte de Visage, me voilà dans de beaux draps.

— C'est quoi au juste ce bâtiment ? relança Reyna.

— Notre couverture. Il sert de locaux à une grosse société immobilière et, nous, on crèche au-dessous. Ça nous permet d'aller et venir librement en journée. En plus, comme la boîte a pignon sur rue, personne n'aurait l'idée d'aller fouiner dans ses sous-sols.

Reyna se renfonça dans son siège. Cet immeuble servait de paravent à *Elle*. Incroyable. Et logique à la fois, en fin de compte.

C'était sur le toit de ce même gratte-ciel que Beckham l'avait entraînée de nuit, afin qu'elle photographie l'immeuble de Visage. Ils avaient eu une longue conversation sur les deux factions de vampires – ceux qui considéraient les mortels comme leurs égaux et ceux qui ne voyaient en eux que du bétail sur pieds – puis ç'avait été chaud bouillant. Le beau ténébreux lui avait fait entrevoir son autre monde, peut-être pour tenter de l'y attirer, sans qu'elle s'en doute.

Son cœur saigna en repensant à cette scène. Où était-il ? Pourquoi avait-il fallu que leur relation tombe en poussière, comme du sable filant entre les doigts ?

Près d'une demi-heure plus tard, Gabe gara enfin en SUV dans un parking miteux : rampe d'accès défoncée, graffiti partout, éclairage en miettes. Reyna fit le dos rond en descendant du véhicule tout en jetant des regards inquiets à la ronde. Lugubre à souhait. Ambiance typique des bas quartiers. Elle se félicita d'avoir opté pour le look jean et tee-shirt… à ceci près qu'il faisait un froid de gueux. Les deux jeunes femmes n'avaient pas prévu cette virée.

— Approchez, dit-il en ouvrant le coffre. Je vais voir ce que je peux faire.

Il passa à Jodie une chemise à manches longues en flanelle que la jeune femme s'empressa d'enfiler puis tendit à Reyna le blouson en cuir qu'il portait.

— Ça aussi, ajouta-t-il en lui enfonçant une casquette de baseball jusqu'aux sourcils.

Puis il en proposa une à Jodie qui le regarda comme s'il avait perdu la boule.

— Comment veux-tu que je fasse avec mes cheveux ? dit-elle en désignant sa forêt de mèches bouclées.

— C'est tout ce que j'ai, désolé.

Jodie marmonna quelques obscénités puis tenta de s'aplatir les cheveux au sommet du crâne pour pouvoir se coiffer de la casquette.

— Un dernier truc, dit Gabe en produisant deux bracelets noir mat.

— C'est quoi ces merdes ? ronchonna Jodie.

— Des bracelets d'identification, répondit Reyna à la place du boxeur.

— Tout juste. Obligatoires en ville. Ceux-là ne sont pas programmés pour vous. C'est juste pour la frime, on ne devrait pas croiser de flics.

Reyna enfila le sien dont le poids, au poignet, lui fit l'effet d'une menotte. Jodie l'imita sans cacher son irritation. Gabe, quant à lui, portait déjà le sien.

— Et le couvre-feu au fait ? s'enquit Reyna.

Il avait été décrété par le conseil municipal après l'incendie. L'annonce du couvre-feu et du port d'un bracelet avait accompagné celle du recensement sanguin généralisé.

— L'ancien maire l'avait levé. C'était une mesure temporaire, contrairement aux bracelets. Nous voilà parés. (Gabe désigna l'escalier d'un mouvement de menton ; elles le suivirent.) Le lieu où on se trouve est interdit aux vampires. Vous y êtes en sécurité, *a priori*, mais restez quand même près de moi. Je vous protégerai s'il arrive un truc. Et surtout, surtout, faites profil bas : ce serait moche que des sbires de Harrington vous repèrent et vous tombent dessus, d'accord ? Pour le tout-venant, je me sens d'attaque, mais, dans ce cas-là, je ne saurais pas trop quoi faire. Ne tentons pas le diable.

— On n'a pas du tout envie de retourner au trou, répondit Reyna. Compte sur nous pour ne pas te quitter d'une semelle.

La jeune femme perdit de son assurance en découvrant le bâtiment dans lequel ils s'apprêtaient à entrer.

— La Halle Ferrier ? glissa-t-elle, prise de sueurs froides.

Gabe haussa les sourcils.

— Tu connais ?

— Oui. Je t'y ai même vu combattre.

— Sans blague ? dit-il, rayonnant.

— Tu es boxeur ? demanda Jodie en louchant sur sa physionomie tout en muscle.

De gabarit modeste, Gabe n'en était pas moins impressionnant.

— On va dire ça, oui. Je bricole ici et là.

— Pourquoi tu nous emmènes ici ? grogna Reyna.

— Où tu croyais qu'on allait ? rétorqua Gabe. J'ai un truc à y faire. Et puis c'est un lieu sûr.

— Sûr ? La fois où je suis venue, c'est parti en émeute !

— Ça arrive très rarement.

Reyna secoua la tête et s'efforça de discipliner son rythme cardiaque. Qu'il y ait eu une bagarre générale l'unique fois où elle s'était rendue à la Halle Ferrier ne signifiait rien. Hormis, bien sûr, l'idée désagréable que les ennuis l'attendaient à chaque tournant.

Un videur énorme et armé jusqu'aux dents grogna « salut Gabe » en voyant le trio approcher.

— Je suis accompagné, déclara l'intéressé en affichant un sourire carnassier.

Il graissa la patte du videur qui empocha le pourboire.

— Les ai jamais vues, celles-ci.

— Que veux-tu, j'aime la viande fraîche.

— Pas de crocs, hein ?

— Ni flingue, ni crocs, ni emmerdes, récita Gabe en référence au mot d'ordre de la maison.

Le gorille hocha la tête ; la porte s'ouvrit. Il fit signe aux filles d'entrer les premières.

— Tu amènes souvent des nanas ici ? demanda Jodie, un rictus aux lèvres.

— C'est une bonne couverture.

— Ben voyons…

Reyna perdit le fil de leur échange et s'immobilisa sitôt le seuil franchi. La Halle Ferrier, lors de sa première visite, était une salle de boxe. Et voilà qu'elle découvrait un lieu avec lumières rouges intermittentes, musique forte et femmes à demi nues. À cela s'ajoutait un bar immense, sur tout un côté du hangar, sans oublier une estrade pour les plus délurées – soit, pour l'essentiel, des créatures aguichantes en lingerie sexy.

— Ça alors, murmura-t-elle.

— Pas mal, hein ? lança Gabe en passant la main dans ses cheveux brun-roux.

— Je croyais que c'était une salle de boxe ?

— Ça l'est certains jours, mais d'autres, la Halle enfile son habit de lumière.

Il voulut la prendre par la main ; elle s'y opposa vivement.

— C'est juste pour fendre la foule sans se perdre.

Reyna se mordit la lèvre puis accepta. Jodie la prit par l'autre main et le trio s'immisça dans la foule compacte. La jeune femme garda la tête basse. Précaution superflue : le local était si peu éclairé qu'on n'y voyait pas à plus d'un mètre. Alors de là à ce qu'on l'identifie, coiffée comme elle l'était…

— Délire ! s'exclama Jodie dans son sillage. Il me tarde d'être sur la piste !

— Jodie, ce n'est pas prudent.

— C'est notre soirée de liberté, ma vieille ! J'ai l'intention d'en profiter un max.

Reyna se remordit la lèvre et se garda de répondre. Ça ne lui ressemblait pas du tout d'avoir peur de monter sur une piste de danse… Elle craignit un instant d'avoir été brisée par Visage. Privée de ce qu'elle préférait chez elle.

Le trio s'arrêta et Gabe parla à la barmaid, une blonde à forte poitrine qui ne se privait pas de le reluquer. Jodie se laissait déjà porter par la musique, les bras levés, remuant les fesses en rythme.

Gabe attira Reyna contre lui, l'enlaça et lui glissa au creux de l'oreille :

— Je dois voir un contact. Restez ici et dansez, mais ne vous éloignez pas du bar et évitez les lumières. Il faut que je puisse vous retrouver. J'en ai pour dix minutes. Sonya saura me trouver si vous avez besoin de moi avant, conclut-il en désignant la barmaid.

— D'accord.

— Haut les cœurs, bébé.

Il lui décocha un coup de poing factice, lui adressa un clin d'œil et s'éclipsa.

Jodie dansait déjà au sein d'un petit groupe. Elle tendit la main vers Reyna qui rejoignit son amie. Elles se déhanchèrent en tentant d'oublier les soucis. Jodie se tourna vers un latino bigrement sexy aux biceps saillants. Reyna ferma les yeux et se laissa bercer. Elle ne souhaitait qu'une chose : quelques heures de break sans gamberger. Jodie la pressa contre elle et les deux femmes dansèrent en totale harmonie. C'était en tout et pour tout la deuxième fois qu'elle se retrouvait dans un night-club de ce type… et la première avait très, très mal tourné. Pour autant, les bars miteux ne manquaient pas au quartier des Entrepôts et elle savait y faire.

Hanches contre hanches.

Tour sur elle-même.

Épidermes en surchauffe.

Effleurements, caresses, tentation.

La température grimpant en flèche, Reyna ôta le blouson de Gabe qu'elle se noua autour de la taille tandis que Jodie se servait de sa chemise à manches longues comme d'un lasso pour l'attirer plus près.

— C'est le pied ! s'exclama Jodie.

C'était vrai. Le corps libéré et l'esprit apaisé par le rythme de la techno, Reyna se sentit revivre. Quel bonheur d'être jeune et insouciante!

L'un des types avec lesquels Jodie dansait disparut une minute et reparut avec un plateau de shots. Il en proposa un à Reyna qui secoua la tête, résolue à garder les idées claires.

—Allez, quoi, bougonna Jodie en l'obligeant à accepter un verre. Qu'est-ce qu'on risque?

—Tu le sais comme moi, patate, dit-elle en reposant le shot sur le plateau.

Jodie ne voulut rien savoir. Elle fit cul sec et s'ébroua en grimaçant… puis éclusa le verre délaissé par Reyna.

Les types alentour poussèrent des vivats. Jodie réagit à leurs œillades lubriques en affichant un large sourire. Reyna s'en voulut un peu d'être aussi timorée: Gabe serait de retour d'une minute à l'autre, un malheureux verre n'allait pas la tuer.

Puis elle vit son amie tanguer et conclut qu'en définitive elle avait bien fait de s'abstenir.

—Houlà! dit-elle en la prenant par la main. Ça va, toi?

—Ça va super.

Mais Reyna vit alors qu'elle avait les pupilles dilatées et paraissait tout sauf super.

—Qu'est-ce qu'elle a bu? demanda-t-elle au type le plus proche.

—Ça vient de sortir! Comme un brûle-gueule, si tu veux, sauf que ça s'appelle un bordel-à-queue!

—Génial… et qu'est-ce qu'il y a dedans?

—Whisky, rhum, vodka et jus d'orange.

—Plus une goutte de ce nouveau truc de vampire, s'esclaffa un autre fêtard.

Reyna sentit son estomac faire un bond.

—Quel truc de vampire?

— Te bile pas, chérie. Ça craint rien, c'est juste un machin issu de leur morsure. L'idéal pour planer.

Du venin… Merdasse.

Cette saleté rendait beaucoup de gens accro. Plus on en consommait et pire c'était. Reyna n'y avait peut-être pas complètement succombé, mais, chez Jodie, c'était très net.

— Il faut qu'on te ramène, plaida-t-elle.

Elle tenta vainement d'entraîner Jodie loin de la piste, consciente de l'effet du venin. Les doses auxquelles Reyna avait été astreinte l'avaient mise sur le flanc chaque fois tandis qu'une goutte faisait planer, avec le sentiment d'avoir le monde à ses pieds. Les inhibitions tombaient à mesure que le taux d'endorphines grimpait. C'était dû à la mise en branle de l'instinct de conservation qui incitait à foutre le camp. Sauf que pour l'heure, Jodie n'avait qu'une idée : s'éclater au maximum.

Misère.

Reyna sentit la panique venir et serra le poignet de son amie. Où était Gabe ? La situation dégénérait salement. Les fêtards les reluquaient de plus belle ; ils leur avaient sciemment proposé ce cocktail diabolique.

— Laisse-toi aller, ma grande, suggéra l'un des types.

Reyna le fusilla du regard.

— Des clous.

Galvanisée par l'afflux d'adrénaline, la jeune femme réussit cette fois à entraîner son amie vers le bar. La chance leur sourit : les fêtards n'insistèrent pas. Peut-être étaient-ils seulement venus là pour s'amuser sans arrière-pensée. Quant au cocktail, s'il figurait réellement sur la carte, il ne devait pas être si terrible. Elle avait réagi d'instinct. Sauver Jodie, ficher le camp.

Sitôt cette dernière installée sur un tabouret, elle héla Sonya qui s'empressa de venir.

— Qu'est-ce que j'te sers ? dit-elle avec un fort accent rural.

— Ma copine a besoin d'eau. Tu as des nouvelles pour Gabe ?

— Et voilà, ma belle, dit la serveuse en tendant un verre d'eau glacée à Jodie. Il est toujours à l'étage. Monte avec ton amie, si tu veux. Enfin, si elle peut marcher.

Reyna observa Jodie. C'était non.

Celle-ci porta le verre à ses lèvres. Tentée d'aller voir ce qui retenait Gabe si longtemps, Reyna y renonça : c'était imprudent de laisser Jodie seule, surtout avec les types intéressés de tout à l'heure qui traînaient toujours en bordure de piste. Elle se résolut à attendre.

Trente longues minutes plus tard, Gabe sortit en trombe de la porte par laquelle il avait disparu et les retrouva au bar.

— Allons-y, les filles.

— J'ai besoin d'aide. C'est Jodie, dit-elle en désignant l'intéressée. Des types l'ont shootée au venin de vampire.

— Au *venin* ? grogna le boxeur.

— C'est nouveau, expliqua-t-elle, ils en mettent une goutte dans les cocktails.

Gabe grogna de plus belle puis passa un bras autour des épaules de Jodie qui se laissa choir contre lui. Il désigna la sortie d'un signe de tête, invitant Reyna à les suivre.

Le trio piétina à travers la foule de fêtards. À mi-chemin environ, Gabe, agacé, serra les dents et souleva Jodie comme si elle ne pesait rien. Reyna s'interrogea sur ce qu'il avait pu faire à l'étage tout ce temps et sur l'identité de son fameux contact. Il avait l'air bigrement pressé. Qu'était-il arrivé ? Étaient-ils en danger ?

Reyna jeta de fréquents coups d'œil en arrière pour s'assurer qu'ils n'étaient pas suivis. Elle souleva un peu la visière de sa casquette alors qu'ils arrivaient en limite de la piste.

Rien à signaler.

Elle poussa un soupir.

Ils n'étaient pas suivis. Pas encore, à tout le moins. Gabe – lui aussi – devait faire un peu de parano.

En se retournant pour ne pas perdre le boxeur de vue, la jeune femme buta dans un type et dut placer les mains devant elle pour éviter de tomber.

— Désolée.

Elle voulut contourner le type mais vit qu'il avait la main posée sur le blouson de cuir qu'elle avait replacé sur ses épaules.

— Je me disais bien que c'était toi.

Reyna leva les yeux vers le type auquel, jusqu'ici, elle n'avait prêté aucune attention. Et en eut l'estomac retourné.

— Everett ?

Chapitre 16

— Reyna ! s'exclama-t-il, l'air interdit.

La jeune femme se mit à trembler. Fuir, et vite. Courir. C'était… la cata.

Everett l'avait livrée. C'était un menteur et un traître.

Et s'il était ici, Visage allait savoir qu'elle aussi.

Non, non, non ! Ça n'était pas en train de se produire…

— On peut parler ?

Il fit un geste vers Reyna qui recula subitement, bousculant des gens au passage. Elle entendit leurs cris indignés mais ne fit rien pour s'en excuser. Tout ce qu'elle voyait, c'était le visage d'Everett, les gorilles masqués qui se ruaient par la porte d'entrée, l'obscurité totale, les aiguilles. La prison s'imprimait dans ses yeux.

— Ne m'approche pas ! cracha-t-elle.

Il prit un air contrit.

— Reyna, écoute-moi. Je ne savais pas.

— Comment ça, tu ne savais pas ?!

Alors qu'il tentait un nouveau geste, Reyna buta dans une nana qui était en train de râler après elle.

— N'approche pas, j'ai dit !

Ses cris stridents provoquèrent un attroupement. Une foule la dévisageait, mémorisait ses traits. Elle rabattit la visière de sa casquette. Merde, merde et merde !

— Je t'en prie, essaie de me comprendre. Je n'ai jamais voulu te faire du tort, supplia Everett. Ces salauds-là avaient un truc auquel je tiens. Je n'ai pas eu le choix.

— On a *toujours* le choix.

La gorge serrée, elle se remémora à cet instant pour quelle raison elle était coincée. Condamnée à passer d'une prison à une autre. Le vaste monde était dangereux… et elle traitait ce danger comme un vieil ami perdu de vue qui l'inviterait à se mettre au chaud.

Elle hurla en se sentant saisie par le bras, puis on lui couvrit la bouche. Elle se débattit, griffa son assaillant, voulut lui donner un coup de pied.

— Eh, du calme ! protesta l'agresseur. Qu'est-ce qui te prend ?

Elle leva les yeux et vit qu'en fait l'agresseur c'était Gabe.

— Il est là, il est là !

— Qui ça, « il » ? Et où ?

Reyna fit volte-face pour désigner Everett. Personne.

Envolé. Disparu.

Elle se dévissa le cou pour essayer de voir où il était passé. Pas moyen, il s'était comme volatilisé. Mauvais, ça. Très mauvais.

— Reyna, aboya Gabe afin d'attirer son attention. Tu es sûre de ne pas avoir été droguée, toi aussi ?

— Il était là, insista-t-elle.

Ce n'était pas le fruit de son imagination. Il l'avait touchée. Et tenté de se trouver des excuses.

— Qui ?

— Everett.

— Le type qui t'a livrée à l'ennemi ?

Elle hocha la tête.

— Il m'a reconnue. Et a commencé à me parler.

— Bordel de merde… et dire que je me considérais comme un mec qui attire les ennuis… C'est pas le tout, occupons-nous de Jodie. J'envoie nos gars passer la boîte au peigne fin. Ils me diront s'ils le retrouvent.

— Je suis foutue, foutue, marmonna-t-elle tout en le suivant vers la sortie. Il m'a vue. Ce qui veut dire qu'il peut le répéter. Toi aussi, il t'a vu, si ça se trouve. C'est toute l'organisation qui est compromise. Et cet endroit aussi.

— Ne t'emballe pas, Reyna. On ignore ce qui va se passer. Un problème à la fois, d'accord ? Commençons par Jodie et laisse-moi gérer le reste.

Reyna, à moitié groggy, acquiesça. Puis elle continua à scruter la salle en se demandant si l'apparition d'Everett était un rêve éveillé ou bien réelle. C'était tellement improbable… Pendant ses deux mois à l'isolement, jamais elle n'avait imaginé un truc aussi dingue. Beckham, oui, elle avait fantasmé dessus. Mais Everett ? Non, jamais.

Gabe la traîna hors du club et la déposa à côté de Jodie, qui flirtait outrageusement avec le videur.

— Encore une ? grogna le cerbère.

Il se redressa et hocha la tête en voyant Gabe brandir deux doigts pour lui faire signe, puis filer à l'intérieur. Reyna assista à l'échange sans comprendre puis se pencha sur Jodie qui ne tenait plus debout. L'effet du venin se dissipait déjà… mais pas celui de l'alcool. À quand pouvait remonter la dernière occasion où Jodie avait bu ainsi ?

— Alors comme ça, tu habites dans le coin ? grasseya-t-elle en adressant un clin d'œil appuyé au videur.

Celui-ci grogna de plus belle et lui tourna le dos. Reyna secoua la tête.

Tu te donnes en spectacle, là…

— Pourquoi on part déjà ? Je prendrais bien un autre verre.

— C'est un coup de pied au cul que tu vas prendre.

Dix minutes s'écoulèrent avant le retour de Gabe.

— J'ai fait un tour rapide. Pas trace de cet Everett. Mes gars sont sur le coup ; allons-y, j'aurai leur rapport d'ici une heure.

Ils se dirigèrent vers son SUV en encadrant Jodie, toujours pompette, et n'échangèrent pas un mot pendant le trajet de retour jusqu'au QG du mouvement. Lequel dura beaucoup plus longtemps qu'à l'aller. Gabe, les yeux rivés sur le rétroviseur, fit de nombreux détours afin de s'assurer qu'ils n'étaient pas suivis. Quand ils arrivèrent enfin au parking souterrain, Reyna était épuisée. L'excitation de cette soirée et le triste état de Jodie, désormais dans le coaltar, l'avaient achevée.

Le repos n'était hélas pas à l'ordre du jour : Meghan, furieuse, les attendait de l'autre côté de la porte blindée.

— Qu'est-ce qui t'a pris, bordel ? hurla-t-elle non pas à Jodie ou à Reyna… mais à Gabe.

— Salut Meg. Content de te voir. Ça boume ? rétorqua le boxeur-truand.

— Je… je… nom d'un chien, Gabriel ! vociféra la rouquine en fourrageant dans sa crinière de feu. Ça n'est pas la première fois que tu me mets en rogne, mais, là, ça dépasse tout ! *Tout*, tu entends ? Tu viens de commettre la pire connerie de ton existence, sac à merde !

— Tu as fini, trésor ?

— Absolument pas !

— Mais encore ?

— Sydney va avoir ta peau. Au sens propre, abruti !

Gabe s'éventa comme si cette menace ne l'effrayait pas le moins du monde puis prit Jodie dans ses bras.

— Cette nana a besoin de soins. Tu sais s'il y a une infirmière, dans le coin ?

— Qu'est-ce qu'elle a ?

— Elle a absorbé un peu de salive de vampire et… pas mal d'alcool.

Meghan poussa un grognement irrité.

— Conduisons-la au centre médical. Je veux un topo complet de ce qui lui est arrivé.

Ils arrivèrent en haut de la cage d'escalier et, au lieu de s'engager dans les cinq étages à descendre, Meghan appuya sur le bouton presque invisible d'un ascenseur qui s'ouvrit en émettant un « ding ».

— Dire qu'on s'est fadé la montée à pied, commenta Reyna.

— Ne va pas croire que je t'ai oubliée, toi, siffla la rouquine.

Reyna s'adossa contre la paroi de la cabine et resta bouche cousue, préférant que ce soit Gabe qui essuie l'engueulade.

— Alors ? relança l'infirmière.

— J'avais à faire dehors. Je les ai emmenées en me disant qu'on serait de retour avant que leur absence soit remarquée, exposa-t-il.

— Difficile de te gourer davantage.

— Tu dis ça parce que tu es en pétard. Ce que tu peux être sexy quand tu te mets en rogne…

— Pas de ça, d'accord ?

L'ascenseur s'arrêta brusquement. Reyna découvrit un couloir identique à celui qui débutait au sortir de son dressing : désert, mal éclairé, moquette râpée. Morne et sans intérêt.

— Toi et Reyna, allez voir Sydney. Elle vous attend. J'emmène Jodie au centre médical, dit Meghan, toujours furax.

Gabe eut le bon sens de ne pas protester. Il déposa Jodie sur ses jambes flageolantes, et la rouquine l'aida à tenir debout.

— Elle va se remettre ?

— T'inquiète. Et sinon, Gabe…

Il se tourna vers elle alors qu'ils sortaient de la cabine.

— Oui, trésor ?

— Passe me voir après, gronda l'infirmière sur un ton de menace.

Il lui adressa un signe avant que les portes de l'ascenseur se referment.

— C'est moche, ce qui nous attend ? demanda Reyna.

— Très probable.

Il tendit la main, les obligeant à s'arrêter devant une porte close. C'était maintenant ou jamais.

— Prête ?

— Si on veut…

Gabe frappa à deux reprises, ménagea une pause puis donna trois autres coups. La porte s'ouvrit. Il plaqua une main dans le dos de Reyna pour la rassurer, puis ils pénétrèrent dans la cellule de crise qu'elle avait déjà visitée quelques jours plus tôt. Sauf que, cette fois, Sydney et Washington n'étaient pas seuls : la grande table était presque entièrement occupée.

Sydney se tenait debout en bout de table, les mains sur le dossier de son siège. Washington était assis à sa gauche. Une chaise vide, puis plusieurs hommes et femmes que Reyna n'avait jamais vus. Elle vit ensuite Tye et Xavier côte à côte, un autre siège inoccupé…

L'estomac déjà noué, Reyna sentit celui-ci se serrer en voyant qui siégeait ensuite : Pénélope Sky en personne. Vêtue d'un tailleur-pantalon noir très strict, ses cheveux d'ébène cascadant avec grâce. Maquillage impeccable, se tenant bien droite, en majesté. Reyna avait espéré ne jamais la revoir d'aussi près.

Restait le pire… l'individu assis à la gauche de Pénélope, la fusillant du regard. Beckham. Sentant son cœur bondir, elle fit un pas vers lui sans y penser. Les yeux rivés à ceux du beau ténébreux. Tout, alentour, sembla se dérouler au ralenti. Il était là.

— C'est gentil de vous joindre à nous, lâcha Sydney d'une voix glaciale.

Reyna, comme électrocutée, se tourna vers la cheffe du mouvement. Sydney faisait forte impression avec sa tenue entièrement noire et ses cheveux plaqués en arrière. Elle planta les ongles dans le dossier du siège en constatant qu'aucun des arrivants ne pipait mot.

— Je peux savoir ce qui s'est passé ce soir ? exigea-t-elle.

Reyna reporta son attention sur Gabe qui ne s'intéressait qu'aux personnes assises devant lui.

— J'ai pris contact avec notre fournisseur, dit-il. Il m'a donné quelques tuyaux sur le merdier en cours puis a pris acte de notre commande. En essayant de me gruger cet enfoiré ! Il ne savait pas à qui il avait affaire. Vous en faites pas, je l'ai mis au parfum. Là-dessus, son boss s'est pointé. M'est avis qu'il cherche à fourguer cette saleté au plus vite parce que le Grand V a flairé l'embrouille. Et il dit que c'est notre faute.

Sydney releva la tête dans une posture de défi.

— C'est tout ?

— C'était la mission.

— Tu as raison, c'était bien ta mission de ce soir. Nous rencarder au maximum sur le type qui vend du sang contaminé et faire en sorte qu'on continue à obtenir ce qu'il nous faut au marché noir que tu contrôles. Comment ? Mystère. Je n'ai jamais compris comment une nullité comme toi pouvait être l'un des tauliers de la pègre irlandaise les plus influents de la ville.

Gabe lui sourit comme s'il avait fait l'objet d'un compliment flatteur.

— C'est de famille, que veux-tu…

Voilà qui expliquait beaucoup de choses, songea Reyna. Son assurance que Sydney n'allait pas le liquider ; ses nombreux contacts ; tous ces gens qui paraissaient le connaître à la Halle. Restait une énigme : pourquoi Sydney lui faisait-elle confiance ?

— As-tu idée de ce que ça nous a coûté pour arracher mademoiselle Carpenter à Visage ? demanda la femme vampire d'une voix dangereusement basse.

— J'étais présent aux réunions, ouais. Mais pas de bile. Elle n'a couru aucun risque. C'est offensant, merde, d'imaginer qu'il ait pu lui arriver quoi que ce soit dans *mes* locaux.

Reyna ouvrit des yeux ronds. C'était lui le proprio de la Halle Ferrier ? Combien de gens étaient-ils au courant ? Il s'y comportait en client lambda, elle l'y avait même vu sur le ring ! C'était à n'y rien comprendre…

— Ce n'est pas à toi de décider d'où et quand sa sécurité est compromise, gronda Beckham, les yeux rivés sur le petit Irlandais.

— Parce qu'avec toi, elle ne craint rien ? cracha Gabe.

Beckham bondit de son siège. Si vite qu'il traversa la salle en un battement de cils. Puis il plaqua Gabriel contre le mur, un poing serré autour de sa gorge. Le boxeur-truand fit celui que ce coup de sang amusait, mais Reyna vit la haine féroce qui couvait entre eux.

La jeune femme resta pétrifiée. Beckham ne lui avait pas dit un mot depuis des lustres, ils s'étaient pris le bec lors de leur dernière entrevue, et voilà qu'il sautait à la gorge de Gabe sous prétexte qu'il lui avait mal parlé.

— Tu es une merde, O'Connor. Je devrais te tuer pour le risque que tu viens de courir, lui cracha l'immense vampire au visage.

— Beckham ! aboya Sydney.

— Non, murmura Reyna.

— Va te faire foutre, Anderson, rétorqua l'Irlandais.

Beckham était un monstre, certes, mais la jeune femme pensait connaître l'homme qu'il avait été. Et qu'il était encore. Peu lui importait que Penny assiste à cette scène. Qu'ils se soient engueulés depuis sa libération, voire qu'il n'y ait plus aucune raison de se sentir solidaire. Elle ne pouvait pas assister à un meurtre sans rien faire.

Beckham s'en voudrait à mort s'il arrivait quoi que ce soit à Gabe. En outre, ce dernier s'était montré sympa envers elle. Il l'avait traitée en être humain, se fichant comme d'une guigne qu'elle soit « spéciale ». Il ne méritait pas de souffrir alors que c'était elle qui avait tout fait pour sortir en douce.

— Beckham, arrête. C'est moi qui suis sortie. J'avais besoin de prendre l'air, d'accord ? J'en avais marre d'entendre « non » sans arrêt. De tourner en rond. Gabe n'est coupable de rien ; il s'est simplement trouvé là au moment où je sortais.

L'immense vampire, hélas, n'avait d'évidence pas écouté un mot de son propos. Et le petit Irlandais continuait à se moquer de lui. C'était à peine croyable : il se comportait comme si Beckham était parfaitement inoffensif alors que ce dernier fulminait. Tout à sa rage et à sa soif de violence aveugle, le beau ténébreux faisait très, très peur à voir. Un homme normal aurait plié l'échine. Un type malin aussi.

— Me faire foutre ? grinça Beckham. Tu en as assez de vivre ou quoi ?

Gabe, une fois de plus, lui rit au nez.

Tout et tout le monde s'effaça. Il fallait qu'elle intervienne, cet éclat de rire était la goutte d'eau qui faisait basculer Beckham, Reyna vit qu'il était sur le point de craquer.

Elle se rua vers lui au mépris du danger. Quel que puisse être le triste état de leur relation, la jeune femme s'obstinait à le croire incapable de s'en prendre à elle. Y compris quand il était à bout de nerfs.

Avec précaution, Reyna posa la main sur le bras de Beckham. Un vrai bloc de béton. Elle n'essaya même pas de le faire bouger : c'était impossible. Elle se contenta d'être présente au moment où sa colère menaçait d'éclater.

— Psst, murmura-t-elle, la gorge serrée, en essayant de détourner son attention. Hé, regarde-moi. Regarde-moi, Beck.

Il se figea, les muscles tétanisés. Gabe fronça les sourcils. Reyna se demanda s'il se rendait compte à quel point il risquait d'y passer. Elle entendit murmurer dans son dos mais se concentra sur Beckham. Sur la colère qui cessait peu à peu de lui déformer les traits, sur ses yeux entièrement noirs qui reprenaient vie. Il s'éloigna de l'Irlandais.

Puis, lentement, il reporta son attention sur elle. Sans pour autant lâcher la gorge de Gabe qui commençait à suffoquer. Vite, se connecter à lui ! Elle crut mourir quand elle accrocha son regard.

— Tu me vois ? demanda-t-elle en levant la main pour lui caresser la joue. Je vais bien. Je suis indemne. Là, devant toi. Regarde-moi.

C'était pour elle qu'il venait d'attaquer Gabe. En se plongeant dans la noirceur de son être. Par crainte rétrospective du danger qu'elle avait couru.

Quel enseignement en tirer à propos de ce qu'il ressentait pour elle ? Difficile à dire. Sans effacer les erreurs du passé, cela témoignait du fait qu'il éprouvait quelque chose. Reyna aurait préféré qu'il vienne la voir, lui parle et s'explique au lieu de tout occulter. Cela devrait attendre. Elle saurait alors s'il regrettait de ne pas être revenu. Entre autres choses…

Beckham poussa un soupir et lâcha le cou de Gabe. Le petit Irlandais, plié en deux, reprit son souffle en toussant. L'immense vampire l'avait déjà oublié et n'avait d'yeux que pour elle. Ce qui, généralement, était difficile à supporter. Sauf qu'il ne l'épiait pas à la façon d'un prédateur : non, il avait l'air… inquiet. Il l'examina des pieds à la tête, soucieux de vérifier qu'elle était bien indemne.

Il plaqua sa grande main sur celle de Reyna, toujours posée sur sa joue, et fit un pas vers elle. Redevenu lui-même.

— Tu es sauve.

— Oui, dit-elle dans un souffle.

— Tu as le don d'attirer les ennuis, petite chose.

Elle hocha la tête.

— On dirait qu'ils me cherchent.

— On a beaucoup à se dire, toi et moi, glissa-t-il juste assez fort pour qu'elle soit la seule à entendre.

— Je suis prête à le faire.

C'était sincère. Reyna tenait à savoir où ils en étaient. Elle tenait à lui et, d'évidence, la réciproque était vraie. Il fallait qu'ils discutent de la suite… si suite il devait y avoir.

Quelqu'un se racla la gorge à l'autre bout de la salle.

— Émouvantes retrouvailles, scanda Sydney avec emphase. Bien. Reprenons nos places, voulez-vous ? On décidera ce qu'il convient de faire du sieur O'Connor et de mademoiselle Carpenter après avoir entendu leurs comptes-rendus.

Gabriel obliqua vers le siège vacant à côté du docteur Washington. Reyna en conclut qu'il lui restait la place voisine de Pénélope. Ce qui, en pareille circonstance comme dans n'importe quelle autre, ne l'enchantait guère. Mais Beckham ne lui laissa pas le choix. Il la prit par la main, la guida jusqu'à la table et fit signe à Penny de se décaler d'un siège. Celle-ci écarquilla les yeux puis adressa un regard venimeux à Reyna avant d'obtempérer. Beckham laissa sa place, à droite de Sydney, à Reyna. Surprise elle aussi. Il fit un signe de tête rassurant. La jeune femme se coula avec précaution dans son siège, puis Beck prit place entre elle et Pénélope. Peinard.

Sitôt tout le monde assis, Gabe se lança dans un exposé complet de la soirée en commençant par la façon dont il avait « rencontré les filles ». Puis il passa à Jodie droguée et… très tranquillement… raconta comment Reyna était tombée sur Everett.

— Quoi ? éructa Beckham en bondissant une nouvelle fois de son siège. Et tu l'as laissé filer ?

Reyna sursauta.

— J'ai personnellement fait le tour de la Halle. Puis j'ai mis mes gars sur le coup. Ils ont visionné les bandes. Ce mec s'est volatilisé, rétorqua l'Irlandais.

— Tu l'as mise en danger. C'est lui qui a livré Reyna et tu le laisses s'approcher d'elle ? Qu'est-ce qui ne va pas chez toi ?

— Je ne l'ai pas « laissé s'approcher », se défendit Gabe.

— Il t'a vu ? reprit Beckham en faisant fi de cette réponse. Il sait que tu travailles pour *Elle* ? On ne t'a pas suivi jusqu'ici, tu es sûr ?

— Je ne suis pas débile, Anderson. Recale-toi sur la viande froide qui te tient lieu de cul. Personne ne nous a suivis et personne ne sait que je bosse pour *Elle*. Il ne risque pas de le deviner.

Beckham parut à deux doigts de se ruer sur lui et de lui arracher la tête. Sydney crut bon d'intervenir en faisant résonner ses paumes sur la table.

— On va continuer à surveiller Everett. Quant à toi, Gabriel, tu as le bras long et je te connais depuis longtemps. Sans quoi je t'aurais tué de mes mains. Reyna Carpenter est la seule mortelle compatible avec l'individu le plus dangereux du monde. Avec elle, il est invincible. Tu sais très bien où nous a menés ce recensement sanguin. Qu'il a déjà commencé à distribuer des sujets permanents à toute la hiérarchie. Tu tiens tellement à le voir triompher ?

— Non, maugréa Gabe.

Sydney continua comme s'il n'avait rien dit.

— Et voilà qu'on découvre qu'il vient d'acheter un terrain immense. Nos éclaireurs affirment qu'il y fait construire un bâtiment gigantesque. Tu sais ce que ça nous enseigne, Gabriel ?

— Non.

— Tout juste. Tu es trop bête pour voir plus loin que le bout de ton nez… ou de ta queue. Alors, à l'avenir, abstiens-toi de compromettre la sécurité de la seule personne apte à empêcher William Harrington de devenir maître du monde, pauvre idiot ! C'est bien compris ?

— Oui.

— Je n'ai pas entendu !

— Oui ça va, j'ai compris !

— Parfait. Maintenant dégage ! Fous le camp !

Chapitre 17

La fureur de Sydney persistait. Sitôt Gabriel sorti en trombe, elle congédia l'assistance. Reyna fut soulagée tant la journée avait été longue et éprouvante. Pour autant, elle n'en avait pas terminé : il restait beaucoup à discuter avec Beckham.

Mais avant qu'elle puisse dire quoi que ce soit à Beck, Sydney la prit par la taille.

— Toi, là.

— Quoi ? interrogea Reyna, les yeux écarquillés.

— C'est à toi et Jodie qu'on doit cette petite escapade. Une idée idiote et dangereuse. Le mouvement n'a pas ménagé sa peine pour vous arracher aux griffes de William. Vous pourriez témoigner d'un peu de respect, non ?

— Je comprends que vous soyez fâchée. C'était imprudent, d'accord… mais comment j'aurais pu deviner que j'allais tomber sur Everett ? Lâchez-moi, quoi. Je ne recommencerai pas.

Sydney fulminait, les paupières réduites à deux fentes.

— Tu es libre de tes mouvements dans le complexe. Il n'y a ni serrure ni verrou à ta porte. Si on te garde à l'intérieur, c'est pour te protéger du vaste monde, pas pour t'en priver par méchanceté. Tu pourrais être heureuse parmi nous. Au lieu de quoi tu te conduis en enfant gâtée.

— Je ne suis pas une enfant gâtée, mais la victime d'un enlèvement qui a du mal à tourner la page en se réveillant tous les jours en prison ! protesta Reyna. Je refuse d'être un pion sur votre échiquier. C'est tout ce que je suis pour vous. J'en ai parfaitement conscience. Alors épargnez-moi le topo débile « tu pourrais être heureuse ici », de grâce.

La jeune femme s'arracha à la poigne de Sydney qui posa sur elle un regard admiratif.

— Tu as du cran, petite. C'est indéniable.

— Je vous suis infiniment reconnaissante de m'avoir tirée de là et d'avoir mis mes frères à l'abri. Mais quand j'ai proposé de me rendre utile, on m'a dit non. Il n'y a rien d'étonnant à ce que je l'ai mauvaise. Je veux aider le mouvement, Sydney. Contribuer. Pas être utilisée. Ni par vous, ni par Harrington, ni par personne.

Sydney croisa les bras et arqua un sourcil.

— Je vais voir ce qu'on peut faire.

Reyna prit du champ, peu désireuse de poursuivre sur ce terrain. Sydney allait continuer à la mener en bateau, c'était couru. Que les choses seraient plus faciles si on l'autorisait à faire sa part !

La jeune femme inspira à fond et se prépara mentalement à ce qui allait suivre en rejoignant Beckham, debout à côté de Pénélope.

— On peut se parler ? demanda-t-elle au beau ténébreux.

— Bonsoir Reyna, lança Pénélope.

— Bonsoir Penny.

Reyna ne put s'empêcher de loucher sur sa main gauche : rien. Son cœur rata un battement. Pas de bague de fiançailles en vue. Étaient-ils fiancés, oui ou non ? Elle s'efforça de ne plus y penser. Et de ne pas faire une fixette sur Beckham bien qu'elle ne puisse s'empêcher d'espérer.

— C'est bien de vous savoir ici.

— Merci, je suis heureuse de m'en être tirée, rétorqua Reyna que cet assaut d'amabilités faillit faire soupirer. Toutes mes condoléances pour votre père…

— Un grand merci, ce fut très dur, dit Pénélope en affichant un air peiné.

— Et sinon, félicitations pour avoir repris le flambeau à la mairie.

— Ah bon, vous êtes au courant ?

— J'ai assisté au bal donné à cette occasion, en fait.

Penny, prise de court, fit une grimace nuisible à sa physionomie presque parfaite.

— Vous n'étiez pas… chez Harrington ?

— Il m'y a conviée.

— Je ne vous y ai pas vue, s'étonna Pénélope.

Beckham, qui suivait leur échange, écarquilla très légèrement les yeux.

— Tu y étais ?

— Oui. Dans une pièce insonorisée avec vitre sans tain donnant sur la fête.

Elle exécrait ce souvenir. Beckham, interdit, fronça les sourcils.

— Drôles de manières, s'indigna Pénélope.

— Ce n'était pas mon idée, croyez-moi.

Reyna se détourna de Pénélope et reporta son attention sur Beckham. Il paraissait songeur… mais qu'avait-il en tête ? Mystère.

— Où se trouvait cette pièce ? demanda-t-il.

Reyna pencha la tête de côté, perplexe.

— Je ne sais pas trop… Vue de l'estrade, elle devait être en haut à gauche, pourquoi ?

Beckham se raidit ; ses traits se durcirent.

— Tu as raison, il faut qu'on parle. Tout de suite.

— M… mais enfin, Beckham, geignit à moitié Pénélope.

Il lui lança un regard noir.

— Rentre chez toi, Penny. Tu es déjà restée absente trop longtemps.

— Tu ne m'accompagnes pas ?

Elle fit une moue boudeuse et voulut le prendre par la main. Il l'esquiva et lui désigna la porte.

— Non.

— Il va falloir qu'on parle, toi et moi, réagit Pénélope.

— C'est ce qu'on vient de faire.

Penny lança un regard accusateur à Reyna qui ne put s'empêcher d'éprouver une vive satisfaction en la voyant partir.

Il ne restait plus que Beckham et elle, face à face, avec de nombreux non-dits entre eux. L'immense vampire tendit le bras vers la sortie.

— Suis-moi. Je connais le chemin.

Reyna quitta la cellule de crise dans le sillage de Beckham. Ils marchèrent côte à côte dans le couloir sans piper mot. La jeune femme aurait souhaité que ce silence-là soit aussi agréable que celui qu'ils avaient appris à partager avant son enlèvement, mais, hélas, il s'apparentait davantage aux moments de gêne de leurs premières heures ensemble. Un silence tendu. Elle se résigna à parler pour rompre la glace.

— Tu as toujours appartenu au premier cercle de Sydney ?

— Non.

— À quand ça remonte, alors ?

— Tu aimes toujours autant poser des questions, hein ? dit-il en posant sur elle un regard appuyé.

— En effet. Et toi, tu avais promis d'y répondre.

Il se fourra les mains dans les poches et regarda droit devant.

— Les temps ont changé.

— Ça n'est pas obligé.

— La situation est devenue plus dangereuse, Reyna.

— Elle l'a toujours été. La seule différence, c'est que je n'en savais rien. Tu connaissais mon groupe sanguin, ce qu'il représentait… C'est pour ça que tu n'as jamais voulu boire mon sang…

— J'ai fait mon possible pour garder mes distances, dit-il froidement.

Reyna soupira et croisa les bras sous la poitrine. Elle avait parfois l'impression qu'ils faisaient un pas en avant puis, aussitôt, trois en arrière. Il lui fallait pourtant de vraies réponses. Pour cesser, enfin, d'avancer en terrain miné.

Beckham atteignit le premier la porte de la cage d'escalier.

— Je propose qu'on reprenne cette conversation dans un cadre moins impersonnel.

— L'idée plairait à Penny ? lança-t-elle sur un ton aigre.

— Je l'ai renvoyée chez elle.

Reyna risqua un regard vers lui : sa physionomie ne trahissait comme d'habitude aucune émotion. Et pourtant... quelque chose d'imperceptible avait changé. Entre cet instant et son précédent coup d'œil.

Ils descendirent les marches et se retrouvèrent bientôt devant la porte menant à son dressing. Elle révéla, penaude, le bricolage de Jodie. Les narines de Beckham frémirent.

— Tu tiens donc à ce que tout le monde ait accès à ta chambre ?

— C'était une idée de Jodie. Pour qu'on puisse rentrer.

— Jodie.

Il sembla la chercher du regard tandis qu'ils entraient dans la piaule de Reyna.

— Je n'arrive pas à croire que tu l'aies délivrée. Même si j'en comprends la raison. Elle paraît avoir une mauvaise influence sur toi...

Reyna s'indigna bruyamment.

— Jodie est comme moi, gros malin. Une nana brisée qu'on a arrachée à son foyer pour l'obliger à collaborer avec ces monstres.

— Ah, quand même ! dit-il en se raidissant. Tu admets enfin que nous sommes tous des monstres.

Elle secoua la tête avec véhémence.

— C'est Harrington qui est un monstre.

Beckham l'observa, adossé à la porte du dressing.

— Nous avons des sujets plus pressants à aborder, il me semble.

Reyna soupira et alla s'asseoir au pied du lit.

— Tu l'as dit. Je n'en reviens toujours pas que tu sois parti.

— Tu m'en as donné l'ordre.

— Évidemment, contra-t-elle en balayant l'argument d'un revers de main. Tu refusais de me dire ce qui se passait entre Penny et toi. *Encore*. Tu n'as même pas voulu m'avouer que vous étiez fiancés !

— Je mérite que tu me haïsses, dit-il, les yeux rivés au sol.

Reyna faillit tomber à la renverse.

— Quoi ?!

Il lui lança un regard qui signifiait *Ne m'oblige pas à répéter*.

— Je ne te hais pas, s'écria-t-elle. Ni aujourd'hui ni jamais.

— Petite chose, s'émut-il en faisant un pas vers elle, comment fais-tu pour avoir si grand cœur ?

— Le seul truc qui m'a maintenu la tête hors de l'eau pendant ma disparition, c'est penser à toi. Je savais que tu m'attendais dehors. J'ai rangé tous nos souvenirs heureux dans un recoin de ma tête où rien ni personne ne pouvait les abîmer. Et puis quand je suis sortie… j'ai eu le sentiment que je n'étais rien à tes yeux.

Reyna fut soulagée d'avoir enfin réussi à formuler ce qui la taraudait depuis son évasion.

— Je suis un monstre, Reyna. Qui s'est nourri de ton sang. Quand tu as pris conscience de ma vraie nature, tu as fui. Avec l'énergie du désespoir et en compagnie du premier venu.

Elle sentit une larme lui rouler sur la joue en comprenant à quel point il avait dû souffrir tout ce temps. Par sa faute.

— Tu n'as rien d'un monstre, Beck. Les moments qu'on a vécus ensemble, y compris quand tu m'as mordue, sont les plus beaux de ma vie. J'avais confiance. Confiance en toi. Et là-dessus, je t'ai craché à la figure. J'ai eu tort. Dès que je me suis réveillée, chez Everett, j'ai voulu revenir chez toi pour te présenter mes excuses, pour t'expliquer que je n'avais pas pensé un mot des horreurs que je t'ai dites. Mais il était déjà trop tard.

Beckham alla jusqu'au lit, prit le visage de Reyna entre ses mains et sécha ses larmes.

— Qu'ai-je fait pour te mériter ?

— Tu t'es dévoilé à moi. J'ai vu le vrai Beckham sous le masque de froideur.

Les yeux d'obsidienne du vampire se plongèrent dans les yeux noirs de la jeune humaine qui se sentit fondre. Ses mains étaient là, posées sur ses joues. Sa bouche n'était qu'à quelques centimètres. Le moment dont elle avait si souvent rêvé arrivait enfin.

— Je savais que tu étais au bal, avoua-t-il.

— Tu… quoi ? Comment ?

Il fronça les sourcils et détourna les yeux.

— Ça va te paraître extravagant…

— Tu m'as regardée.

Il reposa ses yeux sur elle.

— Je t'ai ressentie. J'ignore comment au juste. Comme si quelque chose, dans mes veines, te savait présente.

— C'est lié à mon sang, tu crois ? demanda-t-elle, abasourdie.

— Non. Enfin… Je n'en sais rien. C'était comme si tu m'avais lancé un appel que j'étais le seul à pouvoir entendre.

— J'ai cru avoir rêvé. En sentant tes yeux se braquer sur moi, je me suis dit qu'il s'agissait d'une simple coïncidence. Ou du fruit de mon imagination.

Il hocha la tête.

— Sur le moment, ça n'avait aucun sens pour moi. Ça en a aujourd'hui. En outre, puisque tu m'as vu ce soir-là en compagnie de Pénélope, je comprends mieux ta frustration.

— Mouais, murmura-t-elle, peu désireuse de parler de Pénélope à cet instant.

Quelle révélation ! Le lien qui les unissait était si étroit qu'il l'avait… détectée… à travers une salle de bal bondée… et malgré la vitre sans tain. Son cœur bondit dans sa poitrine.

— C'est compliqué, déclara-t-il avec ferveur, mais mon cœur n'est pas à elle.

— Vous êtes… ensemble ? se risqua-t-elle.

Il soupira.

— En public, oui. C'est une couverture. La même qu'avant.

Reyna déglutit, redoutant d'entendre la réponse à la question qui lui brûlait les lèvres.

— Et en privé ?

— Non, répondit-il du tac au tac en la prenant par la main. Pénélope sait que c'est uniquement pour le show. Que les médias adorent notre numéro de la Martyre et du Saint qui l'a arrachée aux flammes. Surtout depuis qu'elle est devenue maire.

— Elle le sait, *vraiment* ?

Il observa la détresse manifeste de la jeune femme avant de répondre.

— Je le lui rappellerai aussi souvent qu'il faudra, si cela peut te rassurer.

Reyna garda pour elle la suite de son propos. Que jamais, au grand jamais, elle ne serait rassurée en sachant Pénélope près de lui. Elle capta cependant ce qu'il n'avait pas osé dire : que cette couverture était plus cruciale encore qu'avant l'enlèvement. Attirer les soupçons sur lui-même, c'était risquer de tout foutre en l'air. Il était plus commode d'avoir Penny en guise de paravent officiel. Sans qu'ils forment un vrai couple pour autant. C'était une simple couverture, se répéta-t-elle. Ils n'étaient ni véritablement fiancés ni ensemble. Reyna et Beck avaient repris le bon cap. La parenthèse du kidnapping pouvait se refermer.

— Comment ça s'est passé entre Harrington et toi, après mon enlèvement ? Si ta couverture avec Pénélope tient toujours, ça veut dire qu'il ne te soupçonne pas ?

— Détrompe-toi. J'ai fait l'objet d'une enquête approfondie. Mon appartement a été visité. Mais, dès que j'ai su ce qui s'était passé, j'ai compris qu'il fallait tout de suite en faire part à Harrington. Lui dire que tu t'étais enfuie. Il m'a confié que, d'après l'un de ses contacts, très certainement Everett, ça s'était mal passé entre nous. Je lui ai répondu que, m'abreuvant au cou de Pénélope, je n'avais jamais soupçonné que nous n'étions pas compatibles. Ce fumier aurait voulu me faire porter le chapeau de ta disparition. Sauf que c'était compliqué sans trahir le fait qu'il te tenait entre ses griffes. Et comme je suis venu à lui sur-le-champ, il a bien fallu qu'il fasse comme s'il ne s'était rien passé. Son enquête n'a rien donné. (Beckham haussa les épaules.) Il se peut qu'il me croie toujours apparenté à *Elle,* mais je me suis tenu à carreau. C'est la raison pour laquelle je n'ai pas pu venir te voir tout de suite. Il fallait que j'apparaisse en public au moment de ton évasion. Question d'alibi. Ce que j'ai pu en baver…

Cet aveu fit fondre le cœur de Reyna. Il avait souffert de ne pas la voir !

— Et qu'est-ce qu'il faut en conclure… à propos de nous deux ?

Beckham répondit en fondant sur elle. Sa stature immense accentuait encore le caractère menu de la silhouette de Reyna. Pour autant, ce fut avec des gestes d'une infinie douceur qu'il passa les mains dans ses cheveux noirs et lui fit pencher la tête en arrière. Le corps de la jeune femme réagit d'instinct en se collant à l'impressionnante carcasse. Il possédait un corps ferme. Dense. Puissant. Sa bouche trouva celle de Reyna. Plus rien d'autre n'exista.

Aussitôt, Beck lâcha la bride à son tempérament de mâle rugueux et dominateur. Il prit possession de sa bouche. Sa langue s'insinua entre les lèvres de Reyna avec autorité. Elle hoqueta quand leurs deux langues entrèrent en contact. Son forcing était superflu tant la jeune femme était prête à s'abandonner tout entière.

La tête lui tournait, son cœur battait la chamade. Ils étaient seuls au monde à cet instant. Il n'y avait plus ni rébellion, ni Penny, ni possibles conséquences de leurs actes. Cet homme était l'unique objet de son désir. Beckham partageait sa fougue et, cette fois, il n'était pas question de le laisser partir.

Dès qu'il voulut s'écarter, Reyna tendit les bras et le serra contre elle. Il grogna en sourdine. Ses mains frôlèrent le cou de la jeune femme, ses épaules, descendirent jusqu'à la taille puis se posèrent sur les hanches. Il l'étreignit avec force et l'attira tout contre sa grande carcasse. Quand elle sentit le pied de lit lui appuyer sur les fesses, Reyna s'embrasa en imaginant ce qu'ils pourraient faire sur ce matelas.

— Vas-y, supplia-t-elle sans vergogne.

— Reyna, gronda le colosse.

— Beck.

Il recula d'un pas, tenant la frêle humaine à bout de bras.

— J'ai toutes les peines du monde à me refréner.

— Tant mieux, mon grand. Fonce.

— Je n'ai pas le droit de recommencer à péter les plombs.

— Ça n'arrivera pas.

— C'est ce que tu as dit la dernière fois… et c'est arrivé quand même.

Reyna soupira.

— Ça fait si longtemps, Beck, dit-elle en le tirant à elle par sa ceinture de pantalon. J'ai… rêvé de nous.

— Comment ça ?

— De nous ensemble, murmura-t-elle. En pleine action.

Cet aveu lui fit hausser les deux sourcils.

— J'ai de moins en moins envie de m'arrêter, petite chose.

— Et moi pas du tout.

— Je suis pris ce soir, hélas. Je ne peux pas rester.

— Mais tu vas revenir ? susurra-t-elle.

Il hocha la tête.

— Promis.

— Bientôt ?

Il lui mordilla la lèvre inférieure.

— Très bientôt, oui.

— Je déteste l'idée que tu t'en ailles déjà.

— Je sais. (Beckham posa son front contre celui de Reyna.) Sydney a enregistré ton compte-rendu de ce qui t'était arrivé chez Visage.

— Quoi ?! s'écria-t-elle en reculant vivement. Est-ce que tu… ou tout le monde…

— Rien que moi. Elle me l'a fait écouter.

La jeune femme sentit le feu lui monter aux joues.

— Je ne savais pas qu'elle m'avait enregistrée.

Mais Beckham, décidé, ignora sa gêne et laissa affleurer le prédateur implacable qu'il s'efforçait presque toujours de museler.

— Viendra le jour où j'égorgerai Harrington pour ce qu'il t'a fait subir. C'est une promesse.

Une promesse qui, étrangement, la soulagea.

Chapitre 18

Reyna avait détesté voir Beckham partir en coupant court à ces retrouvailles déjà tardives. Il lui restait tant de questions à poser, tant de sujets à aborder ! Sans oublier l'émoi qu'elle avait ressenti sous la ceinture…

Le lendemain en milieu de journée, après une douche rapide qui la débarrassa des derniers relents de la veille, elle se changea, mangea un morceau et descendit jusqu'au centre médical. Meghan lui avait assuré que Jodie allait se remettre, mais elle préférait en avoir le cœur net.

Quand elle pénétra dans cet environnement stérile, un afflux de souvenirs la fit frissonner. Elle attendit que le malaise passe avant de rouvrir les yeux. Le décor était le même ; elle n'était pas de retour chez Visage. Personne n'allait l'obliger à faire quoi que ce soit contre son gré.

— Mademoiselle Carpenter, lança le docteur Washington, tout sourires, en émergeant du labo. Bon après-midi à vous.

— Jodie est là ?

— Plus depuis ce matin, Meghan a signé son bulletin de sortie. Je parie qu'elle dort encore pour récupérer de sa cuite.

— Je vois. Très bien, je vais…, commença-t-elle en esquissant un demi-tour.

— Puis-je vous demander deux minutes de votre temps, mademoiselle ?

— Je refuse de donner mon sang, s'empressa-t-elle de répondre.

Il fit un geste de dénégation.

— Je souhaite simplement avoir votre opinion sur un sujet qui me tracasse.

— Un sujet médical ? demanda-t-elle, méfiante.

— Oui. Votre avis me serait précieux.

Reyna se mordilla la lèvre inférieure. S'il s'agissait d'une ruse, elle voyait mal laquelle.

— D'accord. Mais je ne vous promets rien, attention.

— Entendu comme ça.

Reyna suivit Washington jusqu'à son labo. Le local était uniformément blanc, propre et plein à craquer de matériel médical. On se serait cru au beau milieu d'une expérience ayant mal tourné : microscopes, boîtes de Petri, échantillons sanguins, tubes à essai et tout un assortiment d'appareils mystérieux.

— Autant que je me souvienne, lors du débriefing d'hier soir, il fut brièvement question de la présence de sang contaminé dans la population générale, exposa le médecin.

— En effet.

— Certaines affections sanguines sont très courantes. L'anémie, par exemple, qui résulte en général d'un déficit en fer ou en vitamines. D'autres le sont moins : drépanocytose ou hémophilie, notamment. Vous en avez entendu parler, j'imagine ?

Reyna hocha la tête.

— Je ne suis pas idiote.

— Bien sûr que non ! J'ai consulté vos résultats scolaires. Moyennant finances, vous auriez facilement intégré une université prestigieuse. Que l'époque est cruelle…

— Vous avez eu accès à mes relevés de notes du lycée ?

— Visage a accès à tout, jeune fille. Et comme j'y émargeais jusqu'à votre évasion, je pouvais accéder à tout ce que je voulais. Je vous l'ai dit : William et moi nous connaissons depuis bien longtemps. Il me faisait confiance. De ce fait, j'étais accrédité au plus haut niveau.

— Mais alors… vous étiez au courant, pour les autres « patients » retenus dans les locaux de la boîte ?

Washington fit grise mine.

— Hélas oui.

— Et vous n'avez rien fait ? enragea la jeune femme.

— Que si, jeune fille. Hier comme aujourd'hui, dit-il en désignant son labo. Voilà mon domaine d'expertise. Je n'ai rien d'un combattant. Ne comptez pas sur moi pour me dresser de force contre William ou sa folie des grandeurs. Ni même pour aller vous secourir comme l'a fait cette courageuse Meghan. Cela étant, c'est moi qui lui ai fourni toutes les informations nécessaires à votre exfiltration. Cela fait des années que j'œuvre en sous-main. De l'intérieur. Comme Beckham continue de le faire. Ne dénigrez pas les services que je rends à l'organisation sous prétexte que mon mode d'action ne correspond pas à votre vision des choses.

Reyna soupira. Sa ligne de défense était imparable, même si elle réprouvait qu'il ait suffi que Washington acquière une conscience pour que le mouvement lui pardonne ses crimes.

— Les maladies du sang, dit-il, reprenant le fil de son exposé. Beaucoup demeurent sans effet sur les habitudes nutritionnelles d'un vampire. L'anémie, par exemple, n'est préjudiciable qu'au mortel s'il est incapable de régénérer ses globules rouges en quantité suffisante après avoir été mordu. Quant à l'hémophilie, elle risque de lui être fatale si son sang ne coagule pas, et ce, en dépit des composantes favorisant la coagulation que l'on trouve dans la salive de vampire.

— Le venin, corrigea Reyna.

— Pardon ?

— Le *venin* de vampire. La salive, ça fait trop neutre. Et puis c'est… dégueu. Je tiens au terme « venin ».

Washington éclata de rire.

— Va pour « venin », dit-il en notant quelque chose dans un dossier. Quoi qu'il en soit, il existe quelques maladies nouvelles, apparues lors des derniers siècles, qui affectent les vampires. Du point de vue physiologique et cognitif. La plus fréquente est justement nommée « anémie cognitive ». Vous connaissez ?

— Non. De quoi il s'agit ?

— Une affection dont les humains sont les vecteurs, comme les moustiques pour la malaria. Sans effet sur eux hormis celui d'une anémie ordinaire, à savoir un déficit de globules rouges. Sur les vampires, en revanche… (Il secoua la tête.) Tenez, regardez. Voilà ce qui arrive au sang de vampire quand il entre en contact avec celui d'un mortel infecté par l'anémie cognitive.

Reyna, piquée au vif malgré elle, se pencha sur le microscope que lui désignait le vampire. Rivée à l'œilleton, elle assista à l'interaction entre les deux fluides combinés. C'était ahurissant : les cellules du sang d'immortel furent brusquement prises de mouvements spasmodiques, comme si elles luttaient contre une invasion destructrice.

— Ça alors ! C'est quoi ce délire ? demanda-t-elle en se relevant.

— Cette panique apparente est le résultat de la détérioration des antigènes sanguins. Les antigènes sont des marqueurs à la surface des cellules, permettant d'activer une réponse immunitaire. Ce sont eux qui déterminent le groupe sanguin. On a recensé à ce jour 342 antigènes distincts dans le sang humain. Les plus connus sont l'antigène Rh, que chacun a ou n'a pas, et l'incontournable trio ABO.

Reyna s'adossa à la paillasse.

— La maladie détruit les antigènes des cellules sanguines, c'est bien ça ? Mettons qu'un individu soit A négatif ou B positif. Tout disparaît… ça entraîne quoi chez le vampire concerné ?

— Excellente question ! Les vampires qui n'ont plus de groupe sanguin se trouvent dépourvus de sujet compatible.

— Miséricorde, murmura Reyna, horrifiée. C'est le grand retour en arrière, alors ?

— Pire encore, je le crains. En l'absence de sang compatible, la maladie sape les capacités cognitives supérieures de mes semblables et accentue leurs pulsions bestiales. Mais en l'absence de traitement, les globules rouges peuvent continuer à se détériorer jusqu'à ce que tout le sang qu'ils absorbent soit rejeté. De ce fait, un vampire malade et affamé cherchera à mordre d'autres humains… propageant au passage cette calamité.

— L'anémie se transmet de vampire à humain, donc. Et aussi entre humains ?

— Oui. Par quel biais ? Rien n'est sûr à ce sujet, hélas. Beaucoup de porteurs mortels sont asymptomatiques, ce qui rend l'étude plus compliquée. Cela s'assimile aux hommes qui transmettent à leur insu le papillomavirus à des femmes qui, par la suite, développent un cancer. Quoi qu'il en soit, cette maladie du sang se propage en ville comme un feu de broussaille.

— Avec quelles conséquences sur la population humaine ?

Washington fronça les sourcils avant de répondre.

— De nombreux vampires hors de contrôle qui multiplient les attaques et l'épidémie qui gagne chaque jour du terrain. Je n'avais plus assisté à pareille propagation depuis des décennies.

Reyna sentit la tête lui tourner. Une épidémie propagée par les vampires, à l'échelle de toute la ville. Comme une peste. C'était surréaliste.

— Il existe un remède ? Un vaccin ?

— Nous sommes parvenus à enrayer la détérioration des globules rouges. Ce qui permet au sujet d'être traité en recevant du sang sain. Seul hic : où s'en procurer en quantité suffisante ? Cette épidémie nous prend de court.

— Elle m'apparaît… fabriquée.

— Comment ça ?

— On jurerait que quelqu'un s'acharne à provoquer une panique générale. Quand la crise a frappé, il y a dix ans, Visage a eu beau jeu d'apparaître comme le sauveur de l'humanité. Personne ne s'est donné la peine d'y regarder de plus près, c'était trop la cata. Une épidémie comme cette maladie du sang, ça y ressemble beaucoup, non ?

— Votre théorie est très intéressante. Elle colle avec la rapidité à laquelle le mal se répand. Surtout si l'on considère qu'il existe un traitement…

— Vous voulez dire… qu'il y a des gens qui font tout pour que les vampires féroces ne soient pas soignés ?

— Possible, en effet, concéda Washington en pianotant sur la paillasse. Merci à vous pour cet échange, en tout cas. C'est toujours agréable et fructueux d'avoir quelqu'un avec qui confronter ses problèmes.

— Vous pensez qu'il manigance un sale coup, je me trompe ? hasarda Reyna.

— William a *toujours* un sale tour dans son sac.

— J'ai vu juste alors ? Il aurait fabriqué sciemment cette épidémie ?

— Je n'en sais vraiment rien. Pour l'heure, je m'efforce d'établir un protocole pour les vampires qui n'ont pas eu la chance d'être traités à temps. J'aimerais aussi savoir si un indicateur a pu m'échapper dans le sang humain. Cela pourrait m'ouvrir la voie vers un moyen de stopper la maladie à sa source. Si je pouvais disposer d'un échantillon de votre sang…

— Non, s'empressa de répondre Reyna.

— … Cela me fournirait un élément de comparaison, finit-il.

— Pas question !

— Mademoiselle Carpenter, vous pourriez nous être d'une aide précieuse.

— Pour… enrichissante qu'ait pu être cette conversation, avança prudemment Reyna, je refuse de me rendre utile de cette manière. Mon sang n'a déjà que trop servi.

— Reyna, je vous en prie…

— N'en parlons plus. J'ai écouté votre laïus et cette histoire d'anémie m'intéresse. J'espère sincèrement que vous trouverez le moyen d'endiguer l'épidémie qui sévit en ville avant qu'il arrive malheur, mais comprenez que je ne jouerai *plus jamais* le rôle de poche de sang. Pour quelque raison que ce soit. C'est bien clair ?

— Puissiez-vous changer d'avis, mademoiselle, soupira Washington.

— N'y comptez pas, dit-elle avant d'obliquer vers la sortie du centre médical.

En descendant déjeuner, la jeune femme avait toujours l'esprit occupé par cette discussion scientifique autour du sang avec le docteur Washington. Quelques minutes avaient suffi pour qu'elle ait l'impression d'être une foutue apprentie hématologiste. Antigènes, anticorps, globules rouges… Quel bazar !

Quant au fait qu'il ait insisté pour lui faire une prise de sang, ce n'était pas une surprise. Pour Reyna, en revanche, c'était hors de question. Elle avait déjà donné, merci ! Quelle horreur ! Son appareil photo lui manquait. Et surtout, surtout, la liberté d'aller photographier tout ce qui lui passait par la tête. Il ne s'agissait pas d'un vrai job. Rien qu'un hobby qui avait l'immense avantage de donner un but à sa vie. Ses chances étaient minces de trouver l'équivalent au QG souterrain du mouvement.

Ayant pioché un sandwich, des chips et une bouteille d'eau à la cafétéria, elle s'apprêtait à aller manger dans sa chambre quand elle repéra ses frères assis tout au fond de la salle. Elle alla vers eux et posa son plateau.

— Reyna ! s'exclama Brian qui faillit la faire tomber en lui bondissant dessus.

— Doucement ! dit-elle, hilare.

Drew la prit dans ses bras l'instant suivant.

— On a su ce qui t'était arrivé.

— Ah bon ?

— Tu as essayé de filer ? demanda l'aîné avec un soupir.

— Laissez-la souffler, les garçons, intervint Laura qui était restée assise.

Reyna dédaigna ses frères, prit place à côté d'elle et l'étreignit avec fougue.

— Ça fait si longtemps.

— À qui le dis-tu. Désolée, j'étais patraque, sans quoi je serais venue te voir avant.

Laura n'avait en effet pas l'air dans son assiette. Déjà pâle d'ordinaire, elle était presque verte. Seuls ses cheveux blonds étaient éclatants de santé, comme si elle en avait pris grand soin. Elle était même maquillée. Reyna se sentit toute terne.

— Pas de souci. Tu n'as rien raté, j'ai été d'un ennui… fais-moi plutôt voir ta bague.

Laura sourit jusqu'aux oreilles et présenta sa main gauche sous le nez de Reyna qui découvrit un anneau tout simple, orné d'un rubis ovale entouré de petits diamants. Sobre et chic, classique. Très beau. C'était dingue que Brian ait réussi à économiser la somme nécessaire sur ses maigres revenus des Entrepôts.

— J'adore, s'épancha Reyna. Et le mariage, c'est pour quand ? L'année prochaine ?

Elle contempla tour à tour Brian et Laura. L'aîné ouvrit la bouche puis la referma. Lui, pris de court ? Étonnant. Laura, quant à elle, piqua un fard avant de répondre.

— En fait, euh, on a évoqué l'idée de l'avancer.

— Ah oui ? À quand ?

— Noël.

Laura poussa un petit rire.

— Noël prochain ? questionna Reyna. Je ne suis pas folle, c'est bien dans deux semaines ?

— Vous en avez parlé quand ? intervint Drew, les yeux écarquillés, d'évidence pas au courant.

— Hier, avoua Brian.

— C'est super bientôt ! reprit Reyna. Et côté organisation, ça va ? Vous avez besoin d'aide ? Je veux participer !

— Rien n'est encore prévu, dit Laura. Les choses se sont précipitées. Je ne sais même pas à qui m'adresser pour qu'on ait ce qu'il faut pour un mariage ni si c'est envisageable ici d'un point de vue légal…

— Je vais me renseigner, promit Reyna. Pas d'inquiétude, ce sera une journée mémorable.

— Un grand merci, Reyna, dit Laura, rayonnante.

— Pourquoi avancer la date ? voulut savoir Drew, un peu perdu.

Brian et sa fiancée échangèrent un regard. Laura rougit de plus belle.

— Dieu du ciel ! murmura Reyna. Tu es…

Laura se mordit la lèvre et hocha la tête.

— Je l'ai su hier !

Reyna poussa un cri si perçant qu'elle attira l'attention de la moitié des personnes présentes à la cafète. Tout le reste pouvait attendre, décida-t-elle. C'était trop incroyable pour ne pas fêter ça dignement.

— Un mariage et un bébé, dit Reyna en serrant la main de Laura.

— Félicitations à toi, grand frère ! déclara Drew en décernant l'accolade à l'intéressé qui n'en menait pas large. L'heure est venue pour moi de déménager, on dirait.

— Rien ne t'y oblige, protesta aussitôt Laura.

— Quoique, s'esclaffa Brian.

— Vous bilez pas, Grégory a une piaule en trop, annonça le cadet.

— Quelle émotion en tout cas ! C'est incroyable comme il sort parfois des bonnes choses des pires drames, déclara Reyna avec un clin d'œil.

— Bien résumé ! applaudit Laura en éclatant de rire.

Reyna s'apaisa à mesure qu'elle bombardait Laura de questions à propos du bébé à venir et des préparatifs de mariage. Se retrouver là, avec ses frères et sa future belle-sœur, lui rappela tout ce qu'elle avait raté depuis son départ de la maison. C'était précisément pour Brian et Drew qu'elle était partie bosser chez Visage. Elle les aimait si fort qu'elle était prête à tous les sacrifices pour leur offrir une vie meilleure. Qui, désormais, était à portée de main.

Chapitre 19

Jodie ne refit pas surface le lendemain. Ni le jour suivant. Sa gueule de bois appartenait au passé, pourtant. Reyna se demanda pourquoi elle restait cloîtrée dans sa chambre. Ou plus exactement celle de Meghan.

Elle frappa à la porte.

— Jodie, ouvre ! Je sais que tu es là.

Elle insistait quand le battant s'ouvrit brusquement. Penchée comme elle l'était, il lui fallut se rattraper au chambranle. Jodie était là, en survêtement de sport *baggy*, la tignasse plus hirsute encore qu'à l'accoutumée.

— Qu'est-ce que tu me veux ? bougonna-t-elle.

— Je venais voir comment tu vas. Ça fait des jours, depuis la Halle. Pourquoi tu restes enfermée ?

— Parce que j'en ai marre d'être coincée *ici*, justement.

Jodie voulut refermer. Reyna l'en empêcha.

— Qu'est-ce qui t'est arrivé pour en vouloir à ce point à *Elle* ?

— Tu déconnes ? maugréa Jodie. C'est moi qui ai poussé à la roue pour qu'on s'évade. J'en crève d'être ici. Tu ne t'es jamais demandé si j'avais quelqu'un dehors ?

Reyna, la gorge serrée, vit à quel point son amie était peinée. Elle s'était maintes fois interrogée sur ce que Jodie avait pu endurer, et pendant combien de temps… mais jamais quelle avait été sa vie avant Visage. Elle s'en voulut.

— Non, c'est vrai. Désolée. J'ai cru à tort que tu ne voulais pas en parler. Mais s'il y a des gens que tu veux voir, je suis prête à t'aider pour les faire venir ici, assura Reyna d'une voix calme et rassurante. Le mouvement s'est plié en quatre pour rapatrier mes frères et ma future belle-sœur. Ils feront pareil avec toi, j'en suis sûre.

Jodie haussa les épaules puis fit signe à Reyna d'entrer. La jeune femme referma derrière elle et s'installa sur une chaise tandis que son amie se laissait choir sur son lit.

—Alors dis-moi… qui veux-tu revoir ?

Nouveau haussement d'épaules et regard fuyant.

—Allez, quoi, c'est toi qui en as parlé la première. Qui est-ce ?

—Ma cousine et meilleure amie, June. Elle vivait à la capitale. Il faut absolument que je la retrouve. C'est chez elle que je suis partie loger après l'effondrement. Quand Visage est devenu tout-puissant, son quartier a servi de zone-test pour les tests sanguins avant que ce soit voté à l'échelle du pays. Mes résultats sont tombés : groupe anormal. June et moi, on a entendu ces salopards expliquer à ses parents qu'il allait falloir que je parte avec eux. À les entendre, ça sonnait comme une super occasion, sauf qu'on n'était pas dupes. (Jodie se détourna, les larmes aux yeux.) June a tenté de me sortir de là et promis qu'il ne m'arriverait rien. Sauf qu'on n'avait même pas franchi la limite du comté quand ils nous sont tombés dessus. Ils nous ont séparées. J'ai été conduite chez Visage et j'y suis restée jusqu'à l'évasion.

Reyna porta la main à sa bouche.

—Dieu du ciel, Jodie ! Quel âge avais-tu ?

—Douze ans.

Que lui répondre ? Que dire à une nana empêchée de vivre toutes ces années… C'était la preuve que Visage Incorporated était le mal incarné. Un mal qu'elle se jura de terrasser un jour.

—Je crois qu'on peut retrouver June, déclara-t-elle.

—Personne ne veut m'aider.

Reyna vint s'asseoir à côté d'elle, sur le matelas, et posa la main sur celle de Jodie.

—Moi, je suis prête à t'aider.

—Vraiment ? Et qu'est-ce que tu veux de moi en échange ? lança Jodie, l'air blasé.

—Rien.

—Ben voyons !

—Enfin, juste un truc, rectifia Reyna, un petit sourire aux lèvres.

—J'en étais sûre.

—Un coup de main pour l'organisation d'un mariage.

Jodie fit les yeux ronds.

—Ça alors, tu te maries et tu me le dis seulement maintenant ? Il est fortiche, ton vampire ! Quand est-ce qu'il a fait sa demande ?

Reyna rit aux éclats puis secoua la tête.

—Non, il ne s'agit pas de moi. Même si ça va mieux avec Beckham. Mais on ne va pas se marier ! C'est mon frère aîné. À Noël.

—Dans deux semaines ?!

Reyna acquiesça.

—Polichinelle dans le tiroir. J'ai promis d'aider en songeant qu'un truc normal me ferait du bien. À toi aussi, qui sait ?

—Entendu. Si tu m'aides à retrouver June, je veux bien aider ton barjo de frangin à se passer la corde au cou dans deux semaines.

Reyna tendit la main.

—Marché conclu alors ?

—Marché conclu, répondit Jodie en lui serrant la main. Maintenant, raconte-moi comment ça se passe avec ton Beckham !

Quelques jours plus tard, les filles avaient persuadé Meghan de les aider à obtenir le matériel et le local requis pour le mariage de Brian et Laura. L'infirmière en voulait encore à Reyna et Jodie d'avoir filé avec Gabe mais n'avait rien contre Laura. Elle se contentait de lancer des regards accusateurs aux deux fugueuses.

— Reste à trouver la robe, dit Reyna.

— C'est le cadet de mes soucis, sérieux, balaya la future mariée. Si on arrive à tout boucler d'ici Noël, je serai aux anges.

— Des clous, il te faut cette foutue robe, insista Jodie.

— Elle a raison, convint Meghan.

— Mais où trouver une robe de mariée ? demanda Laura. Je ne vais quand même pas courir les magasins…

— Pourquoi pas ? réagit Reyna qui se releva d'un bond et embrassa du regard le petit bureau qui leur servait à organiser les préparatifs.

— Comment ça ? voulut savoir sa future belle-sœur.

— C'est pourtant simple. Grâce à nos relations, on pourrait l'emmener discrètement faire un essayage !

Au regard incendiaire que lui lança Meghan, il était criant qu'elle trouvait l'idée malvenue.

— Jamais de la vie.

— Arrête de faire ta méchante, Meghan, railla Jodie.

— Je ne veux causer d'ennuis à personne, se défendit Laura en se rencognant dans son siège. Ce qu'on a déjà devra suffire.

— S'il était possible de te conduire à une boutique de mariage sans en référer à quiconque, je le ferais. Mais c'est tendu. Les types de Visage ont vu Laura quand on l'a exfiltrée en même temps que Brian et Drew. Faut-il vraiment courir le risque qu'elle se fasse remarquer ? demanda la rouquine.

— N'en parlons plus, trancha Laura qui se leva en repoussant le calepin sur lequel elle prenait des notes. J'ai déjà une robe. Et puis ça n'est pas comme si on avait les moyens de se payer une toilette chic, nous autres crève-la-faim des Entrepôts ! Ça n'en vaut pas la peine. Vraiment.

Sur ces propos, elle se rua à la salle d'eau. Ses amies l'entendirent avoir un haut-le-cœur. Laura était déjà victime de nausées matinales sévères. Pas seulement matinales, d'ailleurs. Elle vomissait à tout bout de champ, mais, de l'avis de Meghan, il n'y avait pas lieu de s'en inquiéter.

— Il se fait tard, dit l'infirmière. Je vais voir comment va Laura et ça ira pour aujourd'hui. On reparlera de la robe demain.

Dès qu'elle fut partie, Jodie pencha sa chaise en arrière.

— J'en ai ma claque d'être enfermée…

— Va courir à la salle de sport.

— J'ai horreur de ça.

— Il faut quand même que tu trouves le moyen de te détendre.

Jodie posa les pieds sur la table.

— Baiser, ça pourrait le faire…

— Pourquoi pas, en effet ! s'esclaffa Reyna.

— Je vais voir avec Tye, ça peut le brancher.

La voyant bondir de sa chaise, Reyna lui toucha le bras.

— Tu n'es pas obligée sous prétexte qu'on t'a volé dix ans de ta vie, tu sais. Ça serait chouette avec quelqu'un… auquel tu tiens vraiment.

— Il n'y a qu'une personne à laquelle je tiens vraiment, et on me l'a arrachée. Tirer un coup, ça peut juste être agréable, Reyna. Pas forcément sérieux. Si Meghan était moins coincée et pensait à autre chose qu'à *Elle*, je lui proposerais bien. Je suis tout-terrain, côté cul.

Reyna sourit jusqu'aux oreilles.

— Tu me plais bien.

— Toi, en revanche, dit Jodie en lui appuyant sur le nez, tu n'es pas mon type.

— Tant mieux !

— Contente que tu le prennes bien.

Jodie fit un clin d'œil puis s'en alla en sautillant, ce qui fit éclater de rire Reyna. C'était agréable de voir que ces préparatifs de mariage lui avaient redonné la pêche.

La jeune femme soulageait son dos et ses épaules en s'étirant quand Meghan réapparut. Pâlichonne.

— Reyna, tu as repensé à travailler au labo, avec Washington et moi ? avança-t-elle d'un air inquiet. Tu as mal réagi quand il te l'a proposé, je sais, mais ton sang pourrait sauver des vies. Et on aurait bien besoin d'un coup de main.

Reyna soupira et se mordit la lèvre.

— Je tiens à me rendre utile, Meghan, mais faut-il vraiment que ce soit de cette façon ?

— Non, bien sûr. Tu peux aussi bosser à la cafétéria, au nettoyage, que sais-je encore. Mais ce serait du gâchis.

— Tu as conscience que j'ai un gros souci avec l'idée de donner mon sang et de le savoir utilisé ? Y compris pour la bonne cause ?

— Oui, mais, là, ce serait vraiment pour le bien commun. Enfin bref… réfléchis-y, rien ne t'oblige à te décider aujourd'hui.

Reyna se détourna puis regarda l'infirmière. Une idée lui était venue.

— Écoute, je ne peux rien te garantir. Cette simple idée me rend malade. Je ne suis pas prête. Mais je promets d'y réfléchir si tu rends service à Jodie.

Meghan grogna.

— J'essaie de l'aider, figure-toi. Elle est encore plus réticente que toi.

— Normal, elle est restée enfermée bien plus longtemps que moi et a servi de cobaye. Vous avez essayé de savoir s'il lui reste de la famille ?

— On l'a fait à son arrivée. Sans résultat, admit Meghan. J'aimerais beaucoup intégrer plus de gens à *Elle*. Surtout si ça peut aider Jodie. Et les êtres chers, c'est le mieux.

— Tout ce qu'elle a traversé a fait d'elle une cynique. Si tu pouvais l'aider à retrouver les siens, ça lui ferait un bien énorme.

La rouquine soupesa la question puis hocha la tête.

— Entendu, je m'y colle. Et toi, tu penses au centre médical.

Comme si j'avais le choix, songea amèrement Reyna.

— Je promets d'y réfléchir.

Meghan la serra dans ses bras.

— Je suis si heureuse que vous soyez ici, toi et Jodie.

— Moi aussi, murmura Reyna qui commençait enfin à se sentir chez elle.

Ce n'était certes pas l'idéal… mais c'était déjà quelque chose.

CHAPITRE 20

Reyna ramassa son matériel et retourna à sa chambre. Elle n'avait pas dîné, s'étant contentée des bricoles que les filles avaient amenées pour la session des préparatifs. La perspective de retourner à la cafète lui filait mal au crâne.

Et quand elle entra dans sa piaule, elle fut heureuse de n'avoir pas traîné.

— Beck, murmura-t-elle.

Sa silhouette massive se découpait en ombre chinoise à la lumière qui émanait du dressing. Il n'était pas en costume, pour une fois : jean noir, chemise à col boutonné et blazer. Comme s'il ne venait pas directement du bureau… mais avait prévu de venir ici.

— Petite chose, dit-il de sa voix profonde et séductrice.

Un son suave qui l'électrisa aussitôt. La jeune femme oublia tout, des préparatifs de mariage au fait qu'elle n'avait pas dîné.

— Tu es venu.

— Oui. Je suis parvenu à me libérer pour ce soir.

Reyna haussa les sourcils tout en refermant derrière elle.

— Te libérer pour ce soir ?

— Ce n'est pas allé tout seul, répondit-il avec soin. J'étais censé assister à un gala avec Penny.

La jeune femme fit grise mine. Elle avait beau savoir que ce manège faisait partie de sa couverture, l'idée ne lui plaisait pas pour autant.

— Et tu as préféré être ici ? Avec moi ?

Il hocha la tête.

— J'ai choisi de te voir, oui.

— Elle n'a pas apprécié ?

— Tu verras certainement à quel point aux infos de demain, énonça-t-il platement.

Reyna arqua une nouvelle fois les sourcils.

— C'est à ce point ?

— Peu importe, éluda-t-il en haussant une épaule.

— Mais… ta couverture…

— Ne t'inquiète pas pour ça, dit-il en la rejoignant. J'ai fait l'objet de plusieurs enquêtes depuis ta disparition. Ma couverture est solide.

La main de Beckham remonta le long du bras de Reyna, jusqu'à l'épaule, et vint lui appuyer sur le cou. Son cœur battait à tout rompre sous la pression du pouce. Il se pencha en avant et lui déposa un baiser sur le front. Elle respira à pleins poumons son odeur de mâle.

— Si tu t'habillais ? Je t'en dirai plus après.

— M'habiller ?

Le souffle court, elle ne songeait qu'à cette main lui caressant le cou, à ces lèvres si proches… et au lit dans cette chambre douillette.

— Je t'emmène dehors.

Elle accrocha son regard. Ses yeux noirs chatoyaient dans la faible clarté.

— Comment ça, dehors ?

Il afficha un sourire sardonique puis déposa un baiser très tendre et cependant impérieux sur les lèvres de Reyna.

— Je te fais évader pour la soirée. Si tu es d'accord, bien sûr, ajouta-t-il en lui tendant la main.

La gorge serrée, elle accepta cette main tendue.

— Avec joie.

Il porta la main de la jeune femme à sa bouche sans la quitter des yeux.

— Dans ce cas, il va falloir te couvrir.

Beckham récupéra un sac dans le placard et le lui passa. Quelques instants plus tard, la jeune femme, en habit d'hiver, portait un caban de bonne coupe super chaud. Elle s'enroula dans une écharpe noire et glissa les gants dans ses poches. Son chevalier servant lui tendit la main.

— Prête ?

— Oui, dit-elle, tout excitée, en calant sa petite main dans l'immense battoir de Beckham. Un peu trop habillée, peut-être, mais ça va.

— Toi et ton obsession vestimentaire, marmonna-t-il dans sa barbe.

Reyna éclata de rire et le suivit hors de sa chambre. Beckham claqua la porte du dressing qui était flanquée d'une serrure neuve. Résultat de son évasion, bien sûr… Rassurée à l'idée qu'il serait plus difficile d'entrer chez elle par effraction, elle fut en même temps un peu fâchée de ne plus pouvoir sortir par là.

— Ils vont aussi installer une serrure à empreinte digitale, lui confia-t-il, hilare.

— Génial, grommela-t-elle.

Carrément abusif, plutôt. Elle suivit Beckham jusqu'à l'ascenseur puis piétina dans la cabine qui les hissait cinq étages plus haut, au niveau de la porte blindée. Le beau ténébreux lui lança un regard amusé, tendit le bras et la colla tout contre lui.

— Tu trépignes, lui murmura-t-il, le visage enfoui dans ses cheveux.

— Je suis avec toi et on s'apprête à sortir ! Comment veux-tu que je sois calme ?

— C'est vrai que le calme n'est pas ton fort.

— Où on va, au fait ?

Beckham entremêla leurs doigts mais se garda de répondre. Évidemment. Question superflue : si elle n'était pas calme, lui n'était pas bavard. Quant à savoir garder un secret… il était très doué à ce petit jeu.

Quand ils sortirent de l'ascenseur, Beckham se lança dans le déverrouillage complexe de la porte blindée et ils se retrouvèrent dehors. Reyna comprit alors pourquoi il l'avait obligée à se couvrir autant: il faisait un froid glacial.

Elle se hâta d'enfiler ses gants puis remonta l'écharpe jusqu'au-dessus du nez. Après plusieurs mois d'enfermement, elle avait perdu l'habitude des écarts de température. Son organisme criait panique.

—On ne va pas loin, lui dit-il en l'attirant contre sa grande carcasse tandis qu'ils traversaient une aire de stationnement déserte et mal éclairée.

Ils s'engagèrent dans un escalier, puis dans un autre couloir étrange et prirent un ascenseur qui déboucha… au sommet d'un immeuble.

—J'ai l'impression d'être déjà venue, dit-elle, radieuse.

—Je souhaitais créer de nouveaux souvenirs avec toi.

Reyna sortit de la cabine, s'attendant à avoir froid, et ne fut pas déçue. Il gelait à pierre fendre. De doux flocons s'accumulaient peu à peu sur le toit-terrasse. Le panorama urbain était à couper le souffle: toute la ville était nimbée de blanc. Mais, cette fois, ce fut le jardin tout proche qui attira le plus son attention. Des lumières festonnaient la végétation, un feu crépitait dans le foyer central. Des braseros avaient été ajoutés pour réchauffer un peu l'atmosphère. Enfin, le banc où ils avaient connu leurs premiers émois amoureux était garni de couvertures et d'un plateau de victuailles.

—Je rêve ou c'est un rencard, M. Anderson? lança-t-elle, malicieuse.

—Voilà que je ne suis plus Beck, soudain.

Il avait ce regard enjôleur dont, c'était certain, jamais elle ne serait rassasiée.

—J'ignorais que ce surnom te plaisait, gloussa-t-elle.

— Je l'aime bien quand il sort de ta bouche.

— Mon Beck à moi, dit-elle, dressée sur la pointe des pieds pour l'embrasser.

— Ma petite chose, rétorqua-t-il, le timbre chaud.

— J'aime aussi.

Beckham se fendit d'un rare vrai sourire puis la conduisit jusqu'au jardin d'hiver. Ils s'installèrent devant le feu. Le colosse prit soin de les enrouler dans des couvertures et lui passa un bras autour des épaules.

— Je me suis douté que tu n'aurais pas dîné, dit-il en désignant les victuailles sous cloche.

— Comment fais-tu pour me connaître si bien ?

— Tu as vécu quelque temps chez moi, je te rappelle.

— C'est vrai. Et il m'arrive parfois de sauter un repas. Cela dit… je ne suis pas la seule.

Il s'autorisa un petit rire.

— C'est du passé. Je suis plus prudent, désormais. Surtout auprès de toi.

Reyna arqua un sourcil tandis qu'il soulevait la cloche. Elle découvrit tous ses plats préférés du restaurant où ils allaient parfois, en face de l'immeuble de Beckham. Son estomac gargouilla à la vue de tous ces mets délicieux qu'elle avait bien cru ne plus jamais manger.

— Ça alors ! Il ne manque rien.

— Je suis heureux que ça te plaise.

Heureux, il paraissait l'être. Mais aussi… un peu nerveux. Comment était-ce possible ?

— C'est parfait. Allez, dis-moi tout sur ces enquêtes à répétition pendant que je me régale.

— Il n'y a pas grand-chose à en dire. Harrington a tout revérifié. Mon appartement a été fouillé après ton enlèvement, puis de nouveau après ton évasion. Comme si j'étais assez bête pour t'y ramener après t'avoir arrachée à ses griffes, fulmina-t-il. Là-dessus, il a fallu que je prenne une autre compagne permanente.

— Quoi ? s'étonna Reyna avant de se couvrir la bouche.

— Eh oui. C'est pour ma couverture, que veux-tu… Je ne pouvais pas donner l'impression de m'opposer à Harrington, ça risquait d'empêcher qu'on te retrouve. J'ai dû sauver les apparences.

Reyna vit combien il lui coûtait de devoir obéir à Harrington. C'était compréhensible : elle aussi détestait qu'on lui donne des ordres.

— Et tu… bois le sang de la nouvelle ? ne put s'empêcher de demander Reyna.

— Tu préférerais que je boive celui de Pénélope ? contra-t-il à voix basse.

— Évidemment non, gros malin. Comment oses-tu ? Ça m'a foutu dans une sacrée rogne, de te voir le faire au Caveau…

— Je ne pouvais pas boire ton sang et je dépérissais. Je ne touche plus à Pénélope, si ça peut te rassurer.

— En effet, admit-elle. Mais tu aurais pu boire le mien.

— J'aurais *pu*, oui. Sauf qu'un sang compatible est toujours préférable. J'y croyais… avant de goûter au tien.

Reyna reposa son sandwich.

— Tu peux expliquer ?

— Ton sang est préférable à tout autre, dit-il en la regardant droit dans les yeux. *Tu* es préférable à tout autre.

Elle piqua un fard. La chaleur se répandit jusqu'à son entrecuisse, elle n'eut brusquement plus froid du tout. Au point de défaire son écharpe. Pas exprès, attention, pas pour l'inciter à la mordre. Enfin… peut-être que si, en définitive.

— Harrington doit penser la même chose, ajouta Beckham, que cette idée paraissait rendre furieux.

— Euh… pourquoi ? demanda-t-elle, douchée par cette allusion au monstre.

— Seuls quelques cadres supérieurs sont au courant de la faille dans le dispositif de sécurité. Et même alors, ils ignorent en quoi elle a consisté. Ni qui elle concerne, ce qui est le plus important. Personne ne savait que le boss avait trouvé un sujet compatible même si quelques-uns s'en doutaient. Je le savais, bien sûr, mais j'ai joué à l'innocent. Harrington faisait comme s'il n'allait pas mieux – ce qui était faux. (Beckham se tourna vers elle.) Il a rechuté, désormais.

— Tant mieux, siffla-t-elle. Pourvu qu'il en crève.

— Je me demande dans quel cas il est le plus dangereux, songea-t-il tout haut. Quand il te tenait, il était le roi du monde. Sans toi le revoici aux abois… et les gens désespérés sont capables de tout.

— Tu parles d'expérience, on dirait.

— En effet, répondit-il sans fournir d'explication.

Reyna termina son festin puis revint se coller à Beckham, qui lui fourragea dans les cheveux d'un air absent. Son flanc était dur. Tout en muscle. Il tendit le bras et la prit par la main, les doigts entrecroisés. Puis ils restèrent blottis dans le silence nocturne, seulement rompu par le crépitement des braseros. La jeune femme jeta aux oubliettes tous les tracas du monde. Seul comptait l'instant. Elle était comblée.

— Beck ?

Pour toute réponse, il l'embrassa sur le sommet du crâne.

— Je veux tout savoir sur toi.

Des flocons de neige vinrent lui caresser les cils tandis qu'elle levait la tête vers lui. Son beau ténébreux resta coi ; elle vit qu'il avait les yeux dans le vague.

— Tu n'es pas obligé de tout me raconter tout de suite, tu sais. Mais un jour, tu promets de t'ouvrir à moi ?

— C'est tout le contraire d'un conte de fées, je te préviens.

— S'il te plaît ?

Les yeux rivés sur l'horizon urbain, il poussa un soupir. Reyna comprit qu'il restait réticent à l'idée de lui confier ce que son passé pouvait avoir de sordide. Elle désirait pourtant tout savoir de lui. Dans les moindres détails.

— Tu n'as pas envie de savoir qui j'étais autrefois… qui je suis encore, tout au fond de mon être.

— Si, insista-t-elle.

Il fit volte-face, les crocs saillants.

— Je n'ai rien du héros que tu t'imagines, petite chose. C'est moi le méchant.

Reyna leva le bras et passa le pouce sur ses canines. Pas assez fort pour que les crocs pénètrent, juste assez pour en éprouver la pointe acérée.

— C'est un autre qui a fait de toi ce que tu es.

La saisissant par le poignet, il éloigna la main de Reyna… et sa propre tentation.

— Tu me croirais, si je te disais que je le suis devenu par choix ?

Reyna se figea.

— C'est vrai ?

— Oui.

— Et tu referais ce choix aujourd'hui ? murmura-t-elle.

— Peu importe.

— Que tu dis, ça fait une différence énorme, déclara-t-elle après l'avoir jaugé.

— C'est là que tu te trompes. Le passé est le passé. Il ne sert à rien de l'imaginer autrement. Je suis un vampire. Un assassin. Tout savoir de mes antécédents ne ferait que t'empoisonner l'esprit.

— Pourquoi me refuses-tu le droit de juger par moi-même ?

— Parce que tout t'avouer, ce serait te soulager.

— Comment ça ?

— Tu n'aurais plus à chercher un autre motif de me plaquer.

Chapitre 21

Il était vain d'essayer de raisonner Beckham.

Leurs points de vue paraissant irréconciliables, elle se résolut à attendre qu'il lui dise. L'obliger à parler était de toute façon voué à l'échec. Si seulement il prenait conscience qu'elle l'acceptait tel quel ! Reyna savait déjà qu'il avait commis des trucs dingues avant de rallier la rébellion. Pas trop horribles, quand même. Elle l'espérait de tout cœur.

Ils restèrent sur le toit-terrasse jusqu'à ce que Reyna ne sente plus ses doigts et ses orteils. Puis Beckham insista pour qu'elle retourne dans sa chambre.

— Au fait, s'enquit-elle quand ils furent enfin à l'abri, tu n'étais libre que ce soir… ou toute la nuit ?

— Lors du premier rencard, un gentleman se contente d'un baiser sur la joue.

— C'est probablement une bonne chose que tu ne sois pas un gentleman, alors, badina-t-elle en l'éloignant de la porte.

— Je parie que c'est ce qui te plaît le plus chez moi.

— Pas du tout ! Ce que je préfère, c'est quand tu broies du noir sans dire un mot.

— L'équilibre parfait avec ton babil incessant et ton perpétuel optimisme, en somme.

— Je dirais que je penche plutôt pour le réalisme ces derniers temps.

Elle ôta caban, gants, écharpe, bonnet et grosses chaussettes qui finirent au petit bonheur dans toute la chambre. Alors qu'elle enlevait son sweat XXL, la jeune femme sentit les mains de Beckham se poser sur sa taille. Puis glisser sous l'étoffe du tee-shirt noir et lui caresser le ventre. Elle laissa choir le sweat.

— Bordel de merde ! gronda-t-il.

— Tu m'as manqué.

— Chaque jour passé sans toi, j'ai cru perdre la tête.

— Moi aussi, murmura-t-elle.

— J'aurais volontiers incendié toute la ville pour te retrouver.

— Et moi, je me suis inquiétée que tu ne le fasses pas.

— J'ai failli en crever de ne pas être présent à ton arrivée ici. De ne pas pouvoir faire ça.

Il trouva sa bouche ; ce baiser l'embrasa.

— Au diable ma couverture, au diable Visage. C'est toi que je voulais. Et quand, enfin, tu as été mienne, j'ai tout foutu en l'air.

— Chut, dit-elle en lui pressant l'index sur les lèvres. C'est du passé. Je suis là. Toute à toi.

Beckham, radouci, déposa un petit baiser sur son index. Puis il la prit par le poignet et fit entrer la première phalange du doigt dans sa bouche. Elle sentit la caresse de sa langue et, juste après, un léger mordillement. Il répéta l'opération sur chaque doigt avant de tourner la main paume vers le ciel et de l'embrasser sur le poignet.

— Ton rythme cardiaque est élevé, petite chose.

— Hon hon, marmonna-t-elle, pantelante.

Il colla le nez contre sa peau et sillonna le bras sur toute sa longueur. Reyna fut prise de frissons. Arrivé à l'épaule, il arracha le tee-shirt à pleines dents puis pressa ses lèvres sur l'épiderme de la jeune femme, embrassant l'arête de la clavicule puis remontant dans le cou. Elle pencha la tête pour lui faciliter la tâche. Presque en apesanteur.

La dernière fois qu'elle avait adopté cette posture, il l'avait mordue. Et voilà que tout son être en redemandait. Les doux baisers ne suffisaient pas. Sentant affleurer ses crocs pointus, elle se tendit, prête à la suite. Le corps en émoi. Non contente d'avoir le cœur près d'exploser, elle avait le souffle rauque et tremblait comme une feuille.

— Beck, gémit-elle.

Il plaqua le pouce sur la zone qu'il venait d'embrasser. Ses yeux cherchèrent ceux de Reyna. Deux puits d'onyx, d'un noir absolu à la lumière du plafonnier. Tout n'était que noirceur chez lui. Un concentré de vampire ultra dominateur. Et pourtant… pourtant, il s'était arrêté.

— Je t'en prie.

— C'est *toi* que je veux, Reyna. Pas ton sang. Je refuse de désirer ton sang.

— C'est le cas, non ?

— Je le ressens jusque dans mes entrailles. Aussi puissant que le chant des sirènes.

— Alors pourquoi tu ne… ?

— Parce que si je le désire si fort, je ne pourrai pas m'arrêter.

Verdict final. Prononcé avec une intensité imparable. Tel un commandement divin. La ligne qu'il se promettait de ne pas franchir.

— D'accord, déclara Reyna. On verra plus tard.

— C'est tout vu. Je refuse de mettre ta vie en danger.

— Je voulais dire qu'on trouvera le moyen de le faire sans danger. Je t'accepte tel que tu es, Beck, dit-elle en entrecroisant leurs doigts. Je ne veux pas que tu te retiennes quand on est ensemble.

Un sourire carnassier aux lèvres, son beau ténébreux l'empoigna sous les cuisses et la souleva comme une plume.

— Ne t'en fais pas pour ça.

Elle hoqueta et se jeta à son cou. Le colosse plaça les mains sous ses fesses et serra. Sans douceur. Sentant monter la fièvre, Reyna l'empoigna par les cheveux et l'attira à elle jusqu'à ce que leurs bouches se soudent.

Le temps sembla soudain se figer. Tout n'était plus que passion débridée, il la revendiquait avec ses mains puissantes et sa bouche avide. La jeune femme ne demandait que ça. Son goût, le grain de sa peau. Beckham sans filtre. Celui dont elle avait rêvé si longtemps dans ce réduit de cauchemar. Huit semaines à oublier quoi qu'il en coûte. Tout oublier sauf ce peau contre peau, leur souffle court, le plaisir imminent.

Beckham, sans hésiter, la porta jusqu'au mur le plus proche. L'impact fut rude et arracha un grognement à Reyna. Qui se mordit la lèvre jusqu'au sang.

— Et merde ! grogna-t-il.

Un court instant, elle crut qu'il allait la laisser choir. Beck lorgna sur la minuscule tache rouge qui lui maculait la bouche. Avec, au fond de l'œil, l'appétit du prédateur prêt à fondre sur sa proie.

— On ferait mieux d'arrêter.

Reyna n'en eut cure. Test gustatif numéro un, décida-t-elle en prélevant une goutte du sang du bout de l'index qu'elle plaqua ensuite sur ses lèvres.

— Suce mon doigt.

Rétif à cette mise en demeure, il commença par pousser un grondement puis se résolut à prendre l'index en bouche. L'extase totale s'afficha sur ses traits.

— Reyna…

Elle lui prit le visage à deux mains et colla leurs bouches. La langue de Beck entra en action, léchant jusqu'à la dernière gouttelette de ce liquide si tentateur.

— Tu veux ma mort, petite chose…

— Je ne suis pas ta renaissance, plutôt ?

— Je redoute déjà la façon dont ça va tourner.

— Jouis donc de l'instant présent.

— Ne m'incite pas à te mordre.

— Goûte-moi, Beck.

Il n'hésita qu'un instant avant de se ruer sur sa lèvre entaillée qu'il se mit à suçoter, se repaissant du minuscule afflux sanguin provoqué par accident. Pressant sa partenaire plus fort contre la paroi, il soupira d'aise. Reyna, émoustillée par l'excitation de son beau ténébreux, eut soudain très chaud entre les cuisses.

Beckham lui relâcha la lèvre peu à peu, comme si arrêter était presque inconcevable. Reyna fut témoin du duel qui se nouait entre l'homme et le monstre. Et sut que le premier allait gagner.

— Je suis prête à tout pour t'entendre à nouveau gronder.

— À tout ? répéta-t-il en arquant un sourcil.

Elle retomba lentement sur ses appuis. Leva vers lui un regard lubrique puis entreprit de déboucler la ceinture de son jean. Il la regarda faire sans mot dire tandis qu'elle défaisait le bouton puis baissait la fermeture Éclair jusqu'en bas. Elle passa un doigt sous l'élastique de son caleçon noir et plongea dedans pour libérer sa queue.

Beck se crispa légèrement. Reyna sentit tout son être vibrer sous le coup de l'anticipation. Elle lui empoigna le sexe à la base et le branla une première fois. Puis une autre. Comme il se laissait faire, elle lui descendit jean et caleçon au niveau des chevilles et s'agenouilla devant ce mec incroyable.

Les doigts de Beckham s'emmêlèrent dans ses cheveux alors qu'elle reprenait la chose en main. Elle hésita en découvrant la longueur du sexe dressé. Reyna, qui n'avait rien d'une experte, souhaitait cependant que son beau ténébreux éprouve autant de plaisir qu'elle. Si possible en le faisant gémir.

— C'est bien, gronda-t-il en l'incitant à pencher la tête en avant. Ouvre la bouche pour moi, petite chose.

Autant oublier d'essayer de le faire gémir : quoi qu'elle entreprenne, il restait toujours maître de la situation. Ce qui, étrangement, excitait encore plus Reyna. Sa culotte détrempée en était témoin.

Elle s'exécuta et ouvrit la bouche, lui autorisant l'accès tant désiré. Il entra tout en douceur. Avec sang-froid et précision. Pas assez profond pour qu'elle s'étouffe… mais pas loin. Ce qui laissait dehors une partie non négligeable de son anatomie. Elle l'empoigna par le manche tandis qu'il se retirait, puis le branla tout en lui aspirant le gland. Beckham donna un coup de reins qui l'obligea à rouvrir la bouche.

Reyna gémit tellement c'était bon. Quand il se rétracta, elle lécha la goutte de liquide séminal qui perlait, ce qui provoqua un spasme chez lui. Elle sourit, satisfaite : oh que oui, il était excité ! Fou de désir.

— Encore, geignit-elle, sa queue dans la bouche.

Il crispa la main sur ses mèches noires, presque à lui faire mal, juste avant de s'enfoncer plus profondément. Et prit soin de se retirer avant qu'elle suffoque. Mais il récidiva. Encore. Et encore. Repoussant les limites. Testant celles de Reyna. Tout en s'efforçant de rester maître de lui, alors qu'elle le sentait déraper peu à peu.

Il la prenait par la bouche… sans retenue… et elle adorait ça. Bien loin d'en avoir honte, elle trouvait l'expérience infiniment érotique. Débarrassée du souci de mal s'y prendre, soumise à sa domination, elle le désirait plus ardemment que jamais.

Désormais presque entièrement empalé en elle, il fut pris d'un frisson et se retira.

— Non, ne…

— Je veux que tu jouisses deux fois avant que j'éjacule, insista-t-il en l'aidant à se relever.

Reyna sentit ses jambes la trahir. Sans le soutien de Beckham qui la porta jusqu'au lit, elle aurait fini à genoux.

Le beau ténébreux l'étendit devant lui, la débarrassa de son tee-shirt puis s'attaqua au jean qu'il baissa à mi-course… avant d'inspirer à pleins poumons.

— Merde alors ! dit-il en lui ôtant son jean à la vitesse de l'éclair. L'odeur de ton désir est presque aussi enivrante que celle de ton sang.

Il s'attaqua ensuite au soutien-gorge qu'il dégrafa, laissant les seins de Reyna déborder sous ses yeux. Il en caressa un, l'empoigna et caressa le téton. Puis prit l'autre dans sa bouche. La jeune femme était nettement moins maîtresse d'elle-même que lui. Tout son être vibra sous ses coups de langue experts qui la rendaient folle. Quand il fit rouler la pointe d'un croc contre le mamelon chauffé à blanc, elle crut jouir tout de suite. Jamais elle n'avait éprouvé plaisir plus intense. Il jouait avec ses sens avec la virtuosité d'un maestro. Une technique implacable couplée à des émotions sans retenue et à sa présence animale.

— Beckham, Beckham ! Je t'en supplie !

— Je veux te voir jouir, Reyna. Ton plaisir m'appartient. Tu comprends ?

— Oui, haleta-t-elle.

— Tes seins sont à moi.

Il mordilla l'autre téton et ne lâcha pas prise avant que Reyna, les jambes enroulées autour de son dos, ne tremble comme une feuille.

— Tout ça est à moi.

Puis il l'embrassa entre les seins et descendit, descendit, sans se presser, jusqu'au nombril. Dans lequel il plongea la langue.

— Ce cul-là aussi est à moi, gronda-t-il.

Joignant le geste à la parole, il passa les mains sous ses fesses et en empoigna une dans chaque battoir et, soulevant la jeune femme comme une plume, il pressa son visage contre son entrecuisse. Fit glisser son nez sur la culotte détrempée et respira à fond.

— Cette chatte m'appartient.

— Oui, bordel de dieu, oui !

Il déchira la fine étoffe et plongea dans l'entrejambe offert. Sa langue entra en action sur le clitoris tandis qu'il lui écartait les cuisses. Beck glissa ensuite un doigt dans cette moiteur et la pénétra. Puis, constatant à quel point elle était mûre, il y inséra un deuxième doigt. Ça n'était pas assez, elle en voulait davantage. Déjà au bord de l'orgasme, Reyna avait besoin de sentir sa queue palpiter en elle avant de jouir.

— Beckham, baise-moi, baise-moi, implora-t-elle en tentant de se rasseoir pour l'attirer contre elle.

Mais son beau ténébreux, qui avait une autre idée, lui pesa sur le haut du corps avec un bras.

— Croise les mains derrière la tête et ne bouge plus avant que je te l'y autorise.

Reyna poussa un petit cri et s'étendit sur le dos, les mains jointes à l'arrière du crâne. C'était inédit pour elle, cette leçon de sang-froid. Et difficile tant elle mourait d'envie de le tenir par les cheveux alors qu'il s'acharnait sur son petit bouton. Jusqu'à ce qu'elle n'en puisse plus.

Beck réintroduisit deux doigts en elle et bougea dans son sexe, sur un tempo plus lent que celui des coups de langue. C'était trop. Terrassée par l'afflux de sensations, elle vit soudain trente-six chandelles. Tout son corps se cambra. L'onde de choc l'irradia du bas-ventre jusqu'aux extrémités.

Les tympans assaillis par un cri rauque, la jeune femme mit quelques instants à comprendre qu'il émanait d'elle. Elle avait joui si fort qu'il était sorti tout seul.

Beckham relâcha son emprise. Reyna s'effondra sur le matelas, fauchée, molle comme de la guimauve. Le cortex à l'arrêt.

— Tes mains bougent, fit-il observer, un sourire malicieux aux lèvres.

— J'ai des mains ?

Il éclata de rire. Un éclat joyeux, léger… mais trop éphémère au goût de Reyna. Comment faire que ces sons se muent en réalité quotidienne ? Ces soupirs ; ce grognement ; ce rire clair. Elle mourrait heureuse si elle l'entendait ne fût-ce qu'une fois encore.

— Oui, petite chose, tu as des mains. Et j'aimerais que tu prennes appui dessus.

— Sur mes mains ? demanda-t-elle, le cerveau encore ramolli.

— À quatre pattes.

Il se pencha sur elle et la retourna. Reyna gloussa tandis qu'il lui faisait adopter la position demandée. Les fesses en l'air, les mains à plat sur la couverture. Les cheveux lui retombant devant les yeux. Beckham lui écarta les genoux.

— C'est mieux ? badina-t-elle en gigotant.

Beck, qui n'avait d'yeux que pour son cul, la regarda en face et sourit. Un sourire désarmant qui lui coupa le souffle.

Son Beckham.

À elle.

Ce sourire.

Rien qu'à elle.

Reyna était sienne corps, cœur et âme – et la réciproque était vraie.

Elle le vit empoigner sa queue et placer celle-ci à l'entrée de sa vulve. Tout son être se tendit en sentant le gland faire pression. Peu importait qu'elle vienne tout juste de connaître l'un des orgasmes les plus fulgurants de sa brève existence : son corps en redemandait. Encore, encore et encore. Se lasser de Beckham ? Jamais de la vie !

— Chaud devant, dit-il en lui plaquant une main contre les reins.

Avant qu'elle ait pleinement assimilé le sens de ces deux mots, le colosse donna un puissant coup de reins et la pénétra profondément.

— Merde alors ! gémit-elle.

Comblée. Littéralement comblée.

Miséricorde.

Elle avait oublié. Tout. Absolument tout. À quel point c'était génial de sentir ce sexe énorme occuper tout l'espace.

Ses grandes mains se crispèrent sur ses hanches, ajoutant la douleur au plaisir. Ce serait très étonnant qu'elle n'ait pas de bleus le lendemain matin… et elle n'en avait cure. C'était au-dessus de ses forces. Son seul souhait : qu'il lui donne tout à la fois. La douleur, le plaisir, l'intensité maximale. Rien ne rivaliserait jamais avec cette sensation divine du sexe de Beckham enfoncé dans sa chatte.

Il la détrompa aussitôt… en se mettant à bouger en elle.

Beck se retira entièrement puis la pénétra de plus belle. Tel un fumeur commençant par inhaler la fumée tout doucement et qui, ensuite, expire avec délices. Un coup de reins si appuyé qu'il fit tressauter le lit en même temps que sa partenaire.

Reyna s'estimerait heureuse si elle pouvait marcher le lendemain.

Ou le contraire, allez savoir…

Il garda le tempo. La baisa, encore et encore. Sans prendre le temps de s'enquérir d'elle jusqu'à ce qu'elle ait la figure enfouie dans la couverture, les poings crispés sur l'étoffe, et qu'elle tremble des pieds à la tête tant le besoin de jouir une nouvelle fois se faisait pressant.

— Tout… près, grinça-t-il, les dents serrées.

Un dernier coup de reins et le beau ténébreux la redressa. Reyna se retrouva le dos collé à son torse de lutteur. Entre ses bras puissants. Elle posa la tête en arrière, sur son épaule, tandis qu'il recommençait son va-et-vient.

La jeune femme sentit ses crocs lui effleurer l'épiderme. S'il la mordait à cet instant, elle était sûre de subir un orgasme assez ravageur pour la faire tomber dans les pommes. Beck était tendu à l'extrême entre le désir de la revendiquer et d'éjaculer sans attendre. À lui de voir, décida-t-elle. Morsure ou pas morsure. C'était lui le patron. Reyna prenait le pied de sa vie. Beckham était le meilleur. Dans tous les domaines.

Il se pencha en avant ; ça y était, il allait la mordre. Mais non, il se contenta de l'embrasser dans le cou tout en jouant avec son clitoris.

Reyna connut un nouvel orgasme, aussitôt suivi par Beckham qui cessa de la tenir. La jeune femme retomba sur le matelas tandis qu'il éjaculait en elle. Puis, quand il eut fini, il se retira avec précaution. Elle s'écroula, vaincue, à bout de souffle. Ses yeux se hissèrent jusqu'à la haute carcasse : un bras en appui contre la tête de lit, il avait lui aussi le souffle court.

Il était… magnifique. Le plus beau spectacle qu'elle ait vu de toute sa vie. Quand bien même Reyna vivrait un million d'années, jamais elle ne trouverait mieux que lui.

Elle se leva et marcha vers la salle de bains. Sa toilette terminée, elle se recoucha péniblement. Beckham la rejoignit une minute plus tard et l'attira tout contre lui, un bras autour d'elle.

— C'était ainsi que j'ai toujours rêvé de notre première nuit, lui confia-t-il au creux de l'oreille. Si je n'avais pas perdu les pédales.

— C'était parfait.

Il lui embrassa l'oreille sans un mot de plus. Reyna sentit ses yeux se fermer en priant pour que cette nuit ne finisse jamais. Pour ne pas s'éveiller en découvrant qu'elle avait – encore – rêvé. Peine perdue : l'épuisement eut rapidement raison d'elle.

Chapitre 22

Beckham n'était plus là quand elle ouvrit l'œil.

Mais l'empreinte de son corps immense était visible à côté d'elle. Le drap était même tiède. Preuve que cette nuit parfaite avait bien eu lieu.

Et ce n'était pas le seul indice.

Le cri qu'elle poussa en tentant de se relever en était un autre. Tout comme les courbatures, quand elle traversa la piaule en direction de la douche. Tout son être lui faisait mal sous la ceinture. Ils y étaient allés plus fort qu'escompté ; il allait falloir qu'elle se ménage pendant deux ou trois jours.

Les hématomes, sur ses hanches, retraçaient l'itinéraire de leurs ébats nocturnes. Elle prit soin de les suivre depuis les cuisses jusqu'au cul. Quel bonheur !

Malgré les élancements, ces stigmates lui plaisaient : ils étaient la preuve de ce qu'ils avaient vécu ensemble. La fois suivante serait peut-être moins marquante, mais ce n'était pas comme si elle ne l'avait pas cherché. Elle l'avait *supplié* de la baiser sans retenue. Et se tenait prête à récidiver.

Son seul regret : ne pas en avoir profité pour aborder la question de la robe de mariée de Laura. Elle y avait songé, pourtant, puis ça lui était sorti de la tête. Comme presque tout quand ils étaient ensemble, à vrai dire... Et puis cela faisait si longtemps ! Comment s'en vouloir d'avoir zappé tout ce qui n'avait pas trait à Beckham ? Elle se jura d'en parler la prochaine fois – avant de se jeter sur lui telle une ado en manque de sexe. Avec un peu de chance, Beck saurait s'arranger, fût-ce au dernier moment.

Reyna resta plusieurs heures au lit en s'efforçant de bouger le moins possible. Il lui faudrait descendre à la cafétéria à un moment donné, bien sûr… mais elle n'était pas pressée de répondre à certaines questions. L'heure du dîner venue, cependant, son estomac gargouillait tellement qu'elle enfila son pantalon de jogging le plus ample et un tee-shirt à l'avenant. Les cheveux ramenés en chignon haut, elle devait avoir piètre allure mais s'en moquait comme d'une guigne.

Elle se dirigeait vers sa porte d'un pas mal assuré quand on frappa.

— Entrez, dit-elle, bien en peine de se presser d'aller ouvrir.

Jodie passa la tête par l'embrasure.

— Qu'est-ce que tu as foutu toute la journée ?

— J'étais patraque, répondit Reyna, ce qui n'était pas faux.

— Je t'ai porté à manger, rétorqua son amie en brandissant un sac.

— Tu es géniale.

Jodie ferma la porte et se balada dans la chambre. Reyna lui prit le sac et s'éloigna de la sortie.

— Je peux savoir pourquoi tu tangues comme une mamie ?

— Je te l'ai dit, je ne me sens pas bien.

— Hon hon, marmonna Jodie, peu convaincue. Drôles de symptômes…

Reyna sentit ses joues rougir tandis qu'elle regagnait son lit.

— Ne t'en fais pas pour ça.

— Nom d'un chien ! Dis-moi que c'est en tirant un coup que tu es dans cet état-là. On jurerait que tu t'es tapé un canasson !

— Jodie ! s'exclama Reyna en se cachant derrière ses mains.

— Allez, quoi, raconte un peu.

Reyna se ressaisit puis commença à picorer le sandwich que Jodie lui avait apporté.

— D'accord, d'accord. La nuit a été agitée.

— Avec… ton vampire, c'est ça ? C'était comment ? Tu l'as laissé te mordre ?

— Jodie !

— On est entre filles, Reyna ! J'ai droit à des détails, merde ! Je te rappelle que je suis restée enfermée dix ans.

— Eh bien, c'était génial. Et il ne m'a pas mordue. Il voulait rester maître de lui.

— Trop bête.

— Comment ça, trop bête ?

— Ben oui, ma vieille ! Ton mec vampire a un petit creux en pleine partie de jambes en l'air, tu l'y invites. Paraît que ça décuple le plaisir !

— J'en avais envie, admit Reyna. Sauf que, la dernière fois, c'est parti en vrille. Et… pour tout dire, c'est à cause de ça que j'ai filé et fini dans les sous-sols de chez Visage. Ça explique qu'il hésite à remettre ça…

— Bigre. Et c'était mieux après avoir été mordue ?

Reyna soupesa la question.

— C'était… différent. Avec Beck, j'ai éprouvé le plaisir le plus intense de toute ma vie. Comme s'il savait exactement comment s'y prendre. Après la morsure, en revanche, j'étais complètement dans les vapes, mais ça amplifiait tout. Les deux me vont tant que je l'ai dans mon lit.

— Tu sais quoi ma vieille ? Je suis partante ! s'esclaffa Jodie. Où on les trouve les petits amis vampires ?

— Tu n'es pas croyable, déclara Reyna en secouant la tête.

— Bien résumé.

— Et sinon, j'ai raté quelque chose aujourd'hui ?

— Pas vraiment, non, répondit son amie en se vautrant dans un fauteuil. Laura aussi était HS. Quant à Meghan, elle s'est évaporée tôt ce matin. Et laisse-moi te dire qu'il me tarde d'avoir une piaule rien qu'à moi. J'en ai ma claque de l'entendre aller et venir.

— Tu l'as dit. Mais c'est fréquent de vivre les uns sur les autres, non ? Ça m'étonne de ne pas avoir à partager…

Jodie leva les yeux au ciel.

— Ben voyons… Avec ton Roméo à quenottes ?

Reyna éclata de rire.

— Roméo à quenottes, j'adore !

On frappa à sa porte.

— C'est ouvert ! beugla-t-elle.

Meghan passa la tête par l'embrasure.

— Salut les filles, je vous cherchais justement.

Jodie haussa les sourcils.

— Tu nous cherchais, nous ?

— Oui, dit Meghan en refermant derrière elle. J'ai parlé à Reyna l'autre jour, et ce qu'on s'est dit m'a beaucoup fait réfléchir. Je veux vous aider. Toutes les deux. C'est horrible, ce qui vous est arrivé, et nous ne sommes pas chez Visage. C'est votre bonheur qu'on recherche. S'il y a des proches que vous aimeriez faire venir ici, nous ferons tout pour les retrouver. Alors ? L'une de vous a quelqu'un ?

Jodie lança un regard à Reyna qui leva les paumes au ciel.

— Vous… tu tiens à m'aider ? demanda Jodie.

— Oui, répondit la rouquine. Absolument.

Jodie contempla ses mains qu'elle joignait et dissociait tour à tour.

— Alors pourquoi avoir attendu si longtemps ? geignit-elle, l'air vulnérable pour la première fois. Pourquoi m'avoir laissée moisir dix ans dans ce trou ?

Reyna sentit une brèche s'ouvrir dans la carapace de son amie qui répandit ses tripes en désordre. L'isolement, les années à servir de cobaye, le désespoir. Toute la tragédie de son enfermement.

Au terme de son récit heurté, Meghan avait les joues striées de larmes.

— Dix ans ?

— Huit semaines, Reyna est restée. Mais moi… toute une éternité. Et tous les autres mômes qui y croupissent encore ? Pourquoi ne pas aller les chercher, *eux* ?

— Parce que je n'en savais rien, murmura Meghan. Je l'ignorais, Jodie.

— Comment ça se fait ?

— Je n'ai jamais eu accès à ce type d'information. Je n'avais pas idée qu'ils puissent commettre une horreur pareille, ni à toi ni à d'autres. C'est par hasard que je t'ai découverte. Si c'était dans mes cordes, j'irais délivrer tout le monde. C'est notre objectif à long terme. Le but ultime de notre combat.

— Tu n'étais vraiment pas au courant ? insista Jodie.

— Non. Sans quoi on aurait agi bien avant. Sauf qu'on manque encore des ressources nécessaires pour monter un coup de cette ampleur. Tout ce que je sais, Jodie, c'est que ça me fait autant horreur qu'à toi qu'il reste des gens prisonniers de cet enfer.

Jodie s'affaissa. Comme si l'énergie qui lui permettait jusqu'ici de tenir tête au monde entier venait de se dissiper.

— J'ai une cousine. June Gardner. Ils m'ont arrachée à elle. (Elle croisa le regard de Meghan.) Tu peux m'aider à la retrouver ?

L'infirmière eut un hochement de tête automatique et leur décocha son plus beau sourire.

— Bien sûr, voyons ! Je me plierai en quatre pour retrouver ta cousine June. Et si on s'y mettait tout de suite ?

— Sérieux ?

— M'est avis que oui, abonda Reyna.

— Où est l'embrouille ?

— Il n'y en a pas, Jodie. Combien de fois faudra-t-il te répéter que nous ne sommes pas comme les affreux de chez Visage ?

— Un paquet de fois, probablement.

— Allons-y, ma grande. Je suis prête à parier que Tony, aux services techniques, pourra nous mettre sur une piste.

— Reyna ? demanda Jodie d'une voix hésitante. Tu viens ?

— OK, si ça ne te dérange pas que je me traîne.

— Pas de souci, se gaussa Jodie.

— Pourquoi tu te traînes ? Tu es malade ? Blessée ?

— Quelque chose comme ça, marmonna Reyna.

— Elle s'est fait sauter comme il faut.

Meghan éclata de rire.

— Grand dieu, je ne veux pas en savoir plus !

Reyna se releva avec précaution puis suivit les deux femmes comme elle put. La perspective de retrouver June faisait d'évidence un bien fou à Jodie, qui paraissait plus détendue et moins méfiante. S'il était possible de l'aider, peut-être pourrait-on faire de même avec tous les malheureux prisonniers chez Visage ? Un jour ou l'autre, Harrington paierait pour tous les crimes commis envers l'espèce humaine. Pour ce qu'il avait fait subir à Jodie. Ainsi qu'à elle-même.

Chapitre 23

— Reyna ? demanda Beckham d'une voix neutre quelques jours plus tard.

Il était vêtu d'un élégant costume noir certainement taillé sur mesure. C'était perturbant. La jeune femme ne songeait qu'à une chose : lui arracher ses fringues pour se repaître du beau mâle caché dessous.

Elle leva les yeux vers ceux de Beck et se perdit aussitôt dans ces deux puits d'obsidienne. Ces orbes étincelants qui la happaient comme l'aurait fait un trou noir.

— Hmm ? hasarda-t-elle.

— Tu m'as écouté ?

— Euh…

Il éclata de rire.

— Sois plus attentive.

— Désolée, j'ai l'esprit occupé par l'attention que je t'ai portée l'autre jour.

— N'essaie pas de changer de sujet, dit-il, malicieux.

— Pourquoi pas ? C'est que je commence à être fortiche, pour ce qui est de t'obéir.

— Ah bon ?

— Oui, je crois que j'ai capté… « Ouvre la bouche », par exemple. Et « à quatre pattes » aussi, ajouta-t-elle, un sourire espiègle aux lèvres, tout en s'approchant de lui. Pour « croise les mains derrière la tête et ne bouge plus », en revanche, j'ai des progrès à faire, mais je suis prête à recommencer.

D'une seule main, Beckham la prit par les poignets et la plaqua contre le mur. Puis il pencha la tête vers le pli du cou et de l'épaule. Reyna fut prise de frissons quand il y déposa un baiser délibérément lent et suggestif.

— Tu es impossible, petite chose.

— Hon hon, répondit-elle, rêveuse.

Elle se mit à imaginer toutes les positions dans lesquelles ils pourraient faire l'amour contre ce mur. Le lit n'y suffisait pas. Reyna avait envie qu'il la baise sur toutes les surfaces de cette chambre.

— À quoi penses-tu ? s'enquit-il en la regardant dans les yeux.

Reyna le lui avoua.

— Sur toutes les surfaces ? s'étonna-t-il, les sourcils arqués.

— J'aimerais de nouveau ne plus pouvoir marcher pendant deux jours.

— *Deux jours* ? répéta-t-il en accentuant son haussement de sourcils.

C'était rare qu'elle parvienne à l'épater. Aussi décida-t-elle d'enfoncer le clou.

— Eh oui ! D'après Jodie, j'avais l'air de m'être tapé un canasson.

Allait-il s'en inquiéter ? Tel était son mot d'ordre depuis le premier jour : le monstre allait sortir du bois et la briser, bla-bla-bla, il n'était pas digne de confiance, bla-bla-bla, et ainsi de suite.

Au lieu de quoi il afficha le sourire du mec content de lui.

— Parfait.

— Quoi ? Et moi qui étais sûre de te voir effondré en apprenant que tu m'avais baisée si fort que je n'étais plus bonne à rien !

La main du colosse descendit jusqu'à son entrejambe.

— J'aime assez l'idée que tu continues à ressentir quelque chose après nos ébats.

— Retentons l'expérience, alors…

Ses doigts tracèrent des cercles paresseux autour de son petit bouton. Reyna ferma les paupières afin d'en profiter pleinement.

— Regarde-moi.

Elle rouvrit les yeux. Beck crocha les doigts dans sa culotte puis en glissa un dans sa fente avec une infinie lenteur. La jeune femme eut du mal à garder les yeux ouverts et à ne pas gémir tant son corps réagissait au quart de tour.

Du pouce, il décrivit des cercles plus appuyés autour du clitoris tandis que l'index s'enfonçait complètement. Reyna hoqueta ; sa vulve se contracta. Ça y était, il allait la faire jouir. Là tout de suite. Tout son être se cabra. Mais il s'arrêta en la dévorant des yeux.

— Beck, n'arrête pas, je t'en supplie.

Le sourire content de lui réapparut. Il reprit son petit manège expert. La cadence s'intensifia et, bientôt, elle hurla son nom. Reyna s'effondra contre l'immense carcasse alors qu'il retirait sa main et lui lâchait les poignets.

— Tu vois, petite chose, tu t'en es très bien sortie avec les mains au-dessus de la tête.

Elle sourit.

— Je rêve ou tu viens de me charrier ?

Son merveilleux rire retentit tandis qu'il la soulevait comme une plume et la portait jusqu'au matelas. Plus une parole ne fut échangée après cela. L'après-midi ne fut qu'une longue sieste crapuleuse. Sans que l'un ou l'autre cherche à aucun moment à s'en extraire.

Beckham caressait le dos nu de Reyna du bout des doigts. La jeune femme était étendue sur le ventre, à mi-chemin entre sommeil et éveil. Son beau ténébreux l'avait davantage ménagée. Bien qu'il ait déclaré souhaiter qu'elle s'en « souvienne » le lendemain, ce qui ne manquerait pas d'arriver, il était évident qu'il avait tout fait pour qu'elle n'ait pas mal. Leur passion l'un pour l'autre était palpable ; le bonheur de vivre de tels instants leur suffisait.

— Je peux te demander un service ? murmura-t-elle.

— Tout ce que tu voudras, dit-il après l'avoir embrassée sur l'épaule.

— Il me faut une robe de mariée.

Beckham se figea.

— Qui comptes-tu épouser ?

Elle éclata de rire et se retourna vers lui.

— Ce n'est pas pour moi, gros malin.

Il pencha la tête de côté, ce qui, chez lui, signifiait « continue ».

— Mes frères Brian et Drew sont ici, au QG *Elle*. Tu es au courant ?

Il acquiesça.

— C'est moi qui les ai fait venir.

Reyna sentit son cœur près d'éclater. Comment pouvait-il se considérer comme un monstre alors qu'il faisait tout pour la rendre heureuse sans même s'en vanter ?

— Un grand merci, dit-elle, la gorge nouée par l'émotion.

— Je sais à quel point ils comptent dans ta vie.

— Brian et sa petite amie Laura se sont fiancés pendant… mon absence, expliqua-t-elle en éludant le sujet qui fâche. Ils vont se marier à Noël.

— C'est dans moins d'une semaine.

Reyna prit un air piteux.

— Je sais bien. J'avais l'intention de t'en parler la dernière fois, mais… on s'est laissé distraire.

— Bien résumé.

— Enfin bref, Laura est enceinte et ils tiennent à se marier le plus tôt possible. Elle affirme qu'elle se fiche d'avoir une robe ou pas sous prétexte qu'un vrai mariage n'était pas à l'ordre du jour, mais Meghan, Jodie et moi on fait le forcing pour que la cérémonie ait de la gueule. De ce fait… le mariage aura lieu.

— Mais sans robe de mariée.

Elle hocha la tête.

— Et tu me crois capable de lui en fournir une ?

— Je me suis dit que ça valait la peine de demander.

— Hmm… Ça paraît jouable, en effet. Fournis-moi tous les détails et je me charge de l'acheminement.

— C'est très gentil à toi, merci… mais j'espérais autre chose, en fait… que tu nous aides à la faire sortir. Pour qu'elle fasse un essayage dans une vraie boutique de mariage.

Il arqua les sourcils.

— Pourquoi ? C'est totalement dingue, Reyna. Je comprends cette envie de sortir, mais c'est une très, très mauvaise idée.

— J'en suis consciente. Sauf qu'il ne s'agit pas de moi mais de Laura.

— Quel est le problème au juste ? Je peux lui fournir exactement la robe qu'il lui faut…

Reyna s'assit en tailleur, enveloppée dans un drap.

— Tu n'es pas une femme. Laisse-moi t'expliquer. C'est une question de magie, Beck. Se tenir dans un magasin, essayer un million de robes jusqu'à trouver *le* modèle parfait. On nous a déjà tellement pris ! Ça me ferait beaucoup de peine que Laura soit privée de ce petit plaisir. Même au quartier des Entrepôts, elle l'aurait vécu, tu saisis ? C'est à cause de moi qu'elle se trouve déracinée. Le moins que je puisse faire, c'est l'autoriser à vivre cet instant merveilleux.

— Entendu. Imaginons un instant que je connaisse quelqu'un qui puisse nous faire entrer dans une boutique de mariage. Comment je m'y prends pour que le magasin ferme au public et que cette Laura puisse faire son choix sans personne ? Ça risque de faire louche, non ?

Reyna se mordilla la lèvre inférieure et réfléchit au problème. Il existait forcément une astuce… Son estomac fit un tour sur lui-même quand la solution lui apparut.

— Il me vient une idée folle.

— Toutes tes idées le sont, non ? rétorqua-t-il, un sourcil arqué.

— Elle implique que Penny me fasse une fleur.

— Reyna…

— Vous êtes toujours faussement fiancés, non ? Si elle faisait semblant d'aller s'acheter une robe de mariée, j'imagine qu'elle pourrait facilement privatiser la boutique. Il n'y aurait plus qu'à y faire venir Laura. Je promets de bien me tenir, de faire fi de nos différences et de la remercier du fond du cœur. (Elle grimaça.) Qu'en dis-tu ?

— J'ai le net sentiment que cette idée va lui déplaire.

— Je m'en doute, mais, très franchement, il ne s'agit ni d'elle ni de moi. C'est pour Laura.

— Je lui en toucherai un mot pour voir si c'est envisageable.

— Merci. Merci, merci ! s'exclama la jeune femme, radieuse.

Puis, faisant courir sa main sur le torse dénudé de son beau ténébreux :

— Tu fais quoi pour Noël ?

Il fronça les sourcils et détourna les yeux.

— Je ne fête jamais Noël.

— Ah bon ? Pourquoi ?

— Parce que j'en garde de mauvais souvenirs.

Reyna, à son tour, fronça les sourcils. Qu'est-ce qui avait bien pu se passer un jour de Noël ? À son regard tourmenté, elle comprit qu'il ne lui fournirait pas d'explication. C'était déjà énorme qu'il ait simplement évoqué cette aversion. Elle s'en contenta.

— Et… que dis-tu d'être à mon bras pour le mariage de mon frère ? demanda-t-elle d'une toute petite voix.

Cette question parut l'arracher à ses sombres ruminations.

— Ce sera modeste, s'empressa-t-elle d'ajouter. Peu de gens y assisteront. Je me disais juste… que ce serait chouette. Ça se fait quand on est en couple, quoi. Tu sais… quand on sort ensemble…

Consciente de radoter un peu, elle n'arrivait pas à s'arrêter.

— Enfin, tu n'es pas obligé d'y assister, tu sais…

— J'en ai envie.

— Vraiment ?

— Oui.

— Mais ? relança-t-elle, sachant d'instinct qu'il existait un « mais ».

— Mais j'ignore si je vais pouvoir me libérer.

— Ah ! D'accord.

Elle baissa les yeux et se sentit rougir.

— J'essaierai, dit-il d'une voix hésitante.

Lui plaçant une main sous le menton, il l'obligea à relever la tête.

— Je veux y assister avec toi.

— Je sais. C'est ce devoir de secret permanent, ça me mine…

— Il ne durera pas toujours, affirma-t-il en écartant une mèche noire qui lui barrait la figure. Un jour, nous n'aurons plus à nous cacher.

— Il me tarde.

— Et à moi donc.

Il posa ses lèvres sur la bouche de Reyna qui soupira d'aise. Elle aussi était impatiente de voir se lever le jour où toutes les barrières seraient levées. Mais elle ignorait quand et *si* ce jour allait advenir.

Reyna avait dû s'assoupir et n'en gardait aucun souvenir. À moitié groggy au sortir de cette sieste d'après-midi, elle vit Beckham installé dans sa chambre, au téléphone. Devant un ordi et une pile de paperasse. Sanglé dans son sempiternel costume noir, il avait retrouvé son sérieux et ses dehors très pro. Ce qui faisait un drôle d'effet pour l'avoir vu nu dans son lit quelques instants plus tôt.

Il leva les yeux de son écran comme s'il savait automatiquement qu'elle était réveillée. La jeune femme lui sourit tout en s'asseyant, le drap enroulé autour de son corps nu.

Tu bosses ? articula-t-elle en silence.

Il hocha la tête avant de parler à son interlocuteur.

— Je comprends. Oui, ça me paraît très raisonnable. Je serai de retour au bureau dès demain.

Au terme d'un court silence, Beckham fronça considérablement les sourcils. Puis il se raidit. Reyna comprit qu'il détestait ce qu'il venait d'entendre – ou le ton employé. Il avait l'air d'en vouloir à mort à la personne à l'autre bout du fil.

Mais quand il reparla, il n'en laissa rien paraître.

— Évidemment. Pénélope n'est pas dispo ce soir. Elle n'aurait rien contre le fait de m'accompagner à un autre bal. (Courte pause.) C'est personnel. (Nouveau silence.) Bien compris.

Beckham raccrocha et balança le téléphone à côté de l'ordinateur.

— C'était qui ?

— Harrington.

Ce nom fit frémir Reyna. Il lui faisait l'effet d'une morsure de vipère chaque fois qu'elle l'entendait. Elle oubliait parfois que Beckham travaillait avec lui ; ce rappel la frappa comme une gifle.

— Tu vas le retrouver ? demanda-t-elle.

— Oui. C'est mon job.

Reyna se sentit subitement tout à fait nue.

— D'accord, dit-elle en quittant le lit à la recherche de ses fringues.

— J'ai encore un peu de temps avant d'y aller.

— Qu'est-ce qu'il t'a demandé, quand tu lui as répondu que c'était personnel ?

Elle passa un tee-shirt puis croisa à nouveau son regard.

— Il m'a demandé pourquoi on s'était pris le bec avec Pénélope.

— Et tu n'as pas menti ?

— Harrington n'est pas facile à duper, énonça-t-il platement.

Reyna frissonna de plus belle.

— Comment tu t'y prends alors ?

— En esquivant les situations où il risque de me poser une question à laquelle je ne peux pas répondre.

— Et combien de temps comptes-tu continuer à travailler pour lui ? dit-elle, sa voix montant dans les aigus malgré elle.

— Aussi longtemps qu'il faudra.

Reyna attendit qu'il développe. Elle était consciente que, si Beckham restait à son poste, c'était pour glaner des informations de l'intérieur sur ce que manigançaient Harrington et Visage. Ce qui rendait sa position d'autant plus délicate.

— Il faut que je te parle, dit-il en désignant le siège qu'il venait de quitter. Assieds-toi.

Elle se laissa choir, les nerfs en pelote. De quoi diable Beckham allait-il lui parler ? Sa mine sombre n'annonçait rien de bon…

Il croisa les mains dans le dos, plus imposant que jamais.

— Je souhaite que tu collabores avec Washington. À propos de ton sang.

— Quoi ? fulmina-t-elle en se relevant d'un bond, cueillie à froid. Comment peux-tu me demander un truc pareil ? Tu sais pourtant ce que j'ai subi chez Visage, non ? Je ne peux pas, c'est trop traumatisant.

Bien qu'elle ait dit à Meghan qu'elle réfléchirait à l'idée de travailler au centre médical, il ne lui était pas venu à l'esprit que Beckham puisse insister là-dessus. Servir la cause ? OK… sauf qu'il était trop tôt. La simple idée de donner son sang menaçait encore de la faire vomir.

— Assieds-toi, ordonna-t-il.

Puis, lorsqu'elle eut obtempéré :

— Ta sécurité est ma priorité. Je m'oppose fermement à ce que quiconque te fasse subir ce par quoi tu es passée. Tu me fais confiance. Et moi, j'ai confiance en Washington.

— OK, dit-elle, mal à l'aise.

— Je te détecte. L'épisode du bal n'était pas une simple coïncidence. J'ai aussi senti que tu étais derrière cette porte, la fois où tu es sortie de la Halle Ferrier. Et à l'instant, j'ai su que tu étais réveillée. Ça me fait la même impression chaque fois.

Le regard que lui lança alors Beckham trahissait son inquiétude. Ou plus exactement… le fait qu'il essayait de n'en rien laisser paraître.

— Si je suis capable de te repérer ainsi, qu'en est-il pour ceux qui, comme moi, ont bu ton sang ?

Reyna sentit son sang se glacer.

— D'après toi, Harrington…

— Je n'en sais rien. Et j'ai horreur de ne pas savoir.

— Mais tu crois Washington apte à le découvrir.

— Qu'en dis-tu ? Aimerais-tu savoir, s'il a la réponse ?

— Oui, murmura-t-elle.

— Tu es d'accord pour aller le voir, alors ? Je t'accompagne, dit-il en tendant la main vers elle.

— Tout de suite ?

— J'ai peu de temps devant moi, mais j'aimerais m'assurer qu'il ne va rien t'arriver de fâcheux.

Reyna sut alors, à sa détermination farouche, qu'il disait la vérité. Beck anéantirait quiconque essaierait de l'atteindre. Alors certes, collaborer avec Washington et donner son sang lui faisait horreur… mais Beckham marquait un point.

Comment quitter un jour le QG si c'était pour se jeter dans la gueule du loup ?

Aussi plaça-t-elle sa petite main dans l'immense battoir.

— Entendu, allons-y.

Chapitre 24

Beckham aiguilla Reyna dans le réseau de couloirs jusqu'à l'entrée de service du centre médical. La jeune femme mémorisa l'itinéraire au cas où il lui faudrait y revenir.

Elle était nerveuse. Aucun doute là-dessus.

Entrer là-dedans avec Beckham la mettait à cran. Elle lui faisait confiance, il affirmait que c'était important et cela l'était très certainement… mais ça ne rendait pas la chose plus facile. Et pourtant, elle était dans la place.

Beckham posa la main sur ses reins.

— Ton cœur bat à toute vitesse.

— C'est les nerfs.

Il lui barra le chemin.

— Laisserais-je quelqu'un s'en prendre à toi ?

— Non.

— Te mettrais-je volontairement en situation dangereuse ?

— Non plus.

— Je tuerai le premier qui osera poser la main sur toi. Tu en es bien consciente ?

— Oui, dit-elle en acquiesçant.

Il la prit par la main et entremêla leurs doigts. Puis il porta sa petite menotte à sa bouche et y déposa un baiser.

— Tu es mienne, petite chose.

Reyna poussa un soupir de soulagement. Pas encore entièrement calmée, elle lisait dans ses yeux d'obsidienne qu'elle n'avait rien à craindre. C'était dingue de songer qu'elle ait pu avoir peur de lui. Et encore plus d'imaginer qu'il s'estime un danger pour elle.

Beckham la mena au bout d'un couloir où se trouvait une porte de bureau. Il frappa deux fois avant d'entrer. La table derrière laquelle était assis Washington était si encombrée que c'était à peine si Reyna en distinguait un centimètre carré. Documents empilés, cahiers, stylos, un porte-bloc et divers équipements médicaux eux-mêmes enfouis sous des papelards.

— Beckham, lança le toubib, un sourire chaleureux aux lèvres. Que me vaut le plaisir de ta visite ?

— C'est à propos de Reyna.

Les yeux de Washington se posèrent sur la jeune femme qui se tenait debout dans le couloir, telle une souris apeurée.

— Bien le bonjour, jeune fille. Heureux de vous revoir ici.

— Salut, dit-elle tout bas.

— De quoi s'agit-il ?

Beckham se tourna vers Reyna comme pour savoir si elle était toujours partante. Il lui fit signe d'entrer, ce qu'elle consentit à faire d'un pas hésitant. Son cœur battait de nouveau trop vite, même si elle était consciente que Beck avait raison. C'était nécessaire.

— J'ai besoin de savoir ce qui cloche dans mon sang.

— « Qui cloche » ? répéta le praticien.

— Je la détecte, exposa Beckham avant de résumer les divers incidents bizarres. Ça s'est produit plusieurs fois, conclut-il.

— Fascinant, apprécia Washington en se levant.

— Comment faire pour que ça s'arrête ? voulut savoir Reyna.

— Que ça s'arrête ? s'étonna le médecin, perplexe. Hmm… Je doute que ça soit possible. Il faut que j'y réfléchisse. Pourquoi vouloir que ça s'arrête ?

— Je n'y tiens pas, asséna Beckham. L'ennui, c'est si Harrington en est lui aussi capable. Ce serait terrible si tous ceux qui ont bu son sang avaient la même réaction.

— Ma foi, il suffirait que quelqu'un d'autre boive son sang. Nous verrions si ça marche ou pas.

Beckham grogna. Pour de bon.

— Euh… il existe certainement un autre moyen, s'empressa d'ajouter Washington en reculant.

Reyna lut la mort dans les yeux de Beckham. Elle posa la main sur sa manche.

— Ça pourrait marcher.

— Pas question.

— Je ne suggérais qu'un simple test, précisa le médecin.

— Le sang de Reyna n'est pas de la nourriture, grinça Beckham. Personne ne s'en abreuvera. Plus jamais.

— Beck, murmura-t-elle.

— Si son sang autorise ceux qui en ont bu à la détecter, je ne laisserai aucun autre vampire y toucher.

— Cette histoire m'en rappelle une autre, glissa Washington qui cherchait visiblement à changer de sujet. C'était il y a de nombreuses années. Bien avant qu'on dispose des technologies modernes… Puis-je avoir un échantillon de votre sang, mademoiselle ? À fin d'analyse ?

Reyna hocha la tête. Washington loucha vers Beckham qui acquiesça à son tour. Le trio passa du bureau au laboratoire.

La jeune femme prit un siège et tenta de ne pas penser à l'aiguille en se concentrant sur son souffle. Inspiration par le nez, expiration par la bouche. Beckham vint se placer à côté d'elle.

— Regarde-moi. (Elle leva lentement les yeux vers lui.) C'est l'affaire d'un instant.

Elle ne fit rien, pas même un hochement de tête. Le contempla et attendit. Regarder ailleurs aidait un peu, cela évitait de se crisper mais n'empêchait pas d'avoir peur. Comme lorsqu'on s'attendait à voir quelqu'un surgir d'un recoin sombre dans une maison hantée.

La piqûre de l'aiguille se produisit. Beckham inhala à fond, sa main se crispa sur l'accoudoir sans qu'il rompe le contact oculaire. Reyna le vit opérer un repli en lui-même et lutter pour garder son calme. Sa soif de sang affleurait. Puis, l'instant suivant, tout fut fini.

— Et voilà le travail, annonça Washington.

Il la désinfecta, appliqua un pansement et rangea les éprouvettes pleines sur sa paillasse.

— Très intéressant. Votre sang a une odeur délicieuse.

— Je l'ai déjà entendu dire, répondit-elle. Ça signifie quoi selon vous ?

— Eh bien, chaque sang a son odeur spécifique. Surtout pour nous autres vampires qui jouissons d'un odorat plus développé. Mais à titre personnel, je n'ai connu qu'une seule personne qui sentait pareil.

— Et moi aucune, intervint Beckham, encore un peu en transe.

— Tu n'étais pas encore né quand j'ai rencontré la femme en question, exposa Washington tout en étiquetant ses échantillons avant de revenir vers eux. C'était la favorite de l'un des seigneurs.

Reyna tourna vivement la tête vers lui.

— Les seigneurs ?

Le médecin se fendit d'un regard contrit.

— Je crains que les vampires diffèrent de la description qui en fut faite quand Visage a pris de l'ampleur...

— *Certains* vampires, clarifia Beckham.

— Je ne comprends pas...

— Tous les vampires n'étaient pas des monstres au tempérament bestial, dit Washington. Cette légende, nous l'avons propagée à dessein. Pour que les mortels acceptent mieux la montée en puissance de Visage au sortir de la dépression économique.

Pour Reyna, ce fut comme si tout son monde était brusquement sens dessus dessous.

— Mais… mais il y avait des morts à la pelle ! On ne pouvait pas sortir la nuit, sauf dans les lieux bien éclairés, et encore.

— C'est exact, répondit Beckham. Les vampires commettaient les pires atrocités. Mais pas tous, loin de là. Certains d'entre nous avaient su évoluer.

Reyna lui fit les yeux ronds.

— Pourtant… tu étais terrible, tout le monde me l'a certifié. Tu as dit toi-même que tu étais l'un des pires, articula-t-elle avec difficulté.

Beck fronça les sourcils comme s'il venait de comprendre qu'il en avait trop dit.

— C'est vrai, nous étions ignobles.

— Quoi qu'il en soit, reprit Washington, le sang de cette humaine était incroyablement enivrant. Il était criant qu'en l'absence de protecteur elle aurait très vite été croquée.

Reyna laissa cette déclaration faire son effet. On pouvait affirmer la même chose à son endroit.

— Que lui est-il arrivé ? demanda-t-elle.

Le toubib fit grise mine, d'évidence peu enclin à poursuivre, ce qu'il fit cependant.

— Son protecteur l'a saignée à blanc. Il souhaitait qu'elle reste à jamais à ses côtés.

— Il l'a vampirisée, c'est ça ?

— Il a essayé, corrigea Washington comme à regret. Sauf… sauf que la malheureuse n'y a pas survécu.

— Pas survécu ? hoqueta Reyna.

— Ça arrive, fit valoir Beckham.

— Si je comprends bien… il arrive qu'un humain meure en essayant de devenir vampire ?

Comment se faisait-il que personne ne lui en ait jamais parlé ? C'était énorme, quand même… Était-ce rarissime que les immortels passent certaines choses sous silence ou, au contraire, monnaie courante ? Idée vertigineuse… Reyna en eut la nausée.

— C'est même horriblement fréquent, annonça Washington qui, d'évidence, n'avait pas conscience de son malaise. Le vampirisme est une sorte de virus, voyez-vous. L'humain doit boire le sang d'un vampire en ayant au préalable été totalement vidé du sien. Il « meurt » avant de renaître. Le virus s'active alors dans le corps de l'hôte dont il redémarre le cœur, et produit du sang de vampire qui lui remplit les artères. Ce sang nouveau rend le sujet plus fort, plus rapide. Fait du sujet une créature qui voit dans le noir et jouit d'une longévité très supérieure à celle d'un simple mortel. De tels bouleversements font que, d'assez logique façon, tous les humains ne sont pas aptes à y survivre.

— Et cette femme, dont le sang avait la même odeur que le mien… elle n'a pas survécu ? demanda Reyna à voix basse.

— En effet, répondit le médecin.

Surtout pas de conclusion hâtive, songea Reyna. Il devait exister cent raisons pour lesquelles cette femme n'avait pas survécu à la transformation. Cela étant, les similitudes flanquaient la trouille.

Si cette nana dont le sang avait la même odeur n'avait pas été apte… Reyna le serait-elle ? Pouvait-elle devenir vampire ? Cette affaire d'odeur de sang devait avoir son importance ; très certainement en lien avec son groupe sanguin ultra rare et le fait que Beckham puisse la détecter à distance. La favorite avait dû être une autre humaine Rh_{null}.

Harrington étant lui-même Rh_{null}, le groupe sanguin seul n'expliquait pas tout. L'odeur spécifique de son sang devait avoir une autre origine. Et si ce trait distinctif mystère était commun à Reyna et à la favorite, cela l'empêcherait-elle de se transformer ? Quels étaient les risques ? Était-elle prête à les assumer ? La perspective d'en mourir lui fit froid dans le dos. Claquer ? Non merci. Et depuis quand souhaitait-elle devenir une vampire ?

Non, elle s'y refusait… Ah bon ? Son cœur battit la chamade. Ne pas devenir vampire revenait, à terme, à devoir dire adieu à Beckham. Elle vieillirait ; pas lui. Brian ne s'était pas privé de le lui jeter à la face. Comme si se muer en vampire était, pour Reyna, le seul moyen qu'ils restent ensemble. La jeune femme en était pleinement consciente : elle souhaitait rester mortelle… tout en sachant que cela signifierait la mort de leur couple.

— Reyna, lança Beckham avec énergie, comme s'il avait décrypté son silence.

L'intéressée déglutit puis, une boule d'angoisse dans la gorge, posa la question qui la tenaillait.

— Est-ce que… est-ce qu'un vampire peut prédire si tel ou tel sujet est apte à survivre ?

Washington contempla son matériel, toujours insensible à l'émotion pourtant palpable que faisait naître cette conversation.

— Je n'ai, ma foi, jamais su comment faire sans infecter ledit sujet. Et quand ça se passe mal, il est trop tard.

Reyna laissa le silence s'installer. Elle sentait le regard de Beckham peser sur elle mais n'osait pas le croiser. Il lui fallait d'abord faire le deuil de cette option. Car comment pourrait-elle courir un tel danger ? Jamais Beck ne tenterait l'aventure s'il existait le plus petit risque qu'elle meure : sa sécurité passait avant tout. Quant à considérer l'idée qu'un autre vampire la transforme, c'était tout simplement hors de question. Il restait la possibilité que tout se passe bien… mais c'était comme regarder une montagne dans le rétro et la voir s'éloigner peu à peu.

— Ça devrait suffire, déclara Washington, tout sourires.

Il posa un regard intrigué sur les mines graves de Reyna et Beckham. Puis :

— Merci à vous de m'avoir autorisé à faire ce prélèvement, jeune fille. Je suis conscient que vous n'étiez pas chaude.

Doutant d'avoir retrouvé l'usage de la parole, elle se contenta d'un hochement de tête.

— Si ça vous tente, je serais ravi de vous avoir à mes côtés au labo. J'ai grand besoin d'une assistante, proposa le médecin.

Reyna se tourna vers Beckham. Washington avait toute sa confiance, cela comptait aux yeux de la jeune femme qui le considérait différemment. Washington n'était pas que le vampire qui avait créé le système de compatibilité sanguine ni celui qui l'avait précipitée dans le grand bain dès son premier jour chez Visage. Et si donner son sang ou se retrouver à l'hosto lui donnait toujours la nausée, elle se sentait plus à l'aise avec lui. Reyna savait qu'elle ferait œuvre utile en l'épaulant, mais, jusqu'ici, sa trouille avait été la plus forte. Elle s'en voulut. Il fallait… oui, il fallait qu'elle ait le courage d'aider. De surmonter ses craintes.

— Entendu, dit-elle à voix basse. Voyons comment ça se passe. Je ne promets rien, sauf d'essayer de me rendre utile.

— Tu peux m'attendre un instant dans le couloir ? demanda Beckham. J'ai un mot à dire en privé au docteur Washington.

— Bien sûr.

Se levant d'un bond, elle s'empressa de sortir. Ce qu'ils allaient se dire ne l'intéressait pas. À coup sûr, Beckham devait en vouloir au toubib de l'avoir effrayée en levant le voile sur l'histoire secrète des immortels. Mais Reyna, au lieu d'avoir peur, avait la tête dans du coton.

Il la rejoignit quelques minutes plus tard, aussi ténébreux qu'un nuage d'orage.

— Je te raccompagne. Il faut que j'aille bosser.

— OK.

Beckham parut surpris de la voir obtempérer si aisément mais n'ajouta rien. Ils marchèrent en silence jusqu'à sa piaule.

Une fois sur place, Beck l'obligea à le regarder dans les yeux.

— Que t'arrive-t-il ? Tu es toute pâle.

— Je ne suis pas sûre de pouvoir en parler.

— Explique-moi, ordonna-t-il sur un ton étonnamment conciliant.

Elle s'efforça de mettre des mots sur ce qu'elle ressentait.

— C'est comme… comme quand tu découvres que tu ne peux pas avoir d'enfant. Tu ne t'étais même pas posé la question et crac, quand ça te tombe dessus, ça te fait l'effet d'une douche froide.

Comme sonné par ces paroles, Beckham ne pipa mot.

— Je m'étais dit que peut-être… un jour… toi et moi…

— Il n'a jamais été question que tu deviennes *ça*, dit-il en se désignant. Personne ne mérite de vivre cet enfer.

Reyna hocha la tête puis se détourna.

— Tu n'as jamais envisagé de me transformer, si je comprends bien.

— C'est une tragédie, à t'entendre.

— Le fait que le temps qui nous reste soit limité *est* une tragédie.

— Ainsi va le monde.

— Mon monde, rétorqua-t-elle. Pas le tien.

— Il m'est impossible de corriger les erreurs du passé. J'espère seulement faire des choix plus judicieux à l'avenir.

Reyna, glacée, eut l'impression de se voir interdire l'accès à un avenir dont elle n'avait pas eu la première idée quelques minutes auparavant. Son destin était scellé.

Chapitre 25

Il s'écoula trois jours avant que Reyna ait des nouvelles de Beckham. Mais ce furent de bonnes nouvelles. Une petite centaine d'heures avant Noël, Pénélope était d'accord pour aider Laura à se procurer une robe.

Elle quitta sa chambre en trombe, la mélancolie des derniers jours envolée. Arrivée à la salle commune, étrangement bondée en ce début d'après-midi, elle trouva Meghan, Jodie et Laura assises à la même table.

— Salut les filles ! dit-elle en les rejoignant au petit trot.

— Reyna ! s'exclama Meghan qui se leva d'un bond. Il faut qu'on parle, toi et moi. Dans le couloir, ça te va ?

— Ça ne peut pas attendre ? J'ai un truc à dire à Laura. Une bonne nouvelle.

— Rien qu'une minute, dit l'infirmière en l'agrippant par l'avant-bras avant d'essayer de l'entraîner dehors.

— Qu'est-ce qui te prend, Meghan ? Du calme !

— Allez Reyna, vas-y, quoi, renchérit Laura.

Seule Jodie paraissait trop absorbée par l'écran de télévision pour participer à l'évacuation de Reyna.

— Vous allez me lâcher vous deux ? Il se passe quoi ?

Elle se dégagea d'une ruade et contempla la retransmission : les visages souriants de Beckham et Pénélope s'affichaient plein pot. Puis apparut la vitrine d'une boutique de mariage.

— On dirait bien qu'il l'emmène choisir une robe, soupira Jodie. En ayant privatisé le magasin. (Elle consentit enfin à se tourner vers Reyna.) Désolée. Il s'est encore payé ta tête.

Reyna leur rit au nez si bruyamment que plusieurs personnes présentes la dévisagèrent sans que cela la gêne.

—Allons discuter dehors, suggéra Meghan.

Reyna prit le chemin du couloir avec les trois filles dans son sillage. La petite troupe se retrouva bientôt chez Meghan ; trois regards contrits se concentrèrent sur la jeune femme.

—Il s'agit d'une mise en scène, leur exposa Reyna. C'est mon idée, d'ailleurs. On a demandé à Pénélope de jouer à celle qui va s'acheter une robe en privatisant la boutique. Comme ça, Laura va pouvoir s'y introduire en douce pour se choisir une toilette.

—Quoi ? demanda Laura.

Jodie se tordit de rire.

—Merde alors ! La tronche qu'elle doit faire mam'zelle la maire !

—Ça n'a rien à voir avec ce qui se passe entre Beckham, Pénélope et moi. C'est pour Laura qu'on le fait.

—C'est génial ! piaffa Laura, aux anges, en sautant au cou de Reyna. Merci ! Tu es la meilleure future belle-sœur dont on puisse rêver.

Reyna lui rendit son étreinte puis se détacha en s'esclaffant.

—Je t'en prie ! Ravie que ma petite ruse fonctionne.

—C'est formidable, Reyna, mais..., commença Meghan.

—Misère, nous y voilà, grommela Jodie.

—... Il y a du danger à sortir d'ici pour toi comme pour Laura.

—On sera avec Beckham. Je suis certaine qu'il sait s'y prendre pour sécuriser un magasin. Jamais il ne me placerait en situation périlleuse.

L'infirmière regarda ses pompes puis releva la tête.

—Sauf que cette fois, il l'a fait.

—C'est moi qui prends ce risque. Pas lui. (La rouquine ouvrit la bouche pour répondre ; elle continua.) Le débat est clos, Meghan. Si Beck estime que nous pouvons y aller, on y va. Qui a l'autorité pour le contredire ? Sydney ? Tu veux aller lui demander ?

— Non, rétorqua sèchement Meghan. Je m'inquiète pour vous deux, c'est tout.

Reyna la prit dans ses bras, lui promit de faire attention puis s'en alla avec Laura. Elles se rendirent dans sa chambre ; la future femme de son grand frère était surexcitée.

Tout heureuse à l'idée de retrouver Beckham, Reyna fronça les sourcils en découvrant que ce n'était pas lui qui allait les conduire sur place.

— Mesdames, déclara Gabe avec un clin d'œil.

— Je croyais que c'était Beckham qui devait nous emmener.

— Léger changement de programme. Allons-y, les filles.

Laura entra à son tour ; Reyna fit les présentations. Sa presque belle-sœur rougit comme une pivoine quand le petit boxeur commença à lui faire du charme. Reyna dut se retenir de ne pas lever les yeux au ciel.

— Alors… une robe de mariée, c'est bien ça ? demanda-t-il à Reyna.

— Pour Laura. Elle épouse mon frère.

— Quel veinard !

— Oh, tais-toi ! dit Reyna dans un éclat de rire.

Le trio prit l'ascenseur jusqu'au rez-de-chaussée, franchit la porte blindée et se retrouva dans le froid. Reyna se félicita qu'ils aient pris soin de se couvrir : la température était glaciale. Ils se ruèrent dans un van aux vitres fortement teintées qui démarra aussitôt.

Reyna était assise à la place du mort, l'Irlandais au volant et Laura à l'arrière. Cette dernière n'avait d'yeux que pour le monde extérieur. Logique : cela faisait des mois qu'elle n'avait plus quitté le bunker. Quand aurait-elle l'occasion de ressortir ? De ce fait, elle ne perdait pas une miette du paysage.

— Pourquoi toi et pas Beckham, au fait ? demanda Reyna en reportant son attention sur le petit boxeur.

— Par commodité. J'étais dans le coin.

Reyna douta que ce soit la seule raison mais s'abstint de tout commentaire.

— Je peux te poser une question ?

— Tu demandes la permission, maintenant ?

— C'est malin, dit-elle en levant les yeux au ciel.

— Je t'écoute.

— La première fois que j'étais à la Halle Ferrier, je suis tombée sur une banque de sang du marché noir, à l'étage.

Gabe fit une brusque embardée. Laura grogna depuis la banquette arrière ; Reyna se rattrapa comme elle put à la poignée intérieure.

— Fais gaffe, merde ! beugla-t-elle.

— Qu'est-ce que tu foutais là-haut ? voulut-il savoir.

— Pur hasard, répondit-elle en haussant les épaules. C'était l'émeute. On a filé par l'escalier pour se planquer.

— « On » ?

— Everett et moi, clarifia-t-elle.

— Bordel de merde !

— Ma question, c'était : ce stock appartient à *Elle* ?

— En fait, c'est un à-côté à moi que j'ai fait déménager en lieu sûr peu après l'émeute. *Elle* touche sa part, moi la mienne.

Il haussa les épaules.

— Un à-côté lucratif, j'imagine, grommela Reyna.

— Le pognon ne pousse pas aux arbres, tu sais. Le sang, c'est comme la drogue ou le sexe. Un produit qui se vend.

C'était irréfutable… tout en laissant beaucoup de questions sans réponse. Si Everett travaillait bien pour Visage quand ils avaient découvert cette banque de sang à la Halle, pourquoi il n'avait pas vendu la mèche ? Il devait fatalement savoir que ce type de tuyau les intéresserait au plus haut point… Everett restait une énigme pour ses amis qui se méfiaient des vampires, voire les détestaient, tout ce qu'il savait sur *Elle* et l'intérêt qu'il avait témoigné à ses clichés « rebelles ». Comment un type comme lui pouvait-il être à la solde de Visage ? Et l'avoir trahie ?

Elle soupira et décida de laisser ce mystère de côté. Il y avait d'autres urgences : dénicher une robe de mariée à Laura… et affronter Pénélope.

Gabe s'engagea dans une contre-allée et gara la camionnette dans un parking souterrain.

— La boutique est privatisée et les paparazzis ont été évacués, mais avec ces salauds-là, on n'est jamais trop prudent. Reyna, passe ce truc, dit-il en lui tendant un bob. Et fais profil bas.

Le trio sortit du véhicule. L'Irlandais dirigea les filles jusqu'à un ascenseur qui les conduisit au rez-de-chaussée. La cabine s'ouvrit dans un couloir donnant sur une contre-allée déserte. Il déverrouilla une porte à l'aide d'une clé. Reyna et Laura s'y engouffrèrent tandis que le boxeur-truand jetait un dernier coup d'œil au périmètre avant de refermer derrière eux.

Reyna ôta son bob et poussa un soupir de soulagement. Ces finasseries lui déplaisaient et, s'il fallait en croire l'expression de Laura, cette dernière n'aimait pas non plus.

Une porte s'ouvrit ; Gabe s'interposa aussitôt. Apparut alors une nana à l'air rusé, la petite trentaine, en robe noire moulante.

— Olivia, salua Gabe, un sourire aux lèvres. Heureux de te voir.

— Salut Gabriel, répondit l'intéressée avec un sourire pincé. Je n'étais pas au courant que tu devais venir.

— Je fais juste le taxi.

— OK.

— Olivia, je te présente Reyna et Laura. Olivia appartient à la cause, précisa-t-il avec un clin d'œil.

— En effet. Suivez-moi, mesdemoiselles, dit-elle en frappant deux fois dans ses mains. Entrez donc. C'est pour une robe de mariée, je crois ?

Laura afficha un sourire béat et s'empressa de suivre Olivia. Les deux femmes se mirent aussitôt à parler mariage en bavardant comme des pies.

— Quel tombeur tu fais ! lança Reyna à Gabe en appuyant son propos d'une bourrade.

— Comme si j'étais le seul !

Un clin d'œil plus tard, il s'éclipsa par l'entrée de service.

Reyna se hâta de rejoindre Laura et Olivia… pour s'arrêter net quand elle aperçut Pénélope Sky en personne. Elle déglutit bruyamment, tout à l'idée de faire bonne figure. Sympa, heureuse, éperdue de reconnaissance. Pénélope s'était pliée en quatre. Sans son concours, jamais Laura n'aurait pu venir ici se choisir une robe.

— Bonjour Penny, dit-elle, un sourire forcé aux lèvres. Merci mille fois de la part de Laura. C'est vraiment super gentil. J'apprécie énormément.

— Oh, ce n'est que toi ! répondit Pénélope en fronçant les sourcils. Moi qui espérais que Beckham allait enfin se décider à venir…

— Gabe m'a prévenue qu'il y avait eu changement de programme.

— Oui, en effet.

Reyna attendit qu'elle développe. En vain.

— Qu'est-ce qui s'est passé ?

— Tu n'es pas au courant ?

— Non.

— Il te le dira peut-être en me rejoignant, déclara Pénélope avant d'opérer une volte-face et d'entrer dans la boutique.

Reyna resta comme deux ronds de flan. Ferma les yeux, respira à fond et compta jusqu'à dix. Pénélope était mal à l'aise ; c'était compréhensible. On se servait de ses fiançailles bidon pour aider une inconnue. Ce devait être pénible de se voir ainsi rappeler que sa romance avec Beckham était un faux-semblant. Mais pour Reyna, qui s'efforçait de faire bonne figure, le comportement de sa rivale rendait la tâche difficile.

Sitôt calmée, la jeune femme entra à son tour dans la boutique. Le lieu était plus vaste qu'il y paraissait de l'extérieur – et à couper le souffle. Le long des murs, ce n'était que robes claires sagement alignées de toutes les formes et coupes imaginables. Blanches pour la plupart ; certaines crème ou blanc cassé. Ornées de paillettes, dentelle et brillants, en tulle, en soie ou en satin, toutes ces créations n'avaient qu'un seul but : attirer la lumière et les regards. Reyna était fascinée. Le prix d'une de ces robes suffirait certainement à nourrir tout le quartier des Entrepôts pour une journée entière.

Une somme folle que, bien entendu, Beckham était prêt à lâcher rubis sur l'ongle.

Faisant comme si Pénélope n'était pas là, elle aida Laura à sélectionner une dizaine de modèles. Le bébé, par chance, ne lui faisait pas encore un gros ventre. Le seul vrai souci, c'était que la robe devait tomber pile, le temps manquait pour faire des retouches. Heureusement que Laura était grande : avec son petit gabarit, Reyna n'aurait jamais trouvé de modèle à sa taille, toutes les robes auraient été trop longues.

Olivia dirigea Laura et sa volumineuse présélection vers une cabine d'essayage immense. Elle resta auprès de sa cliente pour l'aider à passer les robes tandis que Reyna s'asseyait près de Pénélope, laquelle s'affairait sur son téléphone.

Reyna rompit ce silence embarrassant en se raclant la gorge.

— Je tenais à répéter à quel point ça nous fait chaud au cœur. Sincèrement. C'est énorme, pour Laura, d'arriver à se procurer une robe.

Pénélope se tourna lentement vers elle. D'aussi près, les ravages de l'incendie se devinaient sans peine, même si la chirurgie esthétique avait accompli des miracles. Et sa beauté n'en avait nullement souffert : les fines cicatrices blanches étaient… sexy. C'était son expression qui n'allait pas. À la voir, on aurait pu jurer qu'elle était flétrie intérieurement.

— J'apprécie vraiment ce que vous faites pour Laura, reprit-elle face au mutisme de Penny. C'est super sympa.

— De grâce, déclara enfin Pénélope en levant les yeux au ciel. C'est pour Beckham que je l'ai fait. Pour personne d'autre.

— Bon, eh bien, merci de la part de Beck, alors.

— « Beck » ? répéta Pénélope, l'air amusé.

— Euh… oui, pourquoi ?

— Vous l'avez bien regardé ? Ce n'est pas le genre d'homme auquel on affuble un petit surnom gentillet.

Reyna ne put s'empêcher de sourire et se retint à grand-peine d'éclater de rire. Pénélope avait raison : aux yeux de 99,9 % des gens, Beckham était trop intimidant pour qu'on songe à lui coller un diminutif. Mais *son* Beckham, l'homme qui affleurait sous le monstre, était bel et bien Beck.

— OK, dit-elle.

— Il vous laisse l'appeler Beck ? s'étonna Pénélope, le timbre grave, les yeux de biche arrondis comme si elle craignait d'être passée à côté d'un truc important concernant son « fiancé ».

— Euh…

— Oh et puis merde ! s'emporta Penny en se détournant. Je ne vois vraiment pas pourquoi je devrais me soucier de vous. Ni lui d'ailleurs. Vous êtes comme toutes les nanas qui vous ont précédée. C'est moi qui l'ai fait changer. Et c'est avec moi qu'il sera au bout du compte.

D'autres filles ? Reyna se garda de questionner Pénélope à ce sujet. Elle avait balancé ça dans le seul but de l'appâter.

Elle échoua hélas à masquer son étonnement.

— Vous savez qu'il y en a eu d'autres, quand même ? insista Penny d'une voix mielleuse. (Reyna se mordit la joue.) Il vous a raconté son passé ?

— Ce qui se passe entre nous ne vous regarde pas.

Pénélope laissa fuser un petit rire clair. De toute évidence, elle avait retrouvé son élément naturel.

— Ah, je vois. Il n'en a rien fait. Eh bien sachez que ça m'étonnerait fort que vous surviviez deux mois de plus ; le kidnapping aura eu le mérite de prolonger votre existence. Étonnant, non ?

Reyna vit rouge.

— C'est une chose de m'insulter et d'insinuer que vous connaissez mieux Beckham que moi, mais c'en est une autre de suggérer que mon enlèvement fut une bonne chose. Ça l'a peut-être été pour vous, Penny : vous avez pu continuer à rêver peinarde que Beckham vous préférait. Sauf que j'ai une mauvaise nouvelle. C'est faux.

Pénélope fit la moue.

— Les choses étaient plus simples avant votre arrivée.

— Ne comptez pas sur moi pour m'en excuser. Je n'ai rien demandé, moi, cette vie-là m'est tombée dessus. Et vous savez quoi ? Je n'y renoncerai pas sans me battre. Libre à vous de croire que vous avez sauvé Beckham, que c'est *grâce à vous* qu'il a changé, appuya-t-elle en levant les yeux au ciel. Vous êtes quoi, la millionième à vous imaginer qu'un mec est devenu différent à cause d'elle ?

— Vous n'étiez pas là quand on s'est rencontrés, réagit Penny en bondissant de sa chaise. Vous ignorez comment ça s'est passé. Harrington l'a envoyé me voir pour le mettre à l'épreuve. Et comme il ne m'a ni tuée ni transformée en vampire, ajouta-t-elle en affichant un air dégoûté, il est criant qu'il a réussi. S'il n'est plus le même, c'est entièrement à cause de ce que nous avons vécu ensemble. Et là-dessus, vous débarquez pour en récolter les fruits. C'est grotesque. Et révoltant.

— Ça m'est bien égal, ce que vous avez vécu ensemble ou que vous ayez servi de test. La seule chose qui compte, à mes yeux comme aux siens, c'est qu'il m'a choisie, *moi*.

Un silence tendu s'installa. Pénélope, écarlate et furieuse, sortit en trombe du magasin par la porte de service. Reyna ignorait où elle allait et ce qu'elle comptait faire. Et, à vrai dire, elle s'en fichait pas mal. Elle avait eu la ferme intention de se montrer sympa et conciliante, mais Penny avait dépassé les bornes. Pourquoi se serait-elle laissé insulter par cette garce qui estimait avoir des droits sur Beckham ?

— Que penses-tu de celle-ci ? lança Laura en sortant de la cabine d'essayage.

Reyna resta bouche bée, sa querelle oubliée.

— Nom d'un chien !

Laura sautilla sur place sous le coup de l'excitation.

— Ce qu'elle est douce ! Je n'ai jamais rien porté d'aussi délicat.

— Brian va tomber à la renverse en te voyant dans cette robe.

Laura essaya vingt autres modèles sans qu'aucune n'arrive à la cheville de la première. Une robe de rêve, magique. C'était la bonne, tout essai supplémentaire était superflu.

— Encore deux ou trois, plaida-t-elle tout en caressant la fine étoffe de son modèle préféré.

Elle était dans la cabine d'essayage avec Olivia quand Beckham fit une entrée fracassante. Reyna bondit comme un ressort.

— Un problème ? demanda-t-elle en voyant sa mine déconfite.

— Il faut y aller.

— Pourquoi ? Qu'est-ce qui arrive ?

Les yeux noirs du beau ténébreux lançaient des éclairs ; sa voix caverneuse vibra, comme s'il était à un cheveu de craquer.

— Everett.

Chapitre 26

— Il est de retour ? s'étrangla Reyna, les yeux exorbités.

Beckham répondit par un bref hochement de tête.

— Où est Pénélope ? Elle aussi doit dégager.

— Tu ne l'as pas vue dans l'arrière-boutique ?

— Non.

— Aucune idée, alors. Elle a filé voilà une heure environ et n'est pas revenue.

Beckham s'assombrit au moment où Olivia et Laura émergeaient de la cabine d'essayage. La future mariée vêtue d'une monstruosité volumineuse, Olivia faisant les yeux ronds en découvrant Beckham.

— Emballez la robe qu'elle a choisie, ordonna-t-il à la vendeuse. Il faut qu'on parte.

— Entendu, M. Anderson, répondit Olivia d'une voix égale. Laura, veuillez me suivre.

Beckham fronça les sourcils sur son téléphone.

— Penny t'a laissé un message ? Un SMS ?

— Non, rien. (Il croisa son regard.) Ça s'est passé comment ?

— Pas très bien, pour tout dire.

Il soupira puis se pencha à nouveau sur son téléphone. Reyna songea que ce n'était pas entièrement sa faute : elle avait fait de son mieux pour se montrer aimable, mais Penny, pour sa part, n'avait pas dû recevoir les mêmes instructions. Ou ne les avait pas suivies. Reyna ne s'était pas laissé faire… et voilà que Pénélope avait disparu.

Beckham rempocha son téléphone et lui fit signe de le suivre. À peine étaient-ils dans l'arrière-boutique qu'il la plaqua contre le mur. Les mains placées de part et d'autre de sa tête, il se pencha vers elle. Leurs lèvres s'effleurèrent ; Reyna huma avec délice son odeur de mâle. Cela ne faisait que quelques jours, mais il lui avait atrocement manqué.

Il s'écarta brusquement et la regarda dans les yeux avec intensité. Beck avait l'air bizarre. Comme s'il n'était pas sûr de ce qu'il convenait de faire ou craignait qu'elle disparaisse.

Reyna lui caressa la joue.

— Ne t'en fais pas, mon grand. Tout va bien se passer.

— Je te ramène au QG.

— D'accord. Tu veux bien me dire ce qui se passe, avec Everett ?

Beckham détourna la tête ; elle laissa sa main retomber. Elle s'était trompée. Ce n'était ni de la peur ni de l'inquiétude, mais de la colère. Il bouillait intérieurement. Sa rage menaçait d'éclater. Ce devait être en lien avec Everett. Qu'avait fait celui-ci pour mettre Beck dans une rage pareille ? Après avoir trempé dans son enlèvement, il pouvait difficilement faire pire…

— Tu es d'accord pour rentrer ? gronda-t-il au lieu de répondre à sa question.

— Beck, regarde-moi.

Il finit par obtempérer. Ses yeux ressemblaient à de la lave en fusion.

— Je suis OK pour rentrer si c'est nécessaire, mais il y a un truc que tu ne me dis pas.

— Il veut te parler, grinça Beckham.

Elle se figea.

— Hein ? Pourquoi ?

— Aucune idée. Il prétend seulement détenir des informations importantes qu'il ne révélera qu'à toi.

Reyna sentit la tête lui tourner tant il existait de possibilités.

— Et c'est vrai, selon toi ? Il aurait un scoop ?

Beckham prit son temps avant de répondre.

— Je le considère comme une menace. Comme un type prêt à tout pour t'approcher.

— Donc… ce serait un piège ?

— On dirait bien.

La jeune femme se mordilla la lèvre. C'était possible, en effet. Everett l'avait croisée l'autre soir à la Halle Ferrier. Il la savait dans la nature et avait pu la voir avec Gabe. Si Harrington la cherchait, il était logique qu'il utilise Everett pour l'inciter à sortir du bois.

— Et s'il avait vraiment une info valable ?

— Je connais le moyen de la lui arracher sans qu'il te parle.

La lueur sinistre qui brillait dans ses yeux d'obsidienne en disait long : il suffisait de le torturer pour qu'il avoue. Reyna détestait Everett pour le rôle qu'il avait joué. Pour autant, il n'était pas question qu'on le violente, ce serait rabaisser *Elle*. Il était crucial que tous se montrent meilleurs que les affreux de chez Visage. À commencer par Beckham.

— Je vais le rencontrer.

— Reyna…

— Trouve un lieu que tu juges sûr. J'obtiendrai cette fameuse info. Je m'en sens capable.

Beckham se crispa des pieds à la tête. Il s'était douté qu'elle allait réagir ainsi ; Reyna faisait toujours fi du danger. Elle aimait prendre des risques. Ça lui plaisait… même si cela compliquait son boulot d'ange gardien.

— Il va tenter de te manipuler.

— Je n'oublie pas ce qu'il a fait, Beck. Et puis tu seras là, non ?

Il ne bougea plus un muscle et la jaugea. Bien sûr, était-elle bête ! Il ne pouvait pas se montrer dans la même pièce qu'elle-même et Everett.

— Tu ne seras pas présent.

— Si, mais pas dans la même pièce. Il ne doit pas savoir que j'appartiens à *Elle*. Il se peut déjà qu'il ait identifié Gabe. C'est déjà un coup dur en soi.

— Mais s'il te cataloguait, toi, ce serait encore pire.

— Sans aucun doute.

Laura et Olivia mirent fin à leur échange tendu avant qu'elle puisse répondre. Olivia arriva avec, dans les bras, une housse blanche énorme. Laura la lui prit des mains et la remercia avec effusion.

— C'est le premier modèle ? demanda Reyna.

Sa future belle-sœur hocha la tête avec vigueur.

— Elle est parfaite.

— Allons-y, dit Beckham en désignant la porte de service.

Ils sortirent dans la contre-allée où était garée une Town Car noire anonyme.

Beckham se tourna vers Laura.

— Mon chauffeur, Gérard, est un type de confiance. Je l'ai connu avant que tu viennes au monde. Il va te reconduire en sécurité et m'appellera au moindre problème.

— D'accord, répondit Laura, hésitante.

Puis, à Reyna :

— Sois prudente.

— Promis, dit l'intéressée en priant pour que ce soit vrai.

Beckham ouvrit la portière arrière et aida Laura à déposer la housse sur la banquette. Elle s'y installa ensuite.

Reyna posa la main sur le toit de la voiture et soupira.

— C'est important que j'essaie. Essayons de nous comporter en êtres humains.

Le beau ténébreux l'embrassa sur la bouche avec fougue.

— C'est compliqué de veiller sur toi.

— Je plaide coupable.

Beckham toqua à la vitre côté passager qui s'abaissa.

— Gérard, merci de reconduire Laura. Reyna et moi, on part en bécane.

Le chauffeur remisa son roman d'amour historique et hocha la tête.

— Bien monsieur.

Reyna vit la berline démarrer. Beckham la serra tout contre lui et l'emmena un peu plus loin. La jeune femme frissonna en regrettant de ne pas avoir pris le chapeau et les gants qu'il lui avait fournis pour la soirée sur le toit. D'autant plus quand elle découvrit la fameuse bécane.

— C'est à *toi* ? hoqueta-t-elle.

Il arqua un sourcil tandis qu'ils arrivaient tout près d'une moto noire et racée. Puis répondit en lui tendant un casque.

— On est en décembre, lui rappela-t-elle. Je vais geler.

Beck lui passa alors des gants noirs bordés de fourrure, un bonnet noir et une cagoule qui ne laissaient exposer que les yeux.

— Tu savais que j'allais venir avec toi, conclut-elle.

— T'ai-je déjà vue obéir sagement et rester en retrait ?

Reyna sourit jusqu'aux oreilles tout en enfilant ce qu'il avait prévu pour elle. Beckham boucla la mentonnière avec soin puis il enfourcha son fier destrier mécanique et attendit patiemment qu'elle ait puisé en elle le courage de l'imiter. La jeune femme n'était jamais montée sur une moto.

— Je ferai en sorte qu'il ne t'arrive rien, petite chose, promit-il.

La gorge serrée, elle passa la jambe au-dessus de la selle. Puis, les bras serrés autour de la taille de Beck, elle se colla à lui et fut surprise de le trouver plus chaud qu'escompté. Elle allait avoir très froid, mais le jeu en valait la chandelle.

Beckham fit rugir le moteur. La moto démarra en trombe. Reyna s'accrocha tant qu'elle put tandis que le véhicule s'engageait dans le trafic. Giflée par le vent, elle vit défiler les immeubles à vive allure. Tout s'accélérait.

Le cœur battant à tout rompre, elle n'eut plus peur mais ressentit le vertige de la liberté totale. Les barrières tombaient, les possibilités étaient infinies. Ils pouvaient aller partout. Faire ce qu'ils voulaient. Être qui ils souhaitaient. Reyna eut envie d'écarter les bras pour mieux se laisser porter.

Dès que ce cauchemar prendrait fin et à une saison plus propice, elle ferait le forcing pour qu'ils partent en balade. Tous les jours. Voilà bien une facette de Beckham dont il s'était gardé de parler !

Reyna faillit faire la moue quand il se gara un quart d'heure plus tard. Elle aurait aimé rouler bien plus longtemps, au lieu de quoi ils se retrouvaient dans un quartier pouilleux qui la rendit nerveuse. Beckham rangea la moto dans un parking puis l'aida à mettre pied à terre. Elle avait les jambes engourdies et, une fois debout, se rendit compte qu'elle était gelée. Elle afficha néanmoins un sourire radieux et fit de petits bonds sur place.

— Quand est-ce qu'on remet ça ?

— Ce n'est pas le danger qui te trouve mais l'inverse.

— Tu me fais faire un tour en moto et tu t'étonnes que j'adore ça ? Quel culot !

Il se pencha sur elle et lui caressa le lobe de l'oreille du bout d'une canine.

— Je n'ai qu'une envie : te coucher dessus.

— Je… n'y avais pas pensé, dit-elle, le souffle court, mais maintenant qu'on en cause…

— Une prochaine fois.

Beckham lui mordilla l'oreille ; elle se retint à grand-peine de gémir.

Ils franchirent main dans la main la porte du garage pour déboucher dans une pièce où il faisait divinement bon.

La griserie de la vitesse passée, Reyna se rendit compte un peu tard qu'elle tremblait comme une feuille.

— Salut à toi, mam'zelle glaçon, railla Gabriel.

— À qui le dis-tu ! Je suis gelée à cœur, grommela-t-elle.

— Il faut que tu te réchauffes, dit Beckham.

Puis il maudit son téléphone qui sonnait bruyamment et se retira au fond de la pièce pour répondre.

— Viens par ici, lança l'Irlandais.

Il la conduisit devant un brasero, l'enveloppa dans une couverture et lui apporta un chocolat chaud.

— C'est quoi, ici ? demanda-t-elle en claquant des dents.

— Un endroit sûr.

— Ah ! J'en ai déjà vu un autre. Ils sont tous aussi miteux ?

— Plus prudent comme ça.

Elle secoua la tête en le voyant se fendre de son clin d'œil habituel. Quel cabotin !

— Tu te sens prête ? Après ce qui t'est arrivé...

— Je le suis.

— Il ne t'a pas poussée à venir, j'espère ? Tu es là de ton plein gré ?

Reyna lui lança un regard exaspéré.

— Dis plutôt que Beckham a tout fait pour que je ne vienne pas. D'où te vient cette idée ?

Gabe se retourna vers Beckham qui était toujours au téléphone et parlait fort.

— C'était pour être sûr. On n'est jamais trop prudent.

— Il croit à un piège. Et toi, tu en penses quoi ?

— On a tout mis en œuvre pour l'éviter. Il n'a pas de mouchard sur lui. On l'a obligé à changer de fringues, on a brûlé les siennes, vérifié sous sa peau. Confisqué son téléphone qui n'est pas dans ce bâtiment. Le type a l'air d'avoir la trouille, ajouta Gabriel, songeur. Des merdeux comme lui, j'en ai vu assez pour repérer ceux qui jouent la comédie. Ça reste possible mais peu probable, je dirais.

— Et d'après toi, il a vraiment des infos à nous communiquer, ou c'est juste un truc pour m'attirer ?

— Ce mec est un espion et un bon comédien. Ton histoire en est la preuve. Ne crois pas un mot de ce qu'il raconte et attends-toi à ce qu'il essaie de te manipuler. Cela dit… ouais, je crois qu'il a une carte dans sa manche.

— S'il sait quelque chose, je l'apprendrai, déclara-t-elle en lui rendant la tasse de chocolat vide et en lui pressant la main.

Gabriel hocha la tête, heureux de constater qu'elle était réchauffée, et lui fit signe de le suivre. Il tendit le bras vers une piaule située au bout d'un couloir.

— Il est là-dedans. On va t'équiper d'un micro pour capter tout ce qui se dit. La caméra est déjà installée. La chambre ne contient rien qu'il puisse utiliser pour te faire du mal. Si jamais il essaie quand même, ne te bile pas, on sera derrière la porte.

— OK, dit-elle, la gorge nouée.

— Beckham va regarder depuis une autre pièce. Je me méfie de lui, il pourrait débouler à la première provoc.

Reyna acquiesça. C'était à redouter, en effet.

— Au fait… comment Everett m'a retrouvée ? Je veux dire, comment il est arrivé ici ?

— Ce n'est pas toi mais moi qu'il a suivi à la trace. Il m'aura vu l'autre soir. Ensuite, il n'a plus eu qu'à apprendre qui je suis et à me retrouver. J'ai failli lui faire sauter le caisson à cet abruti. Il m'a approché dans une allée sombre. Tout ce que je peux te dire, c'est qu'il a l'air d'une bête aux abois.

Reyna ravala sa peur. Il n'était pas question d'en montrer une once en entrant dans la pièce où se tenait Everett. Ce qui n'avait rien d'évident quand on songeait à la relative facilité qu'il avait eue à la retrouver…

— OK, en piste.

Tony, le technicien du mouvement, lui installa un micro, et quand il eut terminé, Gabe lui décocha un coup de coude amical.

— T'es la meilleure.

Beckham apparut sur le seuil ; l'Irlandais se fit tout petit.

— Tu es prête ?

— Autant qu'on peut l'être. Qui c'était au téléphone ?

— Le boulot.

Tout, dans sa posture, criait « laisse tomber ». Ce qu'elle fit.

— Je suis prête à me lancer.

— S'il touche un cheveu de ta tête, c'est un homme mort, gronda Beckham d'une voix lourde de menace.

Reyna leva le bras et passa la main dans ses cheveux de jais.

— Il ne peut rien m'arriver.

Il l'embrassa avec fougue, presque avec violence. Le désir enfla dans tout le corps de la jeune femme. Jusque dans ses os, jusqu'au fond de ses alvéoles pulmonaires. À en perdre la raison. C'était peut-être le but recherché, d'ailleurs.

Elle mit un terme abrupt à leur étreinte.

— Souhaite-moi bonne chance.

— La chance est rarement dans ton camp, petite chose, dit-il en fourrageant dans ses longs cheveux. Mais tu m'as, moi.

— C'est encore mieux, murmura-t-elle.

Enfin parvenue à se dégager, elle se tourna vers le couloir. Gabe lui désigna la porte. Elle hocha la tête. La porte s'ouvrit : là se tenait Everett, assis sur une chaise en bois, au centre de la chambre. Les mains menottées devant lui et, de toute évidence, déjà passé à tabac. Ses yeux noisette se portèrent sur elle.

— Tu es venue, dit-il, sincère.

Reyna prit une profonde inspiration et entra.

Allez zou, au casse-pipe !

Chapitre 27

— Je n'y croyais pas, déclara Everett.

Reyna releva la tête de quelques centimètres, le regardant de haut tel l'oiseau de proie s'apprêtant à fondre sur un mulot. Sa belle gueule de voisin de palier sympa en avait pris un coup : cheveux noisette en bataille, œil au beurre noir, lèvre fendue et sanguinolente. Tenue de rechange trop grande pour lui. Il flottait dans le tee-shirt XXL et le pantalon de jogging qui remplaçaient sa chouette livrée de portier.

Et pourtant... il n'était pas vaincu. Arborant son éternel sourire amical, il paraissait au contraire avoir le moral au beau fixe. Elle avait eu la faiblesse de lui faire confiance et l'avait payé cher.

— Si, tu y croyais, finit-elle par répliquer.

Il fit pâle figure.

— Je n'étais pas sûr...

— Arrête avec ton numéro, d'accord ? Jouons plutôt franc-jeu.

— Je *suis* sincère.

Elle eut un brusque éclat de rire.

— Sincère, toi ? Première nouvelle ! Venons-en en but. Je suis là. Comme tu l'as demandé. Balance ce que tu sais, qu'on en finisse.

Everett se redressa sur son siège.

— Si tu commençais par m'ôter ces menottes ? dit-il en tendant les mains devant lui. On parlera après.

— Dans tes rêves.

— Tu n'as aucune raison d'avoir peur.

— Je n'ai pas peur de toi, cracha Reyna, en proie à une colère froide.

— Eh bien dans ce cas, tu peux m'enlever ces trucs.

Elle leva les yeux au ciel.

— OK, si tu n'es pas disposé à parler, je n'ai rien à faire ici.

Reyna tourna les talons et se dirigea vers la porte. Sa main était sur la poignée quand il lança :

— Attends.

Elle se figea. S'obligea à temporiser afin d'accentuer le malaise d'Everett puis se retourna lentement vers lui.

— Je ne suis pas ici pour jouer aux devinettes. Parle ou je me casse.

— D'accord, dit-il d'une voix éteinte, les coudes en appui sur les genoux. Je commence par le commencement, OK ?

— Commence par où bon te semble mais accouche !

— Tu veux bien t'asseoir ? proposa-t-il en désignant le siège devant lui.

Reyna se demanda si c'était Gabe qui avait procédé au premier interrogatoire. C'était un as avec ses poings. Un combattant-né. Beckham ? Certainement pas : primo, il n'était pas question qu'Everett sache qu'il appartenait à *Elle*. Secundo, si ç'avait été lui, Everett serait sensiblement plus amoché.

La jeune femme retourna la chaise et s'y installa à califourchon, le dossier formant barrière entre le prisonnier et elle. Puis elle posa les bras en appui sur le sommet du dossier.

— Je suis assise. Lance-toi.

Everett sourit.

— Tu as toujours eu l'art de me surprendre.

Elle poussa un gros soupir, comme s'il la barbait royalement.

— À propos de commencement : combien de temps ça fait que tu es espion ? Ça te va, comme point de départ ?

— Un bail, dit-il en haussant les épaules. Assez longtemps.

— Tes amis sont au courant ?

— Non. Eux sont sincères.

— Pourquoi tu me surveillais ?

— Ce n'est pas *toi* que je surveillais, répondit-il placidement. Et c'était loin d'être ma première mission.

— Tu ne m'espionnais pas ? Explique voir…

— Ce n'était pas nécessaire, Reyna. Anxieuse comme tu l'étais de te lier à quelqu'un, tu aurais fait la proie la plus facile à croquer du monde.

La jeune femme se sentit rougir. Il disait vrai : elle s'était comportée ainsi. Déracinée, en manque poignant de chaleur humaine. Pas étonnant qu'il se soit montré sympa envers elle. Et qu'il ait été le seul.

— Mais tu n'étais pas ma cible, ajouta calmement Everett.

— Tu m'as livrée à Harrington alors que je n'étais *pas* ta cible ? interrogea Reyna, à deux doigts d'exploser.

— Pourquoi diable Harrington se serait-il soucié d'une pute de sang de plus ?

Reyna dut se mordre la joue.

— Pourquoi tu m'as livrée, alors ?

— Parce que Beckham était ma cible, dit-il désignant la porte, ce qui fit tinter ses menottes. Il est ici, pas vrai ?

— Pourquoi m'as-tu livrée ? répéta-t-elle en ignorant sa question.

— J'ai obéi aux ordres. J'étais censé signaler tous les faits et gestes intéressants de Beckham : comportement bizarre, changement d'horaire, ce genre de truc. Un mec prévisible et triste à pleurer, soit dit en passant. Enfin… jusqu'à ton arrivée.

Reyna sentit sa gorge se serrer.

— Et qu'est-ce qui a changé à mon arrivée ?

Everett pencha la tête de côté. Ses yeux pétillèrent comme s'il trouvait la question intéressante – ou très drôle.

— Tout.

Reyna eut beau savoir qu'il lui fallait garder la tête froide, ce mot tout simple lui fit chaud au cœur. Et ailleurs.

— Tu ne t'es jamais demandé pourquoi je ne t'ai pas dénoncée malgré ton comportement rebelle ? Et tes photos ? s'esclaffa-t-il. S'il m'a fallu moins d'une seconde pour deviner que c'était toi, la photographe du site *Perspective*, tu ne crois pas que d'autres auraient fini par faire le lien, eux aussi ? Combien de fois j'ai dû te couvrir à ton avis ?

La jeune femme ne bougea pas un muscle. Il était en train de la tourner en bourrique, conformément aux dires de Beckham et Gabe. Il n'existait aucun moyen de savoir s'il l'avait couverte. C'était Beck qui avait monté le site, et il connaissait son affaire. Everett n'avait pas le bras assez long pour la couvrir comme Beckham l'avait fait. S'il espérait qu'elle compatisse, il allait falloir qu'il trouve mieux.

— Et alors ? dit-elle en plissant les yeux. C'est assez pour t'absoudre du rôle que tu as tenu dans mon enlèvement, d'après toi ?

— Reyna, je n'avais pas la moindre idée de ce qui allait t'arriver. Je me suis dit que ça ne ressemblait pas à Beckham de te mordre comme il l'a fait. Et qu'il allait enfin finir au gnouf. C'était lui que j'espionnais, d'accord, mais Harrington continuait à lui faire confiance malgré tout. Jusqu'à ce que…

— Ouais, peut-être. Sauf que c'est moi que les affreux sont venus chercher. Pas Beckham.

— Mais te voilà libre, rétorqua-t-il avec désinvolture, comme si son enlèvement avait été une partie de plaisir.

Reyna bondit de sa chaise et la fit valser d'un coup de pied. Puis elle fondit sur lui, l'empoigna par le col et le fusilla du regard.

— Je t'interdis de parler à la légère de ce qui m'est arrivé, c'est compris ? Tu n'as pas idée de ce que j'ai subi. Que je m'en sois sortie n'y change rien, pauvre con ! C'est inscrit dans ma chair.

Everett, abasourdi, fit les yeux ronds. S'il avait cru qu'elle allait encaisser sans réagir, telle la cruche rêveuse qu'elle était autrefois, il était loin du compte. Très, très loin. Cette nana-là était morte. La nouvelle savait… montrer les crocs.

Il leva les mains, piteux.

— Qu'est-ce qu'ils t'ont fait ?

Elle le lâcha comme on se défait d'un sac à merde.

— Ils ont tué mon innocence.

Reyna fit volte-face, redressa sa chaise, rajusta ses cheveux noirs et se rassit.

— Alors ça vient ce scoop ?

— Ils tiennent quelqu'un auquel je tiens.

Reyna aurait préféré faire la sourde oreille, mais, après ce qu'elle avait appris de Jodie, c'était tout simplement exclu.

— Qui ?

— Mon frère, Edmond. On était inscrits dans le même programme. Quand il s'est mis à déconner, ils l'ont gardé au frais pour faire pression sur moi. Ça fait trois ans que je suis sans nouvelles de lui.

— Navrée.

— Et moi donc… Quand j'ai appelé, j'ai cru que c'était pour Beckham. Ils m'ont dit qu'ils venaient te chercher, mais je n'avais pas idée qu'ils allaient t'enlever. C'est pour protéger mon frère que je fais tout ça…

— Pas la peine de me soûler avec ton histoire. On en a tous une, dans ce monde pourri jusqu'à la moelle. Mais ça ne fait pas de nous tous de sales mouchards.

— En effet. Même si, visiblement, ça endurcit jusqu'aux plus innocents.

Reyna ignora ce commentaire. Était-elle plus dure qu'avant ? Bien sûr. Il le fallait. Sauf que c'était en grande partie sa faute à ce fumier. Sans ce qu'elle avait enduré dans les sous-sols de Visage, elle serait peut-être encore une douce rêveuse qui ne cherchait qu'à faire le bien autour d'elle. En espérant soulager le monde grâce à ses photos et à la charité publique. Visage était la dernière bouée de sauvetage pour beaucoup de gens – y compris elle-même. C'était moche, l'humanité méritait mieux… mais croyait-elle encore à la possibilité d'un monde meilleur ?

— Pourquoi voulais-tu me voir ? demanda-t-elle.

— Parce que tu me connais.

— Mais oui, bien sûr, railla-t-elle.

— J'ai cru que tu me comprendrais.

— Des clous. Tu m'as prise pour une idiote, oui ! Quand tu m'as aperçue à la Halle Ferrier, tu as cru voir la nana craintive que tu connaissais. J'étais tellement choquée de te revoir que j'ai pété les plombs. Mais je n'ai plus peur et je n'ai jamais été idiote. Alors si tu continues à tourner autour du pot, je me casse, dit-elle en tendant le bras vers la porte. Il y a quelqu'un, là derrière, qui se fera une joie de te faire parler à sa manière. Ça risque d'être plus désagréable. À toi de voir.

Everett baissa la tête, comme si toute idée de fanfaronner venait de le quitter. Elle vit le type qu'il était vraiment, pas le rôle qu'il jouait sans cesse. Un type brisé. Rejeté par le système, tout comme elle.

Elle en eut un pincement au cœur. Cet abattement-là, elle l'avait perçu chez Jodie à maintes reprises. Et chez tous ceux que Visage avait meurtris. Elle-même comprise.

Pour autant, il n'était pas question de s'apitoyer sur Everett, ce sale mouchard. Dont le job consistait précisément à manipuler les victimes. Sa première tactique ayant échoué, il jouait une autre carte.

— Comprends bien que je risque la vie d'Edmond en te racontant ça, dit-il en levant un regard terrifié vers Reyna.

Les yeux d'un homme qui mettait sa vie en jeu… ainsi que celle de tous ses proches.

— Tu ne m'as encore rien dit.

— Je risque gros rien qu'en étant ici. Par le simple fait d'admettre que j'ai une info à révéler.

— Pourquoi venir, alors ?

Elle frissonna en découvrant l'effroi dans les pupilles d'Everett, comme s'il venait d'apercevoir un spectre.

— Parce que ce que j'ai découvert est trop terrible.

— Je t'écoute. Crache le morceau.

Il secoua la tête.

— Il me faut des garanties.

— Quel genre ?

Le portier loucha sur elle, pile à l'endroit où le micro était attaché à sa bretelle de soutien-gorge. Comme s'il savait qu'il était là alors que c'était impossible.

— Tes amis entendent ? Je veux qu'on garantisse ma sécurité. Pas qu'on m'abatte dès que j'aurai parlé. Et qu'on enquête sur Edmond, aussi.

Reyna montra les dents.

— Je ne sais même pas ce que tu as dans ta manche. Tout ça est une perte de temps, si ça se trouve.

— C'est du lourd, assura-t-il, sa confiance en lui retrouvée. Va leur parler. Obtiens les garanties que je demande et… et je te balance tout depuis le début.

— Entendu.

Elle jaillit de son siège, quitta la pièce en trombe et claqua la porte derrière elle sous le coup de la frustration. Quelle naïveté de croire qu'il allait suffire d'apparaître pour qu'il se mette à table ! Merde et merde ! songea-t-elle. C'était pourtant couru d'avance : jamais elle n'obtenait quoi que ce soit aisément.

L'Irlandais surgit et l'attira loin de la salle d'interrogatoire.

— Très bien joué, ma belle.

— Tu trouves ? Il ne m'a rien dit du tout…

— C'est là que tu te trompes. Il t'a déjà avoué une tonne de trucs. Espion personnel du *big boss*, missionné pour surveiller Beckham ? Miam !

Elle arriva dans la pièce où Tony était penché sur plusieurs moniteurs de contrôle. Gabriel s'installa à côté du technicien, laissant un peu de champ libre à Reyna et Beckham. La jeune femme se pendit à son cou et enfouit le visage contre son torse de lutteur.

— Tout va bien, assura-t-il.

Beck lui traça des cercles lents dans le dos puis l'embrassa sur le sommet du crâne avant de reculer et de répéter :

— Tout va bien.

Elle hocha la tête, la gorge serrée.

— Gabe m'a dit que j'avais assuré.

— Et comment !

— C'est toi qu'il espionnait.

— J'ai entendu.

— L'enfoiré, cracha Reyna.

— Tu y es presque, dit-il, tout sourires, en l'embrassant de nouveau.

— Et qu'est-ce que je lui dis ? J'accepte ses exigences ?

— Pas question tant qu'il ne coopère pas, intervint Tony sans lever le nez de son écran. Dès qu'il crache le morceau, on balance ce salopard au trou et on jette la clé.

— Alors en quoi on vaut mieux que les salauds de chez Visage ? voulut-elle savoir.

Tony leva la tête et écarquilla les yeux. Clairement plus habitué à vivre dans un monde peuplé de zéro et de un, il ne calculait pas sa question.

— Reyna, on ne peut pas le laisser filer, fit valoir le boxeur-truand.

— Je n'ai pas dit ça, mais l'enfermer, en quoi c'est différent de ce qu'on m'a fait subir ?

— Ce fumier t'a livrée à l'ennemi, gronda Beckham.

— Et il vient de se livrer à nous. Au risque d'en prendre plein la gueule… ce qui est arrivé, d'ailleurs. Tout en sachant qu'il mettait en danger la vie de son frère. Vous imaginez ce que ça représente, comme sacrifice ?

— Il t'a embobinée, soupira Gabe. Qu'est-ce que tu proposes : qu'on le réhabilite ? Un type qui vient d'admettre qu'il est un espion professionnel ?

— Non. Je n'en sais rien, dit-elle en secouant la tête. J'aurais préféré ne pas le voir si c'est pour qu'on perde de vue les raisons pour lesquelles on combat Visage. Il ne faut pas qu'on devienne comme eux.

— Accède à ses exigences, trancha Beckham.

— Tu déconnes, mec, grommela Gabriel.

— Merci, répondit Reyna. Il va parler. Et s'il s'obstine à ne rien dire, ma foi… peu m'importe ce que vous lui ferez.

Beck hocha la tête. La jeune femme était consciente du deal qu'elle venait de passer : Everett risquait de ne pas voir le jour suivant se lever. La balle était dans son camp.

Elle prit congé et retourna au charbon. Quelqu'un la héla, mais, trop tard, elle avait déjà franchi le seuil de la salle d'interrogatoire. Everett lui passa les menottes autour du cou et serra à l'asphyxier. Reyna, affolée, sut qu'elle n'avait qu'une poignée de secondes pour réagir.

Elle lui écrasa le pied d'un coup de talon. Quelque chose craqua ; Everett hurla. Sans la lâcher, hélas. Elle tenta vainement de l'empêcher de nuire en visant les reins, il esquiva ses poings. En la maudissant pour son pied meurtri.

Forte d'un instinct peaufiné pendant les longues heures d'entraînement avec ses frères, Reyna prit Everett par le bras, se pencha en avant et le fit basculer par-dessus son épaule. Pris de court, il se laissa embarquer et s'écroula sur le dos. La jeune femme lui mit le pied en travers de la gorge.

— Pas un geste, gronda-t-elle.

Gabe se ruait déjà dans la pièce, flingue en pogne. Il fit les yeux ronds en découvrant Everett étendu de tout son long et maîtrisé par Reyna. Elle avait conscience que sa manœuvre n'aurait jamais réussi s'il ne l'avait pas sous-estimée. Aucune importance : l'essentiel, c'était le résultat.

— Tu gères, on dirait, déclara l'Irlandais en baissant son arme.

— Pourquoi tu t'en es pris à moi, connard ? aboya-t-elle tandis que le petit caïd replaçait Everett sur sa chaise.

Sitôt assis, il haussa les épaules.

— Personne n'aime rester prisonnier. Tu aurais fait une otage de premier choix...

Reyna lui lança un regard courroucé avant de s'éloigner. Il venait d'aggraver son cas en la sous-estimant. Quel imbécile !

Quelques minutes plus tard, Everett étant pieds et poings liés à sa chaise, Gabe quitta la salle. Le portier avait les yeux rivés sur elle. Il avait toujours l'air sous le choc.

Elle porta la main à sa gorge marquée par la chaîne des menottes.

— J'ai obtenu tes garanties. Mais sache que soit tu parles, soit ils te butent. Et que je les laisserai faire.

Everett était mal placé pour le nier : elle lui avait montré de quoi elle était capable.

— J'espionnais quelqu'un d'autre. Roland Batiste.

Reyna fit la grimace. Roland n'avait cessé de la harceler quand elle vivait chez Beckham, allant jusqu'à tenter de la violer. La mort serait trop douce pour un salopard de son acabit.

— J'étais censé faire pareil qu'avec Beckham, reprit-il. Sauf qu'en cours d'enquête, je suis tombé sur une info super sensible. Je ne pense pas que quiconque soit au courant. C'est en furetant que j'ai levé ce lièvre.

— Quel lièvre ? grinça-t-elle, à cran.

— Ils ont acheté un terrain immense et y construisent des bâtiments.

— On sait déjà, merci.

— Et vous savez à quoi ils sont destinés ?

Elle ne pipa mot.

— Des camps, murmura-t-il, horrifié. Des camps de bétail humain.

Chapitre 28

— J'en aurais forcément entendu parler, grogna Beckham cette même nuit, un peu plus tard, de retour au QG.

Reyna faisait les cent pas. Beck, Gabe et Tony venaient de débriefer Sydney et Washington. C'était trop énorme. Impossible. Elle n'arrivait pas à piger. Harrington pensait-il sérieusement qu'une telle monstruosité soit du domaine de l'acceptable ?

— Tu n'es plus dans la boucle, fit valoir l'Irlandais, l'air presque… réjoui.

— Ce qui fait de nous des aveugles, grinça Sydney. Si Beckham n'est plus dans la boucle, comme tu dis, nous sommes coupés de tout ce que décide Harrington.

— Je ne pense pas qu'Everett ait menti, intervint Reyna. Il était secoué. Ces numéros, je les connais tous. Il était sincère.

— Te voilà devenue experte en techniques d'espionnage ? rétorqua Sydney, glaciale.

— Ça ressemble à William, en tout cas, estima Washington. C'est conforme à sa mentalité de prédateur.

— Encore à jouer les psy, Roger ? soupira Sydney avant de se masser les tempes et de se rencogner dans son fauteuil du saint des saints.

— William fonctionne sur un registre limité, c'est un fait établi. L'assujettissement des mortels est l'un de ses grands principes. La compatibilité sanguine n'est à ses yeux qu'un outil permettant d'atteindre cet objectif. Un simple expédient. Il est logique qu'il profite de sa position dominante pour pousser ses pions. C'est dans la nature des conquérants.

— Il risque de se montrer trop gourmand, non ? C'est bien ainsi que Rome est tombée ? hasarda Reyna.

— Vœu pieux, répondit Gabe.

— Admettons que ce soit là son but ultime, avança Sydney. Comment compte-t-il s'y prendre ? Je vois mal le grand public acceptant de grand cœur l'annonce du lancement de fermes à bétail humain pour nourrir les vampires ; Harrington va certainement cacher ça sous un vernis plus anodin.

Tout le monde se tut. Il existait mille scénarios permettant à Harrington de mettre en œuvre son idée de camps de… nourriture sur pieds.

— Ce ne sont pas les solutions qui manquent, maugréa Gabe. Envoyer l'armée rafler les civils, procéder par enlèvements massifs, embaucher sous couvert de nouvelles usines… Qui peut savoir ce que ce tordu a en tête ?

— C'est précisément pour cette raison que les membres de son premier cercle nous sont précieux, grinça Sydney.

— Il va procéder au grand jour, conclut Beckham. S'il a réussi à ce que Visage fasse figure de sauveur, il est capable de faire gober ça aux braves gens.

— C'est aussi mon avis, dit Washington. Ne pas se cacher, c'est le meilleur moyen que les mortels n'y voient que du feu.

Sydney soupira.

— Pénélope a peut-être des infos de première main. Elle pourrait nous dire dans quelle direction porter notre attention.

Reyna grimaça malgré elle ; Pénélope lui était sortie de l'esprit. Leur engueulade de l'après-midi paraissait remonter aux calendes grecques, pas à une poignée d'heures.

— Je m'occupe de la contacter, promit Beckham.

— Parfait. Tiens-moi immédiatement au courant si elle a idée de ce qui se trame, répondit Sydney en se levant.

Dans l'intervalle, je vais demander à Tye de monter une équipe pour surveiller les camps. Il faut qu'on vérifie ce que nous a balancé Everett. Je n'agirai pas tant qu'on ne saura pas avec certitude ce que l'ennemi prépare.

Sydney sortit à grandes enjambées. La réunion de crise finie, Reyna sentit l'épuisement la gagner. La journée avait pourtant bien commencé avec cette virée à la boutique de mariage… mais c'était trop simple. Tout allait toujours de travers.

Beckham pencha la tête vers la porte. Reyna le suivit et déboucha dans le couloir désert. L'idée des « fermes à bétail humain » était si monstrueuse qu'elle avait peine à y croire. Il aurait mieux valu découvrir qu'Everett avait menti. Comment Harrington avait-il pu tomber si bas ? Cela étant, elle était bien placée pour le savoir capable du pire.

Ils retournèrent jusqu'à sa chambre sans dire un mot. Reyna se laissa choir sur son lit et contempla le plafond.

— Tu vas voir Penny ?

— Oui. Ce type d'échange ne peut pas avoir lieu au téléphone.

— Elle va adorer.

Beckham traversa le lit et se pencha sur elle. La jeune femme sentit son ombre peser sur elle mais se garda de lever les yeux.

— Pourquoi tu n'es pas venu me chercher ? demanda-t-elle à voix basse pour éviter de parler de Penny.

— Comment ça ?

— Tu étais censé nous emmener et c'est Gabe qui s'en est chargé. Même Penny a paru surprise. Simple curiosité.

— Dans certains cas, le silence est préférable.

Reyna, piquée au vif, le regarda droit dans les yeux.

— Mais encore ?

— Il faut bien que je me nourrisse.

— C'est ce que tu faisais ?

— Oui, dit-il sans plus de détails.

— Oh !

Beckham se saisit d'elle et la déposa sur ses appuis, à côté du lit.

— Il faut que je m'alimente à intervalles réguliers. C'est indispensable. Auparavant, il m'arrivait de jeûner pendant une semaine, parfois deux, stade auquel je devais reconstituer mes forces. Mais c'est fini.

— Pourquoi ça ? demanda-t-elle, perplexe.

Il crispa les maxillaires puis les décrispa.

— À jeun, je ne pourrais pas rester près de toi. L'appel du sang serait trop fort. Même repu, figure-toi que j'ai très envie de te boire au-delà de ce que tu jugerais acceptable.

Cette sombre révélation, et la ferveur avec laquelle il venait de l'exprimer, fit trembler Reyna. Beck était son prédateur. Apte à l'anéantir d'un revers de main. Et qui, cependant, avait consacré beaucoup d'énergie à maintenir en vie sa fragile compagne.

— Tu en es incapable, répliqua-t-elle dans une posture de défi.

— Oh que si ! crois-moi, dit-il en montrant les crocs. Ce désir m'obsède à cet instant même. Je perçois le sang qui coule dans tes veines. Je le sens. Si j'en bois ne serait-ce qu'une goutte, je ne m'arrêterai plus. Surtout après ce que tu m'as montré face à Everett.

Elle haussa les sourcils.

— Ah oui ? Tu as aimé que je sois capable de me défendre ?

Il chassa les mèches qui lui barraient le front, empoigna la masse de cheveux, lui fit pencher la tête de côté avec douceur puis l'embrassa dans le cou.

— Ça m'a plu, oui. Tu n'es plus la petite fleur fragile que tu étais quand on s'est rencontrés.

Sur ces paroles, il agit à une vitesse infiniment supérieure à celle d'un mortel. En un clin d'œil, littéralement, Reyna se retrouva allongée sur le matelas, la gorge offerte, l'immense vampire à califourchon sur ses cuisses. Qui fondit sur elle comme pour la dévorer.

— Ne va pas croire que cela marcherait sur un vampire. Laisse-moi te protéger ; c'est plus sûr que te mettre sans cesse en danger.

Elle eut chaud partout en dépit de ses mots durs. S'exciter n'était certainement pas la meilleure idée qui soit, mais son intimité n'en avait cure. Et sa tête pas davantage. Il était couché sur elle. Presque à la mordre. Elle joua des hanches contre son entrejambe pour le supplier d'aller plus loin.

— Ne t'arrête pas, haleta-t-elle.

— Je suis à deux doigts de te tuer, et toi, tu en redemandes… Quelle créature es-tu ?

— Une créature qui n'a pas peur du monstre tapi sous la surface. Qui désire ce monstre autant que l'homme. Je n'ai pas honte de le dire, lâcha-t-elle, le timbre rauque.

— Le monstre dont tu parles a choisi de collaborer avec Harrington. *J'ai* décidé de travailler avec lui. Pendant près de quinze ans.

— Et alors ? fit Reyna, la gorge serrée. Tu as changé de camp.

— Il t'a kidnappée et torturée. Je n'ai pas fait pire, selon toi ?

— Ça m'est égal, ce que tu as pu faire autrefois.

Cela dit… elle était curieuse. Comment ne pas l'être ? Surtout après avoir entendu Pénélope gloser sur « toutes les autres » et lui prédire une mort prochaine.

— Je le lis dans tes yeux.

Il se redressa, debout à côté du lit. Ayant visiblement besoin d'espace pour réfléchir.

— Ce que tu lis dans mes yeux, c'est l'inconnu, lui dit-elle en le rejoignant, faisant fi de son besoin d'espace. Tu persistes à te décrire comme un monstre d'épouvante, d'autres t'ont dépeint en salaud qui flanque la trouille et Pénélope m'a parlé d'autres nanas et assuré que tu allais bientôt me tuer. Mais plus on me répète que je devrais te craindre... et moins j'ai peur de toi.

Ils se défièrent du regard, le beau ténébreux aussi obstiné qu'elle. Sauf que, cette fois, il n'allait pas s'en tirer à si bon compte. Elle exigeait des réponses. Et n'en... démordrait pas. Il dut le voir sur son visage, car il se détourna en soupirant.

— Quand j'ai rencontré Harrington, j'étais ce qu'on appelait alors un seigneur.

— J'ai entendu ce terme dans la bouche de Washington. Plutôt vieillot, non ?

— En effet. Il existe depuis maintes générations. Les vampires ont des coutumes assez... datées, glissa-t-il non sans ironie. Le titre « seigneur » était réservé aux chefs les plus influents qui s'entouraient d'une cour. Sauf qu'en fait de cour je régnais plutôt sur une armée. (Il guetta sa réaction avant d'oser poursuivre.) Il n'y a que deux façons de devenir seigneur : en gravissant les échelons peu à peu, jusqu'à finir par détrôner l'existant, ou en levant une armée suffisamment puissante pour terrasser un seigneur en titre et tous ses sbires.

— Comment tu t'y es pris ? murmura-t-elle.

— S'élever peu à peu est l'option la plus sûre. Déboulonner de force un seigneur est réalisable à condition de bien évaluer ses faiblesses et, ensuite, de rallier des soutiens dans sa hiérarchie. Quant à bâtir une armée assez destructrice pour balayer celle du seigneur en massacrant des vampires bien entraînés par centaines, c'est presque impossible. (Il croisa son regard.) C'est pourtant ce que j'ai fait.

— Ouah ! fit-elle en frissonnant.

— Ça m'a pris cinq ans. Ici même, dans cette ville. Un domaine sur lequel régnait un vampire qui était mon aîné de trois siècles. Je suis devenu le plus jeune seigneur de l'histoire à diriger un territoire aussi vaste. J'avais trente ans quand j'ai été transformé, et je n'étais vampire que depuis douze ans quand je suis devenu seigneur. Puis j'ai régné dix ans. Jusqu'à ce que tout s'écroule, il y a quinze ans de cela.

Rapide calcul : trente ans en tant que mortel ; douze avant de se hisser au rang seigneur ; dix à régner ; quinze ans ensuite. Beckham avait donc... soixante-sept ans. C'était ça être *jeune* chez les vampires ? Miséricorde !

— Tu as soixante-sept ans ? hoqueta-t-elle.

Il hocha la tête avec force.

— Trente-sept depuis ma transformation. C'est assez jeune pour un vampire de mon statut actuel. Et c'était extrêmement jeune pour un seigneur.

— Comment tu as fait, alors ?

— Tueur sans merci, j'ai forcé la loyauté et le respect de tous ceux qui travaillaient sous mes ordres, du fidèle adjoint jusqu'au dernier exécutant. Personne ne m'a jamais trahi. Pas un seul au sein de mon organisation. C'était exclu.

Reyna comprit comment il avait acquis ses galons de vice-président : en excellant dans son rôle d'homme d'affaires. Un rôle qu'il avait longtemps tenu... dans un autre registre.

— Et ça s'est fait comment le passage entre seigneur et bras droit de Harrington ?

Ses traits étaient gravés dans le marbre. Ses yeux d'onyx, deux gemmes noires taillées dans le roc. Le profond chagrin qui s'y imprima sans crier gare enveloppa toute la pièce.

— Mon second a été tué.

Il était manifeste que le second en question lui avait été cher. Si cher qu'il rechignait encore à entrer dans les détails.

— À sa mort, j'ai hésité entre tout plaquer et réduire la ville en cendres. William s'est présenté à moi deux ou trois mois plus tard, alors que j'étais occupé à retrouver et tuer tous ceux qui avaient trempé dans l'assassinat. Il m'a proposé une alternative : le traitement par groupes sanguins.

— Et tu as accepté ? Sans discuter ?

— Bien sûr que non, rétorqua Beckham après un éclat de rire sans joie. Je lui ai dit d'aller se faire foutre. Il m'a répondu qu'il savait qui avait tué mon second parce qu'il raisonnait de façon plus lucide. Grâce au régime. Mieux que jamais, en fait. Et que si je l'aidais à faire sortir les vampires des ténèbres, il m'aiderait en retour à retrouver l'assassin. Et à le tuer.

— Tu as… découvert de qui il s'agissait ? murmura Reyna.

— Oui. Et il l'a payé cher. Très cher, insista-t-il, semblant revivre sa vengeance.

— C'est donc à Harrington que tu dois ta nouvelle vie.

— Oui. Puis nous avons orchestré l'effondrement économique. À nous quatre, nous avions les moyens de provoquer la faillite de plusieurs pays clés.

— Vous quatre ?

— Harrington avait recruté deux autres seigneurs : Roland et Cassandra.

— Ah ! dit-elle, l'estomac noué à l'énoncé du prénom de Batiste. Cassandra n'avait pas le titre de dame, plutôt ?

— Pose-lui cette question et elle t'égorge.

Reyna s'efforça d'occulter le fait qu'il avait pris part à l'effondrement économique. De tous leurs méfaits, c'était sans conteste le plus dégueulasse. Sans cette crise terrible, son oncle n'aurait jamais flanqué la fratrie dehors. Elle et ses frères n'auraient pas échoué aux Entrepôts. Et la jeune femme n'aurait pas postulé chez Visage.

— *Quid* des autres filles ? s'obligea-t-elle à relancer. Pénélope a dit… qu'elle avait été un test pour toi ?

— Harrington était certain que j'allais la tuer. Ce qui, du même coup, aurait servi d'avertissement à son père qui s'efforçait, avec trop de succès à notre goût, de revitaliser les bas quartiers.

Reyna n'en crut pas ses oreilles.

— Vous l'avez empêché d'aider les pauvres ?

— C'est la misère qui pousse les gens à travailler pour nous, dit-il sans émotion. Comme tu l'as fait.

Horreur. Elle en eut la nausée. C'était encore plus monstrueux de savoir que ses pires craintes étaient fondées. Si la nouvelle se propageait, la haine envers les vampires s'en trouverait décuplée.

— Eh oui, j'ai contribué à te pourrir la vie. Tout ça pour que tu toques à ma porte et que je te la pourrisse de plus belle.

— Tu y as contribué, d'accord… mais, par la suite, tu m'as sauvé la vie.

Il secoua la tête.

— Tu ne saisis toujours pas.

— Non, c'est toi qui refuses de comprendre. Libre à toi de me balancer toutes les atrocités du monde, Beck. De m'avouer que tu as massacré femmes, enfants et chatons. (Elle sourit faiblement.) OK, peut-être pas des chatons. Enfin bref. Quoi que tu aies pu faire, rien ne me détournera de toi. Je *sais* qui tu es.

— J'ai chassé les jolies petites brunes, cracha-t-il en lui caressant les cheveux pour appuyer son propos. C'était ça mon trip. Toi, Pénélope et beaucoup, beaucoup d'autres. Les repérer, les sauter… puis les tuer.

Elle déglutit péniblement.

— Tu ne vas pas me tuer.

Il la dévisagea, parfaitement inexpressif.

— Et tu n'as pas tué Pénélope, non plus. Pourquoi ?

— Je m'étais remis à la photographie. Un loisir que j'avais pratiqué gamin, avant ma transformation. Tout a changé du jour où j'ai observé le monde via l'objectif.

— C'est pour ça que tu m'as offert un appareil.

— Oui.

— Tu as changé de perspective. Et vu la lumière.

— Pénélope n'était pas différente des autres. Ni aujourd'hui ni alors. Il se trouve juste qu'elle était là au moment où j'ai ouvert les yeux. (Il tendit lentement le bras et lui caressa la joue.) C'était un an avant que je trouve enfin ce à quoi j'aspirais.

— Quoi donc ?

— L'espoir.

Reyna se dressa sur la pointe des pieds et lui effleura les lèvres. Le beau ténébreux se figea, comme choqué qu'elle veuille encore l'embrasser après un tel flot de révélations.

— Beck, murmura-t-elle dans un souffle, l'incitant à se décrisper.

Elle n'aimait ni son passé ni ce qu'il avait pu endurer. Mais Beckham n'était plus celui qu'il avait été quand il avait commis ces atrocités. Il était différent depuis qu'ils étaient ensemble. Elle connaissait désormais ses plus noirs secrets et voulait toujours de lui.

— Petite chose, ce que je voulais te dire, c'est que j'ai pu me libérer pour le mariage de ton frère.

Elle s'écarta et sourit jusqu'aux oreilles.

— C'est vrai ?

— Si tu veux bien de moi…

Elle tomba dans ses bras, toute à la joie de cet instant. Et déversa son trop-plein d'émotions dans un baiser langoureux à souhait. Beckham, peu à peu, se détendit et lui rendit son baiser.

Chapitre 29

Quatre jours plus tard, le mariage et son rencard imminent avec Beckham occupaient toutes ses pensées.

Reyna savait que la mission d'espionnage des camps devait se dérouler avant le nouvel an. Que ses frères allaient y prendre part. Que mille autres problèmes auraient dû retenir son attention.

Mais, en ce jour, elle n'aspirait qu'au bonheur.

La jeune femme s'étira et miaula comme un chaton en ouvrant les yeux sur ce jour naissant.

Noël.

Accaparée par les préparatifs du mariage, elle avait oublié cette fête qui n'avait jamais donné lieu à de vraies célébrations avec ses frangins. Ils n'en avaient pas eu les moyens même s'ils s'étaient toujours autorisé un petit extra. Meghan l'avait aidée à dénicher des bricoles pour Brian et Drew.

Bien qu'elle ait toujours été excitée comme une puce à l'approche de Noël, elle ne s'était jamais attendue à recevoir un cadeau de quiconque. Aussi fut-elle ébahie d'en découvrir une pile sur son bureau… à commencer par une boîte noire de taille inhabituelle.

Elle se saisit de son sweat laissé par terre et l'enfila tout en traversant la chambre aussi vite que possible. Après un coup d'œil aux autres paquets, elle effleura la boîte noire. Une rose blanche était posée dessus.

Son cœur rata un battement. Beckham.

Reyna huma la rose en soupirant puis souleva le couvercle. Elle respira bruyamment, porta la main à sa gorge et se mordit la lèvre. Son appareil photo ! Avec un billet où figurait le mot *Perspective.* Ravie et touchée, elle éprouva le poids familier du boîtier et eut l'impression de retrouver un ami cher. Qui lui avait beaucoup manqué.

Un coup frappé à la porte la tira de sa rêverie.

— C'est ouvert !

Jodie se tenait sur le seuil. Reyna visa et appuya sur le déclencheur. Un cliché de Jodie, peau noire parfaite, tignasse folle et air ahuri, apparut à l'écran.

— Ouah, joli bijou ! Il sort d'où ? Attends, laisse-moi deviner... Ton Roméo à quenottes ?

Reyna éclata de rire.

— Gagné. Beck me l'a offert quand j'habitais chez lui. Je me baladais en ville et je faisais des photos ici ou là, dès que je repérais un sujet qui méritait que le monde change.

— Tout un programme...

— Tu l'as dit ! Enfin bref, j'avais cru que les affreux de Visage l'avaient confisqué ou détruit, vu que Beckham ne me l'avait pas rapporté. Il devait attendre le moment propice.

— Le cadeau de Noël idéal, quoi. C'est le premier Noël que je fête depuis un bail, déclara Jodie en faisant grise mine. J'aimerais tant que June soit ici...

Reyna hocha la tête. Ils n'avaient pas réussi à localiser sa cousine, et la jeune femme espérait qu'il n'était rien arrivé de fâcheux à June. Jodie, pour sa part, faisait des progrès immenses. C'était dingue quand on songeait à la guerrière renfermée qu'elle était au sortir des geôles de Visage. Les deux jeunes femmes avaient beaucoup changé. En mieux.

— J'ai le sentiment qu'on brûle, reprit Jodie. Mais Meghan a d'autres chats à fouetter en ce moment. Cette mission des garçons, par exemple.

— Oui. J'aimerais tellement en savoir plus sur la façon de retrouver quelqu'un, dit Reyna en prenant son amie par la main. Ça va avancer vite dès qu'il y aura plus de monde sur le coup, c'est certain.

— J'espère.

Jodie s'obligea à faire bonne figure et tendit un cadeau emballé à Reyna.

— Tiens, je tenais à te l'offrir en main propre.

— Merci ! Tu es folle, ce n'était pas la peine !

Reyna déchira le papier cadeau rouge en toute hâte et découvrit deux livres : un fin recueil des œuvres complètes de John Keats et *Le Meilleur des mondes* d'Aldous Huxley.

— Ces deux bouquins m'ont, euh…, tirée d'affaire aux pires moments. Je me suis dit que, s'il y avait une personne pour les apprécier, c'était bien toi.

— Excellent choix ! Il me tarde de les lire, dit Reyna en les pressant contre son cœur.

— C'est la lecture qui m'a permis de ne pas devenir folle. Les livres sont une porte ouverte sur mille mondes. Je m'y évade. Dans une réalité meilleure que la mienne.

— S'évader, parfois, c'est tout ce qui compte.

Jodie acquiesça. Les deux jeunes femmes étaient sur la même longueur d'onde.

Reyna posa les livres à côté de l'appareil offert par Beckham, offrit son bras à Jodie et entraîna celle-ci dans le couloir. Noël n'avait certainement rien eu d'une fête pendant ses longues années d'enfermement. Elle pria pour que ce jour, avec les cadeaux, le festin et le mariage, soit synonyme de nouveau départ pour Jodie comme pour elle.

De retour dans sa chambre afin de se préparer pour la cérémonie, Reyna fut surprise de trouver une longue housse noire dans son placard. Elle se revit un court instant au moment où Harrington lui avait fait porter une robe… à porter pour le bal donné en l'honneur de Pénélope. Les ombres de la pièce s'étirèrent. Ses oreilles bourdonnèrent. C'était comme si une boîte se refermait sur elle, l'asphyxiant peu à peu, lui brouillant les sens. Elle éprouva un haut-le-cœur et faillit vomir.

Les yeux clos, elle refoula ce souvenir douloureux. Ce n'était pas réel. Elle prit de profondes inspirations par le nez. Expira lentement par la bouche. Il n'y avait ni ombres menaçantes, ni boîte, ni monstre tapi. Harrington n'était pas là. B non plus. Aucune dinguerie à redouter. Elle était en lieu sûr. Hors d'atteinte.

Quand elle rouvrit les yeux, les ombres avaient disparu. La pièce était comme d'habitude. Elle respira mieux et se dirigea vers la housse où était épinglé un mot.

Tu es ma plus grande tentation.

Reyna sourit malgré elle et actionna la fermeture Éclair jusqu'au sol. La housse renfermait une robe longue rouge sang, si belle qu'elle en eut le souffle coupé. En soie sauvage, à tomber par terre. Elle l'adora mais s'inquiéta d'être trop bien vêtue pour l'occasion : tous les convives qu'elle connaissait allaient venir à la cool. Meghan avait prêté une robe à Jodie, elle-même comptait porter la robe à rayures de son dressing et les garçons seraient en jean et chemise ouverte. C'était trop chic.

Elle effleura une fois de plus l'étoffe de rêve puis referma la housse. Non, pas question.

Au calme dans sa salle de bains, elle se prépara en prenant son temps. La coiffure et le maquillage tout juste au point, en petite tenue, elle entendit la serrure cliqueter.

— Oui ?

Beckham apparut sur le seuil et détailla sa presque nudité.

— Salut à toi, petite chose.

Elle faillit s'étrangler : il était en smoking. Noir, impeccable. Parfait. L'air d'un dieu descendu de son Olympe.

— T… tu es en avance, bafouilla-t-elle.

— Pile à l'heure, tu veux dire.

Ils se dévisagèrent. Captivés l'un par l'autre. Reyna pressentit l'instant où ils se jetteraient l'un *sur* l'autre pour s'arracher leurs fringues.

— Je ferais mieux… de m'habiller.

— Probablement, oui.

Mais Beckham bloquait le passage. Elle s'approcha tout près. Il en profita pour faire courir ses mains le long de ses courbes.

— Tu pourrais aussi rester comme ça.

Elle laissa fuser un petit rire.

— Ton dessert devra attendre la fin du dîner.

— Les règles sont faites pour être brisées.

— Ah bon ?

— Tu portes de la lingerie.

— Que tu m'as achetée, répondit-elle, narquoise.

— Rappelle-moi d'en prévoir de rechange, ce que tu portes ne survivra pas à ce soir.

Cette promesse la fit frissonner. Pourvu qu'il l'honore !

Le beau ténébreux traversa la chambre et réapparut avec la housse.

— Ta robe, dit-il en l'ouvrant pour elle. Mets-la avant que je change d'avis.

— Je… je ne peux pas porter ça.

— Elle te déplaît ?

— Si, beaucoup, mais c'est… extravagant.

Il décrocha la robe magnifique et la lui tendit.

— Glisse-toi là-dedans.

— Beck…

— Je m'en suis occupé, Reyna.

— De quoi ?

— Habille-toi et tu sauras.

La jeune femme plissa les yeux. Qu'avait-il manigancé en douce ? Ce souci du détail était-il l'une des raisons de son succès ? Il ajoutait à son charme, en tout cas…

Elle hésita une seconde de plus puis accepta la robe qu'elle enfila par la tête en soupirant d'aise : l'étoffe soyeuse lui fit l'effet d'une cascade de fraîcheur et soulignait divinement ses courbes. Le corsage échancré était maintenu par des bretelles qui se croisaient sur la nuque. Le dos nu excluait le port du soutien-gorge, mais les ondulations du tissu rendraient son absence peu repérable. Seul problème réel : la robe était trop longue de dix bons centimètres pour ses Converse.

Son cavalier lui présenta une paire d'escarpins dorés à talons hauts et semelle vernie d'un rouge pétant.

— Quel délire ! murmura-t-elle, médusée.

L'éclat de rire de Beckham, franc et sans retenue pour une fois, mit la jeune femme en émoi.

— Je n'aurais jamais cru possible que tu puisses aimer ce type de chaussures, après la scène que tu avais faite chez moi.

Elle les lui confisqua d'un geste autoritaire.

— Elles sont parfaites quand l'occasion s'y prête, gros malin. Pas pour tous les jours, quand il faut… tu sais, marcher vite, courir ou tabasser quelqu'un.

— J'en prends note.

Reyna chaussa les escarpins. Le sourire carnassier de Beck lui fit comprendre qu'il approuvait.

— Il te manque quelque chose.

— Ah bon ? Quoi ?

Le beau ténébreux sortit un petit étui tendu de velours noir de sa poche intérieure.

— Ça.

Elle écarquilla les yeux et, voyant sa compagne sans réaction, il souleva le couvercle. Apparut alors un fabuleux collier dont le pendentif était un diamant en forme de larme. Beckham décrivit un cercle avec l'index pour lui signifier de faire demi-tour. Elle s'exécuta, comme perdue dans un rêve. Dégagea sa nuque et sentit le métal froid lui descendre entre les seins. Il boucla le fermoir.

— Waouh ! s'exclama-t-elle, subjuguée par la taille du diamant.

C'était certes une goutte d'eau pour quelqu'un d'assez riche pour provoquer un effondrement économique, mais, malgré cela, l'instant était magique.

— C'est… magnifique.

— Ravi qu'il te plaise.

— Je l'adore, tu veux dire ! Mais tu n'étais pas obligé. Retrouver mon appareil était déjà énorme.

— Cet appareil t'appartenait déjà. En outre, j'aurais dû depuis longtemps te le rapporter.

— Merci.

— Joyeux Noël à toi, petite chose, dit-il en déposant un baiser sur ses lèvres écarlates.

Puis, lui proposant son bras :

— On y va ?

Elle posa la main au creux de son coude et s'engagea avec lui derrière la porte secrète, le cerveau en ébullition après l'extravagance de ce cadeau. Ce qu'elle avait prévu de lui offrir n'était rien en comparaison. Mais quel présent faire à un homme qui possédait déjà tout ? Peu importait, décida-t-elle. Beckham ne s'en offusquerait pas.

Ils prirent l'ascenseur pour descendre de quelques étages et gagnèrent ainsi la zone principale. Reyna fut surprise de découvrir les couloirs désertés. Était-ce son œuvre, ici aussi ?

Une porte à doubles battants s'ouvrit sur la salle de cérémonie. Reyna resta bouche bée : après avoir passé des heures avec Meghan, Jodie et Laura au cours des quinze derniers jours à discuter du mariage modeste qu'elles organisaient et à fantasmer sur la cérémonie raffinée dont rêvait en vain la future mariée… le rêve était devenu réalité.

La pièce, qui n'était autre qu'une grande salle de conférence, avait été transformée en roseraie à couper le souffle. Un florilège de fleurs blanches, roses et rouges sur un porche voûté au bout d'une allée parsemée de pétales écarlates. Des sièges en bois blanc formaient un arc de cercle élégant avec, de part et d'autre, de superbes bouquets. Au plafond scintillaient de petites lumières blanches qui figuraient un ciel étoilé.

Et l'assistance était… tirée à quatre épingles.

Brian et Drew se tenaient debout au premier rang, moulés dans d'impeccables smokings. Meghan portait une robe longue vert forêt et Jodie un modèle vieux rose qui brillait de mille feux. Les autres convives (six ou sept personnes dont Laura avait fait la connaissance depuis son emménagement au QG du mouvement) étaient vêtus avec la même élégance. Aussi raffinée et sublime que les toilettes des bals auxquels Reyna avait assisté… voire davantage. Tout ce faste pour elle, pour Brian et Laura.

Il était là, sous ses yeux, le vrai cadeau de Noël. Un mariage en grande pompe malgré les temps difficiles. Un véritable rêve éveillé.

— C'est ton œuvre ? murmura-t-elle.

Beckham attrapa une rose blanche sur une table haute, près de l'entrée.

— Les roses blanches sont le symbole de nouveaux départs, dit-il en lui tendant la fleur en bouton. *Notre* nouveau départ.

— Tu es incroyable, dit-elle, le cœur battant, sous le charme de ce mec génial.

Quelle chance elle avait ! Beck avait certes un lourd passé, mais un avenir radieux leur tendait les bras.

— Tout ça, je le fais pour toi, répondit-il en lui glissant une mèche de cheveux derrière l'oreille. Et tu me le rends au centuple.

Chapitre 30

Beckham lui fit un baisemain avant de la conduire à leurs sièges, au premier rang sur la gauche. Côté futur marié.

Au moment exact où ils prenaient place, un air de musique classique retentit. Les invités se levèrent et tournèrent la tête vers Laura, debout dans la travée centrale. Elle ressemblait à Cendrillon dans sa robe de mariée. Reyna jeta un coup d'œil à Brian : son grand frère, ébahi, avait la bouche ouverte et faisait les yeux ronds. Transi d'amour. Laura parcourut la travée jonchée de pétales de rose jusqu'à son bien-aimé.

Alors qu'ils se dévisageaient, Reyna prit conscience qu'elle ne les avait jamais vus si heureux.

C'était à *Elle* qu'ils devaient cet instant. Au mouvement, à Beckham, et à la sécurité qui leur avait fait défaut au quartier des Entrepôts. Quel bonheur d'assister à cette scène ! Les larmes aux yeux, elle serra fort la main de Beckham. Il la pressa à son tour, tout à la joie simple de la voir si émue.

— Merci, murmura-t-elle, la tête penchée vers lui tandis que Laura et Brian se disaient « oui ».

— Je t'en prie.

Sitôt la cérémonie terminée, tous aidèrent à pousser les sièges en vue de la réception. Meghan et Tye arrivèrent avec le chariot de boissons ; la musique éclata dans les haut-parleurs.

Reyna rejoignit Brian et le serra dans ses bras.

— Toutes mes félicitations, grand frère.

— Merci à toi, petite sœur.

Beckham tendit la main au jeune marié.

— Félicitations.

Ils échangèrent une solide poignée de main.

— Merci mille fois pour tout ce que vous avez fait pour nous. Je me suis trompé sur votre compte, la première fois.

— C'est une erreur compréhensible. Et je propose qu'on se tutoie, d'accord ?

Reyna apprécia d'entendre qu'il ne cherche pas à corriger Brian ; en temps normal, il aurait répondu qu'il n'appartenait pas au clan des « gentils ». C'était un progrès notable.

— Merci encore, en tout cas. Je vous… je te dois une fière chandelle.

— Tu ne me dois rien, Brian. C'est un cadeau de mariage.

— Un cadeau très généreux.

— Laissons les autres le saluer. Je suis si heureuse pour vous deux ! dit Reyna en attirant Beckham à elle. Tu viens de faire notre bonheur à tous, tu en as conscience, j'espère ?

— Je n'ai pas fait grand-chose.

— Quand on n'a rien, « pas grand-chose » tient déjà du miracle.

Les félicitations d'usage expédiées, Brian entraîna Laura dans la première danse. Les autres convives enchaînèrent au morceau suivant. Reyna, amusée, vit Gabriel arriver et inviter Meghan. Tye, déconfit, voulut se rabattre sur Jodie qui, à son tour, lui préféra Xavier. Joli quatuor amoureux…

Reyna n'était pas au bout de ses surprises : Drew prit son courage à deux mains et invita son compagnon de chambrée, Grégory. Lequel sourit jusqu'aux oreilles et traîna presque Drew jusqu'à la piste de danse.

— M'accordes-tu cette danse ? demanda Beckham.

— Avec plaisir.

Ils s'immiscèrent dans la petite foule alors qu'un slow démarrait. Reyna se pendit au cou de son cavalier qui posa les mains sur ses hanches. L'instant était irréel. Elle était là, dans les bras de Beckham, au beau milieu de ses proches.

C'était tout bonnement incroyable : après ce qu'elle avait enduré… le monde tournait rond. Enfin.

Tout allait pour le mieux.

Ils dansèrent jusqu'au bout de la nuit.

Riant aux éclats, poussant des vivats, fêtant cette union placée sous le signe du bonheur. Un bonheur que tous s'attachèrent à saisir tant qu'il daignerait durer. Membres d'une organisation rebelle, ils savaient ces instants rarissimes. Personne ne souhaitait que la fête se termine.

Pas même Reyna.

Qui, pourtant, devait se faire violence pour ne pas avoir la main baladeuse après la bouteille de champagne qu'elle avait partagée avec Jodie. La tête lui tournait. Elle se sentait hyper bien. L'esprit occupé par la promesse de Beckham : lui arracher sa culotte. Qu'il ose seulement se dégonfler !

Meghan et Gabe s'éclipsèrent en catimini, premier signe que les festivités prenaient fin. Reyna embrassa Brian et Laura quand les jeunes époux décidèrent à leur tour d'aller se coucher. Beck lui pressa la main ; ils partirent eux aussi.

— Dis donc, Reyna, déclara-t-il alors qu'elle se tournait vers lui. Tu es pompette, on dirait.

Elle passa la main sur l'étoffe de son veston.

— Rien du tout, ça va super !

Elle eut beau protester, il la souleva comme une plume et la porta jusqu'à sa chambre.

— Ça va, je te dis. Repose-moi. Je peux marcher, insista-t-elle.

— Et moi j'aime te porter.

Elle posa la tête en appui sur son épaule.

— Ça me plaît quand tu te conduis en gentleman.

— Je n'ai rien d'un gentleman.

— Permets-moi d'en douter.

Il l'aida à reprendre ses appuis en la tenant par la taille.

— Tu vois toujours ce qu'il y a de bon chez autrui au détriment du reste ?

— Je te rappelle que tu viens d'offrir le mariage du siècle à mon grand frère qui, jusqu'à aujourd'hui, te faisait à moitié la gueule.

— Mais tu l'aimes, non ?

— Précisément. Tu fais les choses sans rien attendre en retour. Comme ces cadeaux de mariage, dit-elle en lui caressant le maxillaire. Tu es quelqu'un de bien.

— Le présent n'efface pas le passé.

— Non, en effet. Et le passé ne définit pas davantage l'avenir.

Beckham la contempla comme s'il lisait l'avenir dans les yeux de son aimée. Puis il se pencha et l'embrassa sur le front. Elle ferma les paupières et le huma. Il la contourna à pas lents, trouva la fermeture Éclair au niveau des reins et la baissa jusqu'au milieu des fesses. L'étoffe soyeuse lui cascada sur les hanches pour finir en boule à ses pieds.

Reyna sentit peser le regard scrutateur de son beau ténébreux. Elle respira plus vite quand il lui empoigna les fesses à pleines mains. Des doigts glissèrent sous l'élastique de la culotte… puis le tissu céda dans un bruit de craquement.

Elle hoqueta. Sentit son entrecuisse se contracter, en proie à une fièvre soudaine. *Dieu du ciel*, songea-t-elle, *je suis sa chose* !

Beckham joua du pied pour l'inciter à écarter les jambes. Alors qu'elle voulait se défaire de ses escarpins, il la retint par la hanche.

— Garde-les aux pieds.

Elle se tourna vers lui, un sourcil arqué.

— D'accord, je les aime bien.

Il l'effleura sans se presser en descendant jusqu'au cul. Lui caressa les fesses puis l'arrière des cuisses, traçant les contours de tout ce qu'il aimait dans ses courbes mises en valeur par les talons hauts.

— Penche-toi.

— Quoi ? murmura-t-elle.

— Penche-toi. En avant.

La gorge serrée, elle sentit son cœur s'emballer en songeant à ce qu'il s'apprêtait à faire. Elle était trempée. Son ton autoritaire la rendait folle.

Avec une lenteur exagérée, elle se pencha en avant jusqu'à pouvoir s'agripper aux pieds du lit. Le cul en l'air. Parfaitement disponible.

La main de Beck remonta le long de la cuisse. Il glissa deux doigts dans sa chatte déjà amplement lubrifiée. Reyna grogna tant c'était bon. Un troisième doigt entra en action, lui caressa les grandes lèvres puis décrivit des cercles autour du petit bouton. Elle eut beau ruer, il n'en eut cure et la branla tout en douceur, faisant monter la fièvre jusqu'à ce que la jeune femme sente ses jambes trembler. Allait-elle s'effondrer ? Jouir ? Les deux à la fois ?

— Beck. Je t'en prie.

— Que veux-tu, petite chose ?

— Baise-moi.

— Ne bouge pas, ordonna-t-il.

Reyna faillit s'écrouler quand il retira ses doigts. Parvenue à rester debout, elle entendit sa veste tomber par terre, puis le reste du smoking. L'instant suivant, le sexe à la main, il la pénétra. Reyna gémit et vit trente-six chandelles à mesure qu'il allait plus profond.

Ils se mirent à bouger en accord, donnant, prenant. L'acte était bestial. Revendicatif. Elle appartenait à Beckham, Beckham lui appartenait. Ils formaient un couple.

Un dernier coup de reins, et la jeune femme sentit tout son corps exploser. Elle poussa un cri ; son vagin se crispa sur cette queue plantée en elle profondément. Se faire revendiquer ainsi par Beckham Anderson ? N'importe quel jour, à n'importe quelle heuree !

Beckham se retira et, sans son intervention, Reyna aurait fini par terre. Il la prit dans ses bras et l'étendit sur le lit. Elle voulut se saisir de lui.

— Encore, haleta-t-elle.

Il afficha ce sourire ravageur qu'elle trouvait infiniment craquant. Puis il fut de nouveau en elle. Reyna l'enlaça et se colla à lui jusqu'à ce que leurs bouches soient toutes proches.

Leurs souffles se mêlèrent.

Leurs regards se croisèrent.

Le monde s'arrêta.

— Mords-moi, murmura la jeune femme.

— Reyna, gronda-t-il.

— Je ne suis pas les autres filles. Toi aussi, tu es différent. Comme moi.

Il ralentit son va-et-vient.

— Je ne veux pas me laisser emporter comme l'autre fois.

— Eh bien, maîtrise-toi.

— Je ne peux rien te promettre…

— Je te veux tout entier, Beckham, déclara-t-elle du fond du cœur en mettant les jambes autour de ce grand corps tout en muscle. Et toi, tu peux m'avoir tout entière.

Il recommença à aller et venir plus vigoureusement. Reyna sentit l'instant précis où il se décida : la respiration plus lente, les pupilles dilatées, il montra les crocs.

Elle perçut le léger picotement dans le cou et poussa un soupir de soulagement. Les endorphines affluèrent. C'était dément. Au-delà de l'imaginable.

La sensation n'avait strictement rien à voir avec celle du venin en intraveineuse, qui diffusait chaque fois une dose trop massive. Elle s'était sentie dériver, hors du monde.

Tandis qu'à cet instant c'était la félicité totale. Le paradis. *Mon Beckham à moi.*

Un bonheur à nul autre pareil.

Tout l'organisme en fusion, elle jouit de plus belle tandis que son beau ténébreux cessait de la mordre pour éjaculer. Reyna vit son propre sang luire sur les crocs de Beck. Il avait les yeux clos et les traits déformés par l'extase. Des gouttes vermeilles lui tombèrent sur la poitrine. Un détail qui, au lieu de la terrifier, ne fit qu'intensifier son orgasme. Elle aurait pu jouir une troisième fois sous l'effet cumulé de l'afflux hormonal et des cris rauques de son bel amant.

Il revint peu à peu à lui. Les yeux fixés sur les gouttes de sang qui maculaient les seins de Reyna, il se retira avec douceur.

— Tout va bien, petite chose ?

— Mieux que jamais.

Il pencha la tête de côté et examina sa nuque.

— Ces morsures vont rapidement cicatriser.

— Hon hon, marmonna-t-elle.

— Je me suis arrêté, dit-il, l'air ébahi d'y être parvenu.

— J'en étais sûre.

— Allons faire un brin de toilette…

— Attends, murmura-t-elle, j'ai quelque chose pour toi.

— Tu m'as déjà donné beaucoup.

— Ne bouge pas.

Elle fila jusqu'au dressing en s'essuyant les seins à l'aide d'une serviette et y récupéra un paquet emballé avec soin.

— Tiens, c'est pour toi.

Il s'était servi d'un mouchoir en papier pour se nettoyer la bouche et avait remis son caleçon. Elle lui tendit son cadeau.

— Qu'est-ce que c'est ?

— Un cadeau de Noël, pardi !

Il fronça les sourcils et défit le paquet, découvrant un tirage sur toile du paysage urbain qu'elle avait pris en photo alors qu'ils étaient sur le toit d'un immeuble, plusieurs mois auparavant. La nuit où ils avaient exploré pour la première fois leurs sentiments mutuels. Où Beckham lui avait parlé de la rébellion, du nécessaire changement de perspective, du besoin de considérer la société Visage telle qu'elle était et non telle qu'elle souhaitait apparaître.

Beckham écarquilla les yeux, émerveillé et touché à la fois.

— C'est pris depuis le toit ?

Elle hocha la tête.

— Je me suis dit que ça ferait chouette, chez toi ou dans ton bureau. Et puis comme ça, il y aura un petit peu de moi au cœur de la bête.

— Tu as déjà mon cœur tout entier.

Chapitre 31

Le lendemain matin, Reyna arriva passablement vaseuse à la cafète. Beckham s'était éclipsé à une heure étrangement matinale. Dans son piteux état, elle n'avait gardé de son départ que le souvenir d'un bisou sur le front. La jeune femme se munit d'un plateau où elle posa œufs, bacon et jus d'orange avant de chercher un endroit où s'installer. Apercevant Drew et Grégory assis ensemble dans un coin, elle se dirigea vers eux.

Elle posa son plateau à côté de celui de Drew.

— Alors, dit-elle en forme de salut.

— Salut Rey, répondit son frère en écarquillant les yeux.

— Ça s'est passé quand ? demanda-t-elle en les désignant tour à tour avec sa fourchette.

— Ça s'est… passé tout seul.

Grégory arqua un sourcil et précisa :

— Dès ton arrivée, tu veux dire.

— C'était il y a des semaines ! s'exclama Reyna. Pourquoi tu ne m'as rien dit ?

— Je n'avais jamais eu de petit ami, se défendit Drew.

— Et pas davantage de copine. Tu dois des détails à ta petite sœur !

— OK, OK, je plaide coupable.

— Brian et Laura sont toujours enfermés ?

— Autant que je sache, oui. Il va bien falloir que Brian sorte. On doit partir au crépuscule.

Reyna fit grise mine. Elle s'était efforcée de ne pas songer à la mission qui attendait ses deux frangins : se rendre sur site et tâcher de découvrir s'il s'agissait réellement d'un futur camp pour bétail humain. Ils avaient beau avoir accompli plusieurs missions de ce type auparavant, cela ne l'empêchait pas d'avoir peur pour eux.

— Ne partez pas sans me dire au revoir. Je compte sur toi.

— Ça roule.

Reyna termina son petit déjeuner tout en écoutant le délicieux bavardage entre Drew et Grégory. Jodie s'installa dans la file d'attente au moment où elle rapportait son plateau.

— Reyna ! s'écria Jodie en accourant vers elle, un papier brandi.

— Qu'est-ce qui t'arrive ?

— On a trouvé quelque chose !

— À propos de June ?!

— Une adresse, acquiesça Jodie.

— Ça alors ! Où ?

— Ici même, en ville. Personne n'est encore allé vérifier, mais elle semble y avoir habité à un moment ou un autre. Nous reste plus qu'à obtenir l'autorisation d'aller nous rendre compte sur place.

Les yeux de Jodie pétillaient, Reyna n'avait jamais vu son amie aussi excitée et ravie.

— Allons-y tout de suite !

— Meghan est sur le coup.

Reyna la prit dans ses bras.

— Je suis si heureuse pour toi ! Espérons que le tuyau soit valable…

— Même si elle n'habite plus là, ça nous fournit un point de départ.

— Bien dit.

Jodie suivit Reyna dans le couloir.

— Tu comptes faire quoi aujourd'hui ? Je suis trop sur les nerfs pour retourner dans ma piaule…

— J'étais en train de me dire que j'allais me rendre au centre médical.

— Pourquoi ? demanda Jodie en s'arrêtant net.

Reyna se retourna vers elle.

— J'ai promis d'aller filer un coup de main.

— Mais pourquoi ? insista Jodie.

Reyna prit son amie par le bras et l'obligea à repartir.

— Parce qu'il y a quelque chose qui cloche dans mon sang.

— Sans dec' ! C'est pareil pour moi, ma vieille.

— Non, sérieux… qui cloche vraiment. Beckham me sent à distance.

— Torride, ça.

— Pas dans ce sens-là, obsédée ! s'esclaffa Reyna. Il sait où je suis, même à longue distance, et si je suis éveillée ou non. Il me détecte, quoi. Ça l'inquiète : s'il en est capable, Harrington pourrait l'être aussi. Il est d'avis que c'est un truc dans ma formule sanguine. On va vérifier.

— La vache ! C'est flippant ton histoire.

— Tu l'as dit. C'est cool si Beck lui seul peut me détecter, mais ça craint si d'autres le peuvent aussi. Je n'ai pas envie de me balader avec un gyrophare sur la tête.

— Très juste. Et tu penses arriver toute seule à piger ce qui se passe ?

— Bien sûr que non, c'est le toubib qui s'en charge. Je voulais passer voir s'il a avancé. Il m'a proposé de lui servir d'assistante.

— Et tu lui fais confiance ? s'étonna Jodie, sceptique. Pas question que je mette un pied dans cette foutue infirmerie. Quoi que Meghan dise ou fasse.

— Beckham a confiance en lui. Et j'ai confiance en Beckham.

— Pourvu que ton Roméo à quenottes sache ce qu'il fait…

Reyna hocha la tête. Elle partageait l'appréhension de Jodie pour être encore sujette à des crises d'angoisse consécutives à l'enfer qu'elle avait vécu. L'idée de donner son sang, de travailler dessus, lui donnait des sueurs froides. Mais tenter de fuir ses terreurs ne rimait à rien. Il fallait les affronter pour obtenir des réponses. Des réponses après lesquelles elle courait désespérément.

En dépit de ses récriminations, Jodie suivit Reyna jusqu'au centre médical désert. Un lieu stérile et sans bruit. Hormis, de temps à autre, un bourdonnement ténu de machine, par exemple quand la clim redémarrait. Reyna mit le cap sur le bureau de Washington. Sa porte était ouverte. Personne. Elle obliqua vers le labo où elle l'avait vu la dernière fois. Bingo !

Il était là, vêtu de sa blouse blanche. L'œil rivé à un microscope. Au milieu du sempiternel fouillis de boîtes de Petri, pipettes, tubes gradués, pinces et appareils divers. Ce fatras devait obéir à une logique quelconque… mais laquelle ?

— Docteur Washington ? lança-t-elle en frappant à la porte.

Il leva la tête et afficha un large sourire.

— Ah, bonjour Reyna ! Enfin décidée à venir m'aider ?

— Oui. Et Jodie a bien voulu m'accompagner.

Reyna désigna son amie qu'elle découvrit blême de terreur.

— Jodie ?

L'intéressée secoua la tête, bien en peine de répondre. Pour une fois.

— Qu'y a-t-il ? Un problème ? s'enquit-elle en tendant la main vers Jodie.

L'ancienne prisonnière recula comme si elle se découvrait en territoire très, très hostile.

— Mademoiselle Gardner, déclara le toubib en faisant un pas vers elle.

Jodie recula d'autant.

— N'avancez pas !

Sa voix dérapait dans les aigus, elle s'éloigna encore.

Reyna les observa tour à tour.

— Vous vous connaissez ?

— Espèce de sale monstre ! beugla Jodie, hystérique. Comment osez-vous être ici ? À jouer les rebelles ? Si vous faites partie du mouvement, c'est que tout est bidon ! Je savais bien que c'était trop beau pour être vrai… Quelle conne je suis d'y avoir cru !

— Jodie, dit Washington, l'air absolument désespéré.

Reyna n'en crut pas ses yeux et s'élança aux trousses de Jodie qui courait déjà dans le couloir.

— Jodie, attends ! dit-elle en l'attrapant par l'épaule.

Celle-ci se dégagea d'une gifle sur la main de l'importune.

— Ne me touche pas, fous-moi la paix !

— Qu'est-ce qui se passe ? Raconte. Tu connais Washington ?

— Si je le *connais* ? persifla Jodie. C'est ce monstre qui a commencé à faire des expériences sur moi !

Reyna se figea. Bien sûr. Elle aurait pu et dû le deviner. Washington lui-même avait dit connaître l'existence d'autres « pensionnaires ». C'était lui qui avait fourni à Meghan les infos permettant de la faire sortir, elle. Il était logique et horrible à la fois qu'il ait… travaillé avec Jodie à un moment ou à un autre, puisqu'elle avait croupi dix ans chez Visage.

— Depuis combien de temps il est ici ? Et puis non, ne me dis pas. Je m'en tape.

Là-dessus, elle repartit dans le couloir. Et prit l'escalier au lieu de l'ascenseur pour rejoindre la piaule de Meghan dans laquelle elle squattait toujours.

— Jodie, où tu vas ?

— Je me casse.

— Tu… tu veux sortir ?

— Bien sûr, ma vieille. Je ne vais pas moisir ici. Si ce salaud appartient à *Elle*, ce maudit sous-sol ne vaut pas mieux que celui de Visage.

— Jodie, je sais que Washington a travaillé chez Visage. C'est lui l'inventeur du traitement par groupe sanguin, mais ça ne veut pas dire pour autant qu'il est resté le salaud qu'il était. J'ai besoin d'y croire.

— Libre à toi, sœurette.

— Beckham a changé. Washington aussi a pu le faire.

Jodie se retourna vers elle tout en bourrant une paire de tennis dans un sac à dos.

— C'est la grosse différence entre nous, Reyna. Les gens, changer ? Des clous. Encore moins deux foutus suceurs de sang. Les vampires sont nos *ennemis*.

— Pas tous. Pas ces deux-là.

— Ils sont depuis toujours et demeurent nos ennemis. Ils se *nourrissent* sur notre dos, merde ! s'emporta Jodie. Boivent notre sang. C'est notre mort qu'ils veulent. Rien n'a changé. Rien.

— Je comprends ce que tu éprouves. Beaucoup de gens que je connais pensent comme toi. Sauf que ce n'est pas vrai, soupira Reyna. Ce serait sûrement plus simple si le monde était tout noir et tout blanc au lieu d'un dégradé de gris. Ça nous éviterait d'avoir à nuancer, à nous creuser la tête pour savoir qui sont les méchants et les gentils – que ce soit chez les vampires ou chez nous autres mortels. C'est dérangeant, je te l'accorde, mais même le pire salaud est apte à changer. À regretter ses mauvais choix passés. Au point que certains décident parfois d'œuvrer dans le camp du bien. Ils ont beau avoir conscience que ce qu'ils font n'effacera jamais les atrocités d'hier, ça ne les empêche pas d'agir. D'essayer. (Jodie cessa d'empiler des fringues dans son sac à dos et l'observa, l'air pensif.) Il est beaucoup plus simple de fuir que de regarder la situation en face. On vit dans un monde de merde, bourré de préjugés. Un monde qu'on s'efforce de corriger.

— C'est un monstre, Reyna, plaida Jodie d'une toute petite voix.

— Je te crois. Il l'a été pour toi et je suis navrée de ce qu'il t'a fait subir.

Elle rejoignit Jodie et lui prit le sac à dos des mains.

— Vraiment désolée pour tout ce que tu as enduré. J'ai connu ça, moi aussi. Mais fuir n'est jamais la réponse adaptée, Jodie.

— Et c'est *quoi* la foutue bonne réponse ?

— Tiens tête. Bats-toi. Aide-moi à bâtir un monde meilleur. Un monde qu'on mérite tous d'avoir. Je ne te demande pas de le pardonner pour ce qu'il t'a fait. Tu n'as même pas à travailler avec lui ou à donner ton sang. Mais ne t'en va pas, je t'en prie.

Jodie se mâchonna la lèvre inférieure tout en regardant Reyna dans les yeux. Elle poussa un gros soupir une seconde plus tard. Ses épaules s'affaissèrent.

— OK, OK…

— Merci.

— Et toi… fais gaffe quand tu bosses avec lui. Je ne voudrais pas qu'il t'arrive malheur.

— Entendu, promit-elle en priant pour que Washington ne donne jamais raison à Jodie.

Ce même jour, après le crépuscule, Reyna se retrouva avec Laura tandis que Brian et Drew s'apprêtaient à partir en mission. Sa belle-sœur avait les joues striées de larmes. Elle nicha la tête dans l'épaule de Brian et s'accrocha à lui. Personne ne pipa mot. La mission primait avant toute chose, il fallait savoir ce qui se passait vraiment dans ces fameux camps. Si Everett avait dit vrai. Ce qui, hélas, ne rendait pas ces adieux moins déchirants.

Reyna était tiraillée par l'envie de les accompagner : rester sagement en retrait n'était pas dans sa nature. Mais les motifs de ne pas sortir étaient trop nombreux. Hormis le fait que personne ne voulait d'elle dans le commando, elle ignorait à ce stade si Harrington pouvait la sentir à distance et si, en cas de blessure, il existait un donneur potentiel capable de la sauver. Reyna était à sa connaissance la seule mortelle de groupe sanguin Rh_{null}. Aussi restait-elle au QG en espérant qu'il n'arrive rien à ses frères.

Drew la prit dans ses bras.

— On sera bientôt de retour. La mission ne devrait durer que deux ou trois heures.

— Soyez prudents, d'accord ?

— Bien sûr, dit-il en lui décochant un coup de coude fraternel et en affichant ce sourire de gosse qu'elle aimait tant.

Laura se résolut enfin à lâcher Brian et sécha ses larmes. Elle tomba dans les bras de Drew tandis que l'aîné s'approchait de Reyna.

— Pas la peine de vous mettre dans un état pareil, les filles ! s'esclaffa-t-il.

— Je n'aime ni où vous allez ni ce que vous allez y faire, dit-elle à mi-voix.

Brian contempla sa femme. La mission était super confidentielle ; Laura elle-même n'en connaissait aucun détail.

— Tout va bien se passer. Viens dans mes bras, gamine.

— Je ne suis plus une gamine, se défendit Reyna en se blottissant contre lui.

— Tu as raison.

— Soyez prudents, d'accord ? répéta-t-elle.

— Bien sûr, Rey.

Il reprit Laura dans ses bras, puis les deux frangins partirent.

— Je déteste ça, marmonna Laura.

— Je sais.

Reyna éloigna sa belle-sœur de la porte par laquelle les garçons étaient sortis. Sans cette intervention, il y avait fort à parier que Laura serait restée plantée devant jusqu'à leur retour. La jeune femme se promit de l'aider à tuer le temps jusqu'à ce que la fatigue incite la jeune mariée à aller se coucher.

Chapitre 32

Reyna rechignait à regagner sa chambre.

Il fallait qu'elle sorte, qu'elle fasse quelque chose. Mais quoi ? Il n'y avait rien à photographier. Beck n'était pas dans les parages. Elle n'avait pas le cran de retourner voir Washington et de l'écouter pérorer.

La jeune femme soupira puis laissa ses pas la porter au gré des couloirs étrangement silencieux du QG d'*Elle*. Marcher lui fit du bien. On pouvait se perdre, dans ce dédale. Tout était préférable à ronger son frein.

Ce ne fut qu'en s'arrêtant devant la porte gardée qu'elle prit conscience de l'endroit où son errance l'avait conduite. Elle fronça les sourcils. Était-ce dû aux propos qu'elle avait tenus à Jodie ? Le monde n'était ni tout noir ni tout blanc. Les gens changeaient parfois. Pas tous, certes, mais refuser d'accepter que certains essaient n'était pas leur faire justice.

— On peut lui rendre visite ? demanda-t-elle aux gardes.

— Sais pas trop, fit le factionnaire avant de se tourner vers la collègue postée à sa droite.

Celle-ci haussa les épaules.

— Personne ne l'a interdit.

— OK. Je ne reste que quelques minutes.

— Frappez quand vous souhaitez qu'on vous ouvre.

La fille adressa un signe au type qui sortit une clé et déverrouilla la porte.

— Merci, dit Reyna qui franchit le seuil, le cœur battant.

C'était probablement une mauvaise idée. Et pourtant… elle ne se déroba pas.

Everett était assis par terre dans cette pièce monacale, en position du lotus. Il ouvrit lentement ses yeux noisette et l'étudia. Aucun des deux ne bougea. Ils restèrent à se dévisager, à trois pas de distance.

— Ma foi, c'est mieux qu'une cellule de prison, dit-il enfin.

— C'est mieux que ce que tu mérites.

— Tu es venue pour me dire ça ?

— Je ne sais pas pourquoi je suis venue.

Elle ne savait pas davantage pourquoi elle l'avait admis. Et se détestait d'être venue, pour tout dire. Surtout en songeant que c'était l'idée selon laquelle les gens pouvaient changer qui l'y avait incitée. Comment s'imaginer qu'*Everett* en soit capable ? Ce sale espion ? Le salaud qui l'avait livrée à Harrington… Et pourtant, il était venu à elle quand il avait pris conscience des dégâts réels occasionnés par Visage. Sans oublier qu'il avait un frère prisonnier. Et Reyna savait ce que c'était.

— Probablement parce que tu sais que j'ai bien agi. Ce qui me vaut malgré tout d'être détenu dans cette pièce, avec des gardes armés à ma porte.

— « Bien agi » ? Rien qu'une fois ! Pour combien de victimes espionnées ?

— Des tas. (Il pencha la tête de côté.). Mais pas toi.

— Tu n'as pas arrêté. En m'abreuvant d'infos sur *Elle* avant que je sache de quoi il retourne. Puis tu m'as suivie pendant que je faisais des photos, tu m'as conduite assister à un combat et là, crac, comme par hasard, on tombe sur une banque de sang. Dont tu connaissais l'existence, j'imagine ?

Il haussa les épaules.

— Oui.

— Pourquoi ? Pourquoi tout ça ?

— Je soupçonnais depuis longtemps Beckham d'appartenir à la rébellion. J'ai pensé qu'en t'aidant ça le pousserait à agir et à se dévoiler.

— Qu'est-ce qui te faisait penser qu'il puisse être mêlé à un truc pareil ?

— Il était opposé aux compagnons permanents et avait noué une relation durable avec une humaine, dit-il, souriant. La fameuse Pénélope. (Reyna resta de marbre.) Ce qui a piqué mon intérêt… Sauf que ce n'est qu'à ton arrivée qu'il s'est mis à agir différemment. Du coup, je t'ai donné un coup de pouce pour qu'il insiste.

— Mais… je n'étais pas une rebelle.

— Je le sais bien. Tu étais trop naïve pour ça.

Reyna le fusilla du regard.

— Tu t'es donc servi de moi depuis le début ?

— Je t'aimais bien, en fait. C'était rafraîchissant de passer du temps avec toi.

— À cause de ma naïveté, c'est ça ?

— Plutôt à cause de ta sincérité.

La jeune femme leva les yeux au ciel.

— Une taupe qui apprécie la sincérité ! On aura tout vu.

Everett ignora sa pique.

— Qu'est-ce qu'ils t'ont fait subir ?

— « Ils » ? *Toi*, tu veux dire.

— Tu n'es plus la même…

— Possible. Il a fallu que je m'adapte. C'était ça ou finir cinglée. Ça vous pend au nez, quand on est soumis à la torture pendant huit semaines. Je ne me laisserai plus jamais enfermer dans la peau d'une victime.

— La torture, répéta Everett dans un souffle.

— C'est fréquent les problèmes psychologiques chez les victimes d'enlèvement.

— Et j'imagine que ça n'arrange rien de te retrouver piégée ici.

Piégée. Le mot qui tue. Reyna frissonna malgré elle.

— Je sors quand je veux, figure-toi.

— Ben voyons. Comme moi, quoi !

— Bon dieu ! Qu'est-ce qui m'a pris de venir te voir ? s'écria-t-elle en écartant les bras et en s'éloignant. Je perds mon temps…

— C'est vrai, ça, *pourquoi* tu es venue ? Donne-moi la vraie raison.

Prête à frapper à la porte, elle n'avait plus du tout envie de lui parler ni de lui révéler quoi que ce soit. Leur amitié passée n'avait été qu'un tissu de mensonges. Elle rechignait à retomber dans cette ornière… tout en espérant le voir chercher à se racheter. S'ils parvenaient à retrouver June, peut-être pourraient-ils aussi libérer son frère. Ce seraient deux premiers pas importants vers un monde meilleur.

— Mes frères sont allés inspecter les camps, dit-elle sans se retourner. C'est flippant. J'avais besoin de me changer les idées.

— Une seconde… répète ?

Elle tourna la tête et vit qu'il s'était levé d'un bond. Resté assis tout au long de l'entrevue pour apparaître moins menaçant, Everett était aux quatre cents coups.

— Ils sont allés enquêter aux camps ? beugla-t-il.

— Oui. Il fallait bien qu'on vérifie ton baratin.

— Quand sont-ils partis ?

— Je ne sais pas trop, il y a une heure ou deux. Pourquoi ?

Reyna se figea comme une statue : il gambergeait à toute allure, tel un joueur face à un Rubik's Cube qui n'aurait qu'une poignée de minutes pour terminer.

Quand il leva les yeux, elle sentit son sang se figer dans ses veines.

— Qu'y a-t-il ? s'écria-t-elle.

— C'est un piège.

— Comment ça ? murmura-t-elle, craignant d'avoir déjà saisi.

— Ils m'ont bien eu. Ils savaient que vous iriez.

— Everett, tu me fais peur.

— Dis-leur de tout annuler. De rentrer illico.

— Tu es sûr de toi ?

— Pour ça oui ! C'est trop bizarre qu'on m'ait laissé trouver cette information. Ils ont dû le faire exprès. J'aurais dû m'en douter… merde, merde et merde !

La peur qu'il éprouvait inonda toute la pièce.

— Vas-y, Reyna, fonce !

Il disait vrai, cela se lisait dans ses yeux. Elle cogna à la porte qui s'ouvrit lentement. Dès qu'elle put, Reyna s'élança dans le couloir sous le nez des deux gardes médusés, le cœur battant à l'idée qu'il s'agisse bien d'un piège.

Il fallait qu'elle voie Sydney. Qu'elle l'entende déclarer que tout se déroulait à merveille, qu'elle paniquait sans raison. C'était Everett qui lui avait mis cette idée en tête… mais sa propre peur qui prenait le relais. Elle courut aussi vite que le lui permettaient ses longues heures d'entraînement sur tapis. Zappa l'ascenseur, préférant gravir les marches quatre à quatre.

Elle était à bout de souffle quand elle déboula dans la salle de conférence.

— C'est un piège ! haleta-t-elle, les mains sur les genoux. Everett affirme… qu'il s'agit d'un piège.

Sydney se tenait debout, les mains à plat sur la table. Seuls Gabe et Washington étaient assis avec elle : Beckham se devait d'apparaître en public à chaque mission pour que son alibi tienne.

— On est au courant, merci, répondit Sydney.

— Vous… vous savez ? réagit Reyna, choquée, d'une voix rendue stridente par la colère. Vous saviez et vous avez envoyé mes frères là-bas ? Dans cette ferme à bétail humain en sachant qu'ils allaient tomber dans un piège ?!

— On ne l'a pas su à l'avance, grinça la cheffe. Tye et Xavier nous l'ont appris par radio. Ils sont tombés dans une embuscade dès qu'ils sont arrivés près de l'objectif.

— Comment ça se passe ? Il y a des blessés ? voulut savoir Reyna.

— On l'ignore.

— Vous *l'ignorez* ?! hurla Reyna, désormais hystérique.

L'Irlandais se leva et s'approcha d'elle.

— Sortons en parler dans le couloir, d'accord ?

— Toi, n'essaie même pas de me calmer !

— Les communications sont coupées. Nous voilà sourds et aveugles, sans aucune remontée du terrain.

— Vous n'avez qu'à envoyer du monde ! vociféra la jeune femme.

— On n'a pas les ressources nécessaires et il n'est pas question d'envoyer des soldats en plein brouillard, rétorqua Sydney.

— Des soldats. Des soldats ! ricana Reyna, furieuse. Mes frères ne sont pas des petits soldats qu'on envoie au carton mais des individus ! Et géniaux avec ça ! Brian vient de se marier. Un bébé est en route. Drew, lui, sort à peine de sa coquille. Ils sont trop jeunes pour mourir…

— Nous le savons, assura Gabriel.

Mais Reyna n'avait d'yeux que pour la responsable des opérations.

— Vous envoyez ces hommes au casse-pipe, que vous appelez des soldats. Des victimes de plus dans votre foutue guerre, rien de plus. Alors qu'ils sont tout pour nous autres.

— Parce que tu crois que ça m'amuse d'envoyer des jeunes gens comme tes frères en mission ? aboya Sydney. Non. Détrompe-toi. Mais sans sacrifice, on n'accomplit jamais rien.

— Je refuse qu'on sacrifie mes frères ! fulmina Reyna. Comment pouvez-vous évoquer aussi légèrement leur mort possible ?

— Ne me parle pas de mourir. Cette guerre m'a coûté la *vie*, jeune fille. J'y ai tout sacrifié. Tout.

— Ne dites pas n'importe quoi, cracha Reyna. Vous vous portez comme un charme, ça crève les yeux.

Gabe grimaça. Même l'impassible docteur se recroquevilla. Sydney, pour sa part, se redressa de toute sa stature.

— Tu en sais bien peu pour proférer de telles accusations. Cette rébellion a été fondée par Elle. Une femme qui a guidé ses « petits soldats » à la bataille et l'a payé de sa vie. La dénommée Elle est morte ce jour-là, lui lança Sydney. Car la personne qu'elle est devenue par la suite n'était plus une idéaliste. Torturée jusqu'à devenir une guerrière endurcie, elle s'est libérée en brisant ses chaînes. Puis elle est revenue plus forte. Plus visionnaire, aussi. C'est sa mort qui a allumé la flamme de la révolution. Quant à moi… je suis née de ses cendres.

Reyna se figea. Sydney et Elle ne faisaient qu'une ! Pas croyable… La fondatrice de la rébellion n'était pas morte mais devenue l'objet même de la lutte. Une guerrière farouche, prête à en découdre. Rien d'étonnant à ce qu'elle voue une telle haine à Visage… Elle était bel et bien morte pour la cause.

Le poste de campagne posé devant Sydney crachota avant que Reyna puisse dire un mot.

— Carpenter au rapport, lança une voix hachée.

— C'est Drew, murmura Reyna.

Sydney empoigna vivement le combiné.

— Quel est ton statut, soldat Carpenter ?

— Je m'en suis sorti. Pas mal loin, déjà, mais la zone de brouillage est immense. Vous me recevez ?

— Bien reçu. Qui d'autre est avec toi ?

La radio crépita une dernière fois, puis ce fut le silence.

Chapitre 33

Reyna, le regard vide, resta à contempler le mur. Abattue comme jamais. Drew était potentiellement tiré d'affaire, mais on était sans nouvelle de Brian et des autres participants à la mission. Seule certitude : celle-ci avait viré au cauchemar.

— Gabe, va chercher Tony. Tout de suite, ordonna Sydney sans perdre une seconde.

Le petit truand bondit de son siège et s'élança en quête du technicien. Il adressa un regard compatissant à la jeune femme en passant qu'elle remarqua à peine.

— Je vais chercher Meghan. Au cas où il y aurait des blessés…, lança Washington.

— Vas-y, aboya Sydney.

Le toubib se hâta vers la porte mais s'arrêta pour poser la main sur le bras de Reyna.

— Vous devriez vous asseoir. Je vais dire à Meghan de vous apporter de l'eau, vous êtes en état de choc.

Elle se dégagea d'un geste brusque et lui tourna le dos. État de choc. Oui. Il avait raison. Et alors ?

Reyna sut gré à Sydney de ne rien tenter pour lui remonter le moral. Elle devait la savoir hors d'atteinte. Ou trop accablée par la culpabilité. Ou… peu importait.

Des gens entrèrent et sortirent. Tony essaya de réparer la radio, de capter les micros que portaient les membres du commando. Aucun signal audio. Idem pour les flux vidéo. Comme si un champ électromagnétique brouillait toute la zone du camp.

Un authentique trou noir technologique.

Tony finit enfin par lever la tête.

— Quelqu'un vient d'accéder au parking.

Gabriel s'élança hors de la salle en moins d'une seconde. Reyna, le cœur battant, se demanda qui ça pouvait être. Ce qui avait pu se passer.

— C'est Tye, confirma Tony. Il vient de s'identifier.

Reyna souffla un peu. Tye. Dieu soit loué ! Quel soulagement ! Il l'avait aidée à s'évader. Elle s'osait imaginer ce qui arriverait si…

Si quoi ? S'il s'était fait pincer ? Capturer ? Tuer ?

Cette pensée lui arracha un frisson.

Tye déboula dans la salle, soutenu par Gabe et en très, très piteux état. La hanche droite salement touchée. Les fringues maculées de suie, toussant comme un possédé. Il s'écroula dans un siège, aussitôt pris en charge par Meghan.

— Mon pauvre vieux, hoqueta la rouquine.

Elle le palpa sous toutes les coutures, fébrile, son calme habituel envolé.

— Ça ira, Meghan. Rien qu'un pet à la hanche. Et j'ai inhalé une saleté, aussi, dit-il en toussant de plus belle. Ce truc nous a presque tous mis KO, mais j'ai pu me couvrir la tronche le temps d'échapper au nuage.

— Raconte comment ça s'est passé, dit Sydney sur un ton un peu moins autoritaire qu'à l'accoutumée.

Reyna fit un pas en avant, les yeux ronds sous l'effet de la terreur.

— C'était un coup fourré, haleta Tye.

Il mit la main à sa gorge. Meghan lui passa un verre d'eau qu'il but à longs traits avant de reprendre.

— Ils nous attendaient. J'ignore comment ils ont su, mais c'est un fait. On a réussi à passer. Trop facilement. J'aurais dû me douter que c'était louche quand on a trompé la vigilance des sentinelles. C'était super mal gardé, la clôture était dérisoire…

Bien entraîné des clous, oui ! maugréa-t-il en s'ébrouant sous le coup de l'exaspération et en fourrageant dans sa tignasse de cheveux raides. On s'est séparés comme prévu. Carpenter à la tête du premier groupe, moi du deuxième, Xavier du troisième.

— Carpenter, murmura Reyna.

— Brian, précisa Tye avec une grimace.

Elle ignorait qu'il était chef de groupe. Cette révélation la rendit un peu plus malade.

— Mon groupe était à peine à l'intérieur quand on a remarqué que toute toutes nos communications étaient rompues. Là, j'ai tiqué. Mais le complexe était vide.

— Vide ? répéta Sydney.

— L'entrepôt lambda, quoi. Avec des trucs dedans mais rien que du matos de construction. Des gardes armés et tout ce merdier pour des sacs de ciment et des parpaings ? Ça puait le coup fourré. Et là, boum, un gros nuage de fumée.

Il toussa derechef, tentant d'expectorer les toxines inhalées.

— J'ai donné l'ordre de repli. Quant à alerter les autres groupes, sans radio, pas moyen.

— Qu'est devenu ton groupe ? demanda Reyna.

Il secoua la tête.

— Éparpillé.

— Vous aviez convenu d'un point de réunion, non ? lança l'Irlandais.

Tye acquiesça.

— Personne ne s'est pointé.

— Bordel de merde ! cracha Gabriel.

Meghan se couvrit la bouche. Reyna sentit les larmes affluer. Washington, pour sa part, se rencogna dans son siège.

— Si ça se trouve, je suis le seul à m'en être sorti.

— Drew aussi, dit Reyna à voix basse, captant le regard de Tye. Il nous a contactés par radio juste avant que ça lâche.

— Qui d'autre ?

— On l'ignore, répondit Sydney.

Un long silence se fit dans la cellule de crise alors que chacun prenait la mesure du drame. Une embuscade. Toutes les communications coupées. Tye et Drew seuls survivants connus. Quelle perte colossale ce serait pour la cause…

— Examinons cette hanche, proposa Meghan.

— C'est rien, éluda Tye.

La rouquine le foudroya du regard.

— Tu as besoin de soins. Une longue nuit nous attend et tu m'as l'air assez amoché comme ça, c'est pas la peine d'en rajouter.

Il soupira puis céda.

— OK, OK.

— Gabe, aide-moi à le remettre debout.

Le trio s'éloigna, laissant dans son sillage la bombe que Tye venait de lâcher dans la salle. Reyna, le cœur gros, comprit qu'il allait falloir patienter pour avoir du neuf à propos de ses frères.

— Faisons parler Everett, lança Sydney. C'est lui qui nous a piégés. On doit apprendre tout ce qu'il sait. Je compte autoriser Gabe à user de toutes les méthodes nécessaires pour le faire avouer.

Reyna braqua les yeux sur elle.

— Everett n'était pas au courant.

— Si, c'est évident. Il t'a dit que c'était un piège.

— Il l'a pigé quand je lui ai annoncé que nos gars allaient sur place. Il n'en savait rien avant. Pourquoi m'aurait-il avertie que c'était un piège ? S'il était impliqué, il n'aurait rien dit…

— Il cherche à gagner ta confiance. Te fournir une information qui se serait avérée cruciale si on l'avait eue à temps est un excellent moyen.

— Je suis convaincue qu'il n'y est pour rien.

— Soit il t'a manipulée, soit il nous manipule tous, trancha Sydney d'une voix égale. Quoi qu'il en soit, on le saura cette nuit.

L'aube était presque levée quand Gabe réintégra la cellule de crise.

Reyna s'était enfin assise. La tête sur les mains. Ses yeux se fermaient tout seuls en raison du manque de sommeil. Et pourtant, elle n'était pas fatiguée : juste épuisée.

— Soit on l'a formé à encaisser, déclara Gabe en exhibant ses jointures écorchées, soit il ignorait vraiment dans quoi il a entraîné nos gars.

Reyna sourit faiblement. Elle avait vu juste, mais son sourire s'effaça presque aussitôt. Le fait qu'Everett soit impliqué ou non ne changeait rien à l'affaire. Ses frères étaient toujours portés disparus. Comme tous les éclaireurs hormis Tye, à qui Meghan avait ordonné de s'asseoir en constatant qu'il faisait les cent pas.

— Accès inférieur demandé, indiqua Tony, résolument impassible.

— Hein ? s'étonna Reyna en relevant la tête.

— Une seconde. Le temps que j'ajuste la caméra.

Il maltraita son clavier. Tout le monde s'attroupa autour de lui dans l'espoir d'apercevoir une tête amie. L'écran vacilla… puis une silhouette apparut.

Reyna en eut le souffle coupé, les jambes en coton et dut s'accrocher à la table.

— Drew.

— Je lui ouvre ? demanda Tony à Sydney.

— Oui. Gabe, file à sa rencontre.

Reyna bondit comme un ressort.

— Je l'accompagne.

— Tu restes ici le temps qu'on contrôle Drew et qu'on vérifie qu'il n'y a pas de menace, tempéra Sydney.

— Une menace, c'est ça que vous voulez ? grinça Reyna. Essayez de m'empêcher d'aller voir mon frère.

Puis, sans un regard en arrière, elle sortit de la salle en trombe. Gabe sur ses talons. Le boxeur-truand lui posa une main sur l'épaule pour ne pas se faire distancer. Ils filèrent sans mollir jusqu'à l'escalier, le souffle en accord avec les mouvements. Il était plus rapide mais n'en profita pas pour la distancer. Ils arrivèrent enfin à l'étage inférieur où Drew avait sonné.

— On y est, annonça Gabriel par radio.

— Ouverture : trois, deux, un, égrena Tony.

La porte s'ouvrit.

Drew s'effondra. Reyna courut vers lui et le prit dans ses bras en écartant les mèches qui lui tombaient dans les yeux.

— Drew, murmura-t-elle, en larmes. Tu es vivant. Tout va bien aller. Tu es revenu.

Elle remarqua à peine Gabe qui jetait un coup d'œil à l'extérieur, un garage souterrain, avant de refermer manuellement la porte blindée.

— Personne, annonça-t-il.

— Drew, c'est Rey. Parle-moi.

— Rey, hoqueta-t-il en toussant comme Tye avant lui.

— Oui, petit frère, c'est moi. Je suis là. Tu es tiré d'affaire.

— Salut mec, salua Gabriel en se penchant vers lui. Comment tu as fait pour revenir ? Et les autres, tu en as vu ?

Drew se recala sur les coudes. Il avait les yeux rouges et troubles.

— J'ai… marché et… je suis seul. (Nouvelle quinte. Si forte qu'elle eut peur qu'il crache ses poumons.) Où sont-ils tous ?

— On aimerait bien le savoir, avoua Gabe.

Drew grogna et roula sur lui-même.

— Ça va ? Tu es blessé ? s'inquiéta Reyna.

— À l'épaule.

Reyna inspecta ladite épaule et poussa un juron.

— Blessure par balle. Aidons-le à monter, il a besoin de voir le toubib.

— Non, réagit Drew. Non, c'est… Laura que j'ai besoin… de voir.

— Laura ? hoqueta Reyna, horrifiée. Pourquoi ?

— Rey, je suis désolé.

— Non, non, non, murmura-t-elle.

— C'est Brian.

Gabriel passa un appel radio.

— Besoin d'un toubib en bas. Carpenter est touché à l'épaule et a inhalé de la fumée.

— Laura, insista Drew. Faut que je la voie.

Il voulut se relever, mais Gabe plaqua la main sur son épaule valide et l'obligea à s'étendre.

— Reste tranquille, mon gars. Tu lui parleras quand on t'aura rafistolé.

— Il faut que je lui dise, répéta Drew, à demi conscient, affalé par terre.

— Lui dire quoi ? demanda Reyna.

— Qu'ils tiennent Brian. Ils l'ont capturé.

Puis il tomba dans les pommes.

Drew fut transporté en toute hâte à l'infirmerie où Meghan et Washington se préparaient déjà à lui extraire la balle. Reyna s'installa dans la salle d'attente en compagnie de Gabriel. Elle aurait dû aller trouver Laura. Et Jodie. Tout le reste pouvait attendre. Sauf… sauf que non.

L'important c'était que Drew était au bloc opératoire.

Et que Brian était porté disparu.

Disparu.

Son cœur se brisa. En mille morceaux éparpillés par terre. « Disparu » était un mot neutre qui ne rendait pas justice à ce qu'elle éprouvait.

Quand elle avait postulé chez Visage, c'était précisément pour soulager ses frères qui trimaient aux Entrepôts. Résultat :

elle était à l'abri tandis qu'ils souffraient dans leur chair. Qu'avait-elle fait ? Pourquoi les avoir précipités dans cet enfer ?

Au bout d'un temps indéfini, Beckham fut brusquement à ses côtés. Ses larmes roulèrent tandis qu'il la prenait dans ses bras. Reyna se pendit à son cou ; il l'enlaça tendrement. Elle resta ainsi à se laisser dorloter, s'abandonnant à son chagrin.

— Pauvre petite chose, dit-il en l'embrassant au sommet du crâne.

— Brian, hoqueta-t-elle.

— Je suis au courant.

— C'est ma faute.

— Non.

— Si je n'avais pas postulé chez Visage, mes frères n'en seraient pas là.

— Non, répéta Beckham plus fermement en se baissant pour la regarder dans les yeux. Je t'interdis de blâmer quiconque hormis le vrai responsable : William Harrington.

— On peut le tuer, à présent ?

— Oui.

Le vampire implacable qui s'était taillé un royaume à grand renfort d'assassinats se tenait devant elle. Reyna s'en trouva rassurée. Elle aurait besoin de lui pour gagner cette guerre-là.

— Parfait.

Il lui sécha ses larmes du bout des pouces.

— Ne laisse personne te briser.

— Personne sauf toi, murmura-t-elle.

Le colosse l'embrassa tendrement, en total contraste avec sa brusquerie habituelle. Ce qui calma Reyna comme rien d'autre au monde n'aurait pu le faire.

— Une réunion se prépare. Qui ne débutera pas sans toi.

— Tu veux bien attendre ici avec moi ?

— Jusqu'à la fin des temps.

Meghan sortit du bloc, des cernes noirs sous les yeux, les mains tremblantes en rajustant son chignon.

— Il va bien, dit-elle à Reyna. Il nous a donné les mêmes infos que Tye, mais je pense qu'il a inhalé plus de fumée que lui. On lui a administré un sédatif pour qu'il puisse dormir. Il va falloir qu'il attende quelques heures avant de parler à Laura.

— Merci, dit Reyna en l'étreignant. Merci pour tout.

— De rien, dit la rouquine en se passant la main sur la figure. Quelle foutue nuit !

— Beck m'a parlé d'une réunion.

L'infirmière hocha la tête.

— Laisse-moi d'abord voir comment va Jodie. Elle est comme un fauve en cage.

— Oui, je sais. Je m'en occupe.

Meghan manqua trébucher, rétablie de justesse par Reyna.

— Va dormir un peu, d'accord ? Tu ne sers à rien si tu ne tiens plus debout.

— Tout le monde est réveillé. Je tiendrai.

— À quand ça remonte la dernière fois que tu as dormi ?

— Aucune idée.

— Tu n'es pas vampire. Laisse Washington s'occuper des patients, OK ?

— Quelques heures, alors, maugréa Meghan avant de prendre congé.

Reyna entra dans la chambre de Drew qui dormait. Elle lui caressa les cheveux puis l'embrassa sur le front.

— On va retrouver Brian, petit frère. Et tuer le monstre qui a fait ça. Tout va s'arranger, je te le promets.

Une rage froide couvait dans son cœur. Féroce. Sauvage. Prête à dévorer tous les obstacles.

Beckham, qui l'avait suivie, vit sa mine sombre et lui tendit la main. Elle s'en saisit et puisa dans ce contact la force de tenir. La colère et Beckham étaient ses seuls moyens de ne pas sombrer. Sans cela, elle ignorait dans quel état elle finirait.

Ils retournèrent en cellule de crise où tout avait commencé. Sydney était toujours au bout de la table. Tony, le nez collé à l'écran, continuait à malmener son clavier d'ordinateur. Gabe était revenu et Tye, une cheville bandée, était assis à côté de lui.

Mauvaise surprise : Pénélope était là, elle aussi. La maire vit que Beckham tenait Reyna par la main, fit la moue et détourna la tête.

Washington arriva à son tour.

— Comme beaucoup d'entre vous le savent, débuta Sydney, hier soir, nous avons envoyé une équipe inspecter le camp de bétail humain présumé. Mal nous en a pris : c'était un piège. Ils savaient qu'on venait. L'info était destinée à nous faire sortir du bois. En conséquence, nous ignorons où se trouve le véritable camp, l'usage précis que l'ennemi compte en faire et les détails de sa mise en œuvre.

— Qu'est-ce qu'on *sait*, au juste ? persifla Pénélope.

Sydney la fusilla du regard avant de répondre.

— Qu'une dizaine de nos meilleurs éléments ont été capturés ou tués sur le site de l'embuscade. Et que Visage tenait clairement à ce qu'on le sache. Ces fumiers ont fait en sorte qu'Everett nous balance l'info.

— Comment être sûrs que ce fameux camp existe ? rebondit Penny. C'est du bidon, si ça se trouve. Pour nous faire perdre notre temps et nos hommes.

— Il existe, contra Beckham. J'ai trouvé sa trace dans des messages cryptés. Dès que j'ai su quoi chercher, il m'a été assez facile de remonter la piste. Ils vont le faire. Quand et où, hélas, je n'en sais rien.

— Harrington ne te fait donc plus confiance, en déduisit Sydney. Te voilà hors-jeu.

Un silence consterné suivit cette révélation : leur meilleur agent double était grillé. Reyna ne se démonta pas pour autant. Elle se leva et frappa la table avec les paumes.

— Dans ce cas, il ne nous reste plus qu'une option. Mieux : un devoir. Empêcher les fermes à bétail humain d'opérer. C'est inacceptable.

— Et tu suggères quoi pour y arriver ? railla Pénélope.

— De provoquer le chaos. En liquidant Harrington.

Chapitre 34

Sydney hocha la tête.

— D'accord.

— Quoi ? demanda Penny, abasourdie. Et par quel miracle ?

— Je vais l'attirer, dit Reyna.

— Non, répliqua aussitôt Beckham.

Reyna fit la sourde oreille. C'était simple. Simplissime, même.

— L'heure est venue de mettre ta théorie sanguine à l'épreuve, Beck.

— Pas question, refusa-t-il, les yeux plissés.

— Si Harrington peut me sentir à distance, il viendra à moi. Je l'attire au-dehors et, vous autres, vous finissez le boulot.

— Un million de détails peuvent mal tourner dans ton scénario…

— Quel site allons-nous choisir ? intervint Sydney.

Beckham se tourna vers elle en grondant.

— Tu n'es pas sérieuse, là ?

— Je n'écarte aucune option. Reyna est volontaire. C'est d'elle que vient l'idée. Ce serait idiot de ma part de ne pas creuser la question.

— Elle va jouer les *appâts*.

— En effet, dit Reyna. Je serai l'appât. Il suffit de trouver un créneau où Harrington apparaît en public. Un lieu moins bien gardé que le QG de Visage ou l'enfer dans lequel vit ce monstre.

— Non, répéta le beau ténébreux.

— Tu ne me feras pas changer d'avis, asséna-t-elle avec, dans la voix, l'énergie de mille soleils.

— Je donne un bal masqué à l'occasion du nouvel an. Tout le gratin est convié, déclara Pénélope. Dont Harrington, bien sûr.

— C'est dans cinq jours, objecta Gabe. Ça fait court.

— Tant mieux, rétorqua Reyna. Lui aussi sera pris de court.

— On peut avoir accès au bal ? demanda Sydney à Penny, qui acquiesça.

Beckham bondit de son siège.

— Vous avez tous perdu la tête ou quoi ? Je refuse qu'on envoie Reyna à Harrington !

— J'irai, Beck, lui dit-elle. Et j'ai besoin de toi pour l'achever.

— Harrington hors circuit, tu pourras prendre sa place à la tête de Visage, fit valoir Sydney. Imagine ce qu'on pourrait faire alors. Les changements qu'on mettrait en œuvre, avec toi aux commandes.

— Tu es sûre de toi ? demanda-t-il à Reyna.

— Certaine. Si tu viens aussi.

— Je refuse de te mettre en danger.

— Il y a des risques qui valent la peine d'être pris.

Dans les yeux de Reyna, il lut la suite. *Tu vaux la peine.*

— Non, insista Beckham.

— C'est moi qui suis à la tête de ce mouvement, M. Anderson, déclara Sydney avec le plus grand sérieux. Nous tenons une ébauche de plan. Il faut l'étoffer, certes, mais, puisque Reyna est partante, j'estime que nous devons saisir l'occasion.

— Prends le temps d'y réfléchir, pressa Beckham.

— Ma décision est prise, répondit-elle sur un ton de défi.

Il montra les crocs sous le coup de la frustration.

— On en reparlera.

— D'accord.

— La nuit a été longue pour tout le monde, déclara Sydney pour clore le débat. Prenez tous un peu de repos. On se retrouve ici à quinze heures tapantes.

Sa proposition acceptée, Reyna sentit un immense soulagement l'envahir. Elle agissait. Enfin. Résolue au sacrifice ultime afin d'empêcher cette nouvelle atrocité de voir le jour… tout en gardant en point de mire la libération de Brian.

Beckham la conduisit vers la sortie. L'épuisement la gagnait ; elle trébuchait à chaque pas. Ses paupières pesaient des tonnes. L'effet de l'adrénaline dissipé, elle était au bout de ses forces.

— Tu peux à peine marcher, gronda Beckham dès qu'ils furent dans le couloir.

— La nuit a été longue.

— Dois-je te porter ?

— Ça ira, mentit-elle.

Ça n'allait pas du tout, à dire vrai. « Catatonique » était le mot exact.

— Beckham ! lança Pénélope dans leur dos.

Ils s'immobilisèrent et se tournèrent vers elle. Reyna dut prendre appui contre le mur. Affronter Pénélope, là tout de suite ? Très peu pour elle. Pas après tout ce cirque.

— Où tu vas comme ça ? demanda Penny.

— Reyna a besoin de repos.

— Très bien… qu'elle aille se reposer. Mais *toi*, où vas-tu ?

— Avec elle, rétorqua Beckham, manifestement à bout de patience.

C'était comme un trait dessiné dans le sable. Encore et encore, marée après marée. Mais jamais avec cette virulence, et jamais non plus en présence de Reyna.

— J'en ai ma claque de me répéter, maugréa Pénélope, les bras croisés.

— Rien ne t'y oblige.

— C'est moi qui t'ai toujours soutenu. Moi qui ai infléchi le cours de ta vie. Moi qui t'ai fait connaître *Elle*, énuméra Pénélope, la tête haute. Moi. Toujours moi.

— Tu tiens vraiment à faire ça *maintenant*? demanda Beckham.

— Pourquoi pas, je te prie ? Je suis Pénélope Sky. La maire de cette ville. Diplômée, riche et superbe, Beckham. Quand comptes-tu te décider à ouvrir les yeux ? Cette mascarade a assez duré ! Nous formons le couple idéal. On *devrait* être en couple, appuya-t-elle en grimpant d'une octave. La maire et le vice-président de Visage Incorporated, œuvrant main dans la main à bâtir un avenir meilleur. C'est nous ! Tout le monde en est conscient sauf toi. Je te mérite.

La conversation, ou plutôt la diatribe, prenait un tour qui fit hausser les sourcils à Reyna.

— Je, euh… je vais…

La jeune femme pointa le pouce au-dessus de son épaule et commença à reculer. Elle en avait assez entendu et Beckham était assez grand pour se défendre.

— Pas question ! grinça Pénélope. Reste, ma chérie, je t'en prie. Ce que je dis ne devrait pas te surprendre. Ça saute aux yeux depuis longtemps que nous ne jouons pas dans la même cour, il me semble.

— Pénélope, gronda Beckham à voix basse.

— Quoi, Pénélope ? J'ai raison et tu le sais très bien. Comment oses-tu ? Plus d'un an qu'on couche ensemble, que tu t'abreuves à mon cou, et, maintenant, tu me délaisses au profit d'une… d'une greluche des Entrepôts ? J'obtiens toujours ce que je veux, figure-toi. Et c'est toi que je veux, mon grand.

— Non, Pénélope, tu ne m'auras pas. Je te l'ai déjà dit et répété : il n'en est pas question. Nous ne sommes *pas* en couple, asséna Beckham en s'interposant. J'aurais préféré qu'on ait cette conversation sans Reyna, mais tu ne m'as pas laissé le choix.

— Pas le choix ? s'esclaffa Penny. Au contraire ! C'est moi qu'il fallait choisir. Je suis autrement mieux qu'elle, quand même. Regarde-moi ! Toi et moi. Contre le monde entier.

— Il n'y a jamais eu de « toi et moi », Pénélope, tu le sais très bien. Notre histoire était terminée bien avant que Reyna entre dans ma vie. Alors ne te fatigue pas à l'accabler, dit-il, paume tendue pour couper court à ses récriminations. C'était… une passade. Rien de plus. Jamais je ne t'ai laissé croire à une liaison durable.

— « Laissé croire » ? répéta-t-elle, hurlant presque, les yeux ronds comme des soucoupes, battant des cils, bouche bée. Tu te fous de moi ? Je, je… je n'arrive pas à y croire. On était ensemble et, maintenant, tu essaies de me faire passer pour une folle furieuse parce que j'ai cru à tes mensonges ?! Une passade, bordel ? (Elle secoua la tête.) C'est trop absurde. Je n'ai rien à ajouter.

— Je n'essaie pas de te faire passer pour quoi que ce soit. Je t'avais prévenue depuis le début : toi et moi, ça n'a jamais été sérieux.

— C'est ça, bien sûr. Va te faire foutre ! cracha-t-elle avant de tourner les talons et de s'éloigner.

— Sacré nom de Dieu ! murmura Reyna. On ne peut pas la laisser comme ça…

Beckham secoua la tête.

— Si, laissons-la. Elle est furieuse. Elle a enfin compris, je crois. Il va lui falloir du temps pour l'accepter. J'irai lui parler quand elle aura retrouvé son calme.

Reyna s'effondra sur le lit sitôt arrivée dans sa chambre. Beckham la dévêtit avec soin puis la borda. La jeune femme ferma les yeux dès que sa joue toucha l'oreiller.

— Désolée, murmura-t-elle dans son délire.

— Pourquoi tu t'excuses ?

— Pour Pénélope.

— C'est inutile.

— Désolée quand même.

Beckham l'embrassa sur la tempe.

— Ne t'en fais pas pour elle.

— D'accord, soupira Reyna. Je peux te demander une faveur ?

— Dis toujours.

— Tu veux bien me tenir dans tes bras ?

Il se glissa sous les draps avec une souplesse de fauve. Passa les bras autour d'elle, colla son torse au dos de la belle. Leurs deux corps ne faisaient plus qu'un.

— Encore un truc ? marmonna-t-elle.

— Hmm ? lui souffla-t-il à l'oreille.

— Tu restes avec moi jusqu'à demain matin ?

— C'est déjà le matin.

— Tout le temps que je dors, quoi.

— Bien sûr, petite chose.

Elle poussa un soupir d'aise puis laissa la tension se dissiper.

Reyna s'éveilla avec un bras puissant autour de la taille et un corps massif pressé contre son dos. Après avoir roulé sur elle-même, elle découvrit Beckham dormant comme un bébé. L'air d'une statue antique. Adonis réincarné.

Elle s'était toujours demandé s'il arrivait aux vampires de dormir, n'ayant jamais vu Beckham assoupi. Un lit gigantesque trônait dans sa chambre de l'appartement-terrasse… mais les lits n'étaient pas faits que pour dormir, elle en savait quelque chose.

Ses doigts coururent tout au long de ses traits virils. Elle s'autorisa un instant à oublier les horreurs de la veille et les nouveaux cauchemars qui allaient l'assaillir dès qu'elle quitterait sa chambre.

— Continue et on ne sortira plus de ce lit.

Reyna sourit.

— Et c'est censé m'arrêter, gros malin ?

Il souleva lentement les paupières, révélant peu à peu ses yeux d'onyx. S'empara de sa main qu'il porta à ses lèvres.

— Comment te sens-tu, petite chose ?

Elle haussa les épaules.

— Tu es resté.

— Oui.

— J'ignorais qu'il t'arrivait de dormir.

— Parfois, admit-il. On n'en a guère besoin, comme de manger, mais ça nous dynamise. Cela étant, on peut rester très longtemps sans fermer l'œil.

— C'est injuste : tu es exactement le même au réveil tandis que j'ai l'air en vrac.

Il l'attira tout contre lui.

— Est-ce si important quand tu jouis toujours d'un esprit vif, affûté, et d'un petit cœur humain fragile ?

— Et dire que je croyais m'être endurcie…

— Puisse ce jour ne jamais venir ! Tes tiraillements d'être humain sont tes plus belles qualités. Elles te définissent.

— Elles m'affaiblissent, aussi, murmura-t-elle à contrecœur.

La journée qui l'attendait promettait d'en être un parfait exemple.

— Sois heureuse d'être perméable aux émotions. J'y ai longtemps été insensible, dit-il, les sourcils froncés. Tu m'as demandé un jour ce qui m'avait incité à changer. À décider de ne pas continuer comme avant. Je ne t'ai pas dit toute la vérité à ce sujet.

— Comment ça ? réagit Reyna, perplexe.

— Le goût retrouvé pour la photo est venu en second. La vérité toute nue, c'est que je sais ce que tu ressens pour avoir perdu une sœur.

— Tu as eu une sœur ?

Il hocha la tête, le regard lointain.

— Nous étions très proches, Bronwyn et moi. Quand j'ai été transformé, je l'ai changée, elle aussi. Invitée dans mon monde. (Il soupira.) Elle est devenue mon bras droit.

Reyna se couvrit la bouche. *Miséricorde !*

— Oui. Elle a péri assassinée lors d'une guerre territoriale. Je n'ai jamais cessé de la pleurer. Elle était ma seule vraie famille. Au quinzième anniversaire de sa mort, je me suis rendu dans la maison où nous avions grandi. Je m'y suis assis et j'ai observé la famille qui y vit. Un jeune garçon et sa sœur jouant ensemble ; cela m'a rappelé mon innocence d'alors. Ce paradis perdu. (Il la sonda du regard, elle en eut le souffle coupé.) Je me suis remis à la photo peu de temps après, en quête de cette innocence. Puis j'ai rejoint *Elle* en espérant que la rébellion m'aiderait à mettre le doigt dessus. Mais c'est en te voyant que j'ai su que je touchais enfin au but. Ce fut la révélation.

» Je t'aime, déclara Beckham. Je t'ai aimée dès le premier regard, dès que tu m'as présenté ton cou dans une posture de défi, toute tremblante, et quand tu t'es mise à combattre l'oppression par tous les moyens disponibles, mais aussi à chaque instant où tu m'as vu tel que je suis. Je t'aime. Et je t'aimerai toujours.

— Moi aussi, je t'aime, susurra-t-elle avant de l'embrasser.

Car aucun mot ne pouvait exprimer la façon dont son cœur battait.

Chapitre 35

Voir Laura apprendre la capture de Brian anéantit le bonheur que Reyna ressentait encore après son réveil dans les bras de Beckham. C'était Drew qui avait parlé tandis qu'elle tenait sa belle-sœur par la main. Elle était toujours présente quand Laura s'était évanouie. Puis quand elle était revenue à elle, en sanglots, les bras serrés autour du ventre. Que c'était dur de porter leur enfant à naître sans savoir ce que devenait le père…

Reyna, qui serait volontiers restée toute la journée avec Laura, devait hélas se rendre à la réunion prévue par Sydney.

—Je reste avec elle, promit Drew qui s'installa à la place de Reyna.

Même si Laura ne réagissait pas. Il lui tint quand même la main malgré son épaule meurtrie.

Reyna traîna sa carcasse vaincue jusqu'à l'étage de sa chambre et découvrit Meghan qui faisait les cent pas devant sa porte.

—Que se passe-t-il ?

—Ah, te voilà !

—Je ne suis pas en retard…

—Ce n'est pas ça. C'est Jodie.

—Qu'est-ce qu'elle a ? soupira Reyna.

—Elle a disparu.

—Disparu ?!

— Je l'ai cherchée partout. Elle n'était pas dans ma piaule, quand je suis allée me coucher. Elle n'a pas dormi dans son lit. Toutes ses affaires ont disparu. Je ne sais pas quoi faire…

— Merde alors ! Comment elle a fait ? C'est impossible ! s'exclama Reyna.

— M'est avis qu'elle a profité que nos gars sortaient hier soir pour filer en douce. Je ne vois pas d'autre solution.

— Misère… elle m'avait dit qu'elle voulait partir, mais je croyais l'avoir convaincue de rester.

— Ce n'est pas ta faute. Mais merde, quoi ! Comment on va la retrouver ? Et par où commencer ?

— Elle est partie trouver June, pressentit Reyna. Tu lui as bien communiqué une adresse ?

— Bon sang ! soupira la rouquine. Bien sûr, tu as raison. Je comptais envoyer quelqu'un vérifier sur place, on ignore si c'est sûr d'y aller et si sa cousine y vit toujours. Personne n'était dispo, hélas. Et maintenant…

Meghan secoua la tête.

— Je sais. Maintenant, on est dans la merde. Si on y allait toutes les deux ?

— On a trop besoin de nous ici et Jodie n'a confiance en personne d'autre. (La rouquine fourragea dans sa tignasse.) Même pas en moi, d'ailleurs. Bordel ! J'ai fait ce que j'ai pu. Il n'y a plus qu'à…

— On ne peut pas la laisser dans la nature.

— Je sais bien, rétorqua Meghan, vaincue. Il faudra qu'on la retrouve. Après tout ça.

Reyna admit à contrecœur que son amie avait raison. Jodie aurait pu à terme se faire une place au chaud, se rendre utile à la cause. Sauf qu'elle ne l'avait jamais souhaité. Elle se méfiait de tout le monde, y compris des gens les plus dignes de confiance. Reyna ne voulait pas l'abandonner… mais il ne restait que quelques jours pour mettre au point le coup du siècle. Chaque seconde comptait.

Reyna passa les quatre jours qui suivirent en réunions interminables, à peaufiner le plan d'action dans les moindres détails. Solutions et issues de secours. Minuscules problèmes susceptibles de leur péter à la figure.

Le reste du temps, elle était soit sur le tapis de course, soit sur le pas de tir avec Gabe. Le boxeur-truand lui apprenait à l'arrache à se servir d'une arme à feu. Reyna, loin d'être une pro en si peu de séances, maîtrisait au moins les bases. Jamais elle ne serait plus rapide ou plus forte qu'un vampire, mais un flingue permettrait de lui donner une petite chance.

— Ça ne les tue pas, lui rappela Gabriel en rectifiant une énième fois sa posture. Mais ça les ralentit, c'est déjà ça.

Elle vida chargeur après chargeur. En ratant la cible une fois sur deux.

— Vise là où il y a le plus de barbaque. Le torse, c'est le plus sûr. Pas la peine d'essayer de finasser. Ton but, c'est de tenir l'ennemi à distance ou de l'amocher ce qu'il faut pour avoir le temps de te barrer. (Il ajusta son bras.) Réessaie.

Ce qu'elle fit. Encore et encore.

— Pas mal.

— Gabe, héla Meghan en passant la tête par la porte du pas de tir. J'ai besoin de Reyna.

— Il faut qu'elle s'entraîne encore.

Reyna déglutit.

— Je ne suis pas encore assez précise…

Il lui fit redresser la tête.

— C'est juste au cas où ça tourne mal. Si tout roule comme prévu, tu n'auras pas besoin de ce joujou.

Le boxeur-truand éjecta le chargeur de l'arme vide avant de poursuivre.

— Je t'attends ici. Essaie de ne penser à rien quand tu tires.

Elle hocha la tête.

— OK, OK.

— Allez, file te faire belle.

— Je le suis déjà, minauda-t-elle tout en rejoignant Meghan.

— Grouille, dit cette dernière. On a peu de temps pour t'arranger.

Elles prirent l'ascenseur et se retrouvèrent dans une pièce qui ressemblait à une loge d'artiste. Deux housses étaient pendues contre le mur du fond. Sur une commode trônait une collection de maquillage, de produits pour les cheveux, de brosses et de rouges à lèvres dans tous les tons imaginables.

— Ouah ! s'extasia Reyna.

— Eh oui ! Je suis très légèrement portée sur les produits de beauté. (Meghan désigna un siège.) Assieds-toi. Il faut que je te rende présentable pour ce soir, dit-elle en lui passant une blouse. Enfile ça.

Reyna se sentit cruche de laisser la rouquine l'embellir. Après tout ce qui s'était passé, paraître n'était pas dans ses priorités. Laura était une loque. Drew refusait de quitter son chevet. Jodie avait disparu. Brian aussi. Elle voyait très peu Beckham. Tout était chamboulé. Mais ce soir promettait d'être le commencement d'un monde nouveau. Tout pouvait changer en une nuit.

Quelques heures plus tard, les deux jeunes femmes étaient assez apprêtées pour faire bonne figure au bal du nouvel an donné par Pénélope. Reyna portait une robe noire à sequins évasée sous la taille, et munie de poches secrètes permettant d'accéder aux deux pistolets Glock portés serrés contre ses cuisses. Meghan, vêtue d'une robe moulante qui lançait des éclats dorés à chaque mouvement, avait l'air d'une star de cinéma des années cinquante.

Tony vint apporter la touche finale : chacune fut munie d'une oreillette, d'un micro et d'une caméra cachée dans le bustier, sans oublier l'indispensable bracelet d'identification incrusté de brillants pour l'occasion, qui faisait aussi office de balise. Reyna se fit l'effet d'un James Bond au féminin.

Meghan prit une profonde inspiration quand le technicien prit enfin congé.

— Prête ?

— On va dire ça.

— Un dernier détail, dit la rouquine en lui tendant une boîte.

À l'intérieur, Reyna découvrit un loup délicat en dentelle noire, rehaussé de sequins et de perles.

— Mazette, murmura-t-elle.

Reyna laissa à Meghan le soin de le lui nouer. Quand elle s'aperçut ainsi masquée et habillée dans un miroir en pied, elle eut grand-peine à se reconnaître tant elle ressemblait à quelque créature éthérée surgie des enfers.

La mort.

Elle était la mort incarnée.

En route pour faucher sa prochaine victime.

Meghan se fendit d'un hochement de tête satisfait.

— Terrible. Parée ?

Reyna tourna le dos au miroir et afficha un sourire funeste. Parée, elle l'était.

Un coup frappé à la porte les fit sursauter. Meghan regarda sa montre avant d'ouvrir : c'était Washington, debout sur le seuil, visiblement à bout de souffle.

— Le temps nous est compté, j'en suis conscient, mais j'ai un mot à dire à Reyna.

— Maintenant ? s'irrita la rouquine.

— Rien qu'un instant. C'est capital.

Reyna, surprise, haussa les sourcils. Qu'est-ce qui pouvait être si important pour que le toubib souhaite lui parler *là tout de suite* ? Le départ était imminent. Il n'y avait rien, dans ce qu'il pourrait raconter, qui puisse la faire changer d'avis.

— Cinq minutes et on décolle, annonça Meghan, les bras croisés sous la poitrine.

Reyna sortit dans le couloir désert et referma derrière elle.

— De quoi s'agit-il ?

— Il fallait que je vous fasse part de mes résultats ! dit Roger, enthousiaste. C'est une découverte scientifique majeure.

Cette fois, Reyna fronça les sourcils. Où voulait-il en venir ?

— Je me suis rappelé que j'avais vu un sang comme le vôtre autrefois. Lors de mes premières études sur la compatibilité sanguine. Cette idée, pour tout dire, m'est venue parce que j'avais été témoin d'une compatibilité parfaite.

— Une compatibilité sanguine ? réagit Reyna, la tête penchée de côté. Il en existe des millions, non ?

— Très juste. Sauf qu'il s'agissait d'une compatibilité parfaite.

— Et quelle est la différence ? demanda-t-elle, perplexe.

— Les groupes sanguins sont conformes à ce que l'on en sait. La compatibilité parfaite, en revanche, est une bizarrerie du vivant qui n'a même pas besoin que les groupes sanguins des sujets concernés soient identiques. Elle tient à la composition du sang. À ma connaissance, il est extrêmement peu probable que deux formules sanguines soient exactement identiques.

— Que cherchez-vous à m'expliquer ? dit-elle en sentant son cœur rater un battement.

— Que c'est la raison pour laquelle Beckham est sensible au vôtre. Cela n'a rien à voir avec le fait de le boire. Donc William ne devrait pas vous détecter : il n'existe qu'un individu parfaitement compatible avec vous.

Reyna leva la main.

— Un instant… selon vous, Harrington ne me détecte pas à distance ?

— C'est mon hypothèse, oui. Soyez quand même sur vos gardes ce soir. Votre formule sanguine recèle peut-être des surprises qui ont pu m'échapper, précisa Washington, l'air grave. Quant au fait que vous et Beckham vous soyez trouvés… c'est tout bonnement sidérant.

— Attendez… C'est… c'est Beckham mon… mon semblable ?

— La compatibilité est parfaite. J'ai tardé à vérifier tant la probabilité était infime.

— Et qu'est-ce que ça implique concrètement ? demanda la jeune femme, les sourcils de plus en plus froncés sous le masque de carnaval.

La composition de leur sang était identique ? Étrange… Fallait-il s'en réjouir, s'en inquiéter ?

— J'estime qu'on peut parler d'âmes sœurs, lui confia Washington.

— Âmes sœurs, répéta-t-elle, le souffle coupé.

— Tout à fait. L'accord absolu. Beckham affirme qu'il sent votre présence, même à longue distance. Qu'en est-il pour vous ?

Reyna secoua la tête.

— Non… je ne crois pas.

Cela étant… avait-elle seulement essayé ? Il existait bel et bien, chez elle, une sorte de conscience de Beckham. La certitude qu'il était là, quelque part. Une connexion. Qui remontait au premier jour, en dépit de sa terreur initiale.

— Je n'en sais trop rien, en fait. Il y a… un truc.

— Nous referons des tests plus tard. Je tenais simplement à vous annoncer cette nouvelle et à vous souhaiter bonne chance. Soyez prudente, mademoiselle.

— Promis.

Elle lui tourna le dos, la tête dans les nuages, hébétée par ce que Washington venait de lui révéler. Âmes sœurs, rien que ça !

— Reyna ?

— Oui ?

— Ne sous-estimez pas William.

La jeune femme se crispa. Harrington. Il fallait garder la tête froide, elle s'apprêtait à tenter d'anéantir l'ennemi du genre humain.

— Bien reçu.

Elle regagna en toute hâte la salle d'habillage. Meghan arqua un sourcil en la voyant débouler. Reyna agita la main pour lui signifier qu'elle lui raconterait plus tard, et elles partirent.

Une limousine rallongée les attendait dans le parking. Reyna ne put s'empêcher de faire les yeux ronds : c'était la première fois qu'elle voyait pareil carrosse. En dépit du faste de la vie qu'elle avait menée avec Beckham, une limousine suffisait à l'étourdir.

— Mesdames, lança Gabe en émergeant du siège arrière.

Reyna resta bouche bée. Deux ou trois heures auparavant, il l'avait entraînée au tir en tee-shirt délavé et jogging noir, et voilà qu'il avait l'air… d'un gentleman dans ce smoking impeccable. Les cheveux roux sagement disciplinés à grand renfort de gel, les yeux verts aussi charmeurs et pétillants de malice qu'à l'habitude, un masque noir tout simple pendu au poignet.

— Après vous, dit-il en tendant le bras vers l'habitacle.

Meghan ne cacha rien de l'impression qu'il lui faisait mais s'empressa de s'asseoir sans un mot.

— Tu as fière allure, glissa Reyna.

— Je te retourne le compliment, rétorqua l'Irlandais en lui décochant son clin d'œil habituel.

Elle eut conscience qu'il faisait tout pour alléger l'atmosphère et lui en sut gré, ce qu'elle manifesta par un petit sourire avant de s'installer en prenant soin de sa robe bouffante. Gabe prit place en dernier. Reyna détestait l'idée que Beckham arrive sur place sans elle, même si, bien entendu, il n'était pas question qu'ils se présentent ensemble.

La portière claqua ; la limousine s'ébranla.

Personne ne pipa mot du trajet. Pas même Gabe, lui si bavard d'habitude : la peur régnait dans l'habitacle.

Reyna était heureuse de l'anonymat permis par les masques tout en s'inquiétant pour Meghan : le visage de cette dernière avait dû être saisi par les caméras le jour de l'évasion. Sans oublier le boxeur-truand. Si Everett avait fait le lien entre lui et Reyna, Harrington savait-il que le mafieux irlandais Gabriel O'Connor et Gabe le rebelle ne faisaient qu'un ? Autant de questions sans réponses. Quant à Harrington, pouvait-il ou non la détecter ? Washington n'y croyait pas, mais c'était sans certitude.

Elle se mordit la lèvre inférieure et tenta de ne plus y penser. Il n'y avait rien à faire… hormis tenter le diable comme convenu.

Les embouteillages de la Saint-Sylvestre, calamiteux en centre-ville comme chaque soirée de nouvel an, contraignirent la limousine à faire du surplace à tous les carrefours. Les files d'attente avaient débuté dès le petit matin. Pénélope avait informé Sydney que ce serait très difficile de faire entrer tout le monde, et ce, bien que la fête suive un planning différent de ce que son défunt père organisait d'habitude : les douze coups de minuit étaient toujours prévus pour être télévisés, mais elle avait aussi prévu un rendez-vous plus tôt pour ses invités VIP.

Ils furent enfin à pied d'œuvre. L'Irlandais se déclara optimiste. La foule, selon lui, leur permettrait de filer en cas de pépin. Reyna considérait pour sa part cette masse de gens comme un obstacle potentiel. Elle gardait à l'esprit l'émeute qui s'était déroulée devant l'hôtel de ville. Ce souvenir lui arracha un frisson.

Conformément aux plans, Reyna et Meghan jouèrent les faire-valoir au bras de Gabe tandis que celui-ci fendait la foule de badauds à l'entrée du bal.

— Votre carton d'invitation ? demanda le factionnaire.

Gabriel sortit le bristol de la poche de sa veste et le lui tendit.

— M. O'Connor, dit l'homme, la tête penchée, soyez les bienvenus à la féerie masquée organisée par la maire Sky à l'occasion de la Saint-Sylvestre. Veuillez procéder au scan de vos bracelets, s'il vous plaît.

— Pas de souci.

Cette partie-là du plan faisait peur à Reyna. Aucun d'eux n'avait de vrai bracelet d'identification. Il ne restait plus qu'à espérer que Tony ait correctement programmé les leurs, faute de quoi l'aventure connaîtrait une fin précoce.

Le trio s'approcha d'une femme qui tenait un petit appareil électronique. Gabe passa le premier et tendit le poignet en prenant l'air ennuyé. Puis il commença à bavarder avec la nana. Elle scanna son bracelet… mais en le dévorant des yeux. Quel charmeur, ce Gabriel !

— M. O'Connor. A positif.

— C'est bien moi, m'dame.

— Accès autorisé.

L'Irlandais se garda de bouger et continua à bavarder tandis que la nana scannait le poignet de Meghan. Meghan Donoghue, B négatif. Accès autorisé.

Puis ce fut le tour de Reyna qui s'efforça d'avoir l'air aussi blasé que la rouquine. Comme si cette précaution était à la fois superflue et très, très déplaisante. Était-elle crédible ? Pas sûr.

La femme scanna son bracelet. Ding. C'était nouveau, ça…

Merde !

Reyna se mit à transpirer. C'était la fin des haricots, ils allaient se faire pincer. Elle serait amenée à Harrington ou, à tout le moins, blackboulée. Ils savaient que son bracelet était un faux. Misère.

—Maudite machine, pesta la femme en donnant deux coups au boîtier. Navrée, mademoiselle. Ça arrive parfois avec ces gadgets dernier cri.

—Oui, quelle plaie, parvint à articuler Reyna malgré sa peur.

—Permettez-moi de réessayer.

Reyna tendit le bras. Sans mise en scène, cette fois. Sa trouille était trop forte.

—Rachel Murphy, O négatif, dit la femme avec un grand sourire.

—Oui, dit-elle.

—Toutes nos excuses. Vous pouvez y aller.

La fausse Rachel se retint de pousser un soupir de soulagement. Gabe remercia la nana avec chaleur, crocha ses bras à ceux de ses compagnes d'un soir puis les conduisit à l'intérieur.

—On a eu chaud, grinça Reyna.

—Tout roule, murmura Meghan.

Le trio pénétra dans l'immense salle de bal.

—En piste, marmonna le boxeur-truand.

La grande salle scintillait du sol au plafond. Des ballons de baudruche, retenus par un filet au-dessus des têtes, étaient prêts à être lâchés à minuit pile. Des serveurs en veste queue-de-pie fendaient la foule des convives. Leurs homologues du beau sexe arboraient haut de smoking, minijupe et talons aiguille. Tous proposaient champagne et petits fours, sauf certains chargés d'un plateau de verres minuscules remplis de sang et rangés par groupe sanguin.

Reyna dut se couvrir la bouche pour cacher le haut-le-cœur provoqué par ce spectacle. Un regard acéré de Meghan suffit à lui rappeler son rôle: le bras relâché le long du corps, elle se pencha sur Gabe en prenant une posture langoureuse tout en épiant l'assemblée.

Les trois agents infiltrés firent lentement le tour de la salle tout en repérant les éléments-clés qu'ils connaissaient par cœur. Tout leur sembla beaucoup plus grand que lorsqu'ils étaient penchés sur les plans d'architecte. Sans oublier la foule. Reyna pria pour être visible malgré l'affluence.

Gabriel venait tout juste de piocher deux coupes pour ses cavalières quand une voix tonna dans les haut-parleurs.

— Madame la maire Pénélope Sky, annonça le présentateur.

Salve d'applaudissements. Le trio se tourna vers le podium au moment où Pénélope sortait des coulisses. Elle avait l'air… aux anges. Le cœur récemment brisé, elle n'en paraissait pas moins plus éblouissante que d'ordinaire. Sa traditionnelle robe bleue était d'une nuance très pâle, presque blanche. Le masque assorti lui couvrait tout le visage. Elle avait l'air d'un flocon de neige – résolument unique, d'une beauté irréelle.

Gabe les orienta vers le lieu choisi afin que tout le monde puisse les repérer. Idéal pour être vu. Une marche au-dessus du plancher de la salle et sous une source de lumière. Ce n'était pas le seul endroit de ce type… mais le plus proche d'une issue.

Reyna se plaça en pleine lumière et fit le vide dans sa tête en ignorant Pénélope qui se dirigeait vers le micro. Son idée : tâcher de voir si elle ressentait Beckham, ce qu'elle n'avait encore jamais essayé. Mais puisqu'elle était son âme sœur, cette bizarrerie devait fonctionner dans les deux sens, non ?

Elle se concentra sur cette conscience de lui qu'elle possédait depuis leur rencontre. Sur l'harmonie totale qui régnait – parfois – entre eux. Leur complicité. Une étincelle naquit en elle ; quelque chose de… juste. À sa place.

Alors elle tourna la tête. Il était là.

Debout entre Cassandra et Roland, sur la droite du podium. Lui aussi avait dû la percevoir, car il se tourna vers elle, pencha la tête de côté et afficha un fin sourire enjôleur.

Le souffle coupé, Reyna comprit… que ça avait marché ! Elle eut hâte de le lui dire. Âmes sœurs. Dieu du ciel !

— Mesdames et messieurs, commença Pénélope, arrachant Reyna à sa rêverie, merci à vous tous d'être ici ce soir. Je regrette que ce ne soit pas mon cher père qui préside à cette fête qui lui tenait tellement à cœur. Et en même temps, je suis fière et heureuse de suivre la voie qu'il a tracée. Comme il est d'usage lors de la soirée du nouvel an, le maire invite un hôte de prestige à venir sur scène. Mesdames et messieurs, faites bon accueil au P.-D.G et président de Visage Incorporated, William Harrington !

Penny se tourna pour accueillir Harrington qui traversait le podium à grandes enjambées. C'était l'instant. Tous les sens en alerte, Reyna attendit de savoir s'il allait la repérer dans la foule. S'il en était capable, ce serait tout de suite. Mais le monstre ne porta jamais le regard dans sa direction. Il continua jusqu'au micro.

Reyna, les dents serrées, s'obligea à applaudir avec la foule. C'était la première fois qu'elle le voyait depuis son évasion. Il paraissait… en forme.

Comment était-ce possible ? Il n'aurait pas dû puisqu'il ne buvait plus son sang… Il s'appuyait certes sur sa canne, mais elle l'avait déjà vu faire semblant. Il avait bonne mine, le cheveu vigoureux ; il lui aurait suffi de se redresser pour apparaître au grand jour sous les traits du monstre obscène qu'il était.

L'assistance, en revanche, n'était pas de l'avis de Reyna. Les gens l'acclamaient à tout rompre. Il les avait bien roulés… ceux-là et le monde entier avec. En leur faisant croire que le programme de compatibilité sanguine était le seul moyen, pour les vampires, d'utiliser à plein leurs capacités intellectuelles alors que Beckham lui avait expliqué que certains immortels jouissaient de toutes leurs facultés *avant* la mise au point du traitement. Harrington avait évité l'effondrement total à l'espèce humaine grâce aux emplois fournis par Visage. Une humanité qui ignorait que ce même Harrington avait provoqué la crise économique. Il avait ensuite présenté le recensement sanguin comme un rameau d'olivier permettant à tous les vampires dûment recensés de coexister pacifiquement alors qu'en vérité c'était un stratagème destiné à identifier les mortels de groupe Rh_{null}.

William Harrington n'était pas un bienfaiteur altruiste.

Mais un fumier manipulateur doublé d'un assassin dans l'âme.

Ce monstre avait eu des siècles pour peaufiner ce personnage public qui faisait l'admiration de toute la salle. Sauf qu'elle n'était pas dupe.

— Merci infiniment, madame la maire, lança Harrington de la voix suave qu'il utilisait lors de ses speechs. Je suis ravi d'être ici ce soir. Visage Incorporated est, toute modestie mise à part, un modèle pour cette ville. La société emploie nombre de ses citoyens, à commencer par mes très chers vice-présidents.

Il désigna l'endroit où se tenaient Beckham, Roland et Cassandra avant de poursuivre.

— Chez Visage, le mot d'ordre est d'aller de l'avant. Afin d'offrir à tous un monde meilleur, en premier lieu à nos collaborateurs et actionnaires. L'année qui se termine nous a permis de mettre en place le programme de compagnons permanents, d'abord auprès de nos cadres, puis à terme auprès de l'ensemble du personnel. La nouvelle sera rendue publique pour la nouvelle année.

La foule applaudit.

À tout rompre.

Reyna en eut la nausée. Combien des convives présents avaient-ils idée de ce que c'était d'être compagne ou compagnon de sang ? Presque aucun. Hormis chez les extras, bien sûr.

— Sitôt le recensement sanguin achevé, reprit le P.-D.G., les bénéfices vont grimper en flèche. Un registre exhaustif fait sens quand on considère que celui des vampires remonte à plus d'une décennie. Plus important encore, nous allons faire une annonce *considérable* en début d'année prochaine. Révolutionnaire, ajouta-t-il avec un rictus machiavélique. J'aimerais pouvoir vous en dire plus, mais, n'ayez crainte, la grande nouvelle sera très vite rendue publique !

Reyna se sentit blêmir et se tourna vers Gabe et Meghan. Les camps de bétail humain. C'était ça, forcément. Merdasse !

— Sur ces bonnes paroles, conclut Harrington, je renouvelle ma gratitude à notre gracieuse hôtesse, la maire Pénélope Sky. Avec laquelle j'ai très grand plaisir à collaborer, et dont je salue l'immense travail de transformation qu'elle a déjà accompli dans cette ville en si peu de temps.

— Merci à vous, William, dit Pénélope. Je me sens en effet transfigurée.

Elle porta la main à l'arrière du masque qui tomba d'une pièce, révélant sa beauté pleine et entière. Une physionomie parfaite, sans la plus petite cicatrice. Il ne restait aucun signe des nombreuses opérations qu'elle avait subies à la suite de l'incendie. Elle était… la même et cependant…

Pénélope sourit. Un sourire éclatant, audacieux. Carnassier.

Reyna hoqueta.

— Non, murmura-t-elle.

Penny avait été transformée. Penny était devenue vampire.

Chapitre 36

— Bordel de merde ! cracha l'Irlandais.
Meghan porta la main à sa bouche. Muette de stupeur.

Reyna contempla le podium. Encore et encore. Comme hypnotisée.

Harrington fit un signe de main et parla au micro sans qu'elle l'entende. Tout ce qu'elle voyait, c'était Pénélope debout, guérie et cependant… corrompue. Non qu'être changé en vampire transforme automatiquement un individu en créature maléfique, Reyna le savait d'expérience. Pour autant… Pénélope l'avait fait après sa rupture avec Beckham. Pas par choix. C'était un geste… de désespoir.

— On annule tout, lança Beckham à tous les agents équipés d'une oreillette. Maintenant. Sortez tous. Je ne pige pas ce qui se passe.

Gabe voulut se saisir d'elle pour l'attirer hors de la salle de bal, mais Reyna se dégagea d'une ruade. Ils n'étaient pas venus jusqu'ici pour rien. Harrington ne la détectait pas ? Aucun problème : il allait la *voir*. Il leur restait une chance de terrasser le monstre. Il n'était pas question de la laisser filer à cause de Pénélope Sky.

Son plan arrêté, Reyna prit une profonde inspiration et ôta son masque, révélant sa physionomie à toute la salle.

Harrington tourna la tête vers les derniers rangs… et fit les yeux ronds en découvrant qui se tenait tête nue en pleine lumière. Un sourire naquit peu à peu sur les traits du P.-D.G. qui la salua d'un signe de tête quand leurs regards se croisèrent. Comme pour lui dire « salutations ».

Au lieu de regagner les coulisses, Harrington s'engagea dans la volée de marches qui descendait vers la grande salle. Sourd à l'émoi et aux félicitations lancées par ses admirateurs béats. Ses vice-présidents le suivirent sans qu'il ait besoin de le demander, mais Reyna se garda de poser les yeux sur Beckham : ignorant si sa couverture était grillée, elle ne souhaitait pas le trahir aux yeux du monstre.

— Tu fais quoi, là ? siffla Gabe.

— J'attire son attention, murmura Reyna.

Le boxeur-truand soupira puis adressa un signe discret à Meghan. Ils s'éclipsèrent pour gagner leurs positions prédéfinies. Les fauves étaient lâchés.

Sitôt Harrington assez près, Reyna recula à pas lents en direction de la sortie de secours. Un patio désert donnait directement sur le parc. Une foule nombreuse attendait aux abords, pour l'essentiel reléguée à distance, sur le trottoir d'en face.

La jeune femme, aussitôt transie, regretta qu'il ait été impossible d'agir à l'intérieur. Au moins ne neigeait-il pas, mais il faisait assez froid pour qu'elle voie la buée sortir de sa bouche. Comme lors des longues semaines d'enfermement dans les sous-sols de Visage, elle remisa tous ces désagréments dans un coin reculé de son être. Le froid attendrait plus tard. Pour l'heure… des ennuis autrement plus sérieux la menaçaient.

Reyna avait appris à contenir l'effroi dès le plus jeune âge. Visage n'avait fait qu'intensifier cet instinct de survie. Elle savait comment se comporter quand tout faire pour sauver sa peau était la seule option.

Harrington sortit à son tour dans le froid. Elle s'en félicita : cela allait lui faciliter la tâche.

— Ma petite reine, entama le monstre sur ce ton bêtifiant qui la faisait grincer des dents, tu reviens à la maison.

Putain de surnom !

Qu'elle pria pour ne plus jamais entendre.

L'échiquier lui apparaissant, elle bougea sa pièce. Le moment était venu de lui damer son pion.

— C'est bien moi.

— Ta tenue est très élaborée pour l'occasion, lâcha-t-il comme s'ils étaient de retour dans l'horrible sous-sol, lorsqu'elle devait supporter son insupportable babil. Je te préfère en blanc ; c'est tellement plus angélique.

— Le noir me va mieux.

— Aucunement, rétorqua Harrington en faisant un pas en avant.

Il fit tournoyer sa canne. Elle avait vu juste : il n'avait nul besoin de ce foutu accessoire.

— Tu es l'innocence même. La douceur. L'humanité incarnée.

Reyna serra les dents. Elle détestait la façon dont ce propos faisait écho à ce que Beckham lui avait dit cette même semaine. Comment deux types si différents pouvaient-ils apprécier ces qualités chez elle ? Deux hommes – deux vampires – que tout opposait.

— Cela étant, tu aurais pu me revenir plus simplement. Sans cette entrée fracassante…

— Vous adorez ce genre d'effet.

Il sourit. C'était le cas.

— Tu me connais si bien, petite reine.

Dans d'autres circonstances, Reyna aurait pu croire que William Harrington avait un faible pour elle. Mais elle savait qu'il n'en était rien. Il était bassement intéressé, manipulateur comme à son habitude. Prêt à se plier à tous les subterfuges susceptibles de la faire venir à lui de son plein gré. C'était la voie la plus facile. Le kidnapping était une autre affaire ; il préférait se passer d'intermédiaire.

Du mouvement, derrière le P.-D.G., attira leur attention. Reyna se raidit en voyant Roland débouler dans le patio. Puis Cassandra et enfin Beckham.

— Tu connais mes chers collègues, dit Harrington en désignant le trio d'un geste théâtral.

— Oui, cria-t-elle d'une voix suraiguë de petit rongeur.

Tenir tête à Harrington était une chose ; avec Roland et Cassandra en plus, en revanche, elle n'en menait pas large. Batiste le prédateur sexuel détraqué. Cassandra la sadique foldingue. Il lui en coûtait de l'admettre, mais elle risquait moins avec Harrington l'obsédé de l'hygiène.

— M. Anderson fait grise mine, dit le P.-D.G. avec un large sourire adressé à Beckham. Il lui déplaît qu'on ait transformé sa petite amie.

Enfin ressaisie, Reyna observa Beckham. Ce qu'elle vit n'était pas son Beck mais le vice-président de cette déplorable société. Un seigneur vampire. L'assassin, le tueur en série. Le monstre.

— Vous l'avez anéantie, cracha-t-il, les bras croisés, le regard sans vie.

— Tu dénicheras une autre beauté O négatif, comme toujours, fils, rétorqua Harrington avec dédain.

Reyna n'en revint pas d'entendre le P.-D.G. s'adresser à Beck comme à son fils chéri. C'était ahurissant. Il était censé être grillé… Se seraient-ils trompés ? Qui jouait franc-jeu, dans ce micmac ?

— Nous ne nous y risquerions pas avec toi, chère Reyna, reprit Harrington. Tu m'es bien trop précieuse. Mais je me rends compte que j'ai mal agi la première fois. Si tu reviens, tu pourras mener une vie normale. Aller et venir à ta guise. Et nous serons plus mesurés avec les dons de sang. Je suis prêt à transiger pour une fois par semaine.

Il était en train… de négocier avec elle. C'était inattendu. Tout à fait sidérant, même. Harrington se comportait comme si la présence de Reyna à ses côtés coulait de source. Et comme s'il n'était pas étonné qu'elle soit venue à lui.

— Une vie normale ? demanda-t-elle en espérant avoir l'air sincère.

— Mais oui.

La jeune femme était certaine que sa propre définition de « vie normale » n'avait rien à voir avec celle de William Harrington. Une existence impliquant de donner son sang au plus grand assassin de l'histoire n'en était pas une.

— Tu sais déjà quelle est l'alternative, insinua son pire ennemi.

— Et comment ! J'en garde un souvenir très vif.

À l'entendre, elle n'avait le choix qu'entre deux options : prisonnière... ou captive volontaire.

— Mon offre est plus que généreuse, avoue-le.

Reyna fronça les sourcils. Le simple fait qu'il puisse se prendre pour un individu magnanime était odieux. Elle revit à cet instant ce qu'elle avait vécu entre ses griffes : chambre blanche et impersonnelle, perfusions arrachées, aiguilles, folie latente... et B. Encore et toujours B. Celle qu'elle aurait pu devenir. La femme vampire que ce fumier avait rendue folle à lier.

— Je refuse de devenir comme B, cracha-t-elle, incapable de continuer à jouer le jeu.

La perspective de ressembler un jour à B hantait toujours ses cauchemars. Elle les escamotait quand elle était entourée d'être chers, mais ils étaient revenus en force en contemplant le faciès du monstre.

Reyna vit Beckham, interdit et inquiet, plisser les yeux. Non seulement elle sortait du cadre prédéfini, mais, en outre, elle laissait éclater sa colère.

Harrington s'esclaffa.

— Ah oui ! B. Je me suis peut-être montré un brin trop sévère.

Le regard qu'il porta alors sur Beckham était celui du tyran manipulateur. De celui qui songe à asticoter un ours pour voir s'il est prêt à mordre.

— Tu dois cependant te douter que son nom complet n'est pas B, reprit-il en s'autorisant un sourire sardonique.

Reyna le dévisagea, perplexe. Où voulait-il en venir ? À ses yeux, « B » ne pouvait être qu'un vulgaire matricule. Un nom de code…

Un battement de cœur plus tard, Harrington lâcha :

— Elle s'appelle Bronwyn.

Le temps parut de figer.

Ce *prénom.*

Bronwyn.

B était Bronwyn.

La sœur de Beckham…

B était la sœur de Beckham.

C'était à n'y rien comprendre. Comment cette créature absolument démente pouvait-elle être la sœur de Beckham ? Son ancien bras droit ? Avait-elle toujours été folle ? Y compris avant de tomber aux mains de ce malade ?

— Quoi ? aboya Beckham, son sens du protocole envoyé aux orties, en s'élançant.

Cassandra et Roland s'interposèrent.

— Allons, Beckham, ne me hais pas. Toutes ces années, j'ai gardé ta sœur à la place qui est la sienne. Au trou !

— Espèce de salopard ! gronda Beckham.

Harrington trouva son courroux amusant.

— C'est toi qui l'as créée, je te rappelle. Au sein d'une société civilisée, il était exclu de laisser cette folle furieuse en circulation.

— Ma sœur n'est pas une folle furieuse !

— Si fait, très cher. Et elle l'était déjà quand je l'ai découverte. Tu l'as torturée plusieurs années jusqu'à la démence totale, Beckham. Et tu fais l'étonné aujourd'hui ?

Le P.-D.G. afficha le rictus sardonique et suffisant qui était le sien quand il poussait quelqu'un à bout. Quand il s'écoutait parler.

— La malheureuse ne risquait pas de se refaire une santé mentale en tant que second dans ton armée… C'était plutôt l'assurance de voir son état empirer. Je n'ai vu en elle qu'une menace latente. Aussi l'ai-je mise hors circuit. D'une pierre deux coups, pourrait-on dire, puisque c'est à la suite de sa disparition que tu as consenti à travailler avec moi. Tout est bien qui finit bien, non ?

— Fumier ! grogna Beckham. Je sais ce que j'ai fait subir à Bronwyn, mais c'est ma sœur ! Tu m'as menti. Tuer quelqu'un d'autre pour faire croire à sa mort. Et aujourd'hui j'apprends qu'elle était ta prisonnière toutes ces années !

— Avoue que c'était sacrément bien joué, rétorqua Harrington, d'évidence assez fier de lui.

Reyna sentit son cœur qui battait la chamade. Elle n'avait d'yeux que pour son beau ténébreux qui, pour sa part, semblait l'avoir oubliée dans ce froid mordant. C'était Beckham qui avait fait ça à Bronwyn. Qui l'avait rendue folle à lier. Prendre conscience qu'il était à l'origine de son pire cauchemar lui fit mal au-delà du concevable.

Une conversation qu'ils avaient eue dans son appartement-terrasse, quelques mois auparavant, lui revint brusquement en mémoire. Ses paroles résonnèrent…

« J'ai traqué, torturé, poussé mes victimes à la folie en les tuant à petit feu. Pris grand plaisir à commettre des atrocités, Reyna. »

Elle n'avait jamais cherché à en savoir plus, c'était vrai… et voilà qu'elle apprenait qu'il avait fait subir les pires sévices à Bronwyn. Froidement. Méthodiquement. Quel psychopathe il avait dû être, pour accabler ainsi cette malheureuse !

Son cœur se brisa ; quel poids à l'âme ce devait être pour lui ! Qu'il ait été incapable d'en parler à Reyna attestait de la détresse qui l'accablait toujours.

— Tu n'avais pas le droit de te servir de ma sœur comme d'un pion, déclara Beckham de sa voix de basse.

Harrington haussa les épaules.

— Primo, je joue mes pions comme je l'entends, et secundo, elle faisait peser une menace sur ma ville.

— *Ma* ville, corrigea Beckham. Elle est à moi. Je l'ai payée au prix du sang. Avec Bronwyn à mes côtés.

— C'était il y a des lustres. Les villes ne sont plus à personne puisque le monde entier m'appartient. Je t'ai fait une fleur en la mettant hors circuit, fils : tu n'as pas conscience d'avoir prospéré depuis lors ? Sans elle ?

Reyna vit l'instant où ces quelques mots provoquèrent une cassure chez Beckham. Il venait de découvrir que Bronwyn était prisonnière chez Harrington depuis des années, et voilà que ce salaud se justifiait en affirmant lui avoir « fait une fleur ».

Beck se déchaîna. Il s'élança vers Harrington qui, mécontent, fit un pas en arrière. Cassandra et Roland lui barraient la route. Il allait falloir s'occuper d'eux pour atteindre le P.-D.G. Encore un obstacle. Mais Beckham n'était plus que vengeance, mort et destruction.

Féroce. Incontrôlable. Reyna l'avait déjà vu combattre Roland… mais là… ce qu'elle vit dépassait l'entendement.

Il se mouvait à la vitesse de l'éclair. Trop vite pour qu'elle suive. Livra bataille à un contre deux dans un maelström de coups de poing, de coude et de pied.

Beckham était le plus massif des trois. Roland était plus frêle et aussi vif. Cassandra, elle, était grande et agile. Bien moins puissante que le colosse mais souple et fuyante comme une anguille. Esquivant sans cesse, elle ripostait avec des frappes qui auraient mis à mal un homme ordinaire. Roland était tout l'inverse : il se ruait sur Beckham à la moindre ouverture.

Quand, soudain… tout bascula.

Beckham tenait Cassandra par le cou. Le torse collé au dos de la grande rousse, un avant-bras à l'horizontale en travers de ses épaules. Lui tenant le menton d'une main. Un craquement sonore retentit ; le corps de Cassandra devint flasque.

Reyna hoqueta bruyamment en voyant la lumière s'éteindre dans les yeux de la femme vampire. Puis elle observa ceux de Beckham… et n'y vit pas trace d'émotion.

Il n'en resta pas là. Mettant toute sa puissance à contribution, Beck arracha la tête de Cassandra puis laissa choir le cadavre décapité. La colonne vertébrale sectionnée dépassait du magma sanguinolent qu'était désormais le cou de la défunte vice-présidente. Le sol du patio était maculé de sang. Du sang de vampire.

Beckham tenait toujours la tête de Cassandra. Les traits figés sur une terreur abjecte, la crinière rousse flottant au vent d'hiver.

Il balança ce trophée macabre au pied du P.-D.G., s'essuya les mains sur son pantalon de smoking et se tourna vers Roland. Auquel il fit signe de venir.

— Approche si tu l'oses, gronda-t-il.

Harrington écarta la tête décapitée de Cassandra du bout du pied. Avec mépris.

— En voilà des manières…

Anderson et Batiste n'écoutaient pas. Ils se tournaient autour, tels des gladiateurs dans l'arène.

— Je vais avoir grand plaisir à t'éliminer, promit Roland. Surtout après ce que tu as fait à cette petite pute.

— Des menaces, toujours des menaces, répondit Beck avant de s'élancer.

— Il suffit ! tonna Harrington.

Peine perdue. Les deux adversaires firent la sourde oreille.

La terreur faisait des yeux ronds à Reyna. C'était n'importe quoi, son Beck avait disjoncté. Découvrir que Bronwyn était captive depuis tout ce temps avait eu raison de sa santé mentale. Logique : il avait déjà souffert mille morts pour sa sœur. Sauf que c'était… catastrophique. La jeune femme pria pour qu'après tout ça Beckham puise la force morale de ressortir du gouffre.

Soudain, la main de Harrington fut sur son coude. Reyna eut beau hurler, tenter de se soustraire à sa poigne, il était trop rapide. Elle se retrouva collée à lui, dans la même position que Cassandra devant Beckham. Il allait lui briser la nuque.

Son effroi redoubla. Décupla. Sensible à l'émoi de son âme sœur, Beckham se détourna de Roland et se concentra sur Harrington. Puis il sembla ouvrir les yeux. Sa chère et tendre, sa petite chose, était en fâcheuse posture. Par la faute de son propre aveuglement.

Chapitre 37

— Tu te calmes tout de suite ou je la tue, menaça Harrington.

— Je n'en crois rien, haleta Beckham, à bout de souffle après sa passe d'armes intense contre un adversaire de son acabit. Tu as trop besoin d'elle.

— C'est là que tu te trompes, fils. Je n'ai pas besoin d'elle. J'en ai trouvé une autre. Une petite vieille qui a traversé l'existence sans jamais faire la moindre prise de sang. Sans enfant, jamais opérée. Un vrai miracle. Loué soit le recensement sanguin voulu par Visage.

Le beau ténébreux blêmit.

— Mais je n'ai pas *envie* de la tuer, Beckham. N'essaie pas de me faire endosser le rôle du méchant.

Un bref éclat de rire hystérique échappa à Reyna. Harrington l'ignora superbement.

— Conduisons-nous en êtres civilisés, veux-tu ? Faisons taire nos bas instincts. Regarde-moi ça, il va falloir nettoyer, déplora le P.-D.G. en désignant le cadavre décapité.

Reyna découvrit que ses mains tremblaient. Elle avait *froid*, très froid. Et elle était terrifiée. Harrington était assez dingue pour la tuer quand même. Le geste hésitant, elle descendit jusqu'aux replis de sa robe. Dégainer, pivoter sur elle-même, tirer sur Harrington : c'était possible. Elle était moins rapide que lui, bien sûr, mais le flinguer à bout portant paraissait jouable.

Les yeux de Beckham se posèrent sur elle ; il bougea très légèrement la tête. Juste assez pour qu'elle comprenne qu'il lui disait « non, ne fais pas ça ».

Elle savait qu'elle risquait d'y passer en essayant. Et alors ? Sauf… qu'il s'y opposait.

— Entendu, déclara Beckham.

Il refusait qu'elle se mette en danger. C'était criant à la façon dont il s'éloignait de Roland. Lequel se redressa à son tour et prit un peu de champ.

— Nous y voilà, se félicita Harrington. Entre gens de bonne compagnie.

Le P.-D.G. relâcha Reyna et l'observa comme il l'aurait fait avec un insecte.

— Tu es gelée.

En effet. Elle tremblait comme une feuille – et pas seulement de peur. Le froid s'insinuait jusque dans sa moelle. Reyna avait envisagé de le faire sortir, puis de le persuader qu'elle était d'accord pour revenir avec lui… mais tout était allé de travers. Harrington avait subitement repris la main. Par quel biais ? Mystère.

Beckham ôta sa veste de smoking, s'avança à pas de loup sans quitter Harrington ni Roland des yeux et la posa avec soin sur les frêles épaules de Reyna. L'habit l'enveloppait entièrement et lui tombait presque aux genoux. L'étoffe coûteuse était maculée de sang ; quelques gouttes, au niveau du col, lui coulèrent sur l'omoplate. Le relent métallique lui provoqua un début de nausée.

Harrington s'avança et flatta l'épaule de Beckham d'un geste affectueux. Comme si tout allait pour le mieux, et que son « fidèle lieutenant » ne venait pas de tuer quelqu'un.

— C'est bien.

Beckham, les sourcils froncés, ôta la main du grand manitou de son épaule.

— Pas vraiment, non. Tu as kidnappé ma sœur et tu me l'as cachée depuis des années. Puis tu as kidnappé et torturé Reyna. Tout en me traitant comme un fils. Alors que tu ne m'as jamais fait confiance.

— La confiance, se gaussa Harrington. Autant dire le pouvoir. Tu l'avais. Tu es le fils prodigue, Beckham.

— Non, cracha le beau ténébreux. Si tu y avais cru, tu n'aurais pas éprouvé le besoin de garder Bronwyn en otage. Ni Reyna, d'ailleurs. J'aurais dû me fier à mon instinct à l'époque. Et te tuer à la seconde où tu as mis un pied dans ma ville.

Harrington eut un geste de main dédaigneux.

— Toi et « ta » ville… Si elle t'appartenait vraiment, comment se fait-il que tu me l'aies cédée si volontiers ? Je n'ai même pas eu à te liquider alors que tu avais tué ton prédécesseur.

— Parce que tu nous avais présenté un beau projet utopique auquel j'ai eu la faiblesse de croire, voilà pourquoi. Mais sache qu'à présent je mettrai toute mon énergie à le mettre à bas.

— Mon pauvre Beckham, soupira Harrington, si tu savais à quel point je regrette de t'avoir entendu dire ça.

— Je me suis trompé sur ton compte. Sur vous tous, sur vos intentions. (Il épia tour à tour Harrington et Roland.) Je vais tout réduire en cendres.

— Là est ta véritable erreur, rétorqua le P.-D.G. C'est *moi* qui réduis déjà tout en cendres. Ton petit bunker, ta petite rébellion. *Elle* en entier.

Reyna hoqueta et porta la main à sa bouche. Elle fit un pas en avant sans s'en rendre compte, comme pour l'obliger à revenir sur ses paroles.

— En cendres ? murmura-t-elle.

Qu'en était-il de tous les occupants ? Son frère, Laura ? Sydney, Washington et Tye ? Même Everett ! Tous ces gens motivés par un même idéal… brûlés vifs… Reyna, horrifiée, cessa de respirer tant il lui semblait percevoir la fumée âcre par-delà la distance.

— Tu as incendié notre QG ? lança Beckham, le timbre tranchant comme un rasoir.

— Tss… moi qui pensais que tu prendrais au moins la peine de nier ton implication. Pour me démontrer que tu es toujours celui que j'ai recruté il y a maintes années. Quelle pitié ! J'aurais tant aimé que ce soit toi l'élu.

Harrington avait l'air ému. Mais nullement bourré de remords.

— Je ne nie rien.

Beckham attrapa Roland par la nuque et le projeta avec une violence inouïe contre la façade. L'impact fit voler quelques briques. Batiste toussa, voulut se relever et retomba aussitôt.

— J'en ai fini avec tes chiens de garde, menaça le beau ténébreux.

Harrington éclata de rire. Franchement.

— J'ai toujours adoré ton enthousiasme, Beckham.

Le colosse se dirigea vers Harrington pour l'empoigner. Et mettre un terme à tout ça. Mais le P.-D.G. était rapide. Bien plus que Beckham l'aurait cru. Il s'écarta avec grâce sans sortir les mains de ses poches.

— Tu n'as pas tout saisi, Beckham. La partie est perdue pour toi. Si tu m'attaques, je tue Reyna. Si tu m'attaques, je tue Bronwyn. Si tu m'attaques, j'écrase ta petite rébellion. Ah non ! ça, je l'ai déjà fait pour châtier ton insolence.

— Tu ne tueras personne si tu es mort, rétorqua Beckham.

— Un tireur d'élite est posté au sommet de cet immeuble, fit valoir Harrington en désignant le bâtiment derrière eux. Quant à Bronwyn, j'ai donné l'ordre qu'elle meure s'il m'arrive quoi que ce soit. Les deux seront mortes avant que tu me fasses subir le même sort qu'à Cassandra.

Beckham gronda. Puis Reyna le vit fléchir : Harrington avait la situation en main. Ni lui ni elle n'allaient s'en sortir indemnes, ce démon était parvenu à les posséder.

— Je maîtrise toutes les pièces de l'échiquier, fils. Même ta chère petite Pénélope. Une enfant délicieuse, vraiment. Tu sais ce qu'on dit des femmes bafouées…

Reyna sentit son cœur se serrer un peu plus. Penny. Les femmes bafouées étaient capables des pires bassesses. Bien sûr ! Elle n'avait pas été seulement transformée… elle avait aussi tourné casaque. Trahi la rébellion. En les envoyant au casse-pipe.

Leur silence consterné fit sourire Harrington.

— Échec et mat.

Beckham avait beau écumer, il était flagrant qu'il savait la cause perdue. Ils étaient KO debout. Pénélope les avait doublés, Harrington ferait liquider Reyna et Bronwyn s'il tentait de le tuer. Ce fumier avait tout calculé. Ils étaient coincés.

Harrington avait gagné.

Il avait gagné, bordel !

Tous ces efforts. Pour rien.

Brian, capturé pour rien. Elle-même, risquant sa peau pour rien. *Elle*, brûlant pour des prunes.

Elle contempla Beckham et vit de l'amour dans ses yeux d'obsidienne. Un amour éternel. Des excuses, aussi. Pour avoir merdé, pour l'avoir entraînée dans ce piège. Mais c'était sa faute à elle, pas celle de Beck. Lui avait refusé d'emblée qu'elle coure ce risque. Reyna, forte tête, n'avait pas songé une seconde à une possible victoire de Harrington.

Leur rébellion était une cause juste.

Il fallait qu'ils gagnent.

Et pourtant… tout espoir était perdu.

Il était absolument exclu de se tirer de ce mauvais pas. Si Beckham s'en prenait à Harrington, il détruirait les deux objets de son amour. Et Harrington n'avait pas besoin de Reyna. Il avait trouvé un autre sujet. Elle n'était plus unique en son genre.

Sauf qu'à cet instant, elle se remémora un détail.

Une « petite vieille ».

Il l'avait dit texto. Mieux… il s'en était vanté. C'était donc d'une vieillarde qu'il tirait sa santé éclatante ? Impossible, jamais une femme âgée ne lui fournirait assez de sang. En outre, Harrington n'aurait pas négocié avec elle si ça n'avait pas été nécessaire. Toute cette mise en scène était superflue si le P.-D.G. pouvait se passer de sa « petite reine ».

Reyna s'accrocha à cette notion et examina le problème sous toutes les coutures. Puis, son opinion arrêtée, elle prit une terrible décision.

Elle glissa la main dans sa poche de robe et dégaina le pistolet qui dormait contre sa cuisse. Harrington loucha aussitôt sur ce morceau de métal froid.

— Qu'est-ce qui te prend ? aboya-t-il, hors de lui.

La jeune femme chambra une cartouche et porta le flingue à sa tempe.

— Vous bluffez.

Le P.-D.G. écarquilla les yeux. Ses mains s'agitèrent, comme s'il mourait d'envie de lui arracher son flingue.

— Essayez donc, le mit-elle au défi. On va voir si vous y arrivez avant que j'appuie sur la gâchette.

— J'ai déjà dit que je n'avais plus besoin de toi, maugréa-t-il.

— C'est du pipeau. Jamais vous n'auriez fait un cirque pareil si vous disposiez du sujet de remplacement idéal.

— Tu n'en sais rien.

— Une petite vieille, répéta Reyna avant de recracher les mots que ce monstre avait utilisés contre elle dans les sous-sols de Visage. « Ne jamais laisser sa reine sans défense. » J'ai retenu la leçon. La partie n'est pas finie.

Harrington faisait moins le malin. Reyna, pour sa part, ne se risqua pas à regarder Beckham avant de pousser son pion suivant.

— Promettez de laisser Beckham partir indemne et de ne jamais vous lancer à ses trousses, et je viens avec vous.

— Non ! s'exclama Beckham.

— Tu te crois en position de marchander ?

— C'est à prendre ou à laisser. Ma vie contre la sienne.

— Reyna, non ! Ne fais pas ça ! supplia Beckham. Ta vie vaut plus que la mienne.

— Nous voilà d'accord sur un point, convint Harrington.

— Désolée, glissa Reyna à Beckham avant de reporter son attention sur le P.-D.G. J'attends votre réponse.

— J'ai passé des semaines à t'observer, petite reine, déclara Harrington. Tu tiens à la vie avant toute chose. De ce fait, tu n'appuieras jamais sur cette détente. Et tu *vas* venir avec moi.

— Vous faites erreur, rétorqua-t-elle alors que la main qui tenait le flingue tremblait. Je tiens plus à lui qu'à ma propre vie.

— Reyna, implora Beckham.

Harrington arqua un sourcil.

— Serait-ce l'effet de l'amour ? Comme c'est pitoyable.

— Vous n'avez jamais rien compris à l'amour, cracha Reyna.

— L'amour est une faiblesse et je n'ai aucun penchant pour les faiblesses, pas plus que je n'ai besoin des traîtres.

Une robe bleu pâle apparut sur le seuil, attirant tous les regards. Pénélope, abasourdie, détailla la scène : le corps sans vie de Cassandra ; Roland qui se relevait péniblement ; Reyna, un pistolet sur la tempe, debout entre les deux hommes les plus puissants du monde.

— Qu'est-ce qui se passe ? interrogea Penny.

Cette diversion était tout ce dont Harrington avait besoin.

Il bougea si vite que personne ne le vit venir. Personne ne pouvait l'arrêter. La poussière de son mouvement retombée, Reyna vit qu'il avait la tête de Beckham entre les mains. Une tête tournée dans un angle impossible. Puis elle découvrit… le sourire triomphant du P.-D.G.

Harrington écarta les mains.

Beckham s'effondra, terrassé, inerte.

Puis elle hurla.

À pleins poumons.

Chapitre 38

Reyna sentit son sang se figer dans ses veines.

Tout son monde basculait.

Désaxé.

Le cœur à vif.

Elle hurlait toujours, sans pouvoir s'arrêter. À en perdre la voix. De tout son être, de toute son âme. Jusqu'à son dernier souffle.

Beckham… n'était plus.

Il était mort. Mort !

Ce mot ne passait pas. C'était tout bonnement inconcevable.

Elle suffoquait. N'arrivait pas à penser. Ne comprenait plus rien. Beckham était infaillible : géant parmi les mortels, immense par la taille comme par la présence, il prenait toute la place chaque fois qu'il entrait quelque part. L'archétype du mec hors du commun. Pas un jour, Reyna n'avait craint pour sa vie comme il craignait pour la sienne. Rien ne pouvait l'arrêter ; rien ni personne n'était en mesure de l'abattre.

Jusqu'à cet instant funeste.

Comment avait-elle pu vivre tout ce temps sans jamais l'envisager ? Sa propre mort, elle l'avait souvent pressentie. Sous bien des formes possibles. Jusqu'à accepter de la provoquer ce soir même. Elle avait tenu le canon de l'arme contre sa tempe, déterminée à tirer si nécessaire. Sans jamais penser à la mort de Beckham. Pas une fois.

Le Glock pendait désormais au bout de son bras. Dérisoire. Il ne l'avait pas sauvée. Et pas davantage Beckham.

Elle pouvait tout aussi bien y recourir pour tirer sa révérence façon *Roméo et Juliette*, puisqu'il était inconcevable de poursuivre sans lui. La vie sans Beckham ne rimait à rien.

Ses mains tremblaient pourtant. Elle n'avait plus la force de lever l'arme. Encore moins de tirer. Tout dérapait, tout. C'était la fin. La fin de tout.

À peine remarqua-t-elle Pénélope, tombée à genoux devant Beckham. Hurlant après Harrington. À propos d'un accord… qui n'aurait pas été respecté.

Reyna la vit prendre la tête de Beckham sur ses genoux. Son beau visage strié de larmes. L'étreignant telle une amante éplorée, comme si elle était capable d'éprouver l'angoisse qui l'étreignait, elle.

Mais Beckham n'avait jamais aimé Pénélope. Comment aurait-il pu aimer cette pétasse sans cœur ? Sans sa trahison, *rien* de tout ça ne se serait produit. Beckham ne serait pas mort.

Tout était sa faute.

Reyna retrouva l'usage de ses jambes et ignora superbement Harrington. Il n'était plus rien pour elle. Peu importaient les conséquences, désormais. Le tour de ce fumier viendrait plus tard.

Elle marcha droit sur Pénélope, agenouillée dans le froid. Quelle perversion pouvait pousser une femme si belle à commettre des actes aussi vils ? Comment avait-elle pu céder son âme au diable sans résister ?

Reyna avait lutté, lutté, lutté encore. Au risque de tout perdre, elle avait puisé en elle la ressource de dire non à Harrington. Au nom du bien commun. Quand le destin lui avait résolument tourné le dos, elle avait tenu tête. Vaille que vaille. C'était son karma, bordel.

Pénélope, elle, avait perdu une malheureuse chose au cours de sa petite existence dorée… et cela avait suffi à la faire craquer. Pire : ce qu'elle pensait avoir perdu n'avait jamais été à elle !

Reyna crispa le poing sur les mèches noires de Penny.

Des cheveux noirs.

Elles avaient la même couleur de cheveux.

Elle eut un accès de rage envers Beckham et son foutu penchant pour les brunes.

— Qu'est-ce que tu fais ? piailla Pénélope tandis que Reyna lui penchait la tête en arrière.

Reyna lui appuya le canon de l'arme sur le front. Penny tremblait comme une feuille, terrifiée bien qu'elle soit désormais plus forte et plus rapide. Pas encore faite à cette nouveauté… et sous le choc à sa façon.

— C'est ta faute, grinça Reyna.

— Reyna, par pitié, sanglota Pénélope, les joues striées de larmes. Si seulement j'avais su ! Jamais je n'ai voulu qu'il arrive malheur à Beckham. Pitié, pitié…

— Reyna, laisse à Pénélope le temps de se recueillir, intervint Harrington comme s'il grondait une enfant capricieuse et non une adulte qui venait de perdre l'amour de sa vie.

— Misérable loque, cracha-t-elle à la figure de Penny.

Puis elle lui plaça l'arme sur le cœur et tira. En plein dans ce réceptacle mort, tout juste bon à emmagasiner la jalousie, par lequel le malheur était arrivé.

Pénélope tomba à la renverse, victime d'une hémorragie, en hurlant sous le coup de la douleur et de l'effroi. Ça ne suffirait pas à la tuer, Reyna en était consciente. Mais le cul par terre, au moins, cette morue cesserait de tripoter *son* Beckham.

Harrington ricanait en fond sonore. Reyna n'en eut cure et tomba à genoux : il fallait qu'elle étreigne son chéri. Qu'elle le guérisse. Il ne pouvait pas rester mort. Jamais Beckham ne la laisserait. Jamais.

Elle pouvait le sauver. Le ramener à la vie. Il était son âme sœur, mais elle n'avait même pas eu l'occasion de lui confier qu'ils étaient parfaitement identiques. Ce sang unique au monde pouvait-il accomplir un miracle ?

Reyna fit la seule chose qui lui vint à l'esprit. Elle ouvrit sa bouche puis, sur l'un de ses crocs acérés, s'ouvrit le poignet. Perçut vaguement quelqu'un qui sifflait et respirait fort. Probablement sensible à l'odeur irrésistible de son sang. Aucune importance...

Harrington lui posa une main sur le bras qu'elle dégagea aussitôt.

— Bas les pattes, gronda-t-elle.

— Tu te fais du mal et tu gaspilles un fluide précieux. C'est inutile, Beckham ne va pas ressusciter.

Elle fit la sourde oreille et s'affaira à saigner au maximum dans sa bouche ouverte. La douleur physique n'était rien par rapport à celle qu'elle éprouvait dans son cœur à l'idée de perdre définitivement Beckham.

— Il suffit, aboya Harrington.

Son ultime espoir envolé, n'ayant plus rien à donner, Reyna s'écroula sur Beckham, le front en appui contre son torse. Les larmes refusaient d'affluer. Seuls régnaient sur elle l'épuisement et la torpeur. Elle eut envie de s'allonger à côté de lui, dans le froid, pour ne plus jamais se réveiller. Sauf que son instinct de survie s'y refusait.

Jamais il n'y aurait un autre Beckham Anderson.

— Allez, Beck, s'époumona-t-elle en secouant sa grande carcasse. Je t'en prie. Tu ne peux pas me faire ça. Ne m'abandonne pas !

Rien ne se passa.

Son sang, pour unique et rarissime qu'il fût, n'était pas doté de vertus guérisseuses surnaturelles. Leur compatibilité parfaite ne l'avait pas arraché à la mort. Un trou noir s'était creusé à la place de son cœur.

— Guérissez-le ! aboya-t-elle à Harrington.

— Rien ni personne ne peut le guérir, Reyna.

— Pourquoi vous avez fait ça ?

Elle avait hurlé, mais sans quitter Beckham des yeux tout en s'évertuant à le secouer. Prête à tout pour le tirer d'affaire.

Harrington avait tort. Qu'en savait-il, ce sale monstre ? Ce suppôt du mal, ce vampire sadique qui faisait tout pour lui pourrir la vie ? Il avait poussé ses pions, comme sur un échiquier… et elle s'était précipitée dans le piège tendu.

Mais il n'était pas question qu'il lui prenne Beckham.

L'homme de sa vie.

Son double sanguin.

Son âme sœur.

Si Beckham avait péri, l'enfer allait se déchaîner.

Remerciements

Tant de gens merveilleux ont pris part à la gestation de ce livre ! Mon équipe de choc, pour commencer : Anjee Sapp, Sharon Goodman, Katie Miller, Rebecca Kimmerling, Amy McAvoy et Christy Peckham. Vous êtes géniales ! Merci d'avoir supporté ce creux de trois ans entre le tome 1 et le tome 2. Je sais, je sais… c'est entièrement ma faute. Merci aussi à mes premières lectrices et bâtisseuses d'intrigues Diana Peterfreund, Lori Francis et Staci Hart. Sans vous, jamais je n'aurais bouclé ce manuscrit !

Un immense merci à ma merveilleuse agente, Kimberly Brower, pour avoir su porter la série sur ses épaules, combattre au côté de Beckham, applaudir Reyna et faire preuve d'un enthousiasme de tous les instants. Coup de chapeau à cette géniale responsable publicitaire qu'est Danielle Sanchez, grâce à laquelle le livre est passé dans les mains d'un nombre incroyable de gens, fan inconditionnelle de Beck et Reyna. Des bises à l'équipe Loveswept : Junessa Viloria, Madeleine Kennedy, Matthew Burnett, qui ont donné leur chance à cette nouvelle série d'aventures paranormales en fabriquant les plus beaux livres dont une auteure puisse rêver. Ainsi qu'aux bloggeurs et bloggeuses qui ont découvert la série au tome 2 et, bien sûr, à celles et ceux qui me soutiennent depuis le début. Merci !

Mille mercis, encore, à toutes les consœurs qui ont lu, aimé et soutenu ce livre par écrit, votre enthousiasme fait chaud au cœur ! Corinne Michaels, Kendall Ryan, Rachel van Dyken, Carrie Ann Ryan, Susan Stoker, Rebecca Yaros, Kristin Cast,

Erin Noelle, Mari Mancusi, SL Jennings, Meghan March, Emma Hart, SC Stephens et Jessica Prince.

Merci comme toujours à mon mari Joel ainsi qu'à nos deux boules de poil, Riker et Lucy. Sans vous, je serais encore plus folle que je le suis.

Et bien sûr un immense merci à vous tout.e.s, lecteurs-lectrices, pour l'amour que vous portez à Reyna et Beckham. Désolée pour la fin… ou presque. Je promets de lire tous vos mails affolés ! N'oubliez pas, surtout : je vous aime… et comme je suis nulle dès qu'il s'agit de serrer des mains, je vous fais de *gros bisous*

Achevé d'imprimer en juillet 2020
Par CPI Brodard & Taupin à La Flèche
N° d'impression : 3038865
Dépôt légal : août 2020
Imprimé en France
81123492-1